化身

探偵・朱雀十五の事件簿7

藤木 稟

角川ホラー文庫
24629

目次

プロローグ　不吉な死体

1

荒波の日本海に臨む、福井県の越前岬《えちぜんみさき》と京都府丹後《たんご》半島北端の経ヶ岬《きょうがみさき》を結ぶ海岸線は、複雑な起伏に富みながら列島側に陥没し、大きな湾を呈している。それが若狭《わかさ》湾であり、典型的なリアス海岸であった。

この湾は正に、漁民達にとっては宝の海であり、豊饒《ほうじょう》な海の幸を運んでくる。水深二百メートルもある湾口付近はカレイ、タラなどが多く漁獲されるし、また、湾外を直進する対馬《つしま》暖流の影響で湾内に生ずる時計回りの環流に乗って、イワシ、アジ、サバなどが回遊してくる。さらに、各岬の突端には伊根《いね》、成生《なりう》、田井《たい》、常神《つねがみ》などブリ定置網の好漁場があった。そんな豊饒な海と湾を背景に、舞鶴《まいづる》は存在していた。

場所は京都丹波《たんば》高地北部に位置し、西部には由良《ゆら》川が北流している。

由良川は、丹波高地から日本海に注ぐ川だ。延長百四十六キロ、京都府と滋賀・福井県境の三国《みくに》岳に水源があり、日本海への注ぎ口が港となっていて、江戸《えど》時代には福知《ふくち》山《やま》と河口の由良港までを中心に水運が盛んであったが、一九〇四年（明治《めいじ》三十七）の鉄道の開通でそうした水運が衰退したのである。舞鶴湾西部は古くは田辺《たなべ》と呼ばれていて、一五八〇年（天正《てんしょう》八）に、細川藤孝《ほそかわふじたか》が築城に着手し、江戸時代は京極《きょうごく》氏を経て牧野《まきの》氏田辺藩三万五千石の城下町であった。城下町としての繁栄の面影を現在でも城の周辺に残し、微《かす》かに雅《みやび》な薫りがある。風光明媚《ふうこうめいび》な観光名所である。また他にも天橋立《あまのはしだて》があるし、また西廻《まわ》り航路の港としても栄え、古い廻船《かいせん》問屋等が残っていた。そして明治になると田辺藩は舞鶴県と改称したのである。

だが、舞台はそんな優美な西舞鶴ではなく、舞鶴湾東部に位置する東舞鶴である。東舞鶴の一帯はぱっとせぬ農漁村であったが、明治三十四年に海軍鎮守府《ちんじゅふ》が開庁、海軍機関学校、造兵廠《しょう》、造船所などが置かれ、以来、軍港都市として急速に発展した。その為、一帯は田畑を容赦なく潰《つぶ》し、漁港を漁民達から奪い上げ、その上に整然とした都市計画がなされた。東舞鶴を通る寺《てら》川と新川の間は京都に倣って一条から九条の通りとし、東西の通りは、八島《やしま》、敷島《しきしま》、大和《やまと》などの軍艦名が付されたのである。

すなわち平和な農漁村であった一帯が、明治維新によって突然、厳《いかめ》しい軍事都市と化したのであった。

ところで、帝都のような何百年と続いた大都会が、様々な土地からやって来る人々を呑《の》み込み、彼らを濃い霧のような物で繋《つな》ぎとめた漠然とした集団として成り立っているとするならば、地方の都市というものは一個の個性的な生き物のようであり、その都市を形成する村は、一つの生き物の中の細胞のようである。そこはきっちりと細胞膜で隔てられ、中にはその村の遺伝子とも言うべき特有の因習や言い伝えがある。そして村の生命活動は、それらによって躍動するのだ。

　ところが、東舞鶴に存在する馬耳《ばじ》村というのは、東舞鶴を形成する同じ動物の細胞のような集落の中で、ただ一つ突然変異を起こした癌細胞のような村であった。

　馬耳村は、軍港のある余部《あまるべ》から徒歩で一時間ほど北東になる小さな集落である。場所は日本海と青葉山《あおばやま》の丁度、中間辺りだ。其処《そこ》は、県内を走るどの大通りからも遠く、不便な場所である。

　近隣の村には、舞鶴湾に臨む街道に漁村として栄えた大波《おおば》村と、西国《さいこく》三十三所第二十九番札所となっている松尾寺《まつのおでら》によって門前町として栄えた松尾村がある。

　馬耳村はそうした村に挟まれて、まるで存在せぬかのように身を潜めている地味な集落であった。村へ行くには、大路から細い一本道が村へと続くだけである。道はそれしかなく、村に至ると、そこで突き当たりになってしまい、何処《どこ》にも抜けてはいけない。だからその道を通るのは、馬耳村の住人か、馬耳村に特別、用事があって行く者に限られている。だが、後者に至っては、まず存在しないのであった。

　大路から馬耳村にいたる狭道の入り口には、何時《いつ》、置かれたかも分からない石の道祖神《どうそじん》らしき物が立っている。普通、道祖神と言うと、鼻の長い天狗《てんぐ》のような面相をした猿田彦《さるたひこの》命《みこと》や、伊弉諾《いざなぎ》・伊弉冉尊《いざなみのみこと》などの夫婦神を象《かたど》る物である。確かに、一集落あるいは一地域においては道祖神、塞神《さえのかみ》、道陸神《どうろくじん》などを大仰に別々の神として祀《まつ》っている所もあって、その容姿には地域性が濃いには濃い。神体は石であることが多く、自然石や丸石、陰陽石《おんみよう》などのほか、神名や神像を刻んでいたりする。だが、馬耳村のそれは奇怪過ぎる。

まずその大の大人ほどもある道祖神の石は、全体としては黒く、その所々に赤茶色の変色が見られる物で、色目としてもごく気味の悪い物であるが、そこに刻まれている神名と神像はさらに異様である。

神名は『砥笥貢神《とすくがみ》』。聞いたこともない名である。そして刻まれている神像は、実に醜かった。

まず、その顔であるが、髪はおかっぱで、右目が飛び出ている。逆に左目は半ば潰《つぶ》れている。鼻の軸は右にねじ曲がり、その為、顔全体の輪郭が瓢簞《ひょうたん》の様に歪《ゆが》んでいる。口は物言いたげに突き出され、顔だけ見ても、神というより、妖怪《ようかい》である。姿は狩衣《かりぎぬ》と袴《はかま》を着ているが、足は一本しかなく、両の手に槌《つち》と鑿《のみ》を持っている。

こうした神は、まずその辺りの村々では、祀られたことはもとより、噂されたこともなかった。

只《ただ》、この気味の悪い道祖神のことを見てはいたし、怪しみ、忌んでいた。そしてそんな物を崇《あが》めている馬耳村の人々のことを、どこか穢《けが》れた人達のように古い昔から意識していて、糞便《ふんべん》の中で孵化《ふか》する小型条虫のように思っているところがあった。

実際、この神を祀っている馬耳村の住人にしても、砥笥貢神は、災いを防いでくれる神というよりは、むしろ『祟《たた》り神』として恐れていたのである。そして、村人達は、この石の前を通るときは、直接見てはいけないと、幼い頃から教えられ、顔を逸《そ》らして歩くのが常であった。

村へ至る狭道と村の周囲は、背の低い枝のくねった矮低樹《わいていじゅ》が多い林になっていたが、馬耳村は、そんな迫力の無い林にすら圧迫されて、へしゃげたように存在していた。村の大きさは周囲五キロほど、人口は百八十六名。その内の七十余名は子供で、大人達は共同で野良作業をしていた。主な仕事は米作で、他にこれと言った産業はない。だから村の暮らしぶりは比較的貧しかった。

幾つかの大きな家はあるにしても、村の家の殆《ほと》んどは藁葺《わらぶ》き屋根に板張りの平屋であり、掘っ立て小屋のような感がある。

色彩に乏しい、全体的に茶色という印象が強い村だ。特に、葉枯れをする冬の時季など、実に寒々しく質素に見える。

村人達がそんな生活から特に逃げようともせず、黙々と米を作り続けているのは、何時の時代だか、お殿様から『米作り以外をしてはならない』と命じられたからであり、また村人の頑《かたく》なで保守的な気質からであった。

村の中は、昔ながらの区画整理がされていた。基本的には東西南北の区画に分かれている。中央には村の寄り合い所があり、西に人家が集まっていた。日当たりのよい東から南の区域には水田が広がっている。そして真南には共同の家畜小屋、北に行くと田に流す水の貯水池と墓場があった。それが馬耳村の人々にとって世界の全てであり、この政治からも宗教からも置き去りにされた貧しい農村で村人達が日々、目的も分からぬままにあくせくして働き続けている様は、真空地帯に放り出された働き蟻の群れのようであった。

ところが、そんな村に些少《さしょう》の変化が見られ始めたのは、林田邦夫《はやしだくにお》という神童の出現からであった。林田の家は村の中では土地持ちの裕福な家系であったが、所詮《しょせん》、田舎金持ちの域を出ぬ代物であった。だが、丁度、義務教育が村にも浸透してきて、邦夫が余部の尋常小学校に通い出すと、事は大きく変わり始めた。

邦夫はすこぶる優秀で、馬耳村の住人に対する周囲の偏見を押しのけて、学業では常に首席であった。そして上の学校に進むべきとする教師の説得によって、邦夫は中学へと進み、遂《つい》に、奨学金を得て海軍大学校にまで入ってしまったのだ。これは、義務教育すら子供に受けさせる者が少なかった馬耳村にとっては、画期的な出来事であった。

邦夫は大学でも優秀な成績を収め、大学校を卒業後は余部の軍港の監察官として働くようになった。それは村で一番の稼ぎ頭になったということであった。

邦夫は、とんとん拍子に出世し、ついには軍港の監察長官の座についた。林田の家は繁栄した。高給取りの邦夫が、軍港で往来する珍しい物資を買って帰る度に、村人達は、瞠《どう》目《もく》した。特に、邦夫がラジオを持ち帰った時には、村人達は初めて、世の情報、世の流れというものを知ったのである。村にたった一点の火が灯《とも》った。自分達の子供も、林田邦夫のようにしたいと、子供を学校へやる親達が出始めた。

だが、邦夫の人生は決して栄光だけに溢《あふ》れたものではなかった。同じ職場にいる女性に恋心を持ったが、馬耳村の出身であるということで女性の両親に嫌われたため、邦夫は一度、村の女と結婚し、一児を儲《もう》けたのである。だがその後、女房とは死別してしまった。後妻にやってきたのは、東京出身の女流写真家である。洋装の垢抜《あかぬ》けた女と、カメラなる物の出現に、再び、驚いた村人達であったが、東京出身の林田の妻は、その美貌《びぼう》と気さくで優しい人柄の為に、やがて村人から慕われる存在になっていった。

2

昭和《しょうわ》八年、師走《しわす》――。

林田邦夫の長男、慎吾《しんご》は村から五キロほど離れた中学校に通っている。成績は首席。美術も得意だ。しかしながら、体育は正直苦手であった。村の子供達の中で、中学校にまで通う者はごく希《まれ》だ。義務教育が終わると大人達に交じって働くのが当たり前である。

今年は冬至の前から、冷たい雨がよく降っていた。

冬祭りも終わり、学校はもう休みに入っている。

水田では米に代わって、ムギやレンゲなどが育てられ始めた。

慎吾が、ある朝、目覚めて、二階の窓から外を眺めると、水田地帯の水に張った薄氷の上に、はらはらと雪が積もっていくところであった。慎吾が眺めている内に、水田地帯はみるみる一面が純白になっていき、とても美しく感じられた。慎吾はその様子を絵に描きたいと思って、画用紙を手に取った。しかし、鉛筆の先と画用紙が接する直前で絵を描くことを諦《あきら》めた。

慎吾が感じたのは、雪の美しさを描くのは、花の美しさを描くのとは訳が違う。例えば赤い花を描けば、それなりに本物に近く美しくすることは可能だろうが、真っ白な雪というのは、描ける物ではない。雪の白さは、色ではなく、限りなく『無』とか『透明』に近いと、慎吾は感じた。

だから慎吾は心の画帳にだけ、その景色を記憶させることにした。

朝食を食べに一階に下りると、村の大人達、十余名ばかりが、縁側で雑談をしながら、慎吾の家のラジオを聞いている。ラジオがあるのは、慎吾の家と村長の家だけだ。村人達は、毎日、入れ替わり、立ち替わり、ラジオを聞きに来る。

それというのも、村では、もうすぐ生まれる皇后様の子供のことが大きな話題になっているからである。皆、ご誕生の報道が流れるのを、今か、今かと待っている。そして、皇太子が生まれるのを心から望んでいるのであった。

村の米吉《よねきち》という老人は、皇后様の子供に関する報道がある度に、興奮して、歴代天皇陛下の御名前を暗唱する癖がある。なんでも、尋常小学校に通っている、孫から教わったそうだ。

――孝昭《こうしょう》天皇、孝安《こうあん》天皇、孝霊《こうれい》天皇、孝元《こうげん》天皇、開化《かいか》天皇、崇《す》神《じん》天皇、垂仁《すいにん》天皇、景《けい》行《こう》天皇、成務《せいむ》天皇、仲哀《ちゅうあい》天皇、応神《おうじん》天皇、仁徳《にんとく》天皇……。

今日も、米吉が庭先で大きな声でやっている。

慎吾はそれを聞きながら、食事部屋に入った。父は、座って新聞を読んでいる。母は、そんな父の側で、お茶を入れていた。土間の竈《かまど》から、ご飯のよい匂いが漂ってくる。お手伝いの米《よね》と、行儀見習いの姉《ねえ》や達が、ご飯をよそっているところであった。

その時だ、玄関戸を開けて誰かが入ってきたようである。

「朝から申し訳ありませんが、林田長官に港の方へ来て下さいと伝えていただけますか」

そんな声が聞こえてきて、米が父の許《もと》にやって来た。

声の主は、伊藤《いとう》という軍港で働く父の部下であった。

父が、伊藤を此処《ここ》に通すように、と米に命じている。

暫《しばら》くして、入ってきた伊藤は、港に男の人の死体が浮かんでいると、父に告げた。慎吾も驚いてしまった。それを聞いて、父は早速、家から五キロほど離れた港へと車で向かうことになった。

軍港の監察長官をしている父にとって、港での不審事は些細《ささい》なことであっても無関係ではいられないのだ。

「そんなことならば、私も写真を撮りに行きたいわ」

母がそう主張したので、慎吾たち家族は朝食を中止して、車に乗り込むと、死体が浮かんでいたという余部北の海岸へと向かった。

すでに其処《そこ》には大勢の人が集まっていて、皆、一所で騒いでいる。皆が指さす方向を見ると、確かに強い風が起こす白い槍《やり》のように尖《とが》った波の間に、人の背中が浮かんでいた。警官達が乗り込んでいる漁師船がそちらの方へと近づいていくところである。

慎吾たち家族は、湾岸に出来るだけ近づいて、その様子を見守っていた。

漁師が網を打つ。網が花のように広がって、海へと落ちていく。暫くすると、漁師がその網を引き上げ始めた。男の死体が、網に絡め取られて船へと上げられていく。

「誰だろう？　この辺りの人じゃありませんね」

慎吾がそう言うと、父も頷《うなず》いた。

「おそらくあの旅行者だろう。最近、余部の旅館に泊まっていて、港の辺りをうろうろしているのを見かけていたが……」

「お父さん、どうしてそんなことを知っているのですか？」

慎吾が驚いて訊《たず》ねると、母も父を振り返った。

「船に乗る様子もないのに港を彷徨《うろつ》いているから、後木《ごき》に命じて調べさせていたんだよ」

父が答える。

後木というのは、父の部下で、監察員の一人であった。慎吾と同じ馬耳村に住んでいて、変人で有名である。学生時代は優秀な水泳選手だったそうだが、一度、遠泳で波に流され、沖合の冠島《かんむりじま》に遭難しているところを助けられたそうだ。そして、その時から、ごく普通の人であった後木は人が変わって、酷《ひど》く無口で内気な人物になったのだという。人が話をしても、よく分からないような時もしばしばあって、頭に打撲の痕《あと》があったことから、「頭を打って馬鹿になったに違いない」と、言われていた。

だけど慎吾は後木のことを馬鹿だとは思えなかった。何故なら後木はとても記憶力がいいからである。父の話では、後木は何百人というスパイや共産主義者と目される要注意人物の顔を全て記憶しているらしい。そして監察官として軍港を行き来する人々の警備を担当しているのだ。

「後木君があの人を要注意人物だと言ったのですか？」

母が父に訊ねた。

「いや、後木の記憶にはないそうだが、私が不審に思ったんだ」

父はそう言って厳しい表情で、港へと向かっていく船を見た。

人々が港へと移動していく。慎吾たちも船着き場へと向かった。

男の死体が網に絡まったまま、船着き場に引き上げられる。その周囲には警察官が三人いた。

慎吾は網ごしに死体の顔を見て、ぞっとした。

その顔は、奇怪に輪郭がねじ曲がり、左の目が潰《つぶ》れていたのである。

――あれよ、あの顔を見てみいな。

――ほんにあの面相は、まるで砥笥貢様じゃ……。

囁《ささや》き声が聞こえてくる。

砥笥貢様というのは、慎吾の村で言い伝えられている恐ろしい祟《たた》り神のことだ。確かに死体の顔は、慎吾らが小さな頃から知っている砥笥貢様とそっくりであった。

しかし、そんな事を言っているのは馬耳村の人間だけである。他の村では砥笥貢様の話は余り有名ではなく、砥笥貢神という言葉を聞いて怯《おび》えるのは慎吾達だけなのである。

警察官によって、慎吾たちは現場からは少し遠ざけられた。慎吾は警察官が死体を観察している様子を窺《うかが》っていた。

船着き場の後方には赤煉瓦《あかれんが》の巨大な倉庫群がある。

慎吾が、父に聞いた話では、この倉庫群は、舞鶴鎮守府の軍需品等保管倉庫として明治三十三年に臨時海軍建築部支部の直営工事で建設に着手され、大正《たいしょう》十年に現在の姿に至るまで次々と建てられたものだという。今では、海軍測器庫、衣糧科の被服庫、需品庫、兵《へい》器廠《きしょう》の砲銃庫、魚形水雷庫や水雷庫等が立ち並び、まるで其処が一つの町のような壮大さだ。中舞鶴線の駅にも直結していて、大勢の人足（にんそく）達が港と倉庫、そして駅の間を往来している。

　人足達はこんな朝早くから働いていた。中には弁髪をした外国人の人足もいる。人足達は、事件のことは気になっている様子で、ちらちらと見ていくが、その働く手足を止めることはない。厳しい監視員がいるからである。

　やがて幾台もの車が止まり、中から万年筆と帳面を持った人々や、カメラを担いだ人々が出て来た。おそらく新聞社等から派遣された人達なのだろうと、慎吾は思った。

　父の命令を受けた夜勤明けの監察員達が集められ、写真を撮る人々を規制し始める。規制を受けた人々は、それぞれの位置に立った。あちこちでカメラのフラッシュバルブの閃光《せんこう》があがる。

　母も、はっとした様子で肩から下げていた写真機を構えた。

　慎吾の母はもともと東京から来た写真家である。だから『東京光学機械』が開発した最新式のカメラを持っていた。母はそのカメラで何でも記録していく。一日中、港や周囲の村を歩き回り、風景や人の写真を撮るのは勿論《もちろん》のこと、軍港の士気を高めるために軍艦や軍関係者の写真なども撮っている。

　慎吾の村では、皆、母の撮った写真を家に飾れることが誇りなのであった。慎吾の家にも軍艦を背にした父の写真が飾ってある。

　慎吾の母は遠目にもはっとするほどの美人であった。人柄も快活で、村人みんなから好かれている。慎吾の本当の母ではないが、慎吾は、この母が大好きでしょうがなかった。母も慎吾のことを本当の子供のように可愛がってくれている。そして慎吾は将来、母と同じように写真家になることを夢見ていた。これは父には内緒であった。父は慎吾がもうすぐ中学校を卒業するので、そうすれば高等学校へ行き、そして海軍大学校に行って軍人になることを望んでいるのである。

慎吾は父と母から少し離れ、密《ひそ》かにカメラのファインダーを覗《のぞ》き込む気持ちで指で四角い枠を作って、現場の様子を切り取ってみた。

かしゃり、と慎吾の耳にしか聞こえないシャッターの音が響く。

「坊ちゃん」

急に背中からかかった声に、慎吾は驚いて振り向いた。監察員の制服を着た後木が立っている。

「長官と奥様は？」

「あっちのほうです」

慎吾が指さすと、後木は急ぎ足で歩いていった。慎吾も、何だろうと、その後を追う。

後木は、慎吾の父と母を見つけると、すぐに何かを喋《しゃべ》り出した。

「昨日も私は長谷川《はせがわ》を追っていました。彼は十時に起きて旅館の洗面所に行きました。その時は薄緑色のタオルと白い歯磨きを持っていました。八分二十二秒ほどの間、長谷川は顔を洗って歯を磨いていました。それから旅館の向かいの食堂へと行きました。昨日は食堂の看板が僅《わず》かに傾いていました。修理が必要かと思います……」

後木の話は、長谷川という男を巡って長々と続いた。何を言いたいのか、慎吾には訳が分からない。父もそんな様子で、眉間《みけん》に皺《しわ》を寄せている。母だけが真剣な表情でそれに頷いていた。

母と後木は不思議な関係であった。誰にも分からない後木の話を母だけは理解することが出来るのだ。小一時間は経ってしまっただろう。後木の話はようやく終わった。

「後木は、一体、何を言ってるんだい？」

父が母に訊ねている。

「後木君は、あの長谷川という人が、殺されたんじゃないかと言いたいのよ」

母が答えた。後木が嬉《うれ》しそうに頷いた。

「何だって、つまり殺人事件だと言うのか？」

父は驚愕《きょうがく》していた。無理もなかった。この静かな村々で、殺人事件など、慎吾が生まれてからの記憶を手繰っても、一度も起こったことなどない。

「そのようね。後木君、長谷川の部屋を訪ねてきた男達の似顔絵を後で描いてみて頂戴《ちょうだい》」

後木は頷いていた。

「これは大変だ。このことを警察に知らせなければ」

父は現場の方へ走っていき、それを制しようとした警察官と何か喋り出した。勿論、この殺人事件のことであろう。警察官は父を止めるのをやめて、頷き始めた。

しかし、この村での一大事件も、それから起こる出来事への序幕でしかなかったのだ。

3

昭和八年十二月二十七日。

検事・桂万治《かつらまんじ》は、朝、日課になっている郵便受けの確認に行った。

箱の中には手紙が一通入っている。差出人は、浅沼信二《あさぬましんじ》。桂は、そっとその手紙を寝間着の袖《そで》に隠し、自分の部屋へと戻った。

浅沼信二、それは反軍国主義を掲げる共産地下組織のボスの仮名である。

桂に連絡を取るときは、いつもこの名前で手紙が送られてくるのだ。桂は封筒の封を切り、折りたたまれた便箋《びんせん》を開いた。

『桂先生、お元気にしておられますか？

我々の活動は相変わらずで、特高の攻撃は厳しく、難航しています。

我々の調査では、このところの関東軍の動きが非常に怪しく、政界で軍縮が叫ばれている昨今であるにもかかわらず、軍拡を企《たくら》んでいるようなのです。

我々は決死の覚悟で、このことを暴き、世間に訴えるために、赤新聞を散布する準備をしております。

つきましては、新聞作成の費用である五百円をいつもの口座に仕送りしていただけませんでしょうか？

先生には、無心ばかりをしていますが、よろしくお願いいたします』

桂は、それを読み終えると、手紙を小さく破いていき、テーブルの上にあった灰皿に入れた。燐寸《マッチ》を手に取り、それに火をつける。青紫色と赤の炎が、めらめらと燃え広がっていく。

「貴方《あなた》、どうしました？　何か煙っぽい匂いがしてますが？」

襖《ふすま》の向こうから妻の声が聞こえた。

「なんでもない、書きかけの手紙が気に入らなかったから、灰皿で燃やしたんだ」

桂が答える。

「まあ、貴方の悪い癖ですわね」

「どうにも自分が失敗したものの痕跡《こんせき》を残しておくのが嫌いでね。放っておいてくれ」

「はいはい、分かりました」

妻は少し笑った声で答えていた。

妻が余り勘ぐらない質《たち》なのが幸いだ。自分がこのようなことをしているということは、家族には絶対に知られてはならない。勿論、友人達にもだ。もし、そんなことを彼らが知っていたとしたら、自分が特高に捕まった時には、彼らの身すら危なくなる。

秘密は死ぬまで心にしまい込んでおかねば……。

桂は灰皿の脇に置いていた『敷島』を手に取った。箱の中から煙草を一本取り出し、口に咥《くわ》える。火をつけると、煙草の先が赤く燃え、桂は深く煙を吸い込んだ。

（しかし、秘密を持つということは重い……。誰にも本音で話が出来ぬのは一種の拷問だな……）

桂は苦笑いをした。それから朝食を取ると、犬の散歩という名目で家を出た。郵便局まで飼い犬を伴って歩いていく。そして浅沼から指定された口座に五百円を振り込んだ。そして家に戻ると、スーツに着替え、出張の用意をしたのであった。

京都駅の改札を潜《くぐ》り、売店で夕刊を買う。

電車は七分遅れでやってきて、桂は指定席に座った。

そして、やおら夕刊を開いた。夕刊のトップには、『天皇陛下玉音朗々　優雅な勅語を賜ふ　けふ六十五議会開院式』とある。そこには皇太子の誕生に沸く議会の事や、皇太子の命名が二十九日に発表になるという事が書かれてあった。めでたいことだが、皇太子が生まれた日に、共産党中央委員・宮本顕治《みやもとけんじ》らが査問中に共産党員を拷問死させたという嫌疑で、検察局に昨日逮捕されている。その嫌疑は本当のところはどうか分からない。

昨今の共産主義者に対する弾圧は凄《すさ》まじい。最近では、若きプロレタリア作家・小林多喜二《こばやしたきじ》が、特高警察の拷問で虐殺されている。全身に凄惨《せいさん》なリンチの跡があるのは歴然としていたが、警察は「心臓麻痺《まひ》」と強弁し、検察局をも押し黙らせた。治安維持法は、最高刑を死刑としている。しかし、実際の適用は今のところ皆無だ。だが、治安維持法体制下で、こうした実質的な「共産主義者に対する死刑施行」は数多く行われているのだ。

もし自分の管轄内で、こうした「リンチによる死刑施行」が行われたとしたら、どうするだろうか？　自分は何処までそれを追及すればいいだろうか？

桂は漠然とした焦燥感に苛《さいな》まれる。

桂はいたたまれず、他の軽そうな記事に目を移した。

『シベリア鉄道の郵便　六日をスピードアップ』

『十六教授の辞表を文部省受理せず　学長やむなく保留』

『成田山の若い僧　女を刺し自殺』

『海洋少年団　憧《あこが》れの軍艦へ』

どれも重苦しい記事の内容だ。

新聞の左隅に関東国粋会本部の広告が出ている。

本月二十二日付本紙夕刊所載「東京裁判所木下予審判事件取調中に係わる梅津長兵衛の恐喝事件に付御問合の向も有之候得共本総理事長梅津勘兵衛は該件に何等の関係なき勿論《もちろん》右梅津長兵衛とは親族又は同郷の縁故者にても無之候間此段御了承被下度為念謹告候也」

桂は溜息《ためいき》を吐いた。最近は関東軍が、よくこうした独自の自己主張の広告を出している。

こうした広告に多くの人民は誑《たぶら》かされていくのだ。

同時に、今日付で、右翼の過激思想家達を取り締まる『右翼思想部』なるものが検事局に出来た事はめでたい事だが、国全体が右翼寄りになっていっている今日において、それがどこまで機能するかは分かったものではない。世の中、諸説紛々で、魑魅魍魎《ちみもうりよう》が跋扈《ばつこ》している。なににしろ先行きの危ぶまれる事ばかりであった。

桂は記事をつらつら流し読んで、一番、毒気の無い読み物を探し出した。吉川英治《よしかわえいじ》が掲載している新聞小説・女人曼陀羅《まんだら》だ。

江戸時代の女が二人、夫だの惚《ほ》れた男だのの話をしている場面である。

桂はそれを読みふけった。

それから暫《しばら》く寝ていただろう。

真夜中になって東京駅で降りた。ホームは帰省客でごったがえしている。それに揉《も》まれながら、桂は人混みをくぐり抜け、なんとか改札を出た。

途端に、帝都の埃《ほこり》っぽい空気が肺に入ってきて、桂は立て続けに咳《せき》をした。時計はもう十一時を過ぎている。冷たい北風が襟元に吹き付けてきた。それは身も心も凍らせ、永遠の昔から人間は孤独な生き物なのだということを、桂に思い知らせているかのようである。

――嫌な風だ……。

桂は、思わずコートの襟を立てた。周辺の街路樹の葉も枯れて身を縮ませ、ちりちりと微《かす》かな音を立てながら震えている。歩道に積もった落ち葉は、人混みの足下で、風によって、まるで箒《ほうき》で掃き寄せるかのように、あちらへ、こちらへと移動していた。

すでに正月の準備が始まっていた。こんな時間であるにもかかわらず、車道では年末のけじめをつける為に走り回る商人達の人力車や台車、それに交じって自動車がひしめき合っている。一方、歩道の端では、しめ縄や門松、鏡餅《かがみもち》などを売る露店がカンテライトの光を灯《とも》して点々と立ち並んでいた。そこだけは昼のように明るく感じられる。カンテラに使うカーバイドの発するガス独特の匂いが漂っていた。露店の周囲には、買い物客が人垣を造っている。人々の装いは様々だ。派手な着物の重ね着をしている者。洋装にコートを着ている者。

その脇には、三味線を弾く老芸人が、一本調子の地声で歌を歌っていたりする。視覚への過剰な刺激と騒音の為に、桂は現実から切り離されていくように感じた。十年ぶりの帝都の賑《にぎ》わいは却《かえ》って肌に痛い。

ともかく、桂は視界の悪い通りで、迎えの車を探した。

すると、行き交う人と人との間に、『桂万治様』と書かれた画用紙を持った黒服に白手袋の男の姿が見えた。運転手らしき帽子も被《かぶ》っている。

桂は急いで、男の方へと走っていった。

「桂万治です」

そう言うと、高年の運転手は、微笑みながら頭を下げた。

「総長の命でお迎えに参りました。どうぞ車にお入り下さい」

運転手が、黒い甲虫のような車へと歩いていき、後部座席のドアを開ける。

桂は重たい鞄《かばん》を先に中に入れてから車に乗り込んだ。バタリとドアが閉まる。そして運転手も運転席に座った。個室となった車の中は外よりはずっと静かだ。桂は少しほっとした。

車は道路の渋滞のせいでゆるゆると走り、四十分もかかって赤坂《あかさか》にある検事総長の邸宅に着いた。邸宅は母屋と接客の為の別邸に分かれている。桂は別邸へと案内された。

別邸の休憩室は豪華な部屋である。まるでホテルのそれを思わせる。大きな瓦斯《ガス》ストーブが冬の冷たい空気を温めているし、壁には落ち着いた茶褐色のマホガニーの木が用いられ、床には毛足の長い暗緑色の絨毯《じゅうたん》が敷かれている。

そこにこれもまたマホガニーで造られた縁に草花が彫刻されているバロック調の長いテーブルがあって、その周囲には欧羅巴《ヨーロッパ》調の猫足の椅子が並んでいた。

部屋は煙草の紫煙で煙っていた。テーブルの上に置かれた大きな硝子《ガラス》の灰皿には吸い殻の山が築かれ、まだ数本の煙草が燻《くすぶ》っている。

この当時、まだ検察庁というものはなかった。だから、総長の豪邸に、各地方の裁判所に属している検事局に配属されている検事達が、一年の仕事を終えて、業務の定期報告を行う為にやって来る。そしてここで暇をつぶして帰って行くのだ。だが、それは業務ではない。訪問はしなくても書類だけ届けていれば、許されることである。田舎にいる殆《ほとん》どの検事はそうしていて、中央に近い検事局にいる検事がここに来ることが主である。そうした彼らが十数名、集まっていた。桂万治もその中にいた。

但し、彼の場合は自分から業務報告の為にやって来たのではない。京都の地方裁判所にいたところに、突然、検事総長から直々の呼び出しがかかったのだ。平検事を名指しで総長が呼び出すなど例外的なことである。

なにか余程のヘマでもやって、辞令でも出されるのだろうか？

桂は冷や汗をかきながら、ここ数ヶ月の自分の仕事ぶりを振り返った。

そんなヘマをした覚えはない。もしや自分が共産主義者だということがばれたのか？

そんな馬鹿な。同僚達に、それと気づかれることをした覚えはない。

だが、何かの経由で……。

いや、それはないだろう。妻子でさえ気づいていないことだ。

戸惑っている桂の様子を気遣ったのだろう、知らせを伝えに来た秘書が桂の耳元で囁《ささや》いた。

「別に悪い知らせじゃありませんよ。五日前に東京出身の長谷川隆太郎《りゅうたろう》という男の遺体が海に浮かんでいたでしょう？　その調査を東京最高裁の朱雀《すざく》検事と共同で行うようにという依頼だと思います」

そう言えば、舞鶴湾に男の遺体が浮かんでいた件を桂は思い出した。男が宿泊していたという港近くの宿で、遺書が見つかったというから事件として警察も取り上げなかったはずだが、何か問題でもあるのだろうか？

桂は、訝《いぶか》しく思った。問題があるようならば検察指揮官のほうから桂に調査命令が出るはずだ。

（それに、あの朱雀十五《じゅうご》が、絡んでくるとは……）

朱雀検事は検察官達の間では有名な存在であった。

東京帝国大学を首席で卒業し、司法科試験に首席で合格して、検察試験をこれもまた首席で通った天才だ。朱雀は、その冴《さ》え渡った推理で様々な難事件を解決に導き、検事になってわずか三年で、最高裁の検事となった。加えてその生い立ちが男爵家であり、祖父が現在の検事総長と昵懇《じっこん》の仲であることは周知のことであり、検事総長の特別な贔屓《ひいき》にあずかっていると言われている。検事の中には、朱雀を『総長のプリンス』と呼ぶ者まで いるのであった。

とにかく末は検察総長間違いなしと言われている男だ。

その男が動き出したということは、余程のことがあるのだろう。

桂は胸騒ぎを覚えながら上京した。

部屋では検事達が、担当している事件や政治の話題に花を咲かせている。昨今の政局は波乱にみち、そのために暗殺事件などが後を絶たない。大きな事件は全て政治がらみで起こっている。話は、井上準之助《いのうえじゅんのすけ》と団琢磨《だんたくま》の暗殺者をどう断罪するかというところから始まり、三月一日に建国された満州国にまで及んでいた。

「満州国のことを、どう思う？　もともと自衛戦から始まったことだが、少し関東軍はいきすぎているんじゃないかね」

一人の検事が煙草を吹かしながら言う。

「しかしだね、満州国の建国は必然的なものであったと思うよ。そもそも、日本が、日露《にちろ》戦争の勝利によって、長春《ちょうしゅん》と旅順《りょじゅん》を結ぶ鉄道と撫順《ぶじゅん》などの炭鉱経営の利権をロシアから獲得して、日本の後方生産拠点として重工業の建設が充実している時だ。おかげで失業率も今年は下がっている。その利権を確実なものにする為には、満州国が必要さ」

『皇道日報』を読んでいた検事が答えた。

「しかし、これらの事業を経営するために『満鉄』はよくやっているよな」

「ああ、あそこの調査部は優秀だ」

「だが、かの米国は満州国に対して不承認を声明して、他の諸外国も余りいい顔をしていない」

「そうだな。国際連盟総会で日本の正当性を否認し、列強による共同管理を提案してきた」

「関東軍の独走には難色をしめしている政府だが、満州国の利権は手放さないだろう。首相もそのつもりで国際連盟を脱退したのだからね」

「しかし、列強が満州国に対して敵対していくことは確かだ」

「そうなったら、日本はどう動くかだが？」

彼らの話を聞きながら、煙草をすぱすぱと吹かしていた桂であったが、胸苦しさを覚えて、一つ咳をした。

「私が心配なのは、本当のところは満州国は日本の傀儡《かいらい》国家なのだが、その統治が上手《うま》くいくには、いかに『王道楽土・五族協和』のスローガンが浸透するかにかかっていて、そいつがどうにも怪しいというところだね」

桂は軽く咳《せ》き込みながら、灰皿で煙草をもみ消した。

「桂君は満州国には懐疑的なのかい？」

皆の注目が集まる中、桂は決して自分の思想が漏れないように用心深く言葉を選んだ。

仏蘭西《フランス》に留学経験のある桂にとって、彼らの会話は陳腐《ちんぷ》であった。情報制限の厳しい国内のこんな場所で政治国家を語っていたって、世界は日本が思っているように小さくはない。それは電球の中の灯《あか》りで太陽を照らそうというような行為だ。

「いや、そういうわけではないさ。満州国は我が国と朝鮮国の合併の延長線上にあることだ。朝鮮族の多いあの地域を我が国が治めるにはそうしなければならないと思っている。だが、なにしろかの国はあの広さだ。その統治に心配があるということさ」

「日本の統治力を以《もっ》てすれば、やっていけるさ」

一人の検事が、煙草の火と同じように、桂の意見を軽くもみ消し、桂が苦笑いをした時、休憩室のドアが開き、総長の秘書が入ってきた。

「桂検事、総長がお呼びです」

桂は頷《うなず》いて立ち上がった。秘書の後をついて長い廊下を歩いていく。殆ど人気《ひとけ》はなく、静かである。自分たちの足音だけが聞こえてくる。廊下の角を一つ曲がる度に、桂の緊張は高まっていった。まるで深い森を彷徨《さまよ》っているような気分になってくる。

『総長室』

その文字を見た時、桂は思わず咳払《せきばら》いをして、背広の襟を正した。秘書がドアをノックする音が、谺《こだま》となって廊下に響いていく。

「総長、桂検事をお連れしました」

秘書が言うと、総長室の中から、「入り給え」と、威厳のある声が聞こえた。

秘書がゆっくりとドアを開いた。広い部屋である。壁の素材は、休憩室と同じマホガニーだと思われる。真っ赤な阿拉伯《アラビア》絨毯が敷かれている。総長の趣味だろうか、木立に鳥たちが行き交う様子が織り込まれていた。左手の空間は開けていて、本棚が連なっている。六法全書や法律の関連本が並んでいた。中には、独逸《ドイツ》語と思われる本もある。もともと日本の憲法は独逸憲法を見習って造られたものであるから、独逸憲法の本は桂もいくつかは持っていた。右手にはゆったりとした応接椅子や机があった。秘書は左手の開いた空間をずっと奥に歩いていく。その先には重厚な机が置かれていた。机上に『検事総長　錦織善《にしきおりぜん》幸《こう》』という札が立っていて、髭《ひげ》を蓄えた恰幅《かっぷく》のいい六十代後半の紳士が、暗銀色の背広を着て座っていた。

「総長、桂検事です」

秘書は頭を下げてそう言って、桂を紹介すると、すっと奥の秘書室へと消えていった。

なにやら取り残された幼い子供のように心細くなった桂は、改めて錦織総長に頭を下げた。

桂は初めて錦織の顔を間近で見た。その容貌《ようぼう》は輪郭は面長で、筋ばったインテリ系の顔をしていたが、太い眉《まゆ》と鋭い眼がインテリ特有の線の細さを感じさせないものだった。錦織は老眼鏡の縁を触りながら、じっと硬くなっている桂の顔を観察している。暫《しばら》く何も話さない。桂は緊張の余り、胸がまた苦しくなってくるのを感じた。そしてついにいたたまれなくなり、自分のほうから錦織に言った。

「総長、直々のお呼びと聞き、やって来たのですが、ご用件はなんでしょうか？」

検事に睨《にら》まれて自白する犯人の気分である。

「うむ、他でもない君の管轄する京都で起こった事件だがね、この写真に最高裁の朱雀検事が非常に興味があるそうなんだよ」

錦織はそう言うと、重たそうな机の引き出しを開けた。そして一枚の写真を取りだして机の上に置くと、桂の前にそれをすべらせた。

波打ち際に浮かんで引き上げられようとしている男の死体。それを珍しそうに眺める人垣。確かに五日前に起こった舞鶴湾での自殺事件の写真である。

「この写真が、どうかしたんですか？」

桂が聞き返した瞬間だった。

――実はその死体の男、長谷川隆太郎は、僕が雇った探偵だったんですよ。

白金のように澄んだ、カリスマティックな響きを持った声が、桂の斜め後ろから響いた。驚いて振り返ると、応接椅子の一つから白い背広を着た男が立ち上がって、歩いてきた。もとから其処《そこ》に座っていたのが、椅子の高い背もたれが邪魔をして見えなかったのだ。それは男が小柄なせいでもあった。

「初めまして桂検事、朱雀十五です」

男はそう言って、握手を求める腕を桂に突き出してきた。銀幕の外国映画でしか見たことのない挨拶《あいさつ》の仕方だ。桂は少し戸惑いながらその手を握り返した。華奢《きゃしゃ》な柔らかい手であった。女の手であるようで、どきりとする。

その時、桂は、まじまじと朱雀を見た。

なんという美しい青年だろうか。

ギリシャ彫刻に、こんな端整な顔立ちを見たことがあるだけで、桂の知っている限りの老若男女とは比べものにならないような美貌《びぼう》である。

特に桂が引きつけられたのは、朱雀の肩まで伸びた長い髪と大きな瞳《ひとみ》であった。光沢のある闇のような髪の毛。緑の黒髪とはこういうものを言うのだろう。そして長い睫《まつげ》で縁取られた深い湖のような瞳。それは何処までも透けて見えそうでいて、何処までもいっても底には到達できないような不思議な輝きに満ちていた。

こんな風な湖になら、引き込まれて溺死《できし》してもいい気分になることだろう。

呆然《ぼうぜん》として朱雀を見つめていた桂は、じっと朱雀の手を握りしめているままの自分に気づいて、はっと現実を取り戻した。慌てて手を放す。

「桂万治です。よろしくお願いします」

桂は相手が年下にもかかわらず敬語で頭を下げた。何故だかそうしなければならないような気がしたのだ。

「こちらこそよろしくお願いします。此処《ここ》では何ですので、そっちの椅子に座って話をしませんか?」

朱雀はそう言って、錦織の机から無造作に写真を取ると、さっき掛けていた椅子の方へと歩いていく。

思わず錦織の顔を窺《うかが》った桂であったが、錦織は朱雀の無礼を咎《とが》める様子もなく黙って頷いた。

(やはり、『総長のプリンス』という噂は大げさではなかったんだな……)

桂は心の中で呟《つぶや》きながら、すでに椅子に座っている朱雀のもとへと歩いていった。向かい合って椅子に座る。

ごほり、と桂は咳をした。

朱雀は眉を顰《ひそ》めた。

「悪い咳ですね……」

　その瞳が全てを見透かしているように感じられる。桂は内心、どきっとした。

「なに、ただの風邪です。それでこの写真における問題というのは？」

　桂がおずおずと問いかけると、朱雀は桜のような唇で微笑んだ。どこか含みのある冷たい微笑だ。そして写真を桂に向けて見せると、片方の手でその一点を指し示した。桂はその一点を、じっと見た。一羽の鳥が写っている。

「鳥がいますね……」

「ええ、そうなんです。これね、一見、ウズラのように見えますけど、本当はクイナだと思うんです。だけど、一寸《ちょっと》、色が分からないから確かじゃないんですよね。桂さんはどう思います？」

　朱雀はそう言うと、瞳を瞬《まばた》いて首を傾げた。おかしな質問に、桂は戸惑った。

「さぁ……。私は余り鳥には詳しくありませんから、第一にクイナという鳥自体を知りません」

「それは残念だな。じゃあ、やっぱり確かめにいくしかありませんね」

「写真について気になっていることというのは、鳥のことなんですか？」

　奇妙なことを言い出す男だ。鳥の種類を知りたいから、わざわざ自分を呼び出したのか？　桂は少し不愉快な気分になった。

「そうですよ」

朱雀があっさりとそう言ったので、桂は呆《あき》れかえってしまった。

（なんだ、この朱雀という男は、人を馬鹿にしているのか！）

むっとした表情になった桂だったが、朱雀はそれを見て突然、肩を揺すって笑い出した。

「あはははは。怒りましたね。まあまあ、本題はここからですから……」

朱雀は次に一枚の紙片を胸ポケットから取りだして、桂に手渡した。

其処には一行の短い文章が書かれていた。


関東軍ガ政府ノ国益ニ反スル不正ヲ進メテイル事ナレバ、舞鶴軍港ヲ調査サレタシ

桂は目を見張った。

関東軍の不正を暴くべく活動していると、浅沼は手紙に書いてきていたが、もしやこれは彼らの仕業ではあるまいか？　しかし、朱雀がこれを自分に見せるということは、浅沼達の動きが暴かれていて、芋蔓式《いもづるしき》に自分の名前も挙がっているのかもしれない。

桂は動揺を隠しながら、「関東軍が国益に反する不正を？　これは一体、誰が……」と、訊《たず》ね返した。

「さて、それは分かりません。差出人不明で、総長のもとに送られてきた手紙です」

朱雀は、惚《とぼ》けたように答えて、話を続けた。

「ともかく僕が長谷川隆太郎を探偵に雇って舞鶴港の方を調べさせていたんです。彼から

は定期的に連絡が届いていました。それが突然、自殺することなど考えられません。とすると……？」

朱雀の少し意地悪な光を宿した深い瞳が桂を覗《のぞ》き込む。

「手紙の内容はかなり信憑性《しんぴょうせい》のあるもので、それを探ろうとしたから長谷川氏は自殺に見せかけて何者かに殺された……、ということですか……」

「そんなところでしょう」

朱雀は頷《うなず》くと、桂の手から手紙を取り上げ、また胸ポケットにしまい込んだ。

「とにかく、関東軍が本当に不正をしているかどうか、この事実を突き止め、また長谷川隆太郎を暗殺した犯人を捜し出す。これは総長の特命です。そのことで桂さんに協力して欲しいのです」

桂は思わぬ大きな事態に、のぼせ上がった。

「まず警察を動かしてはどうですか？」

朱雀は静かに首を振った。

「この手紙の主は、関東軍の不正を暴きたい人間です。他にもこうした手紙を受け取っている人間がいるでしょう。政府関係者、勿論《もちろん》、警視総監にも送られているはずです。

しかし、警察はこの事件を簡単に自殺として処理してしまった。今の警視総監は右翼で、関東軍支持派ですからね。警察を動かしてこの事件を解決に導こうというのは難しいでしょう。もしかすると逆に妨害される可能性だってある。警察関係者には関東軍贔屓《びいき》が沢山いますからね。誰が味方か敵か分からない。この捜査は確実に僕を裏切らない人間とやりたいのですよ」

朱雀の瞳が、ぎらりと光り、桂を射貫《いぬ》いた。なんだか、えも言われぬ迫力である。朱雀が何をして、桂が彼を裏切らないと断言しているのか、その根拠が不気味である。桂は蛇に睨《にら》まれた蛙のように体が硬くなるのを感じた。

「なるほど……」

朱雀がゆっくりとテーブル越しに立って、身を乗り出してきた。美しい横顔が桂の目を掠《かす》めていく、そして桜の花が開くように朱雀の唇が開き、桂の耳元で囁《ささや》いた。

「とにかくこの事件の調査は、僕たちだけでやるのですよ、桂さん……。僕達だけでね」

「待って下さい、何故、私に？」

「貴方《あなた》は帝大法科の僕の先輩です。色んな噂が耳に入ってきます。貴方の『仏蘭西民法の精神』という論文を興味深く読ませて頂きましたよ。貴方には色々と思うところがあるのでしょうね。おっと、これは言っても無駄ですね。貴方は、口の堅い賢明な人だ。そうでしょう？　しかも日本有数の合気道の達人だ。そして今の警察のやり方に疑問を持っているはずです。そういう人がいてくれると心強い。どんなことがあるか分かりませんが、見ての通り、僕は全く武闘派ではありませんからね。それに貴方はなによりも京都地区の検察担当官だ。協力すると言って下さい。そう言わないと貴方も困りますよ」

朱雀の声には逆らえきれない迫力と魅力があった。冷や汗が滲《にじ》む。

「……分かりました。協力します」

もしかすると、自分の命も危険に晒《さら》されるかもしれない選択を、桂はその場ですることになってしまった。


噂？

どんな噂なんだろう？

私の一体、何を知っていて、この男はこんなことを言っているのだろう？

これは私に仕掛けられた何かの罠《わな》なのか？

桂は朱雀という男の得体の知れない不気味さとともに、体中の細胞が逆なでされるような不安を感じていた。

第一章　若狭の国の馬耳村

1

――へそを、弄《いじ》ると小金《こがね》が、ぽろり
――へそを、弄ると小金が、ぽろり

ざんばらのおかっぱ頭。赤ら顔の醜く歪《ゆが》んだ相貌《そうぼう》が見えた。顔全体の軸が歪んでいる上に、ぎょろりと飛び出た右の目玉。逆に潰《つぶ》れたように眇《すが》められた左の目。曲がった鼻、口は窄《すぼ》められ、唇が突き出している。そんな男が白い狩衣《かりぎぬ》を着て、小槌《こづち》と鑿《のみ》を振り上げながら、一本足で乱れ踊っていた。その背後で、突然、炎がめらめらと赤く燃え上がる。

――天罰じゃ、天罰じゃ。村を燃やしてしまおうぞ！
　山を燃やしてしまおうぞ！

地の底から響いてくるような声を聞いて、後木は目覚めた。

夢だったのか……。

暗闇の中で、目を瞬《しばたた》く。だが其処《そこ》にはまだ、歪んだ顔の一本足の男が立っている。

後木はそれを、じっと見詰めた。男の姿の輪郭は、はっきりしたり、ぼやけたりしながらも、現実に目の前に存在している。

夢じゃない……。

後木は両目を擦《こす》って、再び、男の姿を確認した。男は、さっきよりずっと自分の近くにいる。

恐怖に駆られた後木は、寝室から飛び出した。

だが、男の姿は遠ざからない。

追われている……。

後木は焦った。ばたばたと廊下を走り、玄関に出る。後ろを振り返る。男がいる。堪えられず、後木は外に飛び出した。小さな村は静まりかえって真っ暗だ。僅《わず》かな月明かりだけが、水田の霜を照らしている。

とすくの神だ！

とすくの神だ！

後木は心の中で叫びながら細い道を逃げまどった。だが、不気味な男の姿は、小さくなったり、大きくなったりしながら後木の側から離れなかった。

逃げまどった後木は、足をもつれさせ、家畜にやる藁《わら》の山に突っ込んだ。ぶるぶると震えながら、藁の中から周囲を見る。
やはり、男の姿があった。しかも一人だけではない。同じ顔かたちをした男が、遠くに近くに、三人も立っている。

――とすくの神……。村を燃やす……？

呟《つぶや》いたその時、後木は自分の掌《てのひら》に硬く冷たい物が当たっているのに気づいた。それを握りしめて、自分の目の前で拳《こぶし》を開いてみると……。
オイルライターがあった。
これは林田長官のライターだ。何故こんな所にあるのだろう？　後木は不思議に思いながらオイルライターを見つめた。その鈍い光沢のあるライターの面にも、醜い男の顔が、はっきりと映っていた。

――村を燃やす……。

後木は呟いて、ライターの蓋《ふた》を開け、しゅっと回転器を擦った。細長く青い火がライターの先から立ち上る。その明るい光を暫《しばら》く見ていると、後木は妙に心が安まる気がした。
いつの間にか、あれほど執拗《しつよう》に後木を追いかけてきていた男の姿が消えている。

男も炎を見て、満足したのかもしれない。後木は、ほっとした。

「おい、要《かなめ》君、こんなところで夜遅くに何をしてるんや？」

声の掛かった方を見ると、畑《はた》巡査が自転車に乗って立っている。畑は自転車から降りると、それを手で押しながら後木に近づいてきた。そして、火の付いたライターと、後木と高く積まれた藁を見比べた。

「そのライターはどうしたんだ？　こんなところで火を付けて、まさか藁を燃やそうとしてた訳ではないだろうね」

畑巡査は、訝《いぶか》しんで後木の顔をじっと見つめた。

「違います。砥笥貢様が居たので、私は怖くなって逃げてきたのです。この藁屋に来るまでに、砥笥貢様は三人になりました。どうしても離れてくれないので、私は夢中になって逃げました。そうするといつの間にか藁の中に体を突っ込んでしまっていたのです。手に硬い物が当たりました。私はそれを握りしめました……」

後木は必死になって説明したが、畑巡査は顰《しか》めっ面で、手を振った。

「もう何も言わんでいいよ。それより、そのライターの火を消しなさい。危ないから」

後木は無言でライターの蓋を閉じた。

「これは林田長官のライターです」

後木が言う。

「長官殿のライターだと？　それを何で要君が持ってるんだ？」

後木が再び説明し始めると、やっぱり畑巡査はその言葉を途中で遮った。

「もういいから、家に戻りなさい。わしが一緒に付いて行ってあげるから」

後木は仕方なく頷《うなず》き、ライターを握りしめて歩き始めた。畑巡査が、自転車を漕《こ》いで、ゆらゆら蛇行しながら後木の周囲を往来する。

そして後木の家に辿《たど》り着くと、畑巡査は、

「それじゃあ、帰って寝るんだぞ」

と、手を振って後木を見送った。

後木の姿が、家の中へと消えていく。

(全く、要の奴は、どうしたんだろうか？　砥笥貢様とか何とか不吉なことを言っていたが……)

畑巡査は首を傾げたが、深く考えることはせずに、もう一周と思い自転車を漕ぎ出した。もとより事件等、起こったことのない村である。しかし、他にこれといって仕事のない村の巡査である畑にとって、夜回りは大事な仕事だった。

畑は口笛を吹きながら、村の細い道を縫っていった。家畜小屋とは反対の貯水池の方へと向かっていく。

月夜に照らされた貯水池は、暗澹《あんたん》たる暗闇をその底に貯めて、不気味に鈍く光っている。

そして貯水池の辺り一面が墓地である。此処《ここ》がこの村で一番、薄気味の悪い場所だ。墓に土葬された者達の声が、今にも木の葉のざわめきに混じって聞こえてきそうである。畑巡査は此処を通るのが至極、苦手であった。

そう言えば、自分が物心ついてから村で起こった大きな事件と言えば、同級生がこの貯水池で溺《おぼ》れ死んだことがあったな……。

ふと、畑巡査がそう思った時だった。

貯水池と墓場の間に、ぼんやりと白い人影が現れた。

「なっ……何だ？」

畑巡査は自転車を急停止させた。そして目を擦って暗闇を見詰める。

人影がどんどん近づいてきた。

ざんばらのおかっぱ頭。赤ら顔の醜く歪んだ顔が見えた。顔全体の軸が歪んでいる上に、ぎょろりと飛び出た右の目玉。逆に潰れたように眇《すが》められた左の目。曲がった鼻、口は窄められ、唇が突き出している。そんな男が白い狩衣を着て、小槌と鑿を振り上げながら、一本足で歩いてくるのだ。

「とっ、砥笥貢様！」

畑巡査は泡を吹きながら叫んだ。

体中が総毛立ち、真冬だというのに頭が、かっと熱くなる。

畑巡査は自転車の向きを変えて、必死になってペダルを漕ぎ始めた。猛獣に後ろから追って来られているみたいに必死になって足を動かす、心臓が破裂しそうなほど、ばくばくと音を立てている。

畑巡査は振り返りもせずに、人家のある場所まで一気に走った。そして初めて、後ろを振り返る。人影は失《う》せている。畑巡査は、ほっとして自転車を急停止させた。

息が上がり、汗が滝のように流れている。

(見間違いやない。あれは確かに砥笥貢様やった……。えらい不吉なことや。なんぞ無ければええんやが……)

畑巡査は、ゆるゆると村の古老であるオナミ婆さんの所へと向かった。

砥笥貢様を見た限りはお祓《はら》いをしてもらった方がいいと思ったからだ。オナミ婆さんは村の中で唯一、お祓いなどが出来る祈禱師《きとうし》的な存在であった。

オナミの家は、人家のある区画と貯水池の間に、ぽつりと立っている。隣は長官の従兄《いと》弟《こ》である林田言蔵《ごんぞう》の大きな家であるが、その家と比べてオナミのそれは実に見窄《みすぼ》らしかった。取り替え時期をとっくに過ぎたような藁葺《わらぶ》きの屋根で、まるで掘っ立て小屋のような板戸である。

畑巡査は、その薄い板戸を忙《せわ》しなく叩《たた》いた。

「オナミさん、オナミさん、寝てるのか？　起きて来てくれ！」

すると、いきなり板戸がガラリと開き、オナミが顔を出した。

「どうしたんじゃ、信二《しんじ》さん」

信二とは畑巡査の名である。

「聞いてくれ、今さっき、貯水池の方で砥笥貢様を見たんだ！」

オナミの顔色が変わった。

「何じゃと？　砥笥貢様を見たじゃと？」

畑巡査は大きく何度も頷いた。

「そうだ、目の錯覚なんかじゃない。砥笥貢様が歩いて来たんだ。なんぞ祟《たた》りでも貰《もら》ったかも知れない。オナミ婆さん、祓ってくれないか」

オナミは畑巡査を、頭の天辺《てっぺん》からつま先まで嘗《な》めるように見た。

「分かった。とにかく中に入るんじゃ。わしが出来るだけのことはしようぞ」

オナミはそう言うと、畑巡査を家の中へと招き入れた。

人気《ひとけ》の無い家の中は、家具も少なく、がらんとして殺風景である。その中で、囲炉裏部屋にある神棚だけが、やけに仰々しく目立っていた。

オナミは神棚の前に畑巡査を正座させると、神棚にある塩を一つまみして、畑巡査の体にぱらぱらと振りかけた。そして畑巡査の隣に座ると、神棚に一礼して、祝詞《のりと》を上げ、何やら呪文《じゅもん》のような言葉を呟いた。

意味は分からないが、有り難いお経を聞いているような気分になる。

呪文が止まり、オナミが畑巡査を振り向いた。

「どうじゃ、気分は？」

「はあ、どうにか落ち着いてきた心地だ」

「そうか、それならばいいじゃろう。最後に梅汁を飲んでいきなされ、祟りには効くからのう」

オナミはそう言うと、台所の方へと立っていった。そして塩梅を入れた湯飲みを持ってきた。囲炉裏の上で沸いていた湯をそれに注ぐ。注いでいる間も、オナミは呪文を呟き続けた。そして畑巡査の前に湯飲みを突き出した。

畑巡査は梅汁を飲むと、すっとした気分になった。不安が薄れていく。

「……そう言えば、要君も見たんじゃないかな。砥笥貢様の話をしていた」

畑巡査の呟《つぶや》きにオナミが身を乗り出した。

「要も見たんか？」

「はっきりとは分からない。なにしろ要君の言ってることだ、どうも要領を得んでなぁ、けど藁《わら》小屋の前で、ライターに火を灯《とも》して、ぼうっと突っ立ってたから、声を掛けたんだ。そしたら砥笥貢様がどうのこうのと言いよって、また何時もの戯言《ざれごと》だと思って家まで送ったんだけど……」

「要も砥笥貢様を見たのなら、ただごとではないじゃろうな……。なんぞ障《さわ》りがあったのかもしれん……。なにかの兆しかもじゃ……」

「兆し？　何ぞ恐ろしいことが起こらねばいいが……。近々、東京から偉い検事の先生が来られる言うのに、何かあったら、わしの面子《メンツ》は丸つぶれじゃ……」

畑巡査は悩ましく呟いた。

だが、畑巡査の願いも空しく、数日が経つと、砥笥貢神を見たというものが続々と現れ始めた。

――最初に見たのは巡査さんだろう？　貯水池の方で砥笥貢様に追いかけられたという話だ。

――けど、巡査さんの話では、要さんが初めに見たという事だぞ。

――それに、茂蔵《しげぞう》さんだろう？　青葉山の森の中で見たって言っていたよね。

――そうそう、猟に行ったらば、薄暗い森の中に立ってらっしゃったとか。

――この頃は、峰《みね》さんや、おはんさん、広松爺《ひろまつじい》さんまで、砥笥貢様が夢枕に立ったと言っている。

――実はね、長官様の所に、行儀見習いに来ている君《きみ》ちゃんも、夜中、手水《ちょうず》に行く時に、庭で、砥笥貢の神様を見たって言うよ。

——おお怖い、長官様のお邸《やしき》の中にまで、砥笥貢の神様がやって来たのかねえ。

村人達は寄ると、触ると、砥笥貢神のことをひそひそと囁《ささや》き合った。

2

昭和八年十二月三十日。

東舞鶴の近くの村。馬耳村。

村長の高田《たかだ》三吉《さんきち》は、早朝から忙しかった。東京から偉い検事先生が二人来て、林田長官の邸宅に泊まるから、歓迎の用意をしろと長官から命令を受けていた。

それだから、歓迎の垂れ幕を筆上手の畑信二に書かせたり、若い衆にくす玉作りを指示したり、検事先生達が来た時の歓迎の仕方を村人らを集めて教えたりと大変である。

村の寄り合い所と家とを何往復もし、時間一杯で、垂れ幕とくす玉が出来たかどうか確認しにいく途中、林田長官家のお手伝いである米と出くわした。

米は、何処かで摘んできたのであろう冬菊を花束にして持ち、高田ににこやかに頭を下げた。

「村長さん、一緒に花を手向《たむ》けにいきませんか？」

米の言葉に高田は眉《まゆ》を顰めた。

「あんたもこりん人だねえ。毎年、毎年、わしにそう言って聞くが、わしはいかんと言うとるだろう。それより、今日は、偉い先生方が来るんだ。その準備で、それどころじゃない」

「左様ですか、それはお邪魔を致しました。じゃあ、私一人で行って参ります」

米は薄く微笑んで通り過ぎようとした。その後ろ姿に、高田は声をかけた。

「米さん、あんた一人のんびりしていてもらっては困るよ。ちゃんと先生方を迎える準備は出来ておるのか？」

米は、一寸《ちょっと》、高田を振り返った。

「ええ、それはもう出来ております。村長さんや、長官様に恥はかかせません」

「なら、いいがなあ」

「それはもう」

米は一言そう言うと、すたすたと去っていった。

高田村長は溜息《ためいき》を吐きながら、家へ戻った。

皆が作業をしている庭に入ると、畑信二が垂れ幕の布を持ってきて、高田に見せた。

「村長さん、こんなもんでどうですかのう？」

高田は、垂れ幕に書かれた文字をしげしげと眺めた。

「ああ、ええじゃろう。上出来だ」

高田がそう言うと、信二は嬉《うれ》しそうに頷《うなず》いて、その布をとくとくとした表情で、垂れ幕作りの現場に持っていった。次に、高田はくす玉作りの作業をしている若い衆のところを見に行った。

一応、くす玉は出来ている。

「出来てるようだが、大事な時にくす玉が割れなければ困る。何度か、試してみたのか？」

若い衆らは頷いた。

「それはもう大丈夫でしょう。それにしても村長さん。くす玉の色は何色にしますか？」

「おお、そうじゃのう……」

高田は首を捻《ひね》って考えた。赤か白か？　いや、もっと豪華な方がいいだろう。

「金色にしよう。金色の紙を貼ってくれ」

「金色ですか、分かりました」

若い衆はそう言うと、色とりどりの千代紙の束の中から、金色の紙を取りだして、くす玉に貼り始めた。

高田は、仮にも準備が完了した事に、ほっとした。


村人達は総出で、歓迎の準備の為に移動を始めた。皆、緊張していた。

九時から村に通じるたった一本の道に、林田長官と高田村長の号令によって歓迎の垂れ幕が立てられ、くす玉がその中央からぶら下がるようにとりつけられた。百八十人ばかりの村人全てが道の脇に立ち国旗を持って並んでいく。

その先頭には林田長官の家族と親戚《しんせき》、そして村長とその親戚達が並んだ。

「それにしても林田長官、どうしてこんな片田舎の村に、偉い検事さん達が来られるんですかねえ？　やっぱりあの旅人の死と関係あるんでしょうかね？」

「そうは言ってはいなかったが、そうかもしれん。一応は検察本部の各地の視察調査だということだ。とにかく失礼があってはならん。村名に関わることだからな。村のおかしな噂などお耳に入れてはならないぞ。村の皆にもちゃんと伝えているだろうな？」

林田長官は、じろりと高田村長を睨《にら》んだ。

「勿論《もちろん》です。それはようく言い聞かせていますとも。砥笥貢の神様のことは内緒にするようにと……」

高田村長はぺこぺことしながら答えた。林田長官は頷き、時計を見た。

「昼頃には着くという連絡があったが、遅いな……」

林田長官がそう呟いた頃、桂と朱雀を乗せた車は、丁度、松尾の青葉山付近を走っていた。目的地を直前にしている時だ。いきなり朱雀が車窓を開いた。

「桂さん、青葉山ですよ。さすが若狭富士と呼ばれるだけあって、壮麗な姿だ。見てご覧なさい」

朱雀がそう言うので、桂は朱雀の側の窓を覗《のぞ》いた。黒い瓦《かわら》屋根が連なる景色の向こうに飛白《かすり》のように雪で覆われたなだらかな山が見えた。桂にはそれが美しいとは感じられない。

却《かえ》って冷たい雪に凍えているようで陰惨に見えた。

「一寸、寄っていきましょう」

朱雀が何気なく言う。

「えっ、しかし昼過ぎには馬耳村に着かなくてはいけないのでは？」

桂は突然の提案に戸惑った。

「別に気にすることはないですよ。折角、ここまで来たんだ。観光しない手はありません。君、君、青葉山の方へ寄ってくれ」

朱雀は、前にいる運転手に、早速、行き先を指示した。

特命だと言ってみたり、観光だと言ってみたり、朱雀には不可解な言動が多すぎる。第一、馬耳村に泊まることの経緯も、朱雀の思いつきなのだ。朱雀は例の写真を手にして、写真の中に写り込んでいる女性を見つめていた。

「ねえ、桂さん、彼女、美人だと思いませんか？」

桂は言われて、その女性を見つめた。確かに片田舎には希《まれ》な美女である。もっと若ければ、東京で女優としてデビューしていてもおかしくはない。

「どうせなら、彼女の家に泊まりたいな……」

朱雀は不埒《ふらち》なことを言った。そしていつの間にか、その女性が軍港の監察長官・林田邦夫の妻・美鈴《みすず》であり、馬耳村に住んでいることを調査していたのだ。

女の好みで宿泊先を決めただけでなく、今度は観光である。さすがの温厚な桂も、むっつりと黙り込んだが、朱雀は素知らぬ顔で鼻歌を歌い始めた。

「検事さん、青葉山に登るにしても、松尾寺までしか車ではいけませんよ」

運転手が後ろを向いた。

「ならそこまででいいよ。松尾寺には見所が沢山あるからね。平安時代の絹本《けんぽん》著色普賢延《ふげんえん》命《めい》像など文化財として見ておきたいものだ」

朱雀が答える。運転手は、にこりと笑った。

「よくご存じですね」

「調べて来たんだよ。君は、地元の出身かい？」

「ええそうです。この松尾で生まれ育ちました」

「なら丁度良い、青葉山の案内でもしてくれないかい？」

「かしこまりました」

運転手はそう言ってハンドルを切ると、青葉山へと向かっていった。その道々で案内を始める。

「青葉山は標高六百九十三メートルもある、輝石《きせき》安山岩からなる火山でして、その山容から丹後富士、または若狭富士ともよばれております。それから地元では、馬耳山とも言うのです」

桂にとっては、どうでもいい話であり、その内容など右から左に抜けていったが、朱雀は目を輝かせて身を乗り出した。

「馬耳という字は、目的地の馬耳村と同じ字を書くのかい？」

「はいそうです」

「何故なんだろうね？　本当なら松尾山と呼ぶのが自然なのに。というかどうして松尾が馬耳村ではないのかな？」

「それはよく分かりません」

　運転手は困った顔で答えた。

「それは残念だ。是非とも知りたかったのに」

「ですが、馬耳山の名前の起源は知っています。青葉山は、かつて活火山として、煙をはいていたそうです。昔、若狭の島々は陸つづきであったといいます。そして人も住んでいましたが、これは皆、蛮族です。それらを大和朝廷が打ち破り、その騎兵隊の一行が、青葉山に住んでいる蛮族を攻めていったとき、現在の馬立島《うまたて》の付近で馬が一斉に立ちあがったといいます。それで馬立島と名づけたのです。そしてそこが馬の頭なら、青葉山は馬耳にあたるというので、馬耳山という名前になったそうです。それから後で、青葉山が噴火し、それぞれの土地に海水が流れてきて、繋《つな》がっていた陸地が島となってしまったといいます」

　朱雀は首を傾げて呟《つぶや》いた。

「それはずいぶんと前後関係がずれているような話だな。青葉山の噴火は何百万年も昔の話で、若狭を大和朝廷が平定したのは四世紀辺りのことだ」

「そうなんですか？　検事さんは随分と歴史にお詳しいのですね」

「いや、単に趣味なんだよ。父が真言宗の僧侶《そうりょ》だったりしたものでね」

朱雀がそう言うと、運転手はほうっと感心したように言って、また話を始めた。

若狭の国の自慢話から入って、とうとう翡翠《ひすい》のよく取れた豊かな松尾の話をした。それから村の音頭などを歌い出した。

車一台が通るのがやっとの山の林道を車は縫っていく。枝をくねらせた松の木が生い茂っていた。長時間の旅と単調な景色に、桂は眠気を覚え始めた。だが、朱雀は飽きることなく聞いている様子だ。

桂が危うく眠ってしまう直前で、車は松尾寺に到着した。

しんとした雪景色の木立の中に、墨を流したような黒い寺が重々しく建っている。それはまるで雪の中をえぐった深い爪痕《つめあと》のようにすら見えた。

桂と朱雀はそこで降り、参道を通って本堂に入っていった。

灯籠《とうろう》の向こうに朦朧《もうろう》と並んでいる仏像達。その姿は彼らの下に敷かれた緋毛氈《ひもうせん》よりも目立たない。朱雀はそれらを回廊を歩きながら目を凝らして見ていた。桂は時計の動きが気になってしょうがない。だが、朱雀という男には、人を待たせているとか、迷惑をかけているとかいう感覚がないらしい。見た目が美しいだけに、厭《いや》な男である。

やっと本堂を見終えたと思うと、今度は、参道を外れて、境内の西にひっそりと鎮座している神社へと向かった。その神社、鳥居だけがやけに目新しくて赤く光っている。その鳥居には『六所神社《ろくしょ》』という額が掛かっていた。朱雀が本殿の脇に立っている由来書きを読んでいる。

——カサツヒコとカサツヒメか……。

朱雀が小声で言ったのを聞き、桂も由来書きを覗き込んだ。

——六所神社ハ松尾寺ヨリモ古イ歴史アル神社也。残欠ノ青葉社、「室尾山観音寺神名帳」ノ従二位加佐比売明神・従二位加佐比古明神ナレバ。『丹後風土記残欠』ニ以下ノ如ク記載サル。

青葉山ハ一山ニシテ東西二峯有リ、名神在シマス、共ニ青葉神ト号ツクル。其東ニ祭ル所ノ神ハ、若狭彦神、若狭姫神、二座也。其西ニ祭ル所ノ神ハ、笠津彦神、笠津姫神、二座也。是レ若狭国ト丹後国ノ分境ニシテ、其笠津彦神笠津姫神ハ丹後国造海部直等ノ祖也。トキニ二峯同ジク松柏多シ、秋ニ至リテ色ヲ変エナイ。

——本殿ハ青葉山、西ノ頂上ニアッタモノヲ、此処《ここ》ニ移セリ。

その時、いきなり朱雀が口を開いた。

「ねえ桂さん、歴史の上では一つの国家の中に大きな不満が生じた時、分断して傀儡《かいらい》政権を作りあげ、侵略を誤魔化すという手口はよくあることですが、桂さんは満州国についてどう思っていますか？」

いきなりの思想を探るような質問に、桂は戸惑った。

「……まあ、満州国は自衛戦の結果生じたものですから……」

桂のあやふやな答えに、朱雀は、ふんと鼻で笑った。

「自衛戦ねえ……。自衛戦と言いながら、かの国では関東軍と戦っている民衆が何千という規模で抹殺されているのですよ。『王道楽土・五族協和』の楽天地を造り、欧米列強諸国に植民地化されている中国を救う為にとか言いながらですよ、そんなことが止当性を持つものでしょうかね。

大体、僕はこの自衛戦とか言うものの発端となった、張学良《ちょうがくりょう》軍の仕業だと関東軍が言っている奉天《ほうてん》郊外の柳条湖《りゅうじょうこ》村での満鉄線路の爆破だって、関東軍の自作自演ではないかと疑っているんです。これは明らかに侵略戦争なのですよ。ならば、実に軟尖《ナンセンス》だ。そうでしょう？　桂さん。そして武力だけで制圧できるほど民衆は弱くはない。いつかこの侵略には無理がくる。貴方《あなた》もそう思っているはずだ」

朱雀は、危ないことを平気で言った。反応を見られている。桂は、内心、どきどきとしながら平静な表情を作ろうと必死であった。

「な、なにを根拠に私がそんなことを思っていると……」

たじろいでいる桂を、朱雀は、じっと見た。

「……貴方が、『僕の思っているような桂万治』であればの話ですよ」

朱雀の発言に、桂は、やはり……と、思った。

（……やはり私は事件にかこつけて、探られているのか……？　この男の狙いは、殺人事件の調査なのか、それとも私や浅沼達の調査なのか、どちらだ？）

桂は押し黙ったまま、突っ立っていた。すると朱雀は何事も無かったかのようにくるりと向きを変えて歩き出した。桂もその後に続く。

山門を潜ると運転手が二人を待って立っていた。

「見終わりましたか？」

運転手がドアを開きながら訊《たず》ねる。朱雀は頷《うなず》き、後部座席に乗り込んだ。桂も続く。

「このもう少し上のところに、『祇笥貢神社』という小さな社《やしろ》もあるにはあるんですがね、其処《そこ》は大して見所もないし、なによりも祟《たた》る神様として有名で、人は恐れて近寄らないんです」

運転手が元来た道を走りながら言った。

『祇笥貢神社』………。それは知らなかった。見ておけばよかったかな……。まあいい、また後で、じっくりと見学するとしよう」

ようやく時計を見て言った朱雀に、桂はほっとした。

青葉山を下って大路を西へと車は走った。もう夕暮れになっている。青葉山を下ってから五分もしないうちに急停車した。

ヘッドライトの灯《あか》りの中に、二台の人力車と、石碑が浮かび上がっている。

石碑には馬耳村とあり、何かの浮き彫りがされているのが見えた。桂は眼鏡を調整しながら目を凝らした。

浮き彫りの様子が分かったとき、ぞっとした。

醜い顔。丁度、朱雀が見せた写真の長谷川の死に顔のように歪《ゆが》んだ顔が、彫られていたからだ。

その石碑の所は、細い曲がりくねった脇道への入り口であった。

「しかし、馬耳村なんていう気味の悪い所へ、よくご滞在なさる気になりましたね。どうせなら松尾か、余部にされれば良かったのに。自動車ではここまでが精一杯ですので、人力車の方へお乗り換え下さい」

運転手はそう言うと、外に出て、後部座席のドアを開いた。

3

昼過ぎには着くと言っていた検事達はなかなかやってこない。

太陽は急速に西に傾き、辺りは暗くなっていた。そして風が強くなり雪が舞い始めた。

粉雪だ。風が雪をせわしなく舞い上げ躍らせて、まるで空間が回転しているような錯覚を覚える。

慎吾は足踏みをして体を温めつつも、遠い道の向こうを見た。

父から検事という偉い人達が来るという話を聞いたとき、検事という人種にとても興味を持った。警察というのはよく知っているが、検事というものがどういうものなのか、慎吾にはよく分からなかったからだ。それで、昨晩の夕食の時に、父に尋ねてみたのであった。

父は、それに答えてこう言った。

「いいか慎吾、検事さんというのはな、犯罪を捜査したり、刑事事件について公訴を行って、裁判所に法の正当な適用を請求することの出来る人達なんだ。それに裁判の執行を監督し、また、裁判所の権限に属する事項についても、裁判所に意見を述べたり出来る。まあいうなれば、警察よりも裁判官よりも偉い人達だ。今度、いらっしゃるのは、最高裁判所の一級検事、朱雀十五さんという人と、京都地方裁判所の一級検事、桂万治さんという方だ」

警察よりも裁判官よりも偉い人たちと言われると、慎吾の頭の中には鬼神のような恐ろしい人達という印象が浮かび上がった。そんな人達が村に来るというのは、とても物騒なことのような気がした。

（もうこのまま来なければいいのに……）

慎吾がそう思った時だった、道の向こうの暗闇が、黄色い光で照らされた。

「お父さん、あれ」

慎吾が、そちらを指さすと、林田長官は身を乗り出した。

「やっと着かれたようだ。皆、整列して国旗を振るように！」

林田長官の合図で村人達は道の両脇に整列し、国旗を振り始めた。

二台の黒い人力車が、カンテラを照らしながら段々と近づいてきて、慎吾の目の前で止まる。

車引きが梶棒《かじぼう》を下ろすと、まず一台目の人力車から降りてきたのは、紺色のコートに眼鏡をかけた頭の良い真面目そうな三十代半ばといった男だった。何か恐ろしい者を想像していた慎吾は、少しほっとした。続いて、人影が後ろにいた人力車の中で動いた。先に出てきた男より、ずっと若い青年が、姿を現した。

慎吾はその青年の姿を見た時、胸がどきりとした。珍しい白いマントを羽織った青年は、酷《ひど》く美しく妖艶《ようえん》で、何か人でないもののように感じられたからだ。青年の印象は、ある意味で、慎吾の想像していた鬼神《きじん》と重なるところがあった。

――美神《ミューズ》………。

慎吾達家族の隣に立っていた後木の呟《つぶや》きが聞こえた。

高田村長がくす玉を割る。くす玉は見事に割れたが、中から弾《はじ》けた紙吹雪は、雪に紛れてよく分からなかった。

林田長官と高田村長、そして巡査をしている畑は、彼らの方へと歩いていった。慎吾と母もその後に続く。

「初めまして、私が林田邦夫です。これが家内の美鈴、そして息子の慎吾です。長い道のりをお疲れでしょう。我が家でゆっくりとくつろいで下さい」

「初めまして、桂万治です」

三十代の男の方が言った。

「僕は朱雀十五です」

美しい青年が言った。

「私は、高田三吉といいまして、この村の村長をしております。何か御用があればいつでもおっしゃって下さい」

高田は深々と頭を下げた。

畑は敬礼をした。

「自分は、この地区を担当しております巡査の、畑信二と申します」

朱雀は彼らに一寸《ちょっと》、愛想をすると、慎吾と美鈴を嘗《な》めるように見た。綺麗《きれい》だけれど、怖い目だ、と慎吾は感じた。

「お美しい奥さんですね。お子さんも賢そうだ」

朱雀が林田長官に言う。林田は照れ笑いをした。

「とんでもない。愚妻に愚息ですよ」

美鈴は恥じらうように顔を背けている。慎吾は、朱雀の褒め言葉に母が反応したのに嫌な感じを覚えた。

「そう謙遜《けんそん》なさらずに。奥さんとお子さんはお幾つなんですか？　見れば奥さんは随分と若そうだ」

「息子は十五歳。中学校の四年です。妻は四十三歳。私より十も年下です」

「四十三歳！　とてもそんなお年には見えませんね」

朱雀が大袈裟《おおげさ》にそう言うと、桂も口を挟んだ。

「私も驚きました。三十代の前半かと思いましたから」

「とんでもありません、もういい年のお婆ちゃんですわ」

美鈴が答えた。

「お二人は、ご結婚はいつなさったんです？」

朱雀が訊ねる。

「八年前です。妻が写真を撮りに舞鶴の方へ来た時に知り合いましてね」

林田長官が答えた。

「八年前……。でも息子さんは十五歳ですよね」

朱雀が不思議そうに言う。

「妻は後妻なのです。前妻は死にました」

「そうなんですか、これは失礼しました。時に何が原因で亡くなられたのですか？」

「癌病です」

「それはお気の毒に」

家族のことを根掘り葉掘り聞く朱雀に、慎吾は不快感を持った。

「立ち話はお寒いでしょう。早く家のほうへ向かいません？　御夕食の準備もしておりますのよ」

美鈴がそう言うと、林田長官は頷《うなず》いた。

「それでは行きましょうか」

林田長官が歩き出す。慎吾と美鈴もその後に続いた。一緒に桂と朱雀も慎吾達と肩を並べて歩き始めた。

林田長官の家は豪邸であった。そもそも余部にあった商家を、こちらに移築したものらしい。広い前庭には立派な倉もあり、松の木などの常緑樹で仕立てられた小さな庭園になっている。一行は庭園の飛び石に沿って歩きながら、屋敷に入った。

お手伝いの米が指揮を取って、行儀見習いの姉や達が忙しそうに大広間に、膳《ぜん》を並べていく。その様子を、慎吾は廊下の片隅から見守っていた。

大広間の隣の部屋では父母と慎吾の親戚《しんせき》達が、朱雀と桂を囲んで笑談している。運ばれていく膳を、ちらりと盗み見ると、野菜の煮付けや鶏のささみの刺身などの間に、滅多に手に入らないご馳走《ちそう》の『鎌倉《かまくら》ハム』があった。

大広間の配膳がすっかり終わると、隣部屋にいた大人達が移動を始める。何時もは父の座る床の間の前に、朱雀と桂が座った。その右脇に並んだ膳の一番上座に近いところに父が座り、続いて母が座った。慎吾は呼ばれて母の隣に座る。そして次々に村長や親戚達が膳を埋めていった。

「それでは皆さん、皇太子様のご誕生とお名前がお決まりに成られたとのこと。そして検事先生方の御到来を同時に祝しまして、乾杯をいたしましょう！」

林田長官が乾杯の音頭を取って、皆が酒を飲み始めた。桂は酒ではなくお茶を飲んでいる。朱雀は注がれるままに酒を飲んでいるが、まるで素面《しらふ》のようであった。

その内、朱雀は『鎌倉ハム』の盛ってある鉢を手に取って、眺め回した。それは慎吾達の鉢とは全く違っていて、青みのある白磁器に極彩色《ごくさいしき》の絵付けをした物であった。

「これは良い物ですね」

「左様ですか！　さすがにお目が高い。これは私が上京したおりに高級古物商に勧められて買ったものなのです」

林田長官は嬉《うれ》しそうに言った。

「それはいい買い物をなさりましたね。これは元《げん》時代の『景徳鎮《けいとくちん》』です」

「『景徳鎮』……ですか……」

林田長官は複雑な顔をした。『景徳鎮』と言えば、安物の陶器という印象が強かったからである。

「がっかりされたんですか？　『景徳鎮』を馬鹿にしてはいけませんよ。『景徳鎮』の価値はその造られた時代によって大きく異なります。そもそも『景徳鎮』というのは、中国を代表する名窯ですが、その歴史は古くて、景徳鎮窯が初めて歴史に登場するのは隋《ずい》・初唐《しょとう》とも言われています。まあ九世紀頃にその始原が認められているのです。初めのうちは特色の乏しい青磁や白磁を焼いていて、その当時は昌南鎮《しょうなんちん》と称していました。そして北宋《ほくそう》の景徳年間に景徳鎮と改称したのです。その時期が景徳鎮窯の台頭期です。青白磁とよばれる青みのある白磁は、饒玉《じょうぎょく》という美称を受けた最高級の製品をつくりあげ、欧羅巴《ヨーロッパ》では大変な高級磁器だったのですよ。

特に元後期の十四世紀には染付け磁器を創始して陶磁器の王座の位置を固め、明《みん》朝初頭の永楽《えいらく》年間には明朝の官窯が設けられて、官民経営による窯となり、さらに不動の名声を得たのです。ですから元時代の『景徳鎮』は、有田焼《ありたやき》やマイセンなどよりも高価な物でした。だから、その歴史的価値、美術的価値から鑑《かんが》みて、世界に通用する骨董《こっとう》物なのです。それを知識なくして目をつけられたということは、林田さんは非常に卓越した審美眼をお持ちだ。奥様を見てもよく分かることですがね」

朱雀は美鈴を、ちらっと見た。美鈴が、ふいっとそっぽを向く。

慎吾は何か違和感を覚えた。僅《わず》かの間ではあったけれども、朱雀と美鈴が見合ったとき、二人の間に何か磁力のような物が感じられたからだ。それでも美鈴は知らぬ顔をしたのだから、それはそれでいいのだけれども……。

「そうですか、いや、骨董商に騙《だま》されてないと分かって安心しました。なるほど。それにしてもよく知っておられますね。陶芸にご興味が？」

「いえ、特には」

朱雀は、あっさりと答えた。桂は時々見せる朱雀の博覧強記ぶりに驚いていた。

「時に、一週間ほど前に男の死体が舞鶴港で上がったでしょう？」

朱雀がいきなり話を切り出した。

「はい。警察は自殺だと言っていましたが、やはり不審な点があるのですか？」

林田長官は少し赤くなった顔で、厳しい表情をした。

「やはりというと、何か心当たりがあるのですか？」

朱雀が目を見開いて訊《たず》ね返した。この男、上手《うま》い、と桂は密《ひそ》かに思った。自分からは情報を一切与えず、さりげなく相手からばかり情報を引き出していく。客観的に見ているとそれがよく分かる。それに相手の心理を手玉に取るのも得意のようだ。相手を下げてみたり、持ち上げてみたりして、相手の感情を魔術師のように操っている。

（私も気を付けなければ……）

林田長官は、朱雀の褒め殺しによって、まんまと気をよくしたのもあるだろう。べらべらと喋《しゃべ》り出した。

「ええ、実は死んだ長谷川という男を、私の部下である後木というものが探っていたのです。後木によれば、長谷川は殺されたんじゃないかということでした。そうだよな？　美鈴」

林田長官は妻を振り返った。

「はい、それで後木君に、見たという犯人らしき男の似顔絵を描いて貰《もら》って警察の方に届けたのですが、警察では遺書が見つかったというので、自殺だと言われました」

桂と朱雀は顔を見合わせた。

「それは怪しいですね。やはり揉《も》み消しがあったということでしょうか？」

桂が言う。

「そうだね。実に怪しい。ところで林田さん、その後木さんという方と話は出来ませんか？」

朱雀が林田長官に言った。

「後木とですか？　ええ、それはもう話は出来ますが、しかし……」

林田長官は口ごもった。

「しかしなんです？」

「後木は、なんというか少し変人で、しかも馬鹿なところがありまして、話をしていても要領を得ないのです。正直、私も後木の言うことは少し分かりかねる程でして」

それを聞くと、朱雀は怪訝《けげん》な顔をして片眉《かたまゆ》を上げた。

「それなら、何故、後木さんの話を聞いて、長谷川が殺されたのだと分かったわけですか？」

「それがですね、私の妻の美鈴が不思議なことに後木とよく話が通じるのです。後木がそう言っていると通訳してくれたのも美鈴でして……」

不可解な話だと桂は思った。そんな話もろくに出来ない男が、何故、軍港の監察員をしているのだろうか？　そして何故、美鈴だけが後木とやらと話が通じるのか？

なんとも奇妙である。

「誤解しないで下さい。後木君は、真面目で、非常に記憶力が良い人です。人の顔でも文章でもすぐに覚えてしまうのです。現に四百人ほどある危険分子の顔写真を全て記憶しています。だから軍港の監察員に林田が抜擢《ばってき》したのです。後木君が話し下手なのは、色んな事を細部まで覚えてしまうせいなんです」

美鈴が慌てて後木を庇《かば》った。

ほうっ、と朱雀が頷いた。

「それはとても興味深い。やはり後木さんとやらと話がしてみたい」

「ならば、明日にでも後木を呼びましょう。美鈴も一緒にいた方がいいかと……」

林田長官の言葉を朱雀が遮った。

「いや、それは結構です。僕達がじかに後木さんと話をしますから」

「では……。明日の朝一番にでも後木を呼び出します」

「よろしくお願いします。大晦日《おおみそか》の忙しい時期に無理を言って、すいませんねえ」

朱雀がそう言うと、林田長官は赤い顔の前で、手を振った。

「いえいえ、とんでもない。お安い御用です。それでは先生、もう一献、どうぞ」

林田長官が銚子《ちょうし》を持ち上げる。朱雀が空になったお猪口《ちょこ》を差し出した。黄みを帯びた透明の液体が注がれていく。

それを見ていた慎吾に、美鈴が声を掛けた。

「慎吾さん、これからは長くなるから、もうお部屋に行ってお休みなさい。お母さんも一緒に行ってお布団を敷いて上げるわ」

慎吾は、美鈴が握った手を、ぎゅっと握り返した。美鈴とともに立ち上がり、宴会の席を出て行く。廊下を歩きながら、慎吾は美鈴に訴えた。

「お母さん、僕はあの朱雀さんという人が怖いです。本当に、あの人が、うちに泊まるんですか？」

慎吾の真剣な目に答えて、美鈴が慎吾の両頬に掌《てのひら》を押し当てた。

「まあ、慎吾さん。何をそんなに怖がっているの？　あの人は最高裁判所の検事さんよ。悪い人であるわけがないじゃない。余計な心配をせずに、ゆっくりと寝なさいな」

美鈴はそう言うと、また慎吾の手を握り、二人は慎吾の部屋へと歩いていった。

※

山道を歩いている。辺りに薄い霧が流れていた。松の緑と、霧の乳色の優しい景色の中。遠くの方で、いきなり滝のような火柱が立ち上った。

慎吾は驚いて其方《そちら》の方に走っていく。すると見覚えのある神社に突き当たった。朽ちた木の鳥居の向こう、境内の方に炎が見え、パチパチと枯れ枝の折れるような音が響いている。

鳥居には『砥笥貢神社』の額が掛かっている。

（砥笥貢の神様だ……）

そう思うと慎吾は少し怯《おび》えた。そろり、そろりと鳥居を潜る。ごつごつとひび割れした参道を歩いていくと、小さな社《やしろ》の天井から、火柱が噴き上がっていた。

社の前に人影がある。

「やあ、やっぱり来たね」

少し甲高い声が響いた。人影は、ゆっくりと慎吾の方へ近づいてくる。

やがて、霧が左右に分かれていき、人影が誰なのかはっきりと見えた。

「……朱雀さん。どうしてここに？」

朱雀は美しい顔で冷たく微笑んだ。

「君がここに来ると分かっていたから待ってたんだよ」

朱雀が答えるなり、その美しい顔が、ぐにゃりと歪《ゆが》んだ。みるみる奇怪で醜悪な面相へと変貌《へんぼう》していく。

「ぎゃっ」

慎吾は思わず叫んだ。体が、びくりと痙攣《けいれん》する。

気がつくと暗闇の中で、ぽつんと黄色い豆電球が灯《とも》っているのが見えた。布団の中にいる。夢を見ていたのだ。体中に厭《いや》な汗をかいている。

慎吾は、一人ではいたたまれぬ気分になり、布団から這《は》い出した。

廊下に出ると、中庭を挟んだ向かいにある風呂場《ふろば》の窓から、湯煙が立ち上っているのが見えた。

何かに導かれるように慎吾は中庭に降り、風呂場の方へと向かった。風呂場の窓から中を覗《のぞ》いてみる。その時、慎吾は息を呑《の》んだ。

湯船の側で、洗面器で湯を浴びている人の後ろ姿があった。髪の毛の長さから、それが朱雀であることはすぐに分かった。背中一面に、極彩色の鳥の入れ墨がある。しかもその鳥の開いた嘴《くちばし》の間には、ケロイド状の焼き印らしきものが、くっきりと浮かび上がっていた。

どちらも、偉い検事さんの背中には、あってはならないものだ。

慎吾は、どきどきとして胸を押さえた。

「父さんも母さんも気づいていないけど、やっぱりあの人は、悪い人なんだ。何か悪いことをしないか見張って、僕が皆を守らなければ……」

慎吾は、決意を固めたのだった。

4

翌朝、まだ日も昇らない内に、桂は酷《ひど》く咳《せ》き込んで目を覚ました。

どうやら、寒さのせいで咳《せき》が酷くなっているようだ。また友人の悠木《ゆうき》医師に診断してもらわねばならないな、と桂は思った。そして、喉《のど》に絡んだ痰《たん》を吐き出すのに塵紙《ちりがみ》を取ろうとして立ち上がった時、隣に敷かれた布団に、朱雀の姿が無いことに気づいた。

（こんな朝早くに、何処に行っているんだろう？　手水《ちょうず》かな？）

塵紙に痰を吐き出した後、桂はハンガーに掛かっていた自分のコートのポケットから『敷島』の箱と燐寸《マッチ》箱を取り出した。『敷島』の底を指で弾《はじ》く。

煙草が一本、箱から飛び出してくる。しゅっ、と紫色の光を放って燐寸に火が灯る。

煙草と燐寸の火をゆっくりと近づけ、すうっと息を吸い込む。香ばしい煙が肺の中に広がっていく。寝起きの煙草、これが一番、桂が安堵《あんど》を感じる瞬間だ。

桂は煙草を吸って、暫《しば》くの間、ぼんやりとしていたが、いつまで経っても朱雀が戻ってこないことを不審に感じ始めた。

(まさか、何かあったんではあるまいな)

気になって、部屋を出て行ってみる。外はまだ夜の様相だ。廊下を歩いて手水まで行き、軽く戸を叩《たた》いた。

「朱雀さん、いますか?」

返事はない。戸を開けてみても、勿論《もちろん》、誰もいない。

(これはいよいよ奇怪《おか》しいぞ……)

桂は焦って、廊下をぐるぐると歩き回りながら、あちこちに目を配った。その時である。中庭の松の植え込みの木陰に、人影があった。

桂は目を凝らした。一人は朱雀である。もう一人はよくは見えないが美鈴のようだ。二人は何かを喋《しゃべ》っている。こんな人気《ひとけ》のない早朝に、昨日会ったばかりの二人が話をしているのは奇怪しな事だ。声を掛けようとした桂だったが、それはやめた。朱雀が自分を探っているのだとしたら、自分も朱雀を探ったほうがいい。

桂は、二人に気づかれないようにして、そっと木陰に身を潜めながら近づいていった。

——もうこの家から出て行くのです。僕を信じて下さい。必ず貴方《あなた》を守ります。

朱雀の声が聞こえてきた。

――困ります。貴方と私はもう他人なんです。それに貴方には、ちゃんとした身分というものがあるでしょう。それが、私なんかと一緒にいる必要はないじゃありませんか。そろそろ人が起き出す頃です。もう行ってしまって下さい。私の近くには寄らないで下さい。

美鈴が答えている。

そして美鈴が朱雀に背を向けて去ろうとした瞬間であった。いきなり朱雀がその背中から美鈴に抱きついた。

――行きません。僕は今も昔と変わらず、貴方を愛してるんです。

美鈴は、朱雀の腕を振りほどいた。

――いい加減にして下さいな。私にはとても迷惑でしてよ。貴方の事など私にとって昔のことです。とっくに忘れていた事です。今更そんな事を言われても、私には答えようがありません。貴方を愛しているかと言えば、愛してなぞいませんわ。

美鈴は、氷のような冷たい言葉を言い放ち、去っていく。

朱雀は悲しげな深い溜息《ためいき》を吐き、暗い瞳《ひとみ》をして俯《うつむ》いた。

桂は、この意外な光景に、驚かずにはいられなかった。

どうやら聞いた限りの話の成行では、朱雀と美鈴は過去に知り合いであるようだ。そして、朱雀は自分より二十も離れた人妻である美鈴を愛しているということになる。いや、それどころか駆け落ちしようと誘惑しているのだ。

一体、何時、朱雀と美鈴は知り合ったのだろう？　美鈴が林田長官の妻になってから八年と言っていたから、朱雀が十七歳の時より前ということになる。かりに十七歳だったとして、確かに若い少年には、大人の女が魅力的に見える時期がある。あの美鈴であれば三十五歳であったとしても、人並み外れて美しかったに違いない。そんな二人が愛し合ったのか？　小説に出てくるような、少年と熟女の甘やかな関係を思うと、胸が疼《うず》いた。朱雀がこの家に泊まることにしたのは、単なる気まぐれではなかったのだ。

(だが待てよ……。だとしたら、殺人事件のことはどうなるんだ？　関東軍の不正を暴く件もだ。私をわざわざ連れてきた意味は？　一体、彼の目的はどこにあるんだ？)

桂の頭の中で、様々な考えがメリーゴーランドのように回り出した。だが、所詮《しょせん》、メリーゴーランドは同じ所を、ぐるぐると回っているだけで、何処にも辿《たど》り着けないのであった。

朱雀が動き出した。部屋に戻るつもりであろう。桂は自分の存在に気づかれないようにする為に、朱雀が部屋に入ってしまったのを見届けてから、手水場のほうから廊下へと上がった。そしていかにも手水に行ってきたような風情で部屋に戻る。

朱雀は布団の中で眠った振りをしていた。桂も余計なことはせぬ方が良いと思い、そのまま布団に入った。そして本当に寝てしまっていたのである。

「お食事の御用意が出来ました」

米の声が聞こえると、障子が開いた。朝の目映《まばゆ》い光が差し込んできて、桂は目を覚ました。米が正座をして手を床に突き、深々と頭を下げた。

「やあ、お早うございます」

横で朱雀が爽《さわ》やかな声で答えると、上半身を起こした。

「桂さん、お早うございます」

「あっ……ああ、お早うございます」

桂も起き上がる。

二人はスーツに着替え、米に案内されて昨夜とはまた別の部屋へと招き入れられた。

昨夜は疲れていて、よく注意をしていなかったが、林田長官の邸宅は、ちゃんとした数《す》寄《き》屋造《やづくり》の渋い建築物である。面皮柱《めんかわばしら》に室床《むろどこ》、下地窓《したじまど》に蒲《がま》天井だ。そして作り付けの飾り棚も、やはり面皮である。ただ、これだけわびさびのある造りをしているというのに、その飾り棚には生々しい雉《きじ》や猪の剝製《はくせい》が飾られ、四方の壁には、様々な軍艦と共に写る林田長官の写真が飾られていた。数寄屋造が台無しだ。

食卓に座っていた林田長官と家族達は、桂と朱雀が来たのを見ると立ち上がった。

「お早うございます。ささ、席にお着き下さい」

林田長官が上座の席を指し示す。美鈴はさっき桂が目撃した出来事など素知らぬ顔で、しれっとしている。朱雀も同様であった。只《ただ》、慎吾という少年が、妙に警戒した目で朱雀を睨《にら》んでいる。桂はそのことが少し気になりながらも、朱雀と共に食卓に着いた。

「昨夜はよく眠れましたか？」

美鈴が言った。

「ええ、もうぐっすりと寝てしまいました」

朱雀が答える。

「それは宜《よろ》しかったこと」

美鈴が微笑んだ。

（この二人、あんな事があった後で、よくもぬけぬけと……。まるで狸と狐だな）

桂は心密《ひそ》かに舌を巻いた。

「ところで後木さんのことですが……」

朱雀が林田長官を見る。

「それは大丈夫です。もう呼んで別室で待たせておりますから。あっ、かと言って、急いで食べるような気は遣わないで下さい。後木は、いつまで待たしても文句など言わぬ男ですから」

林田長官はそう答えたが、桂はそれを聞いて箸《はし》を早めた。

「そうですか、じゃあ、ゆっくりと頂きましょう。桂さん」

朱雀は、まるで桂が急ぐのを制するように平然と言って、茶をすすり始めた。

「この軍艦の写真は、どなたが撮られたのですか？」

朱雀が林田長官に尋ねる。

「ああ、それらなら、この美鈴です。美鈴は写真家なのです」

「それは驚いた。女流写真家とは洒落《しゃれ》ていますね」

知っているはずの癖に、朱雀が目を見張る。

「只の、趣味ですわ」

美鈴が答えた。

「そんなことはありません。お母さんはとても写真が上手です。本当に玄人《くろうと》の写真家なんです。お母さんの写真は、東京の雑誌にも採用されたことがあります」

慎吾が、真剣な顔をして力説した。余程、この少年は母親のことが好きなのだろうと、桂は思った。

さて、朱雀は言った通り、ゆっくりと食事を取った。喋りながら一時間近くはかかって食事をしただろう。他の皆は、ずっと早くに食べ終わり、そのまま席を立てずに朱雀の話を聞いたり、問いかけに答えたりしている。

桂も食べ終わっていて、朱雀の食事が早く終わらぬものかと苛々《いらいら》しながら、胸ポケットの『敷島』を取りだした。箱の底を、指で弾《はじ》く。煙草が出てきたところでそれを人指し指と中指の間に挟むと、林田長官がさっとライターを取りだして桂の煙草に火を翳《かざ》した。

「これはどうも恐縮です」

桂は軽く頭を下げて煙草を吸い込んだ。燐寸《マッチ》で付けたのとは違うオイルの匂いが混じった煙が肺の中に充満する。これはこれで、なかなか良い具合だ。

「洒落た物をお持ちですね」

朱雀がすかさず言った。

「港にいますと、物だけは色々と手に入ります。これは独逸製のライターです」

林田長官が得々と答えた。朱雀はそれを聞くと、今度は何の世辞を言うこともなく、突然、箸を置いた。

「さて、ご馳走様《ちそうさま》。食べ終わりましたので、後木さんにお会いすることとしましょう」

5

襖《ふすま》を開けると、テーブルと肘掛《ひじか》け椅子のある和洋折衷の応接室であった。

後木というその男は、朱雀より二つ、三つ年下だろうと思われる背の高い、体格の良い青年であった。頭を五分に刈り、目元は鋭く、鼻が高い。全体的に四角い野性味のある顔立ちをしていた。そして大層緊張した様子で椅子に直角になって座っている。

「君が後木さんですか？　僕は最高裁の検事で、朱雀といいます。そしてこちらが京都地検の桂検事です」

朱雀は座りながら、自分と桂の紹介をした。

「後木要です」

後木が深く頭を下げる。そして後木は暫《しばら》く何も言わずに、無表情な様子で朱雀の顔ばかりをじっと見つめていた。非常におかしな雰囲気だ。

――後木は、少し変人で、しかも馬鹿なところがありまして……。

林田長官の言葉を桂は思い出し、やや納得した。

朱雀と後木は、十分ほど互いを観察するように見つめ合っていたが、やがて朱雀が口を開いた。

「そろそろお話をしましょう。後木さん、十二月二十一日、君は殺された長谷川の様子を探るため、定期的に長谷川を見張っていた。その時の様子を僕に話して下さい」

「はい」

後木は平坦《へいたん》に答えて、長谷川を見張り始めた日からの様子を説明し始めた。

後木の話は、非常に分かりにくかった。長谷川の話をしているはずなのに、話は一つの事柄、例えば長谷川が手にした茶碗《ちゃわん》一つに関して語り出すと、それを微に入り細に入り説明し始める。その為、話があちらこちらに飛んでは返り、飛んでは返りして、長々と続いた。話の筋が一本に繋《つな》がらない。桂は話を聞いている内に頭が混乱してきて、軽い眠気を催し始めた。

「私は洗面所のところに隠れて長谷川の部屋を見張っていました。洗面所は三センチ角のタイルが張られています。タイルの色は淡い水色と桃色です。蛇口は三つあります。二つ目の蛇口は最近取り替えた物で、新しくぴかぴかひかっています。その下には洗面器が置いてありました。ブリキの洗面器です。この洗面器は旅館の備え付けので長谷川の物ではありません。その五分の一ほどまで水が入っていました。一時半まで待ちましたが、長谷川は部屋から出てきませんでした。私は普段、十二時半きっかりに食事をすることにしています。それでお腹が空《す》いたので、食事をしに家に帰ろうと思いました。旅館の入り口を出る時、三人の見慣れぬ男が、長谷川の泊まっている旅館に入っていく所でした。一人は白っぽい灰色のコートを着ていて、黒いズボンを穿《は》いていました。もう一人は群青《ぐんじょう》色のコートを着ていて、暗灰色のズボンを穿いていました。そしてもう一人は鼈甲《べっこう》の眼鏡を掛けていて、茶色のコートを着ていました。そして紺色のズボンを穿いていました。私は自宅に戻って、母が用意してくれていた昼食を食べました。その内容は塩鮭の焼いたものと、山菜の炊き合わせ、そして若布《わかめ》のお味噌汁《みそしる》です。塩鮭は少し焼きすぎていて、尻尾《しっぽ》の方がやや焦げていました。私が昼食に要した時間は、十八分三秒ほどです。それから私は再び長谷川の泊まっている旅館に行きました。その道の藁屋《わらや》のところで、砥笥貢の神様の姿を見ました。私は非常に恐ろしく、厭《いや》な感じを覚えました。それで急いで走りながら、長谷川の泊まっている旅館に向かったのです。砥笥貢の神様は旅館の明るい光を見る頃になると、やっとその姿を消して下さいました。私は旅館に上がり、洗面所に入っていきました。

ブリキの洗面器の位置が少し変わっていました。水も殆《ほとん》ど入っていませんでした。歯を磨いた様子ではありませんでした。何処にも歯磨きの粉は散っていませんでしたし、排水口のところに白い泡が溜《た》まっているということもありませんでした。長谷川の部屋の方を見ると、扉の近くに少量の水が零《こぼ》れていました。長谷川の部屋にはそれからずっと動きはありませんでした。八時近くになったので、私は旅館の宿帳を確認しました。宿帳にはそれまで泊まっていた客以外の名前は記されていませんでした。それで私は家に帰って夕食をとりました。その内容は……」

後木が話を始めてもう四時間以上は経過している。桂はその間中、煙草を立て続けに吸っていたので、応接室のテーブルの灰皿の上には吸い殻の山が築かれていた。

朱雀は、少し体を斜めにして片肘《かたひじ》を肘掛けにつき、もう片方の手の人指し指をこめかみに当てて目を閉じながら後木の話を聞いている。

やがて赤い夕日の光が部屋の窓から差し込んできた。日が暮れようとしている。

後木の話は、彼が夕食を取って、眠り、その翌日、長谷川の死体が引き上げられたのを見たところでぴたりと終わった。

朱雀の目蓋《まぶた》が静かに開いた。

「では、その三人組が、洗面器に水を張って、長谷川の部屋に押し入り、それで彼を溺死《できし》させたということだね」

「……そうです」

後木は暫く考えて答えた。桂は驚いて朱雀に尋ねた。

「今の話で、どうしてそんなことが言えるんですか？」

「長谷川はいつも洗面所にいく時は自分の持ってきた白い洗面器を使っている。そして洗面所にいくと毎度、歯磨きをする癖がある。だから彼の部屋の戸口に水が零れていて、洗面所を使ったのならば、歯を磨いた痕跡《こんせき》が洗面所にあるはずであり、しかも旅館の備え付けの洗面器を使うことはないということです。それが、旅館の備え付けの洗面器を使った気配があるということですから、長谷川以外の誰かが、旅館の洗面器を使い、それを持って長谷川の部屋の戸口に立ったということなんです。何の為に？　僕は念の為に長谷川の死体を検死してもらいましたが、外傷はなく肺に水が溜まっていたことから溺死は確実でした。ですからその泊まり客ではない不審な三人組が、洗面器に張った水でもって長谷川を溺死させたと想像することが出来るのです」

「なるほど……。そういうことですか」

桂は、言われてみてようやく納得がいった。只《ただ》、そう言ってくれたらいいだけなのに、後木という男の話の諄《くど》さに、つい自分の注意力もなくされてしまったのだ。

「それで後木さんは、その三人組の男の似顔絵が描けるのですね？」

朱雀の問いに、後木が確信した様子で頷《うなず》いた。

朱雀が用意していた画用紙と鉛筆を取りだして後木の前に置いた。後木は鉛筆を握ると、猛烈な勢いで筆を走らせ始めた。

それは不思議な絵の描き方だった。通常ならば、顔の輪郭、そして目、鼻と描いていくのに、後木という男は、一遍、一遍の様々な形と、薄さの、影を描いていくのである。

桂は最初、何か後木が思い違いをして、妙な事を始めたのかと思っていたが、それらの数片の影の形が重なって行くにつれ、白い画用紙の上に人の顔らしき物が浮かび上がってきた。そしてそれは恐ろしいくらい立体的で繊細な顔の描写になっていったのである。

桂は驚いた。後木という男、不思議な絵の描き方をするが、素晴らしい画力だ。絵描きにでも成れるのではないかと思うほど、リアリティのある男達の顔が仕上がっている。朱雀はさらに後木に命じて、もう一組、同じ似顔絵を描かせた。桂と朱雀はそれぞれに出来上がった似顔絵を手に取った。

「ふむ、これがその男達ですか……。後木さん、失礼ですが貴方《あなた》の記憶力というのを試させて貰《もら》えませんか？　僕が今から言う名前の人物の似顔絵を描いてもらいたいのです」

朱雀は突然、無謀とも思える注文をした。後木が頷く。

朱雀は膝《ひざ》に置いていた分厚い紙綴《つづ》りを開いて言った。

「赤脇春木《あかわきはるき》」

桂は、その名を聞いて、どきりとした。それは浅沼の本名であったからだ。

(やはり知られているんだ。いや、落ち着け。そうと限った訳じゃない。動揺を見せるな)

そこで桂はわざと興味のない顔をして、煙草を取りだし、一本、火をつけた。それを見て、朱雀が、にやりと笑う。桂の心臓は、すうっと逆撫《さかな》でされた。

後木が鉛筆を走らせている。他の絵と違って、それは随分と小さな絵だった。まるで証明書の写真のような大きさだ。絵は直ぐに描き終わり、後木は画用紙を朱雀に差し出した。

朱雀は、それを見て唸《うな》った。

「そっくりだ……」

桂は煙草を燻《くゆ》らせながら、こちらも狸と決め込んで訊《たず》ねた。

「朱雀さんは、その赤脇春木という男を知っているんですか？」

「いえ、先に、警察や軍港に配られている要注意人物の一覧書を僕も用意しておいたのです。その中から今、無作為に選んだだけです。この男なのですが、どうです、絵とそっくりでしょう？」

朱雀も微妙な答えをして、開いた綴りのページの一つの写真を指さした。桂は素知らぬふりで、それを覗《のぞ》き込んだ。もう赤脇とは直接には三年も会っていない。久しぶりに見る赤脇の顔だ。なにかしみじみした気分になっていた桂の横で、朱雀が呟《つぶや》いた。

——待てよ。そっくりというよりこれは……。

朱雀は一覧書の綴りを桂に手渡すと、部屋を出て行った。何事かと思っていると、かなり暫くして、朱雀はセロファンを手に戻ってきた。

「一体、どうしたんです？」

「一寸した、実験ですよ。丁度、セロファンがあるというから良かった」

朱雀は桂の隣に腰掛けると、桂の手から綴りを取り上げた。そして赤脇の写真の上からセロファンを被《かぶ》せ、万年筆でその顔を模写し始める。そして出来上がった写しを今度は、後木の描いた赤脇の似顔絵の上に重ね合わせた。それが、ぴったりと合致した。目の位置、鼻の位置、口の位置、さらには黒子《ほくろ》の位置まで寸分違《たが》わず重ね合わさったのだ。これには桂も驚き、煙草を吸う手が止まった。

「そっくりなのではなく、そのものだ……。これは実に興味深い」

朱雀が顎《あご》を撫《な》でた。

「驚くべき記憶力ですね」

桂が言うと、朱雀は首を捻《ひね》った。

「いや、これは記憶力なんかじゃない……」

「ではなんだと言うんです？」

「さて、なんと説明したらいいものか……。しかしこれで、彼の描いた三人の男の似顔絵はかなり信憑性《しんぴょうせい》のある物だということが証明出来た訳です。そうだ、後木さん」

朱雀が無表情のまま座っている後木に目を向けた。

「さっき、話をされていた、とすくの神様というのは一体、何なのですか？」

「そのことは言ってはいけないと長官から命じられています」

後木が答えた。

「そうですか、それではいいです。これで僕の用事は全て終わりました。帰って下さって結構です」

朱雀は意外にもあっさりと引き下がった。

後木が立ち上がり、礼をして去っていく。朱雀はテーブルに両肘を突き、指を組んだ。

「これからどうします？」

桂は朱雀に尋ねた。

「まずは、この似顔絵を総長の許《もと》に送って、身元を割り出して貰うように頼みましょう。桂さんは、郵便の手配をして下さい」

「分かりました。で、朱雀さんは？」

「僕ですか……。僕はそうですねえ……。林田長官の奥さんが撮られている写真でも見せて貰うことにします」

「写真ですか……」

「ええ、村の様子がよく分かりますからね」

朱雀は、そう答えたが、美鈴と二人になりたいからに違いないと桂は思った。

※

慎吾が中庭に面する二階窓から応接室を見張っていると、後木が出て行くのが見えた。

それから暫《しばら》くすると朱雀と桂が姿を現した。回廊を歩いて桂は客間の方へと帰って行く。

しかし朱雀は客間には戻らず、美鈴の部屋の方へと歩いていって足を止めた。そして勝手知ったる我が家のように襖《ふすま》を開けた。

（お母さんに、何かする気だ……！）

慎吾は二階の部屋から飛び出て階段を下り、美鈴の部屋へと向かった。そして襖を開けると中へと転がり込んだ。

美鈴の写真集を開き、それを眺めている二人の姿があった。二人とも音を立てて入ってきた慎吾を、驚いた顔で見ている。

「まあ、慎吾さん。どうしたの、そんなに慌てて入ってきて」

「……えっと、検事さんがお母さんの部屋に入っていったのを見たので、僕も一緒にお話しさせて貰えればなと思ったんです」

慎吾は、もじもじと言い訳をした。

「いいとも、今、君のお母さんに写真を見せて貰ってたんだ。一緒に、話をしながら見ようかい？」

朱雀は笑いながら答えたが、慎吾にはその微笑が偽善的に見えてしょうがなかった。

慎吾は頷き、母を守るようにその脇に座った。

朱雀は古いアルバムから順に開き、写真を見ていく。

「ほう。軍艦や港の写真がやはり多いんですね」

流すように見ていく内に、朱雀の目は一枚の写真のところで止まった。一羽の鳥の写真である。

「この鳥、ここら辺りによく来るんですか?」

「その鳥なら、五平《ごへい》です」

慎吾はすかさず美鈴の代わりに答えた。母と朱雀に話をさせてはいけない。そんなような気がしていたからだ。

「五平?」

「僕らはそう呼んでいます。いつの頃からかこの辺りに飛んでくるようになって、母が餌《え》付《づ》けをしたんです。だから人に良く慣れていて、村の皆が『五平』という風に名付けたんです」

「ふうん。写真では体の色が分からないけど、どんな色をしているんだい?」

「色ですか? 体色は地味な褐色です。嘴《くちばし》は下嘴が赤くて、腹部に白と黒の横縞《よこじま》がります。顔には褐色の縞があって、眼は赤色です」

慎吾が説明すると、朱雀は深く頷いた。

「やっぱりそうか、この鳥はクイナだね」

「クイナ?」

聞き慣れない言葉に、慎吾は訊ね返した。

「とても珍しい鳥でね。種としては、欧亜《ユーラシア》大陸の温帯・亜寒帯などで繁殖するものなんだ。それが、北方のものは冬季渡り鳥として南下してくる。国内にいるクイナの種類は北海道と本州北部で繁殖して、冬になると本州中部以南に移動するんだ。

大体は、湖沼などの水辺の草原やヨシ原、水田や休耕田などに生息するのだが、半夜行性で、草むらに生息するために、姿を見ることは簡単じゃあない。とても警戒心が強くて、ちょっとした物音などにもすぐ反応して隠れるからね。それがこんなに堂々と写真になっているなんて珍しいんだよ」

「渡り鳥ですか？　でもそれならクイナとは違うんじゃないでしょうか。五平は夏にも姿を見かけますから」

「夏でも見かける？　なるほど、では渡り鳥のクイナではないなぁ。とすると、新種の鳥だ。これは実に興味深い」

朱雀は楽しそうに言った。それからまた、朱雀はページを繰り出した。次々とアルバムを見ていった。朱雀はそれらを見ながら幾つか質問をし、その度に慎吾が答えた。美鈴は黙ってそれを見ている。写真はついに最近の物になった。

「最近の写真は、人物が多いですね」

朱雀はそう言うと、写真に写っている村人の名を一人、一人、聞いていった。

何故、そんなことを知りたがるのか慎吾は不思議であったが、訊ねられるままに村人の名を答えた。

「結構、一人について何枚も写真を撮っている人がいますね。とくにオナミさんなどここ数日で五枚も撮っている。何故ですか？」

朱雀が美鈴に尋ねた。

「何故と言われても困りますけど、その人の顔が写真家の私の目から見て、興味深かったからとでも言うのでしょうか……。オナミさんは、村でも一番の長老で、やはりそのお顔には、年輪というものが面白く刻まれていますのよ」

美鈴は答えると、少しそわそわした様子で立ち上がった。そして襖を開けた。

夕日は地平線にもう姿を隠そうとしていた。

「夜ですわ。今夜はお正月を迎える色んな準備がありましてよ。そろそろ御夕食に致しましょう」

慎吾は夕日が目映《まばゆ》くて目を細めた。

赤い夕日の中で母の姿が影絵になっていた。

第二章　新年の怪異

1

夕食が終わり、大晦日《おおみそか》の夜がやって来た。大人達はすぐに迎える正月の用意に忙しくしているようだ。邪魔をせぬように老人と子供達ばかりが、村の寄り合い所に集められていた。

これは最近出来た建物で、藁葺《わらぶ》き屋根が殆《ほとん》どの村の中では珍しい瓦《かわら》屋根とコンクリートで出来ている。大部屋が三つもあって、窓には近代的な硝子《ガラス》もはまっていた。しかし、やはり田舎の建物である。畳敷きに暖房は小さな薪《まき》ストーブと囲炉裏だけである。それでも「これは村では画期的な公共物であり、全ては林田長官のお陰である」と、村長の高田は強調しながら説明した。

何故だか朱雀と桂は、大人達とは別に、老人や子供らと行動を共にすることになった。

桂は少し不満であったが、朱雀が異論を唱えないので、そこは黙っていた。恐らく朱雀は一時でも多く、美鈴と行動を共にしたいのであろう。美鈴を見る朱雀の視線がそれを物語っていた。

美鈴が近くに来るだけで、朱雀の瞳《ひとみ》の輝きが変わる。しかし、相手の美鈴はろくに朱雀と口も利かず、実にそっけない扱いをしていた。

桂と朱雀は、美鈴によって、薪ストーブの側に置かれた椅子に案内された。二人を案内すると、美鈴はすぐに立ち去ってしまった。

朱雀の不機嫌そうな顔つきに話しかけるのもバツが悪く、桂は辺りを見回した。

桂達が座っている向かい側の壁には窓がある。

窓の外の暗闇の中で、白い雪が、きらり、きらりと銀色に輝いて舞っていた。

時々、隣の部屋から赤ん坊の泣く声が聞こえてくる。

少し年のいった少年少女は囲炉裏のぐるりを囲んでいる。小さな子供達に火の近くは危ないので、他の部屋に集められ、数人の老人達が相手をしている。

焼いた餅《もち》を配っている老女に見覚えがあるなと思ったら、林田長官のところのお手伝いの米であった。

オレンジ色の炎が灰の中から揺らめきたち、皆の顔を仄《ほの》かに照らし出していた。少年少女の中心には、老婆が立っている。すっかり白髪になった頭を几帳面《きちょうめん》に後ろで結い上げ、茶色い着物に紺の帯を巻いていた。その顔の皺《しわ》は深く年輪のように刻まれ、腰はすっかり曲がっていたが、眼は知的に輝いている。

「あれが、物知りと有名な、村で最年長のオナミ婆《ばば》ですよ。この村の源流となる家筋の人で、只《ただ》一人、美々津《みみつ》という特別な姓を名乗っています。村の巫《かんなぎ》のような家筋だそうです。

この村の大人達は皆、あのオナミ婆に村の歴史から生活の知恵まで聞いて育ったということです。だが、可哀想なことに彼女は独居老人でしてね、それというのも伯剌西爾《ブラジル》に出稼ぎに行っていた息子さんが貰《もら》ってきた天然痘にかかって家族が次々と死んでしまったからだそうです」

朱雀がそう言った。

「さて、童《わらし》たちよ、これから大切な、大切な話を言って聞かせるので、ようく聞くように」

オナミ婆はそう言うと、ゆっくりと囲炉裏の周囲を歩き始めた。

「この馬耳村の最初の祖先となった夫婦の話じゃ。村の最初に長耳翁《ながみみのおきな》と八耳嫗《やみみのおうな》という夫婦がおった。二人は毎日、珠《たま》を磨いて暮らしを立てていたそうじゃ。そんなある日のこと、長耳翁が猟をしに山に入っていくと、笹藪《ささやぶ》の中から赤ん坊の泣き声が聞こえてきた。おかしなことだと見に行ってみると、そこには大層醜い顔をした男の赤ん坊がすてられておったという。それでも不憫《ふびん》に思った長耳翁は、その赤ん坊を拾って家に帰り、砥笥貢《とすく》と名付けた。

赤ん坊はよく泣く子で、泣けばその声は二里に渡って響き、みるみるうちに大人のように大きくなったという。だが、長じても物言わず、時には近くの村の家畜を襲って、牛一頭を生きたまま丸ごと食べるという異業をする上に、話しかけても、ただ、にやにやと笑っているだけだったが、翁と嫗はその子を可愛がって育てた。

その子が年で七つになった頃、囲炉裏の側で臍《へそ》を弄《いじ》っておった。余り弄ると腹が痛くなると思った媼は、その手を止めようとした。すると、砥筒貢の臍の中から、ぽろりと小金が飛び出したのじゃ。そんな風に一日に一度、砥筒貢が臍を弄る度に、小金がぽろりぽろりと落ちるようになった。そんな訳で、貧乏じゃった翁と媼は、小金を沢山手に入れて、良い暮らしぶりになってきた。

　段々と、もっと小金が欲しいと思うようになった翁と媼は、ある日、二人で相談した。一度、臍を弄るだけで、毎日、小金が飛び出してくるのだから、砥筒貢の腹にはたんまりと小金が詰まっているに違いない。もっと臍を弄れば、小金を一遍に手にすることが出来る。砥筒貢が寝ている間に、自分達が臍を弄ってみよう、とな……。

　そしてその夜、夫婦は寝ている砥筒貢の臍を弄ってみた。しかし小金は出てこない。余り弄ったものだから、砥筒貢が目を覚まして嫌がった。そこで翁は暴れる砥筒貢の手足を押さえつけ、その間に媼が砥筒貢の臍を突き回した。『やれ出せ、ほれ出せ』と言うが、小金は出てこない。業《ごう》を煮やした媼は、囲炉裏端から焼け火箸《ひばし》を持ち出して、砥筒貢の臍に突き立てた。砥筒貢は恐ろしい悲鳴を上げて息絶えてしまった。そこで二人は砥筒貢の腹を割いてみた。しかし其処《そこ》には普通に腸《はらわた》があるだけで、小金は一粒も入ってはいなかったんじゃ。

　砥筒貢を死なせてしまった翁と媼は後悔したが、全ては後の祭りじゃ。砥筒貢の死体を庭に埋めるしかなかった。ところが、その日から夜な夜な、カーンカーンと鍛冶《かじ》をするような音が響いて、砥筒貢が翁と媼の夢枕に立つようになった。

——へそを、弄ると小金が、ぽろり
——へそを、弄ると小金が、ぽろり
——天罰じゃ、天罰じゃ。村を燃やしてしまおうぞ！

　山を燃やしてしまおうぞ！

と、恨めしそうな歌を口ずさみながらのぅ……」

　そう言って、オナミ婆が周囲を見回すと、小さな子供達は泣きそうな顔をしているし、老人達も心なしか青白い顔をしている。

「気味の悪い話ですね」

　桂がそう言うと、朱雀は微笑んだ。

「そうですか、僕は興味深いですよ」

　朱雀は桂を振り返らずに、オナミ婆の姿を見つめている。

「それから翁と媼の子供達には悪い病気が相次いで、田畑も物が実らなくなっていった。砥笥貢の祟《たた》りと思った翁と媼は、砥笥貢の骨を土の中から掘り出して、馬耳山の麓《ふもと》に運んだ。そしてそこに社《やしろ》を建てて、砥笥貢を神様としてお祭りしたのじゃ。すると田畑には実りが戻り、悪い病気も無くなった。しかし、不埒《ふらち》者が砥笥貢様の怒りを買うと、その度に不埒者の家や村の田畑が焼けたり、馬耳山が火を噴いたりしたのじゃった。

　だから決して砥笥貢様の怒りを買ってはいけない。今から行く砥笥貢様の神社では、決して祭りの最中に余計なことを言ったり、したりはしてはならぬ。静かに大人がやることを見ておるのじゃぞ。それから正月の十日までは鑿《のみ》と槌《つち》を触ってはならん」

オナミが厳しい声で言ったその時、何気なく窓の方へ目をやった老人の一人は、硝子に張り付いている異様な顔を見てしまった。

ざんばらのおかっぱ頭に赤い肌。右の目は異様に大きく、左目は潰《つぶ》れている。そして鼻はぐにゃりと歪《ゆが》み、口を尖《とが》らせて唇は大きく突き出している。

――ひゃあ！

桂は悲鳴に驚いて立ち上がった。一人の老人が、窓を指さして尻餅《しりもち》をついている。

「今……。今、砥笥貢様の顔が、窓からこっちを覗《のぞ》いていた！」

「わしも、わしも見た！」

老人のすぐ近くにいた老婆も叫んだ。

老人達はがくがくと震えている。子供が一人泣き始める。それが火がついたように周囲に連鎖していった。米が泣いている子供達を抱きかかえるようにして宥《なだ》めている。

朱雀が立ち上がって、窓の方へと向かっていった。桂もその後に続こうとする。

「桂さん、燃えてる薪を一本、持ってきて下さい」

朱雀の声に、桂は慌てて薪ストーブの窓を開け、程よく燃えている薪を一本取りだした。

朱雀が窓をガラリと開けた。冷たい北風が吹き込んでくる。桂は薪の炎が消えてしまわぬように気遣いながら朱雀の側に行った。外は真っ暗で人影はないようだ。

「桂さん、地面を照らしてみて下さい」

朱雀に言われるままに、桂は炎で地面を照らした。薄い雪のつもった地面は、白紙の画用紙のように美しい。そして、薪の炎に照らし出された朱雀の横顔は、さらに妖《あや》しく美しかった。

「足跡もないし、誰かがいたような気配はありませんね」

「そのようですね。なにかの錯覚でしょう」

「だが、後木さんも祇笥貢神のことを見たと言っていましたよね」

「そう言えば……。しかしまさかこの文明の世に、祟り神が現れただなんて軟尖《ナンセンス》ですよ」

「軟尖《ナンセンス》ねえ……。しかし神国日本の復興が叫ばれている今だ。祟り神だって蘇《よみがえ》ってもおかしくはない……」

「そんな、まさか……」

桂は、少しぞっとしながら答えて、咳《せ》き込んだ。朱雀が窓を閉めた。

「冬の夜風は風邪に悪いですね。早くストーブの方へ戻りましょう」

桂は朱雀に背中をさすられ、妙な気分になった。そのような優しい仕草は、止直、朱雀という男には、まるっきり似合わない。

桂と朱雀は、騒いでいた老人と老婆の許《もと》に行き、何を目撃したのかと訊《たず》ねたが、二人は口をもごもごさせるだけで、まともに答えなかった。

「言えない事情があるのでしょう。ともかく、僕らは一休みしておきましょう」

朱雀は、そう言って、椅子の方へと歩いていく。

桂は朱雀とともに薪ストーブの脇の椅子に腰掛け、老人達が泣いている子供達をあやす様子を暫《しばら》く眺めていた。

2

泣き声が、じょじょに静まっていくと、村人達は奇妙に黙り込み、騒ぎが起こる前よりも辺りは静まり返った。雪が降り積もる音すらも聞こえてきそうなほどであった。

「さっき、砥笥貢神を見たと言ったのは、林田言蔵。林田長官の従兄弟《いとこ》です。一緒に見たと同意したのは高田美春《みはる》、高田村長の叔母《おば》です。先程、ぶらりと村を散歩したのですが、この村には林田と高田という姓が多い。村の二大勢力というところですかね。もっとも林田家と高田家も縁故関係にあるようです……。あとは畑と後木という姓で占められていますね……」

「本当に縁故の強い、人間関係が狭い村なんですね。でもどうして朱雀さんは、あの二人の名を知っているんですか？」

「先程、林田長官の奥さんに写真を見せてもらったでしょう。その時に、写真に写っている村人の名前を聞いたんですよ」

朱雀は何げ無さそうに答えた。

本当にこの男、如才が無い。てっきり美鈴との逢瀬《おうせ》が目的だと思っていたのか、それと共に村の調査をちゃんとこなしている。桂は呆《あき》れかえった。そして、この旅が何の目的から始まったものなのかが、益々、窺《うかが》い知れないようになってしまったのである。

はりつめた空気が収まってくると、オナミは再び村の迷信とも歴史とも言えぬ話を始めた。

「その昔、馬耳村はもっと大きくて、耳長翁と八耳媼の子孫達は、大波村から松尾村にまで栄えて住んでおった。大波村には優れた漁師が沢山おって、今よりずっと多くの魚を捕っていたのじゃが、漁師達は花火を上げることを禁じていた。何故なら、花火を沢山上げた年には、魚が余り捕れなかったからじゃ。これも砥笥貢の神様が、自分以外の起こす炎を嫌ったからじゃと言う。だからこの村ではその伝統を守って、花火は禁忌としておるのじゃ……」

オナミがそこまで語った時、大広間の戸口が、がらりと開いた。猟師帽に雪を積もらせた高田村長が入ってきた。

「皆の衆、神社の祭りの準備が整ったぞ。これから神社に向けて出発だ」

高田の声を合図に、村の皆が立ち上がった。そしてぞろぞろと部屋を出て行く。

高田村長は、桂と朱雀の許に小走りでやって来た。

「先生方も一緒に行って下さい。外に用意をしてありますから」

高田村長に言われ、桂と朱雀は立ち上がった。出て行った村人の後から、建物の玄関を出る。

人力車が二台、門の前に置かれていた。何処から用立てたのか、ボロボロの人力車だ。高田に言われるままに、桂と朱雀はそれに乗り込んだ。

舗装されていない道を、慣れない人力車で走る具合は酷《ひど》く悪かった。上下、左右に激しく揺られ、車酔いしそうである。人力車の左右脇には松明《たいまつ》を持った男が付き添っていた。

車は集落を抜けていき、やがて青葉山の麓にたどり着いた。山道は、松尾寺に参る人出で、結構な賑《にぎ》わいである。人々が手にする提灯《ちょうちん》の灯《あか》りで、景色は村の中より輝いて見えた。

そうした中で、改めて気づいたことは、馬耳村の貧しさであった。真新しい正月着を着込んだ華やかな人混みの中にあって、馬耳村の人々の身なりは見窄《みすぼ》らしく、周囲から浮いている。そして何故か、桂達、馬耳村の一行には、人は一歩離れて近寄ろうとせず、冷たい視線を向けているのであった。

なにやら、肩身が狭い心地である。山道に入って、ますます車の乗り心地は悪くなった。車引きは、ふうふうと白い息を吐きながら、時々、腕で額の汗を拭《ぬぐ》っている。

そして松尾寺を目前とした時である、てっきりその中に入るのかと思っていた馬耳村の一行は、くるりと人混みに背を向けて、脇道に入っていった。

道の傾斜が急に激しくなり、真っ暗闇の中で、一行が灯《とも》す松明の明かりだけが、ぽつりぽつりと見えている。

左側は樹木の生い茂る険しい斜面である。右側には森が迫っているが、もしかするとすぐ脇は奈落《ならく》であるのかもしれない。なんだか地獄への道行きをしているかのようだ。

がらごろ、がたごと、

聞こえるのは車輪の悲鳴にも似た音と、車引きの荒い息の音である。

どれだけそうした時間があったか分からない。突然、前を走っていた朱雀の車が止まった。仕方なく桂の車も止まる。だが、車引きはほっとした様子で肩を落とした。

松明の炎に照らされて、前の車から朱雀が降りてくるのが見えた。桂も降りることにした。朱雀は、村人から松明を受け取って、険しい斜面の方を照らしている。なんだろうかと、桂もその脇に立った。

朱雀が松明で照らしている岩の斜面には、苔《こけ》のような色をした門らしき物があった。幅は一メートル強、高さもそのくらいである。門は観音開きになって、閂《かんぬき》が掛かっている。その門のところに、真新しい注連縄《しめなわ》が張られていた。注連縄から垂れ下がった四手《しで》が、強い風に煽《あお》られて、ひらめいている。

「不思議ですね、普通、注連縄というのは左撚《よ》りに撚るものなのに、これは右撚りになっている」

朱雀が呟《つぶや》いた。到底、桂には何のことだか分からなかった。

「ねえ、君。一体、ここは何なんだい？」

朱雀が振り返り、先程、松明を朱雀に渡した男に大声で尋ねた。

「それは、『砥笥貢様の釜《かま》』と言われている洞窟《どうくつ》でして、決して門を外してはいけないと言われています。釜の中には砥笥貢の神様の金銀財宝が眠っていて、昔、此処《ここ》に入ってそれを取ろうとした不埒《ふらち》者が、神様の怒りを買って焼け死んだということです。ですから私共は洞窟の中に入ったことはありませんが、正月にはそうして注連縄をお張りすることに決まっているのです」

「なんで、この注連縄は右撚りなんだい？」

「さて、それは分かりません。ずっと昔から、ここの注連縄とお社《やしろ》の注連縄は、そうすることに決まっているのです」

ふうん、と朱雀は頷《うなず》いた。

——左に撚るのはその場所を清浄な場所として神を迎え入れる印であるのに、右に撚るということは、逆に神をここから遠ざけることが目的なのかな……。

朱雀の呟きが聞こえた。

それから朱雀は、ズボンのポケットに手を入れて、丸い品物を取りだした。方位磁石である。水平に保った掌《てのひら》の上で方位磁石の針が、微妙にふらつきながら一つの方向を示した。

「この門自体は、北北西を向いていますね。どうりで風が強く吹き付けてくると思った……」

朱雀はそう言って、門を振り返り、吹き付けてくる粉雪に、瞳《ひとみ》を瞬《しばた》かせた。そして、「もういいよ」と、言って松明を男に返すと、再び人力車に乗り込んだ。

桂は質問もないままに、自分も人力車に戻った。

がらごろ、がたごと。

車は再び動き出した。長い長い時間が経った。やがて、前を行く一行に人力車が追いついた。人々が足を止めて人垣が出来ていた。松明の灯《あか》りが集まって、古い朽ちたような鳥居を照らし出している。そこにも真新しい注連縄が張られていた。

神主が一人、鳥居の右側の柱のところに立っていた。

オナミが人々の群れの中から出てきて、神主に頭を下げる。神主も頭を下げた。


——砥笥貢様、砥笥貢様、御開門させて頂きまする。


嗄《しわが》れたオナミの大声が響いた。

「砥笥貢様はお耳が遠いのです。ですから詣《もう》でる時は、こうして大声で社に挨拶《あいさつ》をするのです」

松明を持った男が、訊《たず》ねられもしないのに、言った。

桂と朱雀の許に、高田村長が飛んでくる。

「先生方、申し訳ありませんが、ここからは徒歩でよろしくお願いします」

車引きが、梶棒《かじぼう》を下ろす。座席が、ぎいっと音を立てて前に傾く。

桂と朱雀は同時に車を降りた。

人々が列を作り、次々と神社に入っていく。桂も朱雀と共に神社に入った。

最初に目に入ったのは、石積みの井戸らしき物である。かなり大きな井戸だ。もう水が湧かなくなったのだろうか？　井戸の上にはぴったりと青銅の蓋《ふた》がされていた。そして暫《しばら》く行くと濁った池があった。水面《みなも》には藻が靄《もや》のように浮かんでいて、所々が凍っている。氷の間から見える水底は真っ黒であった。

朱雀は興味深そうにそちらへと歩いていき、右肩のマントをひらりと後ろにめくり上げて、右腕を出した。そして袖《そで》をたくると、見ているだけでも冷たそうな水の中に腕を差し入れた。しきりに水底の感触を探っているようだ。

「何をしてるんですか？」

桂が訊ねると、朱雀は腕を水から引き抜き、胸ポケットに飾りのように出ている赤いハンカチを取りだして、腕を拭《ふ》いた。

「この黒いのは泥ではありませんね、つるつるした塊の感触です」

「そうですか、しかし黒い池とは気味が悪い」

「そうですね、余り見かけない物です」

朱雀はそう言うと、再びマントを下ろし、人垣が出来ている方へと目をやった。

「何か始まる様子ですよ。行ってみましょう」

人垣の方へと朱雀が向かっていく。桂も行こうとしたその時、鳥居の方から男達が畳一枚ほどの板を二枚、数人で抱えてやって来た。その行き先は、人垣の方のようだ。

桂は男達に続いて人垣に向かった。板を持った男達が近づいてくると、人垣はそれを避けるように分かれていく。桂は男達の直ぐ後に続いて行ったので、人垣の最前列で祭りを見ることになった。

地面に二メートル四方の窪《くぼ》みがある。よく見ると、窪んでいる場所の底の部分は普通の砂であるようだが、壁は池の底と同じく黒色である。

窪みの両端には、古びた一畳ほどの板が地面に埋もれている。板を運んできた男達が、その板を窪みの両端に下ろし、地面に埋もれている板を大きな釣り針のようなもので引っかけて、持ち上げ始めた。古い板がずるずると引かれていくと、そこには深い穴が見受けられた。男達は、次に新しい板をその穴に塡《は》め込んだ。

新しい板の塡め込みが終わると、今度は村人達は無言のまま、社の方へと移動して行った。

社の前には沢山の供物を置かれた『みてぐら』が築かれている。

その前には神主が立っていた。神主は村人がすっかり集まったのを確認すると、社の前で深々と頭を下げ、幣帛《へいはく》を振って祝詞《のりと》を上げ始めた。

かけまくもかしこき、とすくのおおかみ

かみよなながいのむかしより
あめのとをおしわけにおしわけ
つちをふるわしにふるわし
あめふれるおおかみの、おんまえに
しんねんのよきとき、よきひに
ゆまわり、きよめまわりて、
みき、みさけ、くさぐさのためつものをささげまつり、
ねがいごとをのる
おおかみのあおひとぐさらが、
おやとこ、そのことおやのまつだいまでをも
ひのわざわいかかることなく
いやさかえにさかえ、
そのなりわいすこやかならんと
きよめたまえ、さきわえたまえと
もうすことのよしを、
おおかみのあめおおじかのみみふりたてて、きこしめせと
かしこみかしこみ、もまおす

村人達は皆、手を合わせ神妙に目を閉じている。

祝詞が終わると、神主は社扉の方へと進み、扉に掛かっていた閂《かんぬき》を外した。扉が開かれると、黴臭《かびくさ》い空気が漂ってくる。

神主が社の奥へと入っていった。中の様子は暗くてよく分からない。暫《しばら》くすると、暗闇の中から長細い木箱を手にした神主が現れた。

神主は、木箱を『みてぐら』の一番下の段に置くと、恭しく木箱に向かって頭を下げる。そして、ゆっくりと木箱の蓋を開いた。

最初に神主が取りだしたのは、赤錆《あかさび》に塗《まみ》れた槌《つち》である。次に、鑿《のみ》、そして最後に赤黒い面のような物を取りだした。

その面は実に奇怪なものであった。面の頭部には、恐らく人毛と思われるものが植えられていて、髪型はおかっぱである。片目が飛び出したように大きく、左目は逆に潰《つぶ》れていた。鼻は歪《ゆが》み、大きな口を尖《とが》らせている。

それぞれの物が取り出される度に、神主はそれを両手で頭上高くに掲げた。すると村人達はその度に二拍二礼する。それが終わると神主は三つの品物を箱に収め、再び、祝詞を上げ始めた。

神主が一礼し、幣帛を振る。そして再び一礼すると、再びうやうやしく箱を持って、社の中に戻っていった。それまで緊張していた空気が一気に溶けるように和やかになった。

神主が社から出てきて、社の扉に閂を掛ける。人々が一斉に、がやがやと話を始めた。

——やれやれ、やっと今年も砥笥貢様のお祀《まつ》りが終わった。

——これでご機嫌を直して下さるといいがのう。


遠くから、松尾寺の除夜の鐘の音が聞こえてきた。

「先生方、次は松尾寺にお参りしますので、また人力車にお乗り下さい」

高田が、桂と朱雀のもとにやって来て言った。

「さっき、箱から取りだしていた品物はなんですか？」

朱雀が訊ねる。

「あれは、馬耳村に伝わる『三種の神器《じんぎ》』とでも言うものです。年に一度の大晦日《おおみそか》の夜にだけ、開帳される物でして、それ以外の時にみだりに触れることは許されておりません」

高田が答えた。

「そうですか、あの面は猿楽《さるがく》の面のようでしたね」

「左様ですか？　由緒由来は、少し私には分かりかねますが……」

高田が、髪の毛の薄い頭をかきながら、申し訳なさそうに頭を下げた。

桂はウンザリとしていた。長谷川の殺人事件の調査に来たはずなのに、下らぬことにばかり付き合わされる。そして再び、松尾寺に初詣《はつもう》でだ。またあの乗り心地の悪い車で揺られるのかと思うと、気が滅入《めい》る。だが、此処《ここ》まで来てしまったからには仕方もない。溜息《ためいき》を吐きながら、再び人力車に乗った。雪はすでにやんでいる。

そして松尾寺に参り、馬耳村に着く頃には夜が明けてしまっていた。

3

寝不足の目に、朝日が錐《きり》のように差し込んでくる。早く眠れることを期待していた桂であるが、朱雀を乗せた前の人力車が急停止した。人力車から朱雀がマントを翻して飛び出して来る。

「皆さん、一寸《ちょっと》、止まって下さい！」

朱雀の高い声が聞こえた。村人達はぴたりと歩みを止めた。朱雀は前にいた人混みをかき分けて行く。桂もその後に続いた。

「どうしたんです、朱雀さん？」

村人の群れの先頭に立った朱雀は、じっと地面を見ていた。

「見て下さい。沢山の轍《わだち》の跡と、人の足跡です。しかもまだ新しい。中に地面が見えているところを見ると、雪がやむ少し前に付いた物でしょう」

確かに朱雀の言うとおり、雪の上にハッキリと轍と人の足跡があった。

「つまり、村に誰もいなかった時に、何者かが大勢でこの村に侵入して来たということですか？」

桂が訊《たず》ねると、朱雀は心持ち頷《うなず》いた。

「そうですねえ、そういうことになります」

「長谷川の事件と何か関係があるのでしょうか？　誰かが、こっそりと村に侵入する機会を窺《うかが》っていたとすると……昨夜、林田言蔵や高田美春が見たという砥笥貢神は、様子を窺いに来た誰かが変装した物だったのかもしれませんね」

「ええ、しかしそれだと足跡の一つも残っていそうなものです」

「……確かに。だが、あの祭りの時に、村人達の中には後木以外にも砥笥貢神を見たらしき発言をしている者がいましたし、誰かが秘密裏に馬耳村に侵入していて、村の様子を見張っていた。その際に、姿を見られても大丈夫なように、村人が恐れる砥笥貢神に変装していたとすると、この奇妙な現象にも説明がつきます」

ふむっ、と朱雀は考える顔をしたが、桂の意見に否定も肯定もしなかった。

「ともかくこの轍の跡が何処に続いているのか見てみましょう」

朱雀は後を振り返り、村人達の一群に叫んだ。

「皆さん、僕達の後から付いてきて下さい！」

林田長官と高田と畑巡査が飛んできた。

「何かあったのですか？」

畑巡査が血相を変えて訊ねる。

「いやね、どうも村が無人の間に、何者かが村に侵入してきた形跡があるのです」

朱雀が答えると、林田長官と高田は顔を見合わせた。

「何者かというのは？」

林田長官が朱雀に訊ねる。

「まだそれが誰なのかは分かりません。でも、ほら、人と車が通った痕跡《こんせき》が、こんなにあります」

朱雀は地面を指さしながら言った。

「なるほど、仰《おつしや》る通りですね」

林田長官は余り動揺していない様子で言った。

「さて、桂さん、この痕跡を辿《たど》っていきましょう」

朱雀に促され、桂は朱雀と肩を並べて轍と人の足跡を追って歩いた。


「こっ……ここは」

桂は辿り着いた先で驚いて足を止めた。それは林田長官の邸宅だったからである。

足跡は庭中に散らばり、倉の方にも続いていた。ところどころ閉められていた雨戸などがこじ開けられている。

村人達が、ざわめいた。

「さては強盗か？　私の部屋には軍港に関する重要な書類もある。万が一、それが盗まれていては大変だ。まずはそれを確認するから、畑君は他の部屋を見てくれ給え！」

林田長官はそう叫ぶと、家の中へと飛んで入った。畑巡査がそれに続いていく。

「私達も調査に参加しますか？」

桂は朱雀に訊ねた。

「そうですね。では僕達もゆっくりと様子を見てみることにしましょう。効率がいいように、別々の部屋を見ますか。僕は一階を見ますので、桂さんは二階を見て下さい」

「あの……。私達も入ってはいけませんか？」

村人の間から、慎吾の手を引いた美鈴が現れて、桂と朱雀に訊ねた。

「僕達が見終わるまで、遠慮して下さい」

そう言いながら朱雀は邸《やしき》の中へと入っていく。桂は美鈴達に軽く会釈して、邸に向かった。

玄関口を上がり、朱雀と分かれて二階に向かう。まず目についたのは階段や廊下に付いた靴痕《くつあと》であった。それは迷うことなく二階の三番目の部屋に向かっていた。その部屋の襖《ふすま》は開いていた。中に入ってみる。

そこはどうやら茶室のようであった。四畳半の狭い座敷の中に湯棚が据えられていたからだ。それに、茶室ではよくある、壁を塗り残すことによって壁下地が露出する下地窓がある。床《とこ》には座敷飾りがされる押板《おしいた》や棚があった。足跡は其処《そこ》に向かっている。飾られているはずの茶道具は一切見あたらなかった。足跡は押板や棚の辺りに集中してついている。

（さては、犯人は骨董《こっとう》好きの林田長官の所有する高価な茶道具を狙ったんだな……）

桂はそう目星を付けた。現場をそのままに保つため、桂は気遣いながら部屋を出た。廊下の足跡はさらに続き、真っ直ぐに一つの部屋へと向かっていた。林田長官の書斎である。畑巡査と林田長官の声が聞こえてきた。

――金庫の方は大丈夫だ。よかった、これが盗まれては大変なことだった。だが、手提げ金庫の方は無くなっている。

――手提げ金庫の中には現金が入っていたのですか？

――入ってはいたが、二百円ほどだ。

――たっ、大金じゃないですか！

――いやいや、それで済んだから安心したよ。

話し合っている二人に、桂は声を掛けた。

「失礼、二階を見させてもらっていますが、茶道具等は無くなっておられませんか？」

林田長官と畑巡査は驚いたように振り向いた。

「これは先生、正月早々にこのようなことになって恐縮です。確かに結構、高価な茶道具は無くなっていますが、それは余り気にはしておりません。軍港の資料が無事だったので幸いです。それに誰も怪我人も出ておりませんし」

林田長官が答えた。

「足跡は倉の方にも続いていましたが、倉の方はもう見られましたか？」

桂が訊ねる。

「ええ、見ましたが、それはもう大丈夫です。錠も壊されていませんし、中も異変はありませんでした。大体、あの倉の錠は大変に頑丈で、なかなかに壊せる者はおりません。そして鍵《かぎ》を持っているのは私だけですから」

林田長官はそう言うと、腰に下げた多くの鍵の中から、一本の太い真鍮《しんちゅう》の鍵を出して見せた。

「盗難事件として正式に警察に届けますか？」

桂が訊ねる。

「いえ、もうそれは結構です。私も忙しい身でありますし、面倒ごとは避けたいので」

林田長官という男は、邸に凝ったり、骨董に凝ったりと、物品には淡泊な様子でもないのに、あっさりとそう答えた。

「そうですか、それでは仕方ありませんね」

被害者が届けを出さないというのであれば、調査をする必要はない。そう判断した桂は、一階へと向かった。しかし、犯人の足取りを見ると、金目の物がある場所にちゃんと目星をつけて動いていたようである。益々、村の中に窃盗団の密偵が侵入していた気配があるな、と桂は思った。そのことを伝えようと、桂は朱雀の姿を求めて一階を歩き回った。

美鈴の部屋で人の気配がした。桂は襖を開いてみた。

朱雀がいた。テーブルの上に小さな小包と貯金通帳らしきものがあり、その脇で朱雀が、小包の差出人の住所と名前をメモしている。朱雀の背後の押し入れは開けっ放しになっていて、多くのアルバムと共に、その奥に旧式の大型カメラが並んでいるのが見えた。それらはいかにも引っかき回されたような跡があった。

「この部屋も荒らされていたのですか？」

桂が訊《たず》ねると、朱雀はメモをしながら首を横に振った。

「では、押し入れが開いているのは？」

「僕が開けたんですよ」

「朱雀さんが？　何故です？」

「個人的な興味です。それ以上のことは聞かないで下さい」

堂々と、個人的な興味と言ってのけた朱雀に、桂は少したじろいだ。何という大胆な発言であろう。それにしても、この男、さっきから何をメモしているのか？

桂は朱雀の横に座って、メモを見た。

仙台市片平《かたひら》、東北帝国大学理学部
永井健三

東北帝国大学と言えば、東京、京都の次に日本で三番目に出来た帝国大学である。美鈴の知り合いが其処にいるのだろうか？

朱雀は、ふうっと溜息《ためいき》を吐き、桂の目の前で押し入れを整理すると、その小包も中に入れ、ぴしゃりと戸を閉めた。

「美鈴さんは、永井健三という男と随分と懇意なようだ。随分と、この男に対して金を貢いでいる。この男のことを調べなくては……」

この男、正気だろうか？

桂は、親指を悔しそうに噛《か》んでいる朱雀の横顔を見て思った。人妻を愛して嫉妬《しっと》に狂ったのか、その周辺にいる男達の存在まで許せなくなったようだ。それにしても、美鈴という女も数多《あまた》の男を弄《もてあそ》ぶ魔性の女ではあるまいか？

「朱雀さん……、貴方《あなた》はその……、少し慎んだ方がいいと思うのですが……」

桂は、やんわりと諭したつもりであったが、朱雀は怒りに満ちた瞳《ひとみ》で、桂を睨《にら》み返した。

「あの人が僕を近寄せないのだから、仕方がないじゃありませんか。桂さん、貴方は僕に意見をするつもりですか？　僕の行動を止めようというのなら、『赤脇春木』と、貴方の関係もばらしますよ。僕達はどちらも臑《すね》に傷を持つ身だ。お互いに、こういう事は秘密にしておきましょうね。いいですよね、桂さん」

やはり朱雀は自分のことを調査済みだったのだ。それで何があっても口止め出来る自分のことを指名してきたのに間違いなかった。

桂は黙り込んだ。朱雀の顔が、ぐっと寄ってきた。

「僕の目的は関東軍の不正の有無を確かめる事と、長谷川の殺害事件の解明です。そして美鈴さんをこの村から連れ出すことです。このことはハッキリとさせておきましょう。桂さん、貴方はその手伝いをするのです。それで良いですよね」

朱雀の声には、身震いするような迫力があった。

「……分かりました。取引をしましょう。私は朱雀さんの命令に従います。ですから、朱雀さんも私の事情に関しては内密にして下さい。もしそうでなければ、貴方が私情で検察官の力を利用したことを私も告発します」

桂と朱雀は見つめ合った。朱雀が握手を求めるように腕を伸ばしてきた。

桂はその手を握り返した。

※

後木は足を止めて道端で混乱していた。道の曲がり角にある木の下に、ぬっと、砥笥貢神が立っていたからだ。立って自分を待ちかまえている。このまま行けばアレに捕まってしまうに違いない。しかし、これから林田長官の邸に行かなくてはならない。それには、どうしても、この道を通らなければならないのだ。どうしたものか？

その時だった。砥笥貢神の姿が微妙に変化してきた。後木が驚愕《きょうがく》の思いで、それを見ていると、歪《ゆが》んだ顔は徐々に通常の人の形を取り戻し、世にも美しい青年の顔へと変化した。同時に狩衣《かりぎぬ》は白いマントに変わっていく。

——美神《ミューズ》……。

後木は呟《つぶや》いた。どうしてだか分からないが、砥笥貢神が朱雀に姿を変えたのだ。神であるから、姿を変えることなど縦横無尽であるのかもしれない。とにかく其処《そこ》には朱雀が立っていた。

「やあ、後木さん。というか、後木君と呼ばせてもらってもいいかな？」

朱雀は後木の方に歩いてきながら言った。

「はい、朱雀先生、構いません。長官のように、後木と呼び捨てで結構です」

後木は答えた。

「君は僕の部下ではないから、呼び捨ては余りに失礼だ。まずは後木君といこう」

朱雀は後木の目の前に立った。後木はその美しい顔を惚《ほ》れ惚《ぼ》れと見つめた。砥笥貢神に対する不安感や恐怖感が失《う》せて行く。

「君は、林田長官の細君と、なかなかに仲が宜《よろ》しいのだってね」

朱雀の問いに後木は首を傾げた。どういう意味なのか分からなかったからだ。

「これは失礼。違う言い方をするよ。君は誰とよりも林田長官の細君と、よく話をしているのだろう？」

「はい、私は他の人と話す回数よりも、林田長官の奥様と話すことが多いです」

「僕に林田長官の細君のことを教えて欲しいんだ。まず、あの人と出会った時のこと、そしてあの人が幸福にしているかどうかということ……」

後木はまた、首を傾げた。意味がよく分からない。

「嗚呼《ああ》、こんな言い方じゃ君には伝わらないね。では後木君、林田長官の細君、つまり美鈴さんを最初に見た時のことを話してくれたまえ」

後木は頷《うなず》いた。

「私が奥様を最初に見たのは、大正十四年の四月二十二日、午前十時十二分のことでした。場所は港と倉庫の丁度中間くらいです。その時の奥様は浅黄《あさぎ》色のワンピースを着てらっしゃいました。髪の毛は長くて腰までありました。頭には白い鍔《つば》広《ひろ》帽子を被《かぶ》っていらして、靴も白い靴を履いてらっしゃいました。左腕にカメラを持ち、右手を肩のところにやってらっしゃいました。肩には鳥が一羽留まっていました。それは私が今まで港で見たことのない鳥でした。港で見たことがあるのは雀や鳩、オオミズナギドリ、海燕《うみつばめ》、千鳥などです。ですがその鳥はそのどれとも違っていて、体長は三十二センチ余り、ウズラのような模様をしていて、下嘴《したくちばし》も目も赤でした。尾は極めて短かったです。私は図書館の鳥類図鑑を見ていますが、このような鳥は記憶になかったので驚きました。奥様はその鳥に餌をやってらっしゃったのです」

朱雀は目を閉じ、その様子を想像しているようであった。

後木は一日、一日の彼の知る限りの美鈴の様子を朱雀に語っていった。

後木は、楽しかった。村人達だけではなく、家族とすらなかなか話が通じず、酷《ひど》い孤独を感じていた。そんな時、美鈴が現れて只《ただ》一人、自分の言うことを理解してくれたのだ。後木にとって美鈴は、まるで天女のようであった。そんな人間がまた一人現れた。朱雀である。朱雀は話の合間、合間に相槌《あいづち》を打ち、自分が分かるように質問をしてくれる。そして自分の言うことも理解してくれる。

だが、もしかすると朱雀は、人ではないのかもしれない。さっきの変身がそれを物語っている。しかし、それが恐ろしい祇笥貢神であろうと、美神《ミューズ》であろうと、構いはしなかった。只、出来れば祇笥貢の姿より、今のままの姿でいてくれた方が嬉《うれ》しい。そうすれば自分は朱雀の従順な使徒であれるだろう。

後木は、瞬《まばた》きする朱雀の深い瞳を見つめながらそう感じた。

※

桂は布団の中でうとうととしていた。襖《ふすま》の向こうでは米達が掃除をしている物音が聞こえている。朱雀はいない。何処へ行くかは言わずに去ってしまったのだ。朱雀が謎の行動をすることは別に構わない。ともかく自分は長谷川の事件を解決し、美鈴を朱雀と共に駆け落ちさせるのを手伝うだけだ。

ごぼり、ごぼり、と立て続けに咳《せき》が出た。

桂は眠気が覚め、布団から這《は》い出した、咳《せ》き込みながら客室の押し入れを開ける。そこに桂と朱雀のスーツケースが入っていた。

桂は自分のスーツケースを開き、中から鎮咳《ちんがい》薬を取りだした。強い薬で副作用が強く現れるので、余り飲むのは気が進まない。しかし、こうも咳が激しくなっては仕方もない。

その薬は、いかにも副作用があるという毒々しい黄色と青色の粉であった。口に含むと特有の苦みがある。桂は座卓に用意されているコップと水差しを手に取った。苦味に顔を顰《しか》めながら水差しからコップに水を注ぐ。そしてコップの水と共に薬を飲み下した。

暫《しばら》くそうして、じっとしていると手足が震えてくる。まるで何かの中毒にでもなった心地である。

それとともに咳は止まっていった。そこに、美鈴の声が聞こえた。

「入ってもよろしいですか？」

「どうぞ、構いませんよ」

襖が開いた。

「もう家の片付けも終わって落ち着きましたし、これから村の人皆のお正月の記念写真を撮りますのよ。桂先生にも是非参加して欲しいんです」

牡丹《ぼたん》のように赤い唇が動いた。ふと、美鈴の顔が朱雀の顔と重なって見えた。美しい顔というのは、似ているものなのだろう。例えば、この顔で、このすらりとした手足で、この華奢《きやしや》な指で、誘惑されたとしたならば、なかなか拒める男はいないであろう。いるとすれば、釈迦《しやか》かキリストのような男に違いない。確かに魅力的な婦人だ……。

「さあ、桂先生、お立ちになって……」

美鈴が座っている桂に手を伸ばしてきた。桂はついふらふらとその手を握って立ち上がった。

誘惑されるとは、こういうことか……。

桂は心の中で呟いた。


林田長官の邸宅の門の前では、人々が我先にと並んでいる。ちゃっかりと朱雀もその中にいる。

桂は、朱雀の横に立った。美鈴は三脚を立ててカメラを設置している。

「まずは、先生方と村の役職の者からだ」

林田長官が叫んだ。

「行きましょう」

朱雀がそう言って、カメラの前にと歩み出て行った。桂もその後に続いた。人垣を押し分けて高田村長と畑巡査、オナミ、言蔵などが集まってくる。そこに林田長官も加わり、大体、十二人くらいで最初の写真を撮った。皆、直立不動の姿勢を取り、目を見張って顔を引き締めている。

体の震えが気になった。

パシャリ。

フラッシュバルブが目映く光った。

「はい、もう一枚いきますね」

美鈴はそう言うと、カメラのフラッシュバルブを素早く取り替えた。

パシャリ。

鎮咳薬の瞳孔《どうこう》が開くというもう一つの副作用のせいだろうか、やたらフラッシュが目映く、目眩《めまい》がした。周りが白くぼやけ、よく見えない。カメラの周りで動く美鈴の鮮やかな色彩のスカートだけが、目についた。

「はい、これで最後です。次の人達は準備していて下さい」

パシャリ。

色彩がこの世から吹き飛んでいく。

4

正月の初詣《はつもう》でを終え、宴会騒ぎがあったあと、村は寝静まっていた。

だが、数人の人影が家々から現れ、小さな提灯《ちょうちん》の火を灯《とも》しながら馬耳村の入り口に寄り集まった。

慎吾達、馬耳村に住む中学校に通う四人である。

彼らは人目に立たない木陰に集うと、ひそひそ話を始めた。

「どうするんだい、慎吾さん。慎吾さんのお家があんなことになったのも、砥笥貢様のせいじゃないいんだろうか?」

気の弱そうな少年がそう言うと、慎吾と同級生の体格の良い少年が答えた。

「ふん、怖くなったんだろう。だからそんな風に言ってるんだ。怖い者はやめるがいいさ、俺は臆病風《おくびょうかぜ》なんかに吹かれたりはしないけどな。慎吾さんはどうする?」

同級生の少年は、少し挑戦的な目で慎吾を見た。

彼の名は、後木健三郎《けんざぶろう》という。力自慢の勇猛な少年であった。健三郎は林田長官の部下である後木の甥《おい》にあたる少年である。そして最初に皆に、今日のことを提案したのも健三郎だった。

皆の視線が慎吾に集まる。

実は少年達は、この夜、度胸試しをする為に、村の禁忌とされている砥笥貢神社に行って、神器を盗んでくるという大胆な計画を立てていたのであった。

だが、正月間際になって、砥笥貢神を見たという村人が現れ始め、旅人が死んだ。そして今度は、慎吾の家に窃盗団が押し入った。こうなれば、誰でも怖くなるのが当然である。

慎吾も内心、戸惑っていたが、健三郎の挑戦的な視線に応じないわけにはいかなかった。

慎吾には、軍港の長官をしている父の息子であるという自負があった。ここで、怯《ひる》んだ顔を見せたならば父の名誉にも関わることだ。それに、もしそんなことがあれば、健三郎は学校でも慎吾が臆病風に吹かれたことを言いふらすだろう。あってはならない事だ。

「僕は臆病風なんかに吹かれたりはしていない。大体、村の人達が言っていることなど非科学的だし、家に窃盗団が入ったことだって偶然に違いない。年末は窃盗が多いと聞くからね。特別な事じゃないさ。これは僕らが大人になって、お国の為に尽くせる人間かどうかを試す儀式だ。しない訳にはいかないよ」

慎吾が答えると、健三郎は、にやりと不敵に笑った。健三郎にはこの度胸試しをこなす自信があるのだろう。慎吾は益々、むきになった。

「じゃあ、行こう！　怖くなった者は逃げればいい。その代わりこの事は、絶対に皆には内緒にしておくんだ」

慎吾は、先頭を切って歩き出した。健三郎がその横に並ぶ。どうやら健三郎は、自分が慎吾よりも勇気のあるところを見せたいらしい。村では軍港に勤めている生え抜きは、林田と後木だけである。だが、後木は林田の部下だ。そして慎吾は勉学が学校で一番である。だから、健三郎は妙な劣等感を持っていて、一つでも自分が慎吾より勝っている所を、皆に認めさせたい様子であった。

松尾村から青葉山の松尾寺までの道のりには、遅れて初詣でをする人々の姿がある。

ここまでは、何の問題もなかった。だが、松尾寺の少し手前で道を折れ、砥笥貢神社へと向かう道に入ると、闇が断然と濃くなった。

「暗いね……」

と、心細げな声で誰かが言う。勿論《もちろん》、健三郎ではなかった。もしかすると、自分の心の声なのかもしれないと、慎吾は思った。

行く道々の先が、ぼんやりと提灯の灯《あか》りで照らされると、そこには怪物の腕のような松の枝が、ぬうっと突き出ていたりする。それを縫うようにして少年達は進む。闇は少年達の足を速くさせた。

暗闇には、何かが追ってくるような、あるいは何かが待ち受けているような不気味さがある。それは松尾寺から遠ざかるにつれ、益々程度を増していった。砥笥貢の釜《かま》を抜けた時だった。

「うわぁ」

と、気の弱い少年が暗闇の向こうを指さして叫んだ。

「砥笥貢様だ！　砥笥貢様が立っている！」

慎吾は心臓が凍り付いたようになって、少年の指さす方向を見た。だけど其処《そこ》には只《ただ》、闇があるだけで、誰もいない。

後ろで、ばたばたと足音がした。少年が猛烈な勢いで逃げていったのである。健三郎はその姿を侮蔑《ぶべつ》の目で見ていた。

「ちっ、なんだ意気地のない……」

健三郎が道に唾《つば》を吐く。

「何か見えたのかな？」

もう一人の少年が、慎吾を見て訊《たず》ねた。

「そんなことある訳がないじゃないか。只の、臆病風だ」

健三郎が答えた。慎吾は頷《うなず》き、歩を踏み出す。少年達の吐く真っ白な息が暗闇の中で靄《もや》のように流れていく。やがて、問題の砥笥貢神社の鳥居が見えてきた。

古い朽ちた鳥居である。殆《ほとん》ど木肌となった二本の柱と、その上にのる笠木《かさぎ》、笠木の下方に二本の柱をつなぐ貫《ぬき》があるが、所々に朱の漆が残っていて、それが点々と残る血痕《けっこん》のように見えた。

突然、慎吾の後を付いてきていた足音が止まった。

不審に思い、慎吾と健三郎が振り返ると、付いてきていた少年が真っ青な顔をして足を止め、がたがたと震えている。

「どうしたんだい？」

慎吾が声を掛けると、少年の、ごくりと唾を飲む音が聞こえてきた。

「慎吾さん、健三郎さん、砥笥貢様が鳥居のところに立っているよ」

少年が上擦った声で答えた。

慎吾と健三郎はもう一度、鳥居を振り返ってみるが、そんなものは居はしない。

「何を言ってるんだ。砥笥貢様なんて居ないぞ!」

健三郎が怒ったように大声で答えたが、少年はぶるぶると首を振った。

「居るんだよ。其処に居るんだよ。俺はもうこの度胸試しは、やめておく。罰《ばち》が当たったりしたら大変だ」

少年はそう言うと踵《きびす》を返して、走っていった。

「なんだ、どいつもこいつも度胸の無い。まさか、慎吾さんまでやめるなんて言い出さないだろうな?」

健三郎が慎吾を睨《にら》む。

「当然だ。僕はやめないよ」

慎吾は言い返した。

二人は目で合図をすると、鳥居に向かい、その下を潜った。石積みの井戸の向こうに社《やしろ》が見えた。二人は少し歩を緩め、そろそろとそちらに近づいていく。

社の扉は、木の閂《かんぬき》が掛かっているだけで誰でも簡単に開くことができるものである。只、誰もそんなことをしたがらないだけだ。

健三郎がいち早く、提灯を地面に下ろし、門に手を掛けた。

ごと、ごと、と音がして、門が引かれていく。慎吾はその手元を提灯の灯りで照らした。閂が抜ける。健三郎は、自慢気な目をして慎吾を見た。そしてその少年にしては太い腕で、社の扉を開いていく。

軋《きし》みを立てて扉が開ききった時だった。健三郎が急に、がっくりと尻餅《しりもち》をついた。

「どうした？」

慎吾が訊ねても、健三郎は何も答えない。目を剝《む》いて恐怖の表情を作り、地面の上で暫《しばら》く立とうとして足掻《あが》いていた。まるで剛毅《ごうき》な健三郎らしくない様子である。そしてやっと立ち上がると、這々《ほうほう》の体《てい》で境内を鳥居の方へと向かっていく。その姿は鳥居を潜ると闇にかき消えた。

慎吾一人が、ぽつりと取り残された。慎吾の足も無性に駆け出したくなったが、慎吾は理性でそれを押し止《とど》めた。

闇が心の闇を、疑心暗鬼を誘うのか、慎吾は健三郎の大袈裟《おおげさ》な取り乱し方に、却《かえ》って不信感を覚えた。

もしかすると、健三郎はわざと怯《おび》えて見せて、自分の恐怖心を煽《あお》り、逃げ出すように仕向けたのではないか？　そして自分が、今もし、此処《ここ》を逃げ出したなら、こっそりと戻ってきて神器を盗み、手柄を独り占めする気ではないのか？　そうに違いない。でなければあの健三郎が何も言わずにあんな様子を見せるはずはない。

「師に会っては師を殺し、仏に会っては仏を殺す」

そんな言葉を得々と語っていた健三郎である。神仏等、恐れるはずはないのだ。

確信した慎吾は、そうはさせてはならぬと、一人、社の中に入っていった。

狭い社の中には『神棚』があった。その一番上段に、慎吾が目標とする神器の入った箱が置かれている。

慎吾は『みてぐら』の下に提灯《ちょうちん》を置いた。提灯の火袋が縮んで、中の蠟燭《ろうそく》がむき出しになる。蠟燭の微《かす》かな光が、辛うじて視界を保ってくれている中で、慎吾は『神棚』を崩さぬように注意しながら、背伸びをして木箱に手を伸ばした。ゆっくりと木箱を下ろしていく。それは想像していたより重たかった。提灯の脇に木箱を下ろす。そして木箱の蓋《ふた》を開けた。三つの神器が真綿にくるまれて入っていた。

慎吾は、槌《つち》と鑿《のみ》の真ん中に置かれている奇怪な砥笥貢神の仮面を手に取った。なんの塗料が使われているのかは知らないが、気持ちの悪い面である。ぎょろりと飛び出した右目が慎吾を睨んでいるようだ。

その時、微かに物音がした。

『みてぐら』の方からだ。

思わず振り返った慎吾は、直ぐさま全身が凍り付いた。

『みてぐら』の下の闇に、自分が今、手にしている面と同じ顔が浮かんでいる……。

ざっと、全身の血の気が引き、昏倒《こんとう》しそうになった。だが、恐怖がそれを上回り、慎吾は無意識に提灯を掴《つか》むと、社を飛び出した。すると、石積みの井戸の底からカーン、カーンという甲高い音と奇妙な歌声が響いてくるではないか。

慎吾は震え上がり、砥笥貢の面を手にしたまま全力で駆け出していた。

荒い息を弾ませ、慎吾は暗い道を駆けていた。心臓はもう爆発しそうになっているが、足は止まらない。そして砥笥貢の釜辺りまで来た時である。

釜の蓋が目の前で開いた。慎吾の足はたじろいで止まった。釜の暗闇の中から、光が近づいてくる。それは提灯の灯りよりも更に明るく、その輝きの中に立っている人影も良く見えた。

白いマント。長い髪。冴《さ》え渡った美貌《びぼう》。朱雀だった。


——こんな所で、何をしているんだい？


闇夜によく似合う朱雀の声が聞こえた。

慎吾は思わず朱雀の存在を畏怖《いふ》した。村人達の間で砥笥貢神の姿が見られるようになり、旅行者の溺死体《できし》が上がるという大異変の後で、すぐにやって来た男。そして朱雀が来た翌日には、家に窃盗団が入った。

朱雀という男が全ての凶事の象徴のように感じた。そして、砥笥貢の釜からの突然の出現。もしかすると、朱雀は砥笥貢神の使いではないのか？

慎吾が細かく震えながら突っ立っていると、突然、朱雀が近くに来て、慎吾の持っている提灯の方に身を屈《かが》め、蠟燭の火をふっと、吹き消した。

「君、用心しないと焼け死ぬよ。ここは砥笥貢様の釜《かま》だ」

脅しのような朱雀の言葉に、慎吾は飛び上がった。そして直ぐさま、走り出した。

（やっぱり、あの人は怖い人だったんだ……）

慎吾は提灯の灯りもない暗闇の中、自分が宙に浮かんで足掻いているような錯覚に陥りながらも、しきりに足を動かしたのだった。

5

桂はぐっすりと眠っていた。鎮咳薬《ちんがいやく》のもたらす深い眠りである。大概のことでは目を覚まさないはずなのだが、余りに外の騒ぎが大きかったせいで、ふと、目を覚ましてしまった。

半鐘の音が鳴り響いていた。隣を見ると、布団の中に朱雀の姿はない。

桂も布団から起き上がり、襖《ふすま》を開けた。回廊に出ると、田舎の澄んだ空気に混じって、何か焦げるような臭いがした。周囲に人の気配はない。

「どなたかいませんか？」

桂は叫んでみたが、返事はなかった。何か外で異変が起きているようだ。

桂は寝間着を脱いで、慌ててスーツを着た。廊下を歩いていく。やはり人気《ひとけ》は無い。

玄関を出ると、遠くの方で赤い光が揺らめいているのが見えた。其方《そちら》の方へ走っていく。そこは村の共同牛舎近くにある藁屋《わらや》であった。それが炎を噴き上げ燃えているのだ。村人達が群れ集まり、バケツリレーをして藁屋に水をかけている。
だが、火の勢いは止まりそうにない。

——これは、やっぱり砥笥貢様の祟《たた》りかねぇ……。

——誰かが砥笥貢様の怒りを買ったんだよ。

——間違いない、わしが寝ておったら、砥笥貢様が枕元に立たれたからのう。

聞き覚えのある声だった。オナミの声だ。
オナミを囲む村人達のひそひそ話に、桂は耳を欹《そばだ》てた。

——砥笥貢様が夢枕に立って、村を燃やすと告げられた。

——本当か？　オナミ婆。一体、誰が砥笥貢様の怒りをかったんだ？

——それは分からん。もう一度、神社に皆でお参りして、お怒りを鎮めた方が良いかもしれぬ。

——そうだのう。わしはもうあの恐ろしいお姿は見たくない。

（やはり村の人達は、砥笥貢神を見ているというのか？　これは、いよいよおかしな事だぞ。誰かが砥笥貢神に変装して、村に潜んでいるとして、窃盗以外の何の目的で火付けまでしているのだろうか？　まてよ、こうして火付けをして村人を此処に足止めさせておいて、また何処かに窃盗に入ろうというのだろうか？　だが、しかし……）

桂は辺りを見回して、首を捻《ひね》った。貧しい農村である。わざわざこんな農村に目星をつけて大がかりな窃盗団が動くとは思えなかったからだ。

「牛を避難させせろ！」

林田長官の大きな声が聞こえた。その声に応《こた》えて、数人の若い男達が牛舎へと走っていく。

桂は人垣の中から林田長官の姿を探し出し、側に近づいた。

「この村に消火栓はないのですか？」

桂の声に林田長官が振り返った。

「これは桂先生、お休みのところをお騒がせして申し訳ありません。消火栓は一つあるのですが、今、凍結をしていて蓋がなかなか開かないので、村長と村の若い衆が凍結を溶かして、ポンプでこちらに水を送るように作業しているところです」

林田長官の答えを聞きながら、桂は辺りを見回した。

「そうですか、此処《ここ》が人家の無いところで幸いでしたね。近くに家があればたちまち燃え移ってしまうところです。それにしても火元はなんですか？」

「分かりません。もともと火の気の無いところですから」

「すると、放火でしょうか？　最初に火事に気づかれたのはどなたですか？」

「家内です。私が寝ていると、起こしに来て、何か焦げ臭い臭いがすると言うのです。それで畑巡査に言って村を見回らせたら、藁小屋の所に火の手が上がっていたのです」

桂は、村人に交じってバケツリレーをしている美鈴の姿を見た。隣には慎吾と畑巡査がいる。


——お待たせしました！　やっと準備が出来ましたぞ！

後ろからした声に振り向くと、高田を先頭に数人の男達が太いホースを引きずって走ってきた。男達が村人を押し分けてホースを藁屋に向かって構える。そうして暫《しばら》くするとホースの口から勢いよく水が噴き出した。

バケツリレーをしていた人々が手を止める。美鈴も林田長官の許《もと》へとやって来た。

「よかったですわ、間に合って」

美鈴は鎮火されていく炎を見ながら言った。

「それにしてもよく気づかれましたね」

桂が言うと、美鈴は振り向いて薄く笑った。

「私、臭いにはとても敏感なんですのよ」

「そうですか」

桂にはそれっきり言う言葉が見あたらず、何の気なしに人々の中に朱雀の姿を探した。だが、不思議なことに朱雀の姿は何処にも見当たらない。

桂は不審に思い、朱雀の姿を求めて村を彷徨《さまよ》った。しかし、何処にもその姿は見当たらない。もしやと思い、桂は人のいない林田邸に戻ってみた。

玄関を見ると、朱雀の靴がある。どうやらこの家の中にいるようだ。

桂はまずは自分たちの泊まっている客室を見てみたが、其処《そこ》に朱雀の姿は無かった。一階を見て回るが、やはりいない。

二階に上がって回廊を歩いていたとき、林田の書斎の中から声が聞こえてきた。朱雀の声だ。誰かと話をしている様子だ。

――永井健三さんですか？　正月早々、失礼します。僕は最高裁検察局の検事、朱雀十五と申します。失礼ですが、貴方《あなた》と林田美鈴さんとの関係を知りたいのです。美鈴さんは貴方に度々、金を貢いでいるようですが、どうしてですか？

桂は呆《あき》れた。この騒ぎの中、恋敵に電話をして、相手を問い詰めているのだ。桂は声をかけることはせず、書斎の戸に耳を押し当てて朱雀の話を盗み聞きした。

——なるほど、なるほど、ふうん、そういう訳ですか。それでそもそも貴方は、何をなさっているのですか？　僕が理解出来るように詳しく説明してくれませんかね？

暫く朱雀の相槌《あいづち》を打つ声が続いた。

——大体の内容は分かりました。分かった上で言いますが、今後は美鈴さんと交流なさらないで下さい。その方が貴方の身の為だ。忠告しておきます。今後、金がいるのなら僕がご用立てしますから。分かりましたか？

それから一言、二言、電話のやりとりがあり、どうやら相手は身を引くかのようであった。受話器が、がちゃりと置かれる重たい音がした。同時に、下の方から人の声が近づいてくる。林田長官達が帰ってきた様子だ。桂は仕方なく、遠慮がちに戸を叩《たた》いた。

「朱雀さん、桂です。其処におられるのでしょう？」

足音がして、戸が開いた。険しい顔をした朱雀が姿を現した。

「桂さん、いつから此処に？」

朱雀が探るように言った。

「今さっきです。火事がありましてね、私も現場に見に行っていたんです。それで戻ったら、朱雀さんの姿がないので、探していたのですよ」

桂は曖昧《あいまい》に答えた。

「そうですか。それはお騒がせしました。貴方は僕の話を何も聞いていなかったということでいいですよね？」

朱雀が凄味のある視線を桂に送った。

「ええ、それで結構です。それより家人が戻ってきたようです」

朱雀は部屋から出て無言で戸を閉めた。そして一階へと続く階段を下りていく。

朱雀が横を掠《かす》めて通った時、桂は妙な匂いを感じた。それはなにか硝煙の匂いに似ていた。胸騒ぎがする。何故だか、藁屋《わらや》の出火事件と朱雀には関係があるような気がした。

朱雀が階段を下りていく足音が遠ざかっていく。

「やあ、これは、この度の出火は大変でしたね」

何気なく言う朱雀の声が聞こえてくる。

「これは朱雀先生。全く先生方に来て頂いたというのに、不祥事だらけで申し訳ありません」

林田長官の声がしている。

「それにしても出火の原因はなんなのですか？」

朱雀の声が、嘘っぽく聞こえた。

「それが、まだ原因は不明なのです。今宵からは畑巡査に今まで以上の夜間見回りをさせることに致しました」

林田長官が朱雀の声に応えていた。

※

「貴方、もうお眠りなさいませ。ご苦労様でしたわね」

美鈴が林田の衣服を衣紋掛《えもんか》けに掛けながら言った。

「今夜は……」と言いかけたが、林田は黙って頷《うなず》いた。そして自分の部屋へと向かった。

自分の妻であるのに、同床をするのに遠慮が出る。出会ってから今に至るまで、美鈴という女は林田にとって一種の謎であった。

不思議な挙動をする。真意が計り知れない。実際には美鈴は良妻賢母であるには違いないのだが、それも全てが嘘のような気がする。

いや、確かなのは美鈴が自分のことを本当に愛しているのではない、という事である。

美鈴は、今も他の男を愛して、内緒で連絡を取り合っているに違いない。事によると、たまに会っているかもしれない。

時々、美鈴は、ふと行方知れずになる事がある。

追及したいと思うが、林田にはそれが出来なかった。もしそうすると、美鈴はいつでも自分の前から姿を消すであろう。そういう気がしていたからだ。

もともと林田の一方的な一目惚《ひとめぼ》れであった。

八年前、港の写真を撮らせて欲しいと、許可を求めてきた美鈴に、一瞬にして心が魅せられてしまったのだ。

忘れもしない、その時の美鈴は、後木に付き添われて長官室にやって来た。洒落《しゃれ》たパーマネントの髪に銀の髪飾り。鮮やかなベルベットの赤い服を着ていた。二十代後半に見えただろう。美鈴は今まで見たどんな女よりも美しかった。

この女を自分の物にしたいと、真剣に思ったのは、生涯、只《ただ》一度だけである。想った人はいるにはいたが、それもその時の激しい感情に比べれば玩具《おもちゃ》のような物でしかなかった。

下心があった。だから、すぐに撮影を許可して、自分が監視するという名目で、付いて歩いて数日間、共にいた。

林田は悩みに悩んだ。この辺りで自分はある程度、名の知れた男である。しかし、東京の男に比べればどうであろう？　それに醜男ではないにしても、女が一目惚れするほどの美男子でもない。ならば、どうやって美鈴を自分の物にすることが出来るだろう？　まず、林田は港に入荷する荷物の中から、ありったけの財産をはたいて、西洋物の高価な首飾りと指輪を入手した。そして美鈴を邸《やしき》に招き、まずは求婚と共に、それを美鈴に差し出したのである。

美鈴は戸惑った反応を見せた。少し考えさせて欲しいと言った。だが、考えれば拒絶されるだろうと焦った林田は、美鈴を無理に犯したのであった。

美鈴は、その時、林田を虫けらでも見るような眼差《まなざ》しで侮蔑《ぶべつ》した。そして帰って行った。

林田は酷《ひど》く後悔した。もう美鈴に取り入る手段はないだろうと思ったからだ。

ところが数日後、美鈴が突然、荷物を持って林田の邸にやって来たのだ。

どういう意図であったのか、分からない。しかし、その時は、これ幸いと林田は美鈴との婚姻届を出した。

だが、日を追うにつれ、林田は美鈴が自分に心を許していないことを実感していった。

肌を合わせる時に、美鈴は酷く緊張した様子になる。だから、段々と同床することも少なくなっていく。何か好物で仕方のない餌を目の前にちらつかせて、永遠に待てと言われているような気分だ。だが、自分がその事に対して問い詰めたり、力ずくで肌を合わせたりしたら、美鈴は消えていなくなるだろう。それにそのようなことは男の沽券《こけん》にも関わる。

林田はわざと美鈴に対して距離を置いているような風情を取らざるを得なかった。さらに時折感じる第三者の影は、林田を酷く嫉妬《しっと》させた。

強引に犯した時から、美鈴の心には自分に対する氷塊のような憎しみが生まれ、到底、それはなまじっかなことでは氷解することの出来ぬもので、その復讐《ふくしゅう》をするために自分と結婚したのではないかと思えるほど、林田は日々、異様な忍耐と不干渉であることを強いられるのであった。

今日も、美鈴の行動は変であった。実は、林田は年明けの今日こそは同床しようと思い、夜半、美鈴の部屋を訪ねたのである。ところが、部屋の中はもぬけの殻であった。

不可解な猜疑心《さいぎしん》に苛《さいな》まれながら、林田が自分の部屋に戻り、そうしてやっと寝付こうとしていたところに、今度は、美鈴の方からやって来た。そして、火事のようだと告げたのだ。

誰かと外で内緒で会っていて、その帰り道に、火事に気づいたのではないかという気がする。

一体、誰なのか？

この村の男とは考えられない。他所者《よそ》であろう。

いずれにしても、美鈴の心を氷解させ、自分の許《もと》に美鈴を置いておく為には、自分のことを見直させる必要がある。

そう、軍港の長官という役職以上に高い地位に昇るのだ。

そして今、その布石が打たれようとしている。用心に、用心を重ねて、この任務を遂行しなければ、と林田は思ったのだった。

6

あれこれと騒ぎがあって疲れていた桂は、二日の昼過ぎに目を覚ました。例によって朱雀の姿は消えていた。

桂は自分で行動を起こすことにした。残されている一組の長谷川殺害の犯人と思われる男達の似顔絵を手に、余部を中心に男達の行方を探ることにしたのだ。

馬耳村から余部までは、丁度、青葉山に行くのと同じぐらいの距離で、五キロほどであった。

コートを羽織って出かける準備をした桂は、お手伝いの米に声をかけて林田邸を出た。

通り抜ける集落は静まりかえっていて、人の姿は殆《ほと》んどみかけない。家々の戸口には門松が立ち国旗が掲げられていた。細い道を抜けて街道を通り、大波村に抜けると、様子は少し変わってくる。

もともと舞鶴は整然と計画されて作られた市であった。寺川と新川の間は京都に倣って一条から九条の通りとなっている。東西の通りは、八島、敷島、大和などの軍艦名が付される舗装道路だ。

大波の町並みは道路に面して家々が立ち並び、晴れ着姿の子供達が、羽根突きをしていたり、独楽《こま》を回していたりする。かと思うと、家々の中からは賑《にぎ》やかな人の集いの声が聞こえ、家の戸口で新年の挨拶《あいさつ》を交わす人達がいたりした。

桂はその出会う人々に片っ端から、似顔絵を見せ、男達の目撃者がいないかどうかを確かめた。人々は首を振るばかりだったが、最後に一人の年輩の夫婦に似顔絵を見せると、夫婦はそれをじっと覗《のぞ》き込んだ。

「これは今日、松尾寺に詣《もう》でた時に、すれ違った人達に似ているな」

老人がそう言うと、妻が頷いた。

「ええ、ええ、そうですわね。この辺りでは見かけないお顔でしたし、皆、洋装をなさってたから珍しいなと思って見ておりました」

「それは今日の何時頃の話ですか？　場所はどの辺ですか？」

桂が訊ねると、老夫婦は二言、三言、互いに確認し合うように喋《しゃべ》り、その意見をまとめて老人が答えた。

「多分、今朝方の八時くらいだったと思います。馬耳村から田中《たなか》村へと抜ける道のりで、私共を追い越して行かれました」

桂は急いて夫婦の話をメモした。

（今朝方、馬耳村から田中の方へと移動したということは、昨夜、馬耳村に潜伏していた可能性もあるわけだ。昨夜の藁屋《わらや》の出火と関係しているかもしれぬ……）

桂はそんなことを考えながら、大波街道を余部の方へ向かった。

大波街道は、その街道の両脇に見事な桜並木があることで有名であったが、今は葉も落ちて、寒々しい様相を呈している。右手には、荒々しい日本海が広がっていた。海は棘《とげ》のように尖《とが》った波で覆われていた。

桂はこの辺りで有名なオオミズナギドリの姿を探したが、一羽の姿もない。冬になるとフィリピンに越冬に渡るというから仕方もないだろう。

その時、一羽の小さな鳥が桂の目前を飛んでいった。茶色いウズラのような鳥であったが、嘴《くちばし》の色が赤い。

小鳥は、まるで桂を案内するかのように、余部に至る道のりを飛んで行く。

かなり向こうまで飛んで行ってしまって姿が見えなくなったかなと思うと、道すがら、木の枝に留まって休んでいた。良く観察しようと近くに寄っても、逃げる風情はない。相当に人慣れしているようだ。

桂が三十センチも離れていない場所でその姿を観察しても、小鳥は首を左右に傾げる戯《おど》けた動作をしてみせた。そして捕まえようとすると、さっと飛び立った。

そんな風にして、一人と一羽は抜きつ抜かれつ、いつの間にか余部に辿《たど》り着いていたのだった。

余部には軍港一帯から駅までの間に旅行者達が泊まる旅館が立ち並んでいる。

そこはやっぱり田舎の旅館である。民家と一体になっている所が多かった為、戸口で大声を出せば、誰かが顔を覗かせた。

桂はそんな風にして旅館を一軒、一軒、巡ったが、似顔絵の男達が何処かの旅館に泊まった形跡はなかった。

次に桂が向かったのは新舞鶴駅である。

駅で切符を切っている駅員に似顔絵を示して尋ねてみる。

駅員は、暫《しばら》く目を細めて、じっと似顔絵を見ていた。

「この人達は今朝、六時四十二分の汽車で降りてこられた方々ですね」

「確かですか？」

「ええ、三人とも妙に目付きが鋭くて、直ぐに一般の人間ではないということが分かりました。喋っていたのは京都弁だったと思います。この真ん中の眼鏡を掛けた人のことを、他の二人が課長と呼んでいたのを覚えています」

「京都弁ですか、しかし地元の人ではないんですね」

「ええ、この辺りの人ではありません」

「この三人組は、去年の十二月二十二日にも見ませんでしたか？」

「二十日頃は、年末の積み荷や人足達でごったがえしていましたから、余り記憶にはないんですが……、それに私は朝から十四時までの当番でして、夜は酒井《さかい》という男が当番なのです」

「その酒井という人はいますか？」

「ええ、もうすぐ出勤してくるはずです。後、十分もすれば来るでしょう。なんでしたら駅員室でお待ちになりますか？」

「そうさせて貰《もら》えればありがたいですね」

桂は駅員室に案内された。冬の北風にさらされて凍えた体を、石炭ストーブの横に立って暖める。

（今日の朝、六時四十二分の汽車でここに降りたとすれば、昨夜の出火とは、彼らは関係なかったということだな。では、あの出火は誰が……？）

村の人間なら、共同牛舎の近くで放火するなど不利益なことはしないだろう。やはり窃盗団と関係があるのか？　桂は考えを巡らした。そして自然と浮かんできたのは朱雀の顔であった。朱雀が身に纏《まと》っていた硝煙の匂いが蘇《よみがえ》る。

まさか、最高裁の検事ともあろう者が……。

しかし待て、朱雀はもう既に検事の職権を逸脱した私情による行動に走っているではないか。美鈴を林田長官から引き離し、自分の物にする為ならば、なんだってしかねない様子だ。

永井健三に対するむきになり方もそれを物語っている。それにこの旅の発端にしたって、朱雀が調査を依頼した探偵が殺されたという所から始まっているのだ。

――張学良軍の仕業だと関東軍が言っている奉天郊外の柳条湖村での満鉄線路の爆破だって、関東軍の自作自演ではないかと疑っているんです。

朱雀が馬耳村に向かう途中で、松尾寺に立ち寄ったとき、自分に言った言葉を、桂は思い出した。

自作自演……。

あの時は、自分に鎌を掛ける為に言った言葉だと思っていたが、まだその裏に何か意味を含ませていたのかもしれない。まさに馬耳村周辺での異変は、朱雀が美鈴を林田長官から引き離す為に行っている自作自演の劇であるのかも……。

そう思うと、桂は朱雀という男が、空恐ろしくなってきた。

キィ

ドアが開く音がした。駅員の制服を着た若い男が入ってきた。

「桂検事どのですか？　私は酒井太一《たいち》と申します。何か私に尋ねることがお有りだとか……」

駅員が桂に近づいてくる。

「ああ、貴方《あなた》が酒井さんですか、実はこれを見て欲しいんです」

桂は三人の男の似顔絵を酒井に手渡した。

「去年の暮れ、正確には十二月の二十二日に、この似顔絵の男達を見ませんでしたか？」

「確かに見ました。京都方面の最終列車に乗った人達です」

酒井は即座に答えた。

「確かですね？」

「はい、この三人は京都方面行きの列車のドアが閉まったところにホームに駆け込んできて、特別高等警察の身分証明書を光らせて、無理矢理、ドアを開けさせたのです。だから良く覚えています」

特高……。

もし、特別高等警察が、長谷川殺害の犯人だとしたら、これは大変なことだ。

朱雀の言うとおり、関東軍が不正をしていて、特高がそれを庇《かば》っているのだとしたら……。

自分の手にはとても負えない事件かもしれぬ、と桂は思った。そして朱雀の話の半分は本当のことなのだろうと納得した。

朱雀は、総長に送られてきた『関東軍ガ政府ノ国益ニ反スル不正ヲ進メテイル事ナレバ、舞鶴軍港ヲ調査サレタシ』という手紙の真相を探ろうとして探偵を軍港に向かわせた。しかし、特高がそれを察して探偵を殺害した。

ここまでならば、朱雀は誰か他の京都担当の検察官に指示して、事件を調べさせたに違いない。

だが、長谷川の死体写真を見て、気が変わった。何故なら、その写真に美鈴の姿が写っていたからだ。朱雀は事件よりもその事に夢中になった。おそらく朱雀は、ずっと美鈴のことを捜していたのだ。そして、自分という脅せば言いなりになる絶好の鴨を見つけた。何故なら検事の行動は、本来ならば担当地区は不可侵で保たれているものを、自分と行動を共にすることによって共同調査を名目に、馬耳村に乗り込めるからだ……。

そして、そして……。朱雀は何をした？

桂は駅を出て、軍港の周辺を彷徨《さまよ》った。霧笛が遠くから聞こえてくる。荷物を担いだ人達が往来する中を桂は海を眺めながら歩いた。

その時だ。

パシャリ。

目映い光に、桂は目を細めた。

毛皮を纏《まと》った美鈴が、カメラを手にして笑っている。その姿は香水の湯気を通して見るかのように艶《なま》めかしかった。

「美鈴さん……」

呟《つぶや》いた桂に、美鈴が近づいてきた。

「お一人で何をしてらっしゃるんですの？　もうお一方の検事さんは？」

美鈴は、朱雀のことをまるで気にとめていない他人かのように言った。あれだけ冷淡な態度を朱雀にとっているのだから、本当に気にもとめていないのかもしれぬが……。

それにしてもしたたかな女だ。あの朱雀を嫉妬《しっと》に狂わせて永井を脅迫させるだけのことはある。そして今は地位も財産もある林田長官という男とちゃっかり結婚しているのだ。

「朱雀検事は、単独で何処かにいかれたようです」

桂は短く答えた。

「そうですか」

美鈴も短く言った。

「ここで、何をしてらっしゃるんですか？」

「夫の林田は職業柄、盆も正月も休みはありません。それでお弁当を届けついでに港の方の写真を撮っていたんですの。桂先生は何をしておられたんですか？」

「それは職務上の秘密です」

桂は答えた。

「……秘密ですか……。検事さんというのは職業柄、秘密にしておかなければならないことが沢山お有りなんでしょうね」

「まあ……そうですね。仕方ないことです」

「でも秘密は人を孤独にしますわ。孤独ほど、人の心を苛《さいな》む物はありません……。お苦しいことはありませんの？」

美鈴の瞳《ひとみ》が、桂の心中を見透かすように瞬いた。

ふっと、その瞳に吸い込まれそうになる。今度は、朱雀ではなくて自分の事を誘惑して振り回そうとしているのだろうか？

危ない、危ない、人の心を摑《つか》むのが上手な女だ。これは魔性の女なんだ。余り近づいてはいけない。桂は自分に言い聞かせた。そして顔を背けたところに、一羽の鳥が飛んできた。

「五平」と、美鈴が小鳥に呼びかけた。

五平は迷いもなく美鈴の肩に留まった。すると美鈴は毛皮のポケットから袋を取りだした。そして袋の中から餌の粉末を掬《すく》うと、五平の嘴《くちばし》に差し出す。

五平は、それを啄《ついば》み始めた。

第三章　特高殺し

1

村の老人達が中心に集まって、砥笥貢神社に再び詣《もう》でに行くという。

母は出かけているし、父は仕事だ。

慎吾は手提げ鞄《かばん》に、こっそりと砥笥貢の面を忍ばせて、老人達と共に砥笥貢神社に向かった。昨日の藁屋《わらや》の火事が恐ろしく、なんとかどさくさに紛れて早く面を神社に戻せはしまいかと考えたからだ。

オナミが先頭に立っていく。その後に慎吾は控えていた。老人達の中に後木の姿もあった。

冬山の寒さが、慎吾の背筋に痙攣《けいれん》のような冷気を走らせた。これからどうなるのか、よく考えられなかった。思考と呼ぶには余りに形の無さ過ぎる、感情と呼ぶには余りに曖昧《あいまい》過ぎる、強いて言えば目に見えない刃物を自分の首筋に突きつけてくるような砥笥貢神という物の存在が、自分の脇にずっと居るような気がしていて、その気配が山を登っていくにつれ、段々と強くなっていくのだ。

やがて、古びた鳥居が見えた。慎吾の鼓動はいきなり早鐘のように打ち始めた。

「砥筒貢様、砥筒貢様、御開門させて頂きまする」

オナミが大声で仰々しく言い、一行は鳥居を潜った。その途端に、老人達の間に雷光のような動揺が走った。

「社《やしろ》の扉が開いておるぞ！」

オナミが悲鳴のように叫んだ。

しまった！　昨夜は余りに慌てたものだから、何もかも打っちゃってしまっていたんだ。

慎吾は思わず手提げ鞄を老人達の目から隠すように、後ろ手に持ち替えた。

老人達は、怯《おび》えて、ぎゅっと一所に固まった。オナミが野獣のように取り乱して社の中に駆け込んでいく。慎吾は、そのオナミと老人達の間に立って、所在なく狼狽《ろうばい》していた。

暫《しばら》くして、

——何ということじゃ！


扉の中から声が聞こえ、その声を聞いた途端、慎吾は毒薬でも耳に流し込まれたように息苦しくなった。吐く息、吸う息が怪しい気配だ。

蹌踉《よろ》めきながら社から出てきたオナミが呻《うめ》いた。

「大変じゃ、御神器が無くなっておるぞ」

老人達が顔を互いに見合わせた。皆はそろそろと社に向かって動き出した。一人、一人と社に入っていく。慎吾も震えながら社に入って行った。

自分が昨夜、置いたままの形で木箱が床に置かれていた。

――本当だ。なんということだ。

――誰かが盗んでいったのかのう？

――一体、誰がそんなことを？

――これじゃ、このせいで、砥笥貢様がお怒りになったのじゃ。

険しい顔をして囁《ささや》き合う老人達の合間から、慎吾も恐る恐る木箱を覗《のぞ》き込んだ。

木箱の中には綿が敷き詰められている。しかし、そこには槌《つち》も鑿《のみ》も残っていない。自分が取ったのは面だけだというのに、一体、どうしたことだろう？

誰が槌と鑿を取っていったのか？　もしかして健三郎か？　いや……、朱雀というあの検事かもしれない。それとも……、それとも……。

慎吾は息苦しさの中で、槌と鑿を手に持った砥笥貢神の姿を見たような気がした。

ふらり、と一瞬、目眩《めまい》がする。

倒れかけた慎吾を周囲の老人達が支えた。

「坊ちゃん、坊ちゃん！」

「大丈夫ですか？」

枯れ枝のようにがさついた老人の手で頬を撫《な》でられ、慎吾は必死になって体を立て直した。

「大丈夫です。少し驚いただけですから」

何とか、皆に言い訳する。

「そりゃあ、無理もない。こんなことが起こるだなんて、全く信じられんことです」

老人の一人が答えた。その時、オナミが言い出した。

「このままでは、砥笥貢様の祟《たた》りで村が滅びるやもしれん」

老人達が、ざわりとする。

「オナミ婆、それじゃあ、どうすればいいんじゃ？」

老人達が訊《たず》ねる。

「まずは、神器を持ち出した不埒《ふらち》者を成敗することじゃ」

オナミは神に憑《つ》かれた巫《み》女《こ》のような鋭い声で答えた。

慎吾は背中を鞭《むち》打《う》たれたように、びくりとした。

「しかし、その不埒者を、どうやって探せばいいんだ？　第一、村にそんな罰当たりがいるとは思えん。他所《よそ》の者の仕業に違いない。ならば探すのは容易なことではないぞ」

疑問の声が上がる中で、オナミがそれぞれの顔を睨《にら》み付けた。

「不埒者のことは、砥筒貢様がお示し下さるじゃろう。それは待っておれば良いことじゃ。それより不埒者の手によって汚《けが》れた神器をお返しする訳にはいかぬ。新たに神器を造ってお捧《ささ》げせねば」

「ならば、槌と鑿はわしに任せろ」

手を挙げたのは林田言蔵であった。言蔵は農業もしているが、村の鍛冶《かじ》名人でもある。

「じゃあ、さっそく取りかかられるがよい」

オナミが言った。

「面はどうする？」

「さて、面打ちまで出来る者がいるかのう？」

「余部まで行けばいるはずだ」

「しかし、あの面のことを、どうやって説明するんじゃ？」

「要に絵を描かせればいいんじゃないか？」

「おおそうだ。要ならば描けるだろう。どうじゃ、要、描けるか？」

老人達の問いかけに後木は頷《うなず》いた。

「よし、じゃあそうすることにしよう」

老人達の意見が纏《まと》まった。

慎吾はその様子を窺《うかが》いながら、手提げ鞄を、ぎゅっと握りしめていた。汚された神器を返しても意味がないということならば、この面は一体、どうしたらいいのだろうか？　慎吾は戸惑った。

オナミが木箱に蓋《ふた》をして、『みてぐら』の上段に置いている。そしてオナミは祭壇に向かって頭を深々と下げると、憶え聞いた祝詞《のりと》を、ぶつぶつと呟いた。

老人達も合掌し、深く頭を下げていく。慎吾も慌てて合掌して、目を閉じた。その瞼《まぶた》の裏で、砥笥貢神が槌と鑿を持って舞い踊っていた。

――天罰じゃ、天罰じゃ。村を燃やしてしまおうぞ！

山を燃やしてしまおうぞ！

恨めしげな声が聞こえる。舞い踊っている砥笥貢神の狩衣《かりぎぬ》が、白いスーツに変化する。ざんばらと振り乱した髪が、長い黒髪になる。そして、振り向いた砥笥貢神の顔は、朱雀の物だった。

2

桂は足早に大波街道を馬耳村に向かっていた。

長谷川を殺したと思える特高の三人組が、今朝、再び新舞鶴駅に降り立ったということに、桂なりの危機感を憶えたからであった。

長谷川殺害の目的が関東軍の不正を隠蔽《いんぺい》することなのだとしたら、再びそれを探ろうとしている自分達が、彼らの標的に違いない。

気をつけねばならない。そのことを、早く朱雀に伝える必要がある。

寒々しい葉の落ちた桜並木を抜け、廃道に入った。明治時代に出来た狭い廃道である。長く、周囲の昼間の明るさから切り離された中は、なかなかに暗い。廃道の闇の中で自分の足音が高く谺《こだま》している。

中ほどまで来た時、自分の物とは違った足音が廃道の向こうから聞こえてきた。

桂は訝《いぶか》しんで足を止めた。

最初、足音は一つであった。遠くの方で、仄《ほの》かに白い影が見えた。その時、数人が駆け込んでくるような足音が響いた。白い影が、ひらりと羽根が風に飛ばされるようにして近づいてくる。

「桂さん！」

突然、針金のように尖《とが》った声が響いた。朱雀だった。その後から人影が追ってくる。桂は朱雀の許《もと》へと駆け寄った。

「朱雀さん、どうしたんです？」

「彼らです！」

朱雀が迫ってくる人影を示した。三人の人影が桂と朱雀の側にやって来た。

――悪いが、死んで貰《もら》うぞ

――悪いが、死んで貰うぞ

――悪いが、死んで貰うぞ

低い男の声が、山彦を呼ぶように、廃道の中に何度も響いた。桂は朱雀を自分の後ろに庇《かば》い、腰を低くして身構えた。

男が一人打ちかかってくる。桂は男の拳《こぶし》を左手で払いのけ、右手で相手の腹を撃った。げほっと、男が嘔吐《えず》くような声を上げて、前屈《まえかが》みになる。鳩尾《みぞおち》を思いっきり突いてやったから暫《しばら》くは動けまい。

すると、残った二人の男が桂に襲いかかってきた。桂は一人の男のことは蹴《け》り上げて蹴散らしたが、もう一人の男はなかなかに手強《てごわ》く、桂の突きを躱《かわ》して避けると、その腕を掴《つか》んで、ぐるりと背を向けた。

桂の体がふわりと宙に浮く。

(こいつ、柔道の有段者だ！)

背負い投げされることを覚悟して、受け身の体勢を取ろうとした時――。

バン。

炸裂音《さくれつ》が響き、桂を担いだ男の体が崩れ落ちた。桂もつられて倒れてしまった。

男の下になってしまっている腕を引き抜き、後ろを振り返る。

朱雀が拳銃《けんじゅう》を構えていた。銃口からは白い煙が立ち上っている。朱雀の冷たく青白い顔が見えた。

「こいつめ！」

桂の横で居合い抜きをする時のような大声が響いた。先程、蹴散らした男が、胸元に手を差し込み、拳銃を取りだしたのが見えた。桂は、即座にその腕を蹴り上げた。

バン。

銃声はしたが、弾は狙いを外し、朱雀には当たらなかった。桂はそれを確認すると、男の腕を摑んで、ぎりりと捻《ねじ》った。

男が鈍い呻《うめ》き声を上げ、銃を落とす。

桂は男の腕を背中側に捻り上げ、片腕を男の首に回して羽交い締めにした。

先程、突きを食らわした男は、まだ屈んで噎《む》せているから大丈夫だろう。

その時、朱雀が動いた。噎せて足搔《あが》いている男の側に近寄ると、その頭に拳銃を突きつけたのだ。

「関東軍が何をしているのか言いなさい。言わないと撃ちますよ。今から三つまで数を数えますから、その前に言うんです」

噎せている男が、朱雀の顔を見上げた。朱雀は不思議に澄んだ天使のような顔で、数を数え始めた。

――一。

――二。

――どうですか？　何か言う事はありませんか？

訊《たず》ねられた男は、首を振った。

――では、三。

次の瞬間、容赦なく弾丸の音が響いた。
桂は呆然《ぼうぜん》とした。優しい顔をして、よくも平気で人を簡単に撃てるものだ。
朱雀には動じている様子はない。そして次の瞬間、冷たく残忍な笑いを浮かべた。
「桂さん、その男にも聞いて下さい。吐かなければ無用な人間なので、撃ち殺すまでです」
桂は仕方なく頷き、羽交い締めした男の耳元に囁《ささや》いた。
「今のを見てただろう。彼は平気で人を殺せるんだ。私が訊《たず》ねたことに答えろ。関東軍は一体、何をしているんだ？」
男は押し黙ったまま、なんとか桂の腕から逃れようと足掻いている。桂は男を逃さないように腕をさらに捻り上げた。男が掠《かす》れた小さな悲鳴を上げた。

ついに、朱雀が側に寄ってきた。

「早く言ってしまって下さいね。僕は見かけによらず気が短いのです。さぁ、言いなさい。関東軍は一体何をしているんですか？」

朱雀が男のこめかみに銃口を突きつける。男は血走った目を剥《む》いて、朱雀を睨《にら》んだ。

桂は焦った。これ以上、人殺しは御免だ。男の耳元に囁く。


――言うんだ。殺されるぞ。


男は桂を振り返り、そして再び朱雀を見た。

「関東軍は何をしているのか言うんです！」

男の口の辺りで、がりっという音がした。男の口から液体が滴り落ちてくる。舌を噛《か》んだのだ。

男の体が断末魔の激しい痙攣《けいれん》を起こす。思わず桂は手を離した。

バン。

再び、朱雀の銃が火を吹いた。痙攣を起こしていた男の体が、芋虫のように地面に崩れ落ちる。

「いずれ死ぬのに、何も撃たなくても……」

桂は静かな怒りを込めて朱雀に言った。

「舌《ぜっこん》を噛んで死ぬのは苦しいのですよ、桂さん。その死はそうそう簡単にはやって来ない。舌根《ぜっこん》が喉《のど》の奥に縮んで反り返り、気道を塞《ふさ》いで呼吸困難を起こし、散々苦しんだあげくに、最後に悶絶《もんぜつ》死するのです。酷《ひど》く厭《いや》な死に方だ。それより頭を撃ち抜かれて即死する方がましでしょう」

朱雀は眉《まゆ》を顰《ひそ》めて、軽く答えた。

「……そうかもしれませんが、何も三人とも殺さなくても……」

どうにも納得がいかない桂は反論した。

「桂さん、僕達と彼らとはどちらかが死ななければ決着が付かなかったのです。彼らの意図は僕らの殺害です。それは貴方《あなた》もハッキリと、その耳で聞いたはずだ。

一人目の男は、僕が見るに貴方と互角ぐらいの腕前だ。そうなるとまともに戦ったのでは僕らが危ない。だからあの男には早々に消えてもらわなければならなかった。そして二人目の男は、ああしてあっさりと殺してしまわないと、貴方が羽交い締めしていた男に対して、僕の質問に答える切迫感を与えられなかった。だが、三人目の男は、それを見ても何も言おうとはせず自害した。

結局、彼らは何をしても僕らの質問には答えなかったでしょうね……」

「私には、貴方の意図がよく分かりません。本当にこんなに簡単に殺してしまっていいものなんでしょうか？　それに、彼らは恐らく特高ですよ」

「それは僕も薄々分かっていました。だからこそ殺したんです。一人目は仕方がなかった。だが、一人殺して二人逃がしてしまえば、彼らがどんな手を使っても『警官殺し』の罪で僕らを捕まえ、それこそ尋問中に急死……、なんてことになりかねない。そうでしょう?」

「……確かに……。貴方の言う通りかもしれない」

桂は項垂《うなだ》れた。朱雀の理屈は確かに通っている。だが、人を殺した罪悪感は失《う》せはしない。

「しかし、三人も死んで、結局、関東軍が何を企《たくら》んでいるのかは分からなかった訳ですね……」

朱雀は手の甲で両方の瞳《ひとみ》を擦った。

「いや、大体の見当はついているのです。後は証人が欲しかったのですが、彼らは証人には成り得なかったということです」

朱雀の声は酷く凍《い》てついて聞こえる。

「それより桂さん、死体をこのままにはしておけません。人が来ない内に始末しないと……」

「始末? ですか?」

「そうです。『警官殺し』の罪に問われないように、念には、念を入れませんとね。まずは街道から死体を移動させましょう。そうですね、近くの藪《やぶ》の中にでもすぐに隠すのです。それから、ゆっくり穴でも掘って埋めるとしましょう。上着に血が付かないように、脱いでおきましょう」

朱雀はそう言うと、マントを脱いで、目の前に倒れている男の体を、懸命に背に負った。小柄な体に酷く重そうに感じられた。

桂も一人の男の体を廃道の端に目立たぬように引きずっていき、朱雀に続いて、後に残った男を背負った。

森の藪の中、木《こ》の下闇《したやみ》に三つの死体が転がっている。

改めて彼らの死体を見ていると、桂は実に薄寒い気持ちになった。

朱雀は、自分が殺した男達の間近にしゃがみ込み、彼らの顔と、後木の描いた似顔絵を見比べている。

「どうやら彼らに間違いはないようですね。正月でこの辺りは人は通らないでしょう。とにかくまずは隠さなくては」

朱雀は立ち上がり、周囲の藪の小枝を集めてきて、死体の上に置いていく。桂もそれに倣った。最後に男達を覆った枝の上から枯葉を掛けて、念入りに死体を見えなくする。

「さて、スコップを調達しませんとね」

「何処で調達します？　金物屋などは閉まっているでしょう。かといって、この辺りの村で借りたとしたら、万が一、死体が見つかった時に、私達の面が割れてしまいます」

朱雀は少し考えると、森の奥へと歩き始めた。何処かに目星があるのだろうか？

一面の葉をつけた松と枯れ木の樹林の中を、朱雀の後を追って、桂は彷徨《さまよ》うように歩いた。地面は、波のようにうねりながら徐々に上へと傾斜していく。強い風が吹く度に、足下の枯葉が乾いた音を立て、森全体が吠《ほ》えるような音を上げた。

どちらの方向に、何処まで歩いたのかは分からない。かなり遠くまで歩いたと思われる所に、物置のように小汚い小屋が立っていた。

「狩猟の時に中休みする為の小屋のようです。彼らは此処《ここ》に潜んでいました。この辺で怪しまれずに隠れられると言えばこの森以外にないので、ここを探っていたのです。かなり歩き回って、やっと見つけました。しかし、中の様子を窺《うかが》っていたのを知られて、追跡されたようですね」

朱雀はそう言うと、小屋の戸の錆《さ》びた取手に手を掛けた。暗灰色に褪《あ》せた薄い木製の戸が開く。それだけの衝撃で、小屋全体が揺らいだようだった。

中に入ると、奥は畳敷きになっており、その手前は両端に何かごちゃごちゃとした道具類が所狭しと置かれている。中に入ってよく見ると、それは森に罠《わな》をしかける為の道具類のようであった。

朱雀はそれらを嘗《な》めるように眺めて、「ありました」と、大型のスコップを手に取った。その近辺にはスコップが何本かあったので、桂も一つスコップを手にした。

「さて、一仕事しに戻りましょう」

朱雀は片手でスコップを引きずり、もう片腕にマントを掛けて、小屋を出て行く。

「道は分かりますか？」

「印を付けてあります。地面を見て下さい。この粉を撒《ま》いていましたから」

朱雀はマントを掛けている方の掌《てのひら》を開いた。薄黄色をした粉末が握られている。

「これは……？」

訊ねた桂に、朱雀がにっこりと微笑んだ。

「鳥の餌ですよ。玉蜀黍《とうもろこし》の粉です。とにかくさあ、行きましょう」

恐らく朱雀が手にしているのは、美鈴が五平にやっていた餌であろう。森の中を歩くことを想定して、用意していたようだ。この抜け目の無さは、若くして天才と噂されるだけのことはある。

桂と朱雀は黄色い粉を目印に来た道を辿《たど》っていった。

森の地面は、粘土質であるらしく、飴《あめ》のようにねっとりとしていて、穴を掘るのに酷く手間がかかった。それも自分達も余り汚れないようにして掘るものだから、厭でも時間が経っていく。

死体、三人分の穴が掘れる頃には、強い風が吹き止み、日も落ちていた。森は隠者のように無口になり、深い沼底のような闇に侵されようとしていた。

「そろそろいいでしょう。一人、一人、穴の中に入れていきましょう。僕は足の方を持つので、桂さんは頭の方を持って下さい」

朱雀がひっそりとした声で囁《ささや》くと、一つの死体の足を持った。桂は死体の両脇の下に手を滑り込ませ、抱え上げた。

死体が一つ、穴の中へ消えていく……。

そうして、二つ、三つと穴の中へ入れてしまうと、桂と朱雀は無言のまま、その上から土を被《かぶ》せていった。地面に開いた、三つの地獄の口が閉じ、枯葉と藪の小枝がその上を覆う。とにかく色んな出来事への不安感、それらがことごとく解け合って発酵し、有毒な瓦《ガ》斯《ス》のようなものが胸に詰まっていた。

桂は汗を拭《ぬぐ》い、スコップを地面に突き立てて、杖《つえ》にして少し休んだ。朱雀は胸ポケットからハンカチを取りだして、なんだか舞いのような優雅な仕草で、手や衣服についた埃《ほこり》を払っている。

辺りはもう視界がよく利かないほど暗くなって来ていた。

街道まで上手《うま》くこの森を抜けられるのか？

不安に思って周囲を見回した時——。

直ぐそこの松の下に、白い人影が立っていた。

朱雀ではない。朱雀は自分の横にいる。目を見開いてよく見てみる。暗闇に白く浮かび上がって見えたのは、狩衣《かりぎぬ》であった。

暗闇の中で次第にその姿がハッキリとしてくる。その姿は尋常でなく、ただならぬものだった。

赤褐色の顔の皮膚。輪郭は闇にとけ込んでぼやけていたが、その暗澹《あんたん》たる色彩の中で、ぎょろりと、見開いた目玉が一つだけ光っていた。微《かす》かに鼻筋が見える。軸がぶれたように歪《ゆが》んだ顔だ。口元は、笑っているのだか、怒っているのだか分からない風情で突き出ている。しかもソレは一本しか足が無い。片足を隠しているという風情ではなく、本当に体の中央から足が一本突き出ているのだ。

砥笥貢神……。

神経が鋭い氷柱のように緊張する。

そして桂は、祭壇に現れる全ての兆しを見逃すまいとする巫女《みこ》のように、あるいは一粒の雨の滴から世界の真理を見いだそうとする哲学者のように……そして、鋭い検事がそうするように、目の前に存在している現実的ではないソノ物の正体に全神経を集中した。

祟《たた》り神など、あり得ぬものだ。恐れるな。変装だ。三人組の仲間か、否か、いずれにしても目撃者には違いない。取り押さえねば。

即座に判断した桂は、スコップを投げ捨て、空気を裂くような鋭い気合いと共に、松の下に立っているモノに突きを入れた。

相手の胸元に、しっかりと入ったはずの拳《こぶし》が、何故か空《くう》を切る。

何だ？　今のは？

再びもう一方の手で突きを入れるのだが、やはり何の手応《てごた》えもない。砥笥貢神は平然と立っている。どういうことなのか分からない。すんでのところで躱《かわ》されたわけでも無さそうだ。

小さな痙攣《けいれん》が、桂の眉間《みけん》を走る。桂は砥笥貢神の槌《つち》を持った方の手を摑《つか》まえようとし、腕を伸ばした。それはすぐ側にある。ところが、摑まえられそうで摑まえられない。

はぁ、はぁ、と息だけが荒くなる。

桂は砥笥貢神を相手に、一人、道化のように振る舞っている自分を感じた。

「桂さん、無駄ですよ。相手は神なのですから」

朱雀の落ち着き払った声が後ろから聞こえた。そして、急に頭の上から何かがバサリと被さって、桂の体を覆った。

天が落ちてきた！

桂は錯乱した。

何も見えない。手足を振り回す。その後から、誰かが両肩を摑んだ。

「桂さん、大丈夫。『触らぬ神に祟りなし』ですから、砥笥貢神は僕らに危害を加えませんよ。それにもう行ってしまいました。もういないから安心して下さい。桂さん、動かずに……。深呼吸して……」

混乱して泥川のようになっている脳神経の脈に、朱雀の声が清涼水のように染み込んできて、溜《た》まっていた泥を洗い流していく。

桂は動くのをやめ、深呼吸して息を整えた。少しずつ神経が調和を取り戻していく。

自分の体を覆っていたものが、ずるずると引きずり剝《は》がされた。それは、なんのことはない朱雀のマントであった。

「ねっ、桂さん。もう砥笥貢神は何処にも居ないでしょう？」

朱雀がハッキリとした輪郭のある声で言った。

桂は周囲を見回した。確かに暗澹たる森が広がっているだけで砥笥貢神の姿はない。

「スコップは、途中で捨てて帰りましょう。さぁ、行きますよ、桂さん」

動き出した朱雀のスーツの白さだけが、この世でたった一つの灯《あか》りのように感じられる。

桂は追い縋《すが》るようにその横に並んだ。

「今のは一体、何だったんでしょう？　触れようとしても触れられなかった。朱雀さんも見たでしょう？　あんな技が人間に出来るものでしょうか？」

「人間ではありませんよ、桂さん。何度も言うように、アレは砥笥貢神なのです。戦ったり、捕まえたり、どうこう出来るものではないのですよ」

「しっ……、しかし砥笥貢神だなんて、そんなものが存在しているはずがない……」

桂は、受け入れられない本能的な恐怖の感覚に、狼狽《ろうばい》した。

整然と上下段に並んでいた理性と野性が平衡感覚を失って、互いに鉢合わせしている。

「桂さんは意外に頭が固いですね。貴方《あなた》なら分かるはずですよ。貴方のような検事や、僕のような検事、そして彼らのような人殺しの警察官が存在するのと同様に、どんなモノでも、この世には存在しているのです」

……例えば、それが神であろうと、悪魔であろうとね。

朱雀がそう言うと、何かこの因習に満ちた古びた田舎の森の中のそちこちで、過去ここらで朽ち果てていった先祖の霊達が歩き回る足音が、しているような気がした。勿論《もちろん》、その中には砥笥貢の足音も混ざっている。そして横の朱雀の存在も、聖だか、魔だか、分からないが、とにかく人ではないモノに感じられた。

桂の肺の中に、氷のような恐怖が瀰漫《びまん》した。

ごぼり、ごぼり、

咳《せき》が立て続けに出る。

きっとこの騒がしい音に、森を彷徨《さまよ》っている霊達も耳を欹《そばだ》てているに違いない。

そう思うと、桂は冷や冷やした。

「良くありませんねえ。明日、僕と一緒に医者に行きましょう。余部に総合病院があったはずだ」

「いや……私は鎮咳《ちんがい》薬を持っていますから、大丈夫です」

桂は拒んだ。

「僕も少し調子が良くないのですよ。ですから医者に行きます。ついでですから桂さんも是非とも行きましょう」

朱雀が強制するかのように言った。

「いえ、本当にいいですから……」

「そうですか？　じゃあ、仕方ありませんね。僕だけで医者に行ってきますよ」

朱雀は不機嫌そうに言って、黙り込んだ。

3

マントを脱ぐと、白いスーツについた土汚れと、小さな血痕《けっこん》がよく目立った。

朱雀は押し入れを開け、新しいスーツに着替え始めた。やはり白いスーツである。

桂も念の為、上着を着替える。そして座卓に用意されている水差しで、コップに水を注いだ。鎮咳薬を取り出す。

着替え終えた朱雀が、横からその薬を覗《のぞ》き込んだ。

「ははあ、その色から察するに、桂さんの鎮咳薬は、塩酸エフェドリンとコデイン、そしてクロモグリク酸ナトリウム辺りが成分でしょうね」

「さあ、成分のことまでは私は医者ではないので、知りませんが……」

桂はそう言って、苦い粉末を口に含み、顰《しか》めっ面をしながら水で飲み下した。

朱雀は隣で胡座《あぐら》をかいて、その様子を見守っている。平静な様子だが、内では何を考えているのか分からない男だ。

桂は改めてそう思いながら、コップの水を一気に飲んで、卓の上にタンと、置いた。

「朱雀さん、貴方は人を殺したというのに随分と平気そうですね。私はハッキリ言って動揺しています。正義を守る検事たる者が、人殺しに手を染め、あまつさえそのことを隠蔽《いんぺい》して、本当にいいのかどうか、私の倫理観が苦しみの悲鳴を上げている。私には砥笥貢神がそのことを咎《とが》めに現れたようにも思えています」

桂は、鉄板がじりじりと焦げるように苛立《いらだ》って、心情を吐露した。

「今の時代、人など毎日、沢山死んでいます。戦争中なのです。人が殺し合うのが許されている御時世です。そんなことを悩んでいても仕方ないですよ。要は覚悟の問題です。僕はとっくに覚悟して来ていますから、気にはしていません。だから、桂さんも思い悩まないで下さい」

そう言った朱雀の表情は、さっき、男達を撃った時の表情と同じで、まるで天使のように澄んでいた。

鎮咳薬で体が震えてくる。何とも理解しがたい朱雀という男の本性と、砥笥貢神という実在した祟り神のことが不安で、その震えはいつもより激しいように感じられた。しかも朱雀は砥笥貢神のことを何か知っている様子だ。

「朱雀さん、貴方は砥笥貢神と何の関係があるのですか……？」

桂は、自分で言っていても、おかしな質問をしてしまった。

しかし、朱雀は意外に真面目な表情で、黒く深い瞳《ひとみ》を瞬かせた。

「そうですね……、もしかすると僕の存在が誘い水となって、余計に砥笥貢神を激しく目覚めさせる事になったのかもしれない。僕は砥笥貢神の巫《かんなぎ》なのです」

「巫……」

つまり朱雀は、砥笥貢神に仕え、託宣を受け、砥笥貢神と人とのなかをとりもつ人間であると称しているのか？

「……ならば、砥笥貢神は、一体、何を望んでいるのです？」

「砥笥貢神が現れて望むことは一つです。オナミの話にもあったでしょう？　村を燃やし、山を燃やす……。この馬耳村の人々を恐れさせる為にね……」

朱雀は冷たい声で平然と言った。

「藁屋《わらや》の火事も砥笥貢神の仕業だと言うのですか？」

「そうです。たとえ、検事といえども、神のすることを止めることは出来ませんよ。桂さんも砥笥貢神と戦って分かったでしょう？　でもまさか、馬耳村の住人にしか姿を現さないはずの砥笥貢様が、桂さんの前にも姿を現したのは意外でしたが……。ともかく砥笥貢様のなさることに、我々が手を触れることは難しいでしょう。分かりますよね！」

紗《しゃ》がかかったように光暈《ぼ》けて見える朱雀の顔は、確かに巫らしい神々しさを湛《たた》えていた。

「先生方、夕食の御用意が出来ました」

襖《ふすま》の向こうから米の声がした。

「すぐ行きます」

朱雀が立ち上がる。よくも人を殺した後で、食事などしゃあしゃあと摂《と》る気になるものだと桂は思った。

「私は今日は遠慮しておきます……」

桂がそっと朱雀に言うと、朱雀は眉間《みけん》に皺《しわ》を寄せ、首を振った。

「駄目です。変に思われますから。桂さんもいつものようにして下さい」

桂は仕方なく立ち上がった。

大広間には林田長官の家族とその親族、そして村長などいつもの顔ぶれが揃っていた。

三段重ねの朱塗りの重箱が、各自の膳《ぜん》の上に用意されている。

桂と朱雀は床の間を背にして座った。

「どうぞ、先生方、一献、いって下さい」

林田長官がそう言うと、米が銚子《ちょうし》を手にして桂達の側に寄ってきた。桂は殆《ほとん》ど飲めないのだが、思わず猪口《ちょこ》を手にして、差し出す。その手が震えているのが、不審に思われはしまいかと桂が気遣った時――。

「ところでこんな席で何ですが、今日、僕と桂さんは祇笥貢様を見てしまいました」

朱雀がいきなり言ったのを聞いた宴会の席にいた人々は、皆、箸《はし》や猪口を持つ手を止め、一瞬、沈黙する。そしてやがて小波《さざなみ》のようにざわめきが広がっていった。林田長官は何ともしようのない様子で皆の顔を眺めている。

「祇笥貢様は、『村を燃やす』と言っておられましたが、一体、何があったんですか？」

朱雀はなおも続けた。

「林田長官、もう祇笥貢様のことを秘密にしていても仕方ありませんよ」

村長の高田が言うと、林田長官は苦い顔をしたが、「そうだな……」と、答えると、猪口の酒を一気に飲み干した。そして桂と朱雀に向き直った。

「もうお気づきとは思いますが、実は、村人の間でも、砥笥貢様を見た者が何人もいるのです。全く奇怪なことでして、砥笥貢様を見たものが現れた途端、この静かな村で色々と騒ぎが続いております。それで今日、村の年寄り達が、もう一度、砥笥貢神社に詣《もう》でたのですが、その時、大変なことがありまして……」

林田長官が言葉を濁した。

「大変な事とは？」

桂は思わず身を乗り出した。

「それがその……砥笥貢神社の神器が盗まれていたのです」

林田長官が暗鬱《あんうつ》な声で言った。

「神器が盗まれたですって……」

桂は、槌《つち》と鑿《のみ》とを手にして自分の前に立ちはだかった砥笥貢神の姿を思い起こし、途轍《とてつ》もなく不吉な予感を憶えた。

「なるほど、どうりで僕の前にまで砥笥貢様が姿を現したわけだ。そんなことがあったんじゃあ、祟《たた》りますよね」

朱雀の言葉が、皆の不安感を煽《あお》り立てる。

何故、そんな事を言うのだろう？　桂は不思議に思った。否、不思議に思う必要などないのかもしれない。朱雀という男は、こうやって人を不安がらせて弄《もてあそ》んでいるのだ。

「誰か、砥笥貢様がお怒りになるようなことをしている人間はいませんか？　よくよく自分の行動に注意された方が良い」

朱雀はそう言うと、何かの意図があるかのように、じっと林田長官の顔を見た。林田長官はその視線から逃げるように手酌で猪口に酒を注ぎ、ぐっと飲み干している。

林田長官の態度も、怪しいなと桂は思った。

「ところで舐筒貢様を見たという村の人は誰なのですか？　教えて頂きたいのですが……」

朱雀がまた、唐突に話を切り替える。

「十二名ほどは見ております。いちいち名前を言いましょうか？」

高田村長が言う。

「ええ、お願いします」

朱雀が答える。

一体、そんな事を聞いて何をするつもりなのだろう？　巫の仕事として、罰当たり者が誰かを突きとめようとでもいうのか？

高田の言う名前を、一つ一つメモしていく朱雀の姿を見ながら、桂はちびちびと飲めない酒を飲んだ。余りにも奇っ怪で、訳の分からない事が多すぎた。思考が足踏みしてしまっている。

(どうにもいけない。何時もの私じゃないようだ。気持ちがかき乱されている……)

桂は立ち上がって手水場《ちょうずば》に向かった。

手水場で用を足し、外に出ると、林田長官の息子が立っている。その顔には怯《おび》えが仮面のように貼り付いていた。

「ええと、君は慎吾君だったよね。手水に用足しに来たのかい？」

桂が訊《たず》ねると、慎吾は酷《ひど》くおどおどした様子で、口籠《くちご》もっていた。何か言いたいことがある様子だ。

「どうしたんだい？　何か言うことがあるならば言ってごらん。誰にも言わないから」

桂が言うと、慎吾は切迫した顔で口を開いた。

「あの朱雀さんという人は、本当に検事さんなのですか？」

「えっ？　どういうことだい？　検事であることは確かだよ。何故、そんなことを言うんだね？」

桂が驚いて訊ねると、慎吾は少し俯《うつむ》いた。

「僕には、あの人が恐ろしい人のような気がして仕方ないのです」

確かに……、自分はそう思ってはいるが……。しかし、何故、慎吾まで？

「一体、何で朱雀検事が恐ろしい人のように思うのか、訳を話してごらん」

桂が優しい声で言うと、慎吾は戸惑った目の動きをした。

「……見てしまったんです。あの人の背中に、大きな鳥の入れ墨があることを、それに焼き印があることを……」

「入れ墨に焼き印だって？」

桂は面食らった。

「本当です。あの人がお風呂《ふろ》に入っているところを見たんです。僕には、そんな検事さんがいるなんて信じられません」

慎吾が縋《すが》るような視線を向けてくる。

「分かったよ。そのことは私が、どういうことなのか調べてみよう。だが、このことは誰にも言ってはいけないよ」

慎吾は深く二度頷《うなず》くと、踵《きびす》を返して廊下を去っていった。

桂は、その後ろ姿を見ながら腕組みをした。

慎吾が嘘をつくような必要はないし、朱雀の背に入れ墨と焼き印があるという話は信じられるだろう。だが、だとしたら尋常なことではない。『検察総長のプリンス』、『男爵家の出自』、『未曾有《みぞう》の天才』、検察内で聞いた朱雀という男の噂はどれも綺羅綺羅《きらきら》しいものであったが、ここに来て知った朱雀は、『人妻を恋する誘惑者』であり、『冷徹な殺人鬼』であり、『祟り神の巫』だということだ。そしてまた、とんでもない事を知ってしまった。

頭が混乱し、無性に煙草が吸いたくなった。ポケットをまさぐり、煙草を取りだし、回廊から中庭を眺めながら一服吹かす。

雪が降り始めた。粉雪が慌ただしく天から落ちてきて、視界がレース編みで遮られていくようだ。桂の脳裏を、砥笥貢神の姿と、朱雀の顔と、転がった三つの死体とが代わる代わるに掠《かす》めていく。

こんなこと、何もかもあり得ない!

――いいえ、桂さん、この世に存在しないモノなど無いのですよ。

朱雀の囁《ささや》き声が聞こえた。

4

宴席は、異様に静まりかえっていた。朱雀がメモを取り終わった後には、笑う者も、騒ぐ者もいなくなってしまったのだ。

ひたすらに緊張した空気の中に戻ってきた慎吾は、美鈴に寄り添うようにして自分の席に座った。

「やあ、慎吾君。お帰り」

突然、朱雀が慎吾に声をかけた。慎吾は、心臓がドキリとした。朱雀の瞳《ひとみ》が吸い込むように自分を見ている。慎吾は非常な不安感に襲われた。

なにもかも見透かされているような気がする。自分が砥笥貢の面を盗んだことも、桂に朱雀のことを密告したことも、知られているのではあるまいか？　無性にそう感じられてきた。

朱雀が、薄く笑う。

慎吾は居ても立ってもいられなくなった。何だか、今にも取って食われるような心地がする。

「お母さん、僕はもうお腹は空《す》いていません。部屋に帰って寝てもいいでしょうか?」

慎吾の問いに、美鈴は優しく笑って頷いた。

「そうね、もういい時間だから、慎吾さんはお休みになった方がいいわ」

慎吾は、ほっとして頷き、宴会の席から、朱雀の居る所から避難するように抜け出した。

回廊に出ると、柱が中庭を眺めながら、ぼうっと煙草を吹かしている姿が見えた。

その姿は妙に頼りなげで、大丈夫なんだろうかと、慎吾は心細く感じた。

二階に上がり、自分の部屋に入る。暗い中を手探りで電灯を摑《つか》み、そのスイッチを捻《ひね》る。

電球が明るく灯《とも》って、夜の暗さを吹き飛ばした。

慎吾は何もかも忘れて、早く眠ってしまいたかったが、布団を敷くのに押し入れを開けるのが怖かった。何故なら、押し入れの中には手提げ鞄《かばん》が入っていて、その中に砥笥貢の面を隠したきりにしているからだ。

押し入れの戸を開けたが最後、そこから砥笥貢様が、ぬっと出て来るような妄想がしてならない。

慎吾が惑い果て、押し入れの前で突っ立ったままでいると、其処《そこ》に美鈴が入ってきた。

実は美鈴は、慎吾が長い間、押し入れの前で立っている後ろ姿を観察していたのである。

美鈴は、慎吾が何か悩みを抱えていることを感じていた。そして大体は、その内容に見当をつけていた。

「どうしたの慎吾さん？　お布団は、まだ敷いていないの？」

慎吾は、どう言っていいか分からないでいた。

「砥笥貢様の話ばかり聞くから怖いのでしょう？　大丈夫よ。今日は、お母さんも一緒に寝て上げるわ」

その言葉を聞いて、慎吾の氷のように固まっていた心は、溶けていくようだった。

美鈴は、押し入れを開いた。その時、慎吾は少し、どきりとしたが、ある種の安心感がすぐにそれを打ち消した。たとえ、砥笥貢神であったとしても美鈴には決して手出しが出来ないだろうと思えたのだ。慎吾の中で、美鈴というのは父の邦夫よりも秀でた存在であった。何故、そう思うのかは不思議な事である。慎吾は恋心に近い物を、この美しくて優しい義理の母に対して抱いていた。それだからそう思うのかもしれない。

美鈴は布団を敷くと、慎吾を抱きかかえるようにして添い寝した。慎吾は柔らかい温《ぬく》もりに包まれると、たちまち安心して直ぐに眠くなってきた。そしていつの間にか寝入ってしまったのである。

雪がはらはらと降る中。

何故だか、美鈴と朱雀が、しっかりと抱き合っている。

「お母さん、やめて下さい！」

慎吾は叫ぶのだが、美鈴は慎吾のことを振り向こうともしない。朱雀の肩に顎《あご》をのせて、恍惚《うっと》りとした表情を浮かべている。慎吾は呆然《ぼうぜん》とすると同時に、漠然としていた不安が現実になったことに震えた。

そう、最初に朱雀を見た時から、何か厭《いや》な予感を憶えていた。朱雀と美鈴、この二つの美しい存在が、こんな泥土のような場所にいて、引き合わないはずがない。それが至極当然のような兆しはあったのだ。抗《あらが》いがたい道理に、気圧《けお》されながらも慎吾は負けじと朱雀を睨《にら》んだ。

朱雀は月光のように冷たく澄んだ冷笑を浮かべて慎吾を見ていた。慎吾の言うことなど、美鈴は聞かないのだという自信に満ちた顔だ。

「お母さん！　お父さんのことを忘れたのですか！　僕のことを捨てていくのですか！　その人は悪い人です。一緒に行ってはいけません！」

慎吾は懸命に叫んだ。けれども朱雀に肩を抱かれた美鈴の姿は、段々と遠ざかって行く。

「お母さん！　行かないで！」

慎吾は叫んで追いかけようとするのだが、足が思うとおりに動かない。二人の姿は消えてしまった。

慎吾は降りしきる雪の中、独りぼっちで取り残された。自分が美鈴の本当の子供であったなら、美鈴も去ってはいかなかったに違いない。美鈴に愛されようと、懸命に頑張って来たが、それも無駄なことだったのだ……。

慎吾は自分が世界中で一番孤独な人間になったような気がした。そしてとても悲しくなって泣いた。余りに泣いたので、涙で目が覚めた……。

(夢だったんだ。よかった……)

電灯は消されていて、暗い中、慎吾は隣にいるはずの美鈴の気配を手探りした。

美鈴は居なかった。もう自分の部屋に戻ってしまったのだろうか?

慎吾は思わず窓を開け、一階の美鈴の部屋に目をやった。

そして慎吾は見てしまったのだ。激しい雪の降る中、朱雀が美鈴の部屋の前に立って、じっと様子を窺《うかが》っているのを……。

その白い姿が、美しくも怖かった。写真でも文字でも、とても表現出来ない美しさと怖さを感じながら、果たして、さっきの事が本当に只《ただ》の夢だったのだろうか? と慎吾は疑った。

やっぱり、本当に朱雀と美鈴は雪の中で抱き合っていたのではないか?

ちらりと、疑惑が頭を掠めると、それはたちまち現実味を帯びた物へと変化した。

朱雀さんはお母さんに、一体、何をしようとしているのだろう?

夢のように、お母さんを連れて行ってしまうつもりではないだろうか?

慎吾は不安で、不安で、長い時間、凍えながら、朱雀が美鈴の部屋の前から立ち去り、自分達の客室に戻るまで見張っていたのであった。

※

林田言蔵は真夜中、激しく尿意を催して目を覚ました。

厠《かわや》は母屋とは別に設けてあるため、用を足すには一旦《いったん》、庭に出なければならない。

面倒臭いし、不吉な日々が続いている。一旦は我慢しようとしたが、無理であった。

仕方なく言蔵は、枕元に置いてある燐寸《マッチ》を手探りで取った。じくを取り出し、ざらついた燐《りん》の面で擦る。小さな火が灯った。その火を消さぬように手で庇《かば》いながら、周囲を照らす。

提灯《ちょうちん》が置かれている。言蔵は火を大事にしながら提灯に手を伸ばし、中の蠟燭《ろうそく》に火を移した。仄《ほの》かに部屋の中が明るくなる。

言蔵は提灯を手に、部屋を出て、縁側へと向かった。

外は激しい雪であった。提灯の灯《あか》りで縁側にある下駄《げた》を探し、下駄に積もった雪を払いのける。そうして、下駄を履くが、やはりそれは氷の靴でも履いたかのように冷たかった。

余計に尿意が激しくなる。

言蔵は急ぎ足で、庭の片隅に立っている小さな厠へと向かった。提灯の微《かす》かな灯りの中で、朧《おぼろ》に厠が見えてきた。何故だか、まるでその時の厠は、運命の悪意のような佇《たたず》まいで、言蔵を待ち受けているように不気味に見えた。

言蔵は、ごくりと唾《つば》を飲んだ。だが、行かぬ訳にはいかぬ。尿意はすでに尿道の先までやって来ている。

そう思って一歩を踏み出した時、廁の裏側の辺りから、亡霊のように白い影が現れ、廁の前に立った。見た途端、言蔵にはそれが何なのか直ぐに分かった。

（砥笥貢様！）

言蔵は心の中で叫び声を上げたが、その声はまるでラムネ玉のように自分の喉元《のどもと》につっかえて、発声することが出来ないのであった。

言蔵はたちまち漏尿し、提灯を手から落とした。火袋の蛇腹が縮み、剝《む》き出しになった蠟燭が雪の上に倒れる。じゅっと、音がして炎が消えた。

言蔵は真っ黒な闇に呑《の》み込まれた。しかし、砥笥貢の姿は消えるどころか、より一層、明確な物となって、言蔵へと近づいて来る。

言蔵は腰を抜かし、雪の中で、砥笥貢から逃げようと、やたら足掻《あが》いた。

※

――へそを、弄《いじ》ると小金が、ぽろり

――へそを、弄ると小金が、ぽろり

ざんばらのおかっぱ頭。赤ら顔の醜く歪《ゆが》んだ顔が見えた。顔全体の軸が歪んでいる上に、ぎょろりと飛び出た右の目玉。逆に潰《つぶ》れたように眇《すが》められた左の目。曲がった鼻、口は窄《すぼ》められ、唇が突き出している。そんな男が白い狩衣《かりぎぬ》を着て、小槌《こづち》と鑿《のみ》を振り上げながら、一本足で乱れ踊っていた。その背後で、炎がめらめらと赤く燃え上がる。


――天罰じゃ、天罰じゃ。村を燃やしてしまおうぞ！

　山を燃やしてしまおうぞ！


地の底から響いてくるような声を聞いて、オナミは目覚めた。

夢じゃったか……。

暗闇の中で、目を瞬く、だが其処《そこ》にはまだ、歪んだ顔の男が立っている。

それは丁度、神棚の前であった。

これは夢なぞじゃない。砥笥貢様じゃ……。

オナミは布団から出て正座をし、砥笥貢神に向かって手を合わせ、深々と頭を下げた。

砥笥貢神は、じっとオナミの姿を見詰めているようだった。オナミは頭を上げ、再び、砥笥貢神の姿を確認した。神は、さっきよりずっと自分の近くにいる。

「砥笥貢様、何の御用でございますか？　わしに何を仰《おっしゃ》りたいのですか？」

すると、砥笥貢の醜い顔が、ぬっとオナミに近づき、オナミの視界は砥笥貢の顔で一杯になった。

——天罰じゃ、わしの宝を奪った天罰を下そうぞ！

耳元で囁《ささや》かれたオナミは、体中に瘧《おこり》を発したように、はっとした。

（どうか御鎮まりを……）

懸命に祈ってみるが、砥笥貢神の姿はなかなか消えることはなかった。

（やはり、どうしても天罰を下されるのですか……）

オナミがもうどうしようもなく納得すると、砥笥貢神はそれに満足をしたかのように姿をかき消した。

オナミの心は、荒波の中を漂う草船のように不安定に揺れ動き、再び眠れそうにはなかった。窓の雨戸を開けて外を見ると激しい雪が、嵐のように吹き荒れている。

オナミの心は、ますます動揺した。窓の向こうには林田言蔵の家が見えている。それを見ていると、微かに提灯の灯りが動いていて、それが庭先でいきなりかき消えた。

何かの兆しのように、オナミには感じられた。

5

昭和九年一月三日。

雪はやんでいた。木の枝や地面には相当な積雪が認められた。

朝、桂が目覚めると、朱雀の姿は消えていた。

朱雀が神出鬼没なのは何時ものことだ。それは気にならなかったが、桂の心中は昨日の特高殺しのことで悶々《もんもん》としていた。

本当に朱雀に言われるがままに動いて良いのだろうか？

なにかまだまだとんでもない事に手を染めさせられはしまいか？

桂は眉間《みけん》に皺《しわ》を寄せ、部屋の隅に置かれている卓袱台《ちゃぶだい》に移動した。

寒いので毛布を羽織り、煙草を一服吹かす。まだ働かない寝起きの頭の中で、昨日の出来事がぐるぐると回っている。その一つ一つが自分の物差しでは、是か非か、測りきれない出来事ばかりだった。

そろり、と襖《ふすま》が開いた。

慎吾が立っている。

「これはお早う。どうしたんだい？」

桂が言うと、慎吾は辺りを窺うように見て、桂の側に寄った。

「朱雀さんはいないんですか？」

「ああ、私が目を覚ますともういなかったね」

「お母さんの姿がないんです……」

慎吾は小声で言った。

（二人同時にいないということは、何処かで会っているのか？）

桂は一瞬そう思ったが、慎吾には気取《けど》られないようにした。だが、どうやら慎吾は何かの危機感を持っているようだ。

子供は勘がいい……。朱雀と美鈴の仲を心の何処かで気づいているのだろう……。

桂は煙草を灰皿で揉《も》み消し、慎吾の真っ直ぐな目を見返した。

「大丈夫だよ。お母さんは一寸《ちょっと》、何処かに出ているだけだろう。朱雀検事は仕事で何か調査中に違いない」

桂は自分で言いながら、とんだ気休めだと思った。自分だって、何時、朱雀が美鈴を連れて姿を晦《くら》ますか予想も出来ない。それが今であっても、奇怪《おか》しくはないと思っている。

「それならば良いんですが……。検事さん、僕があの検事さんのことについて喋《しゃべ》ったことは秘密にしておいてくれますよね」

慎吾が縋《すが》るように言った。

「勿論《もちろん》、君から聞いたことは私の胸にしまっておくことにするよ」

「お願いです。それから……。それから……。あの検事さんのこともお願いします。あの人が僕らに悪いことをしないように、お願いします」

桂は少し答えに詰まり、黙ったまま頷《うなず》いた。


——お食事の支度が出来ましたよ。


米の声が聞こえた。

桂が慎吾と一緒に食卓に案内されていくと、林田と美鈴が待っていた。慎吾は美鈴の姿を見ると、顔色をぱっと明るくして、その横に座った。朱雀の姿はない。

「お母さん、今まで何処に行ってたんですか？」

慎吾が美鈴に訊《たず》ねている。

「軍港の人達の記念写真を撮りに行っていたのよ」

美鈴が答えた。桂は席に着きながら、「朱雀検事は何処へ行くと言ってましたか？」と、訊ねた。

「朱雀先生は、少し調子が悪いので、余部の総合病院へと出かけられました」


——そうか、そう言えば昨日そんなことを言ってたっけ……。

桂は箸《はし》を持って、一礼すると、西京焼きに手をつけた。

「朱雀検事も奥様も余部の方へ行っていたとすると、途中までご一緒だったんですか？」

桂は少し鎌を掛けて美鈴に尋ねてみる。

「いえ、私は朱雀先生が何時《いつ》出かけられたのかは知りませんのよ」

美鈴は、あっさりと答えた。

※

一方、林田言蔵の家では、早朝から、カタン、カタン、と鍛冶《かじ》仕事をする音が響いていた。村人達は正月から響く物騒がしい音を忌んではいたが、なにしろ祇笥貢様の怒りを早く解く為である。咎《とが》めに行く者は誰もいない。

言蔵の姿はその日の昼まで見受けられなかった。村の男達が共同牛舎に行って、牛に餌をやる時間になっても、その日の当番である言蔵は姿を見せなかった。

当番をしていた男の一人は頗《すこぶ》る顔色が良くなかった。いつもきびきび働く男なのに、今日は作業の手も止まりがちだ。

「末治《すえじ》、どうしたんだ、朝から浮かない顔をして？」

仲間が問いかけると、末治は深い溜息《ためいき》と共に、語り出した。

「昨日、見てしまったのよ……」

「……見てしまった、とは？」

「砥筒貢様のお姿だ」

皆は息を呑んだ。

「お前まで見たのか、何処で見た？」

「昨日の夕方、家の田んぼに張った氷割りをしていたんだ。うちは蓮根《れんこん》を育てているから、氷が張りすぎると余りよくないだろう。そうしたら、後ろで妙な気配がすると思って、ふり返ると、砥筒貢様が田んぼの中に立っていたんだ……」

末治の話に、皆は、ぞうっと背筋を凍らせた。

「末治、まさかお前、何か祟《たた》られるような身に覚えがあるんじゃなかろうな？」

「まさかだろう。俺は祟られるようなことはしていない……と、思う」

末治は自信なげに言った。

「昨日は、牛《うし》さんのところのお美代《みよ》坊も、林で砥筒貢様を見たと言って、泣いて帰ってきたというが……」

「子供の前にまでお姿を見せられるとは、余程、お怒りなのかな？」

「恐ろしいことだ。また、何かあるんじゃないだろうか」

「そうだな、そう言えば言蔵さん、どうしたのかなあ？」

「ああ、普通なら、一番に来ているのにな。まだ鍛冶をしているんだろうか？」

「そうかもしれないが……。あれ待てよ。言蔵さんの牛が一頭足りないぞ」

「本当だ。言蔵さんは朝には牛に麦をひかせているが、その後には戻しているはずだ」

「鍛冶に夢中になって忘れているんじゃないか？」

「どうだろうか。一寸、様子を見に行ってみたほうがいいんじゃないか」

「そうだな、そうしよう」

男達は皆でぞろぞろと言蔵の家に向かった。

言蔵の家は村ではかなり裕福な家である。

広い敷地に松や柿の木、蜜柑《みかん》の木、石榴《ざくろ》の木などが植えてあって、庭先には大きな石の挽《ひ》き臼《うす》がある。その上臼に付いている横木には、荒縄が繋《つな》がれて言蔵の牛が、のろのろと臼を回していた。

「牛はいるようだな」

「ああ、だが小麦はもう無くなって居るぞ」

臼を覗《のぞ》いた男が言った。

「障子が開いているぞ、言蔵さんは彼処《あそこ》かな？」

男達は言蔵の名を呼びながら、縁側に上がり、開いている障子の前に立った。

廊下を隔てて襖があるが、其処《そこ》も開いている。

「言蔵さん、いるんですか？」

男達は囲炉裏のあるその部屋へと入った。だが、言蔵の姿は無い。只《ただ》、囲炉裏の中には灰で燻《くすぶ》りながら大量の石炭が赤々と燃えていた。

「一寸、他の部屋も見てくる」

一人の男がそう言って、部屋から出て行った。言蔵の名前を呼びながら、廊下を歩き回り、襖を開け閉めしている気配が伝わってくる。

他の男達は、寒さのせいもあって、囲炉裏端に腰を下ろした。

「俺は何だか厭《いや》な予感がしてきた」

「わしもだ。この所、不吉なことが多すぎる。それに砥笥貢様の社《やしろ》が荒らされるなど、ろくでもない……」

「あれは誰が荒らしたか、突き止めなくてはな……」

その時だった。そう言った男の目の前を何かが通過してきて、ぽたりと手の上に落ちた。

赤黒い液体だ。

「何じゃ、これは？」

するともう一滴。

ぽたり
と、男の胡座《あぐら》をかいている膝《ひざ》の上に赤い液体が落下した。男は、思わず上を見た。

高い天井の上から吊《つ》られた火棚の上に、何かが乗っている。

その何かを確認した途端、男は蒼白《そうはく》になって震え始めた。

「ごっ……言蔵さんだ！」

囲炉裏端に座っていた男達は男の見ている火棚に目をやり、一斉に悲鳴を上げた。そして部屋から飛び出したのであった。

※

朱雀が帰ってきたのは昼食前であった。

客室に戻ってきた朱雀は、寒さの為か、やや青白い顔をしていて、その中に朱を差したように唇が赤かった。マントを脱ぎ、お手伝いに熱い茶を所望して、飲んでいる。

桂は持参した本を読みながら、ちらちらと朱雀の様子を窺《うかが》っていた。

朱雀はまるで野生の猫のようである。嫌、猫ほど可愛くもない。虎ほど獰猛《どうもう》な感じではないから、あえて言えば豹《ひょう》だろうか？　ある時は、優しくすり寄ってきたり、ある時は毛を逆立て、牙《きば》と爪を出して威嚇してきたり、またある時は、気ままに姿を晦《くら》ましたりする。

いずれにしても、こちらから余計なちょっかいを出すと痛い目に遭うのは必至だ。

「今日、こちらの方に戻ってくる道々でね、積もった雪の上に大勢の人間の通った足跡を見ましたよ。大通りから馬耳村に向かうところで足跡は分かれて、松尾の方に向かっていったようでしたけどね……」

朱雀が突然、たわいもない世間話のような事を言った。どうやら話を仕掛けても大丈夫なようだ。

「随分、早くから病院の方へ行かれたようですけど、具合はどうですか？」

「感冒になりかけてたようです。薬を貰《もら》いました」

朱雀はそう言うと、ポケットの中から薬袋を取りだして見せた。

「そうですか、薬は早めに飲んでおくに限ります」

桂が言うと、朱雀は頷《うなず》き、薬袋から一包みの薬を取りだして、それを茶で飲み下した。

「大変です。先生方、事件です」

襖《ふすま》の向こうから林田長官の大きな声がして、足音が近づいてきた。

「……さて、どうやら序幕は終わって、本番が始まったようですね……」

朱雀は脱ぎ捨てていたマントを再び羽織ると、すっくと立ち上がった。まるで準備していたかのような身のこなしであった。

桂もコートを着て、立ち上がる。

がらり、と襖が開いて、林田長官と畑巡査が入ってきた。

「あのう、先生方、大変なことが起こったのです。先程、村の若い衆が言蔵さんのところに行ってみますと……」

畑巡査がつかえながら喋《しゃべ》り出したのを、朱雀が制した。

「話は事件の現場に行ってからお伺いしましょう。現場に案内して下さい」

桂と朱雀は、林田と畑巡査と共に、現場に駆けつけた。そこには高田村長をはじめとする村人達の姿があり、皆は恐怖に打ちひしがれたように背中を丸めていた。

「死体は？」

殺人事件だとは聞かされもしないのに、朱雀が畑巡査に訊《たず》ねている。畑巡査は「こちらです」と、言蔵の家へと上がっていった。囲炉裏の部屋に入り、天井の方を指さす。

高さ二メートルほどであろうか、鉄製の火棚が吊られている。その下には鉤《かぎ》があったが、何も吊《つる》されていなかった。ただ、やたら囲炉裏の火が強い。そしてさらには火棚の上には、男の死体が、大人しく横たわるようにして乗っかっていたのだった。

一見して、異様な感じであるが、遠くてよく観察出来ない。そこで、桂は囲炉裏に上がって死体の様子をまじまじと観察した。

紺色の分厚い毛糸で編まれた上着がたくし上げられ、腹の部分が覗いている。そして剝《む》き出しになった臍《へそ》に、焼け火箸《ひばし》が深く突き刺さっていた。赤味が黒い鉄の中心に燻《くすぶ》っている。まだかなり熱いはずだ。元は真っ赤に焼けていたものだとしたら、この寒さの中で冷えたとして、腹に突き刺されたのは三十分前辺りに違いない。

それにしても死体の臍に焼け火箸を突き立てるなど、実に奇怪である。

そして鉄の格子から覗いている言蔵の顔を見て、桂は思わず嘔吐《おうと》しそうになった。

手も腹も囲炉裏の火で炙《あぶ》られたせいか、火焼《ほや》けして赤紫色に変色している。顔も同じくであったが、桂を気分悪くさせたのはそれだけではなかった。

鉄格子の間から覗く言蔵の顔が、確かに言蔵であることが辛うじて分かるような実に醜悪な物になっていたからだ。

まず、右目は大きく見開かれていた。左目は逆に潰《つぶ》れて陥没し、その辺りの皮膚は暗紫色に変色している。鼻は右にぐにゃりと歪《ゆが》み、鼻の毛細血管が切れたのであろう暗黒色の破線が鼻筋に走っていた。口は大きく突き出されていて、顔全体が苦悶《くもん》に歪んでいる。実に異様な面相であった。

――これは……。


「まるで祇笥貢神ですね……」

下から見上げていた朱雀が音楽のようなすべすべした声で言った。そして、囲炉裏端にある食べかけの蜜柑に手を伸ばした。それを、くんくんと嗅《か》ぎ、ポケットの中にしまい込んでいる。それから畑巡査に向かって言った。

「とにかくこのことは先《ま》ずは僕らが調べますから、府警に連絡するのはやめて下さいね」

朱雀が畑巡査に命じた。畑巡査は何度も首を縦に振っている。

「そうだ、先生の言う通り、府警に届ける必要はない。誰にもこのことは口止めだ。村の評判が悪くなるだけだからな」

林田長官が、朱雀に同意した。

桂は囲炉裏から降りて、朱雀に訊ねた。

「さっきの蜜柑がどうかしたのですか？」

「いえ、単に食べたかったからです」

朱雀があっさりと答える。

「そうですか。しかし、犯人は何故、わざわざ火箸を死体の臍に突き立てたり、目を潰したりしたんでしょうか？　しかもこんな高い火棚の上に死体を置くなんて……。誰にでも出来ることじゃない」

桂は、殺害方法の異様さに、疑問を感じずにはおれなかった。

「それには意味があるんですよ」

「意味？」

「誰にでも出来ることじゃない。つまりこれは『砥笥貢神の祟《たた》り』だということです。そして警察などに届けても解決は出来ないということなんです」

それを聞くと桂は急に不安になってきた。

砥笥貢神……。

あの山の暗がりの中で戦った不気味な祟り神のことが頭を過《よぎ》る。手足が空を切るだけの奇怪な感覚が蘇《よみがえ》った。奴が祟っているのだって？

「砥笥貢神が祟って、言蔵を殺したというわけですか？」

「まあ、そういう理由《わけ》です」

「そっ、それにしても……府警に連絡もしないなんて……」

素朴に聞いた桂に、朱雀が囁《ささや》いた。

「桂さん……。忘れたんですか？　今、府警に僕らの周辺を嗅ぎ回られると、不味《まず》いことがあるでしょう？　この事件は『砥笥貢神の祟り』で良いのですよ」

そうだ……。あの特高の男達の死体……。

確かに捜査段階で芋づる式に、あの事が発覚しては大変だ。

それにしても全く妙だ。林田長官は年明けから窃盗団にやられたというのに、警察に届けを出さずにいるし、あの藁屋《わらや》の出火の原因も誰一人、探ろうとしない。そして今度は、こんな奇怪な殺人事件が起こったのに、砥笥貢神の祟りだから、府警を呼ばずとも良いと朱雀は言い、林田長官も畑巡査も納得してしまっている。

そして自分も、特高殺しの片棒を担がされて、この隠蔽《いんぺい》に荷担してしまっている。

なんという事だ。こんな理不尽で奇怪な事件に巻き込まれることになったのも、全ては朱雀という男のせいだ。

朱雀は自分を砥笥貢神の巫《かんなぎ》だと言ったが、本当はこの男こそ、祟り神ではないのか？

桂は朱雀の涼しげな横顔を見て思った。そして村で起こっている忌まわしい数々の事件に、何か朱雀が絡んでいるような気がしてきた。

考え起こしてみれば、藁屋での出火の時にも、寝ているはずの朱雀が部屋には居なかった。そして、この言蔵が殺されたと思われる時間帯にも、朱雀は病院へ行っていたという不在証明をひけらかしているものの、それが却《かえ》ってわざとらしい。何よりも『特高殺し』は間違いなく朱雀の仕業だ。

——もしかして、この男が全ての犯人か？

ごぼり、ごぼり、ごぼり。

疑念が激しい咳《せき》を誘う。

「大丈夫ですか、桂さん。鎮咳薬《ちんがい》を飲まれたらどうですか？　やっぱり今日、一緒に病院へ行けばよかったですねえ」

朱雀がわざとらしく優しく笑った。

6

桂は言蔵のすぐ隣の家に住むオナミと、近隣に住む言蔵の息子達に、死体発見までの経緯を聞いていた。いずれも、言蔵の死体が発見される直前まで、鍛冶《かじ》の音がしていたと証言している。

すると、僅《わず》かな時間の間に犯人は言蔵を殺害し、火棚の上に上げたということになる。

言蔵の死体は若い屈強な男が、五人がかりで下に下ろした。これを火棚の上に瞬時に上げるとしたら、五人どころの人手では済まないだろう。

一体、どうやって？

桂は首を傾げた。

屈強な男として桂の脳裏を過ったのは後木要であった。あの訳の分からない話をする男なら、こういうことをするかもしれない。しかし、動機は？　どうもピンとこない。

桂は次に、恐らく言蔵が殺される前にいたはずの鍛冶屋に行ってみた。なにか事件前の言蔵の行動なり、事件解明の手がかりなどが残されているかもしれない。

桂は言蔵の息子に案内され、母屋から西側にある鍛冶屋に向かった。村人達が背中を丸めながら、ぞろぞろとついてくる。

言蔵の息子が鍛冶屋の扉を開けると、東南の窓がある部屋の中は、日差しが入ってなかなかに明るかった。扉から入って直ぐ脇に小さな神棚が設けられている。部屋の中には年季の入った箱鞴《はこふいご》があって、鉄製の金床《かなどこ》が外の光を照り返していた。その近くの壁には、大小の金槌《かなづち》が二つと金箸《かなはし》が掛かっている。

しかし、どう見てもさっきまで鍛冶をしていたという気配はない。

「おかしいな……。親父が鍛冶をする音がしていたのに……」

言蔵の息子が怪訝《けげん》そうに呟《つぶや》いた。

「きっと、鍛冶をされていたのは砥笥貢様じゃ……。あの音は、砥笥貢様の鑿《のみ》と槌の音じゃったんじゃ」

オナミが言い出した。

——失礼、通して下さい。

朱雀の軽い声が聞こえた。村人達が道を作り、朱雀が入ってきた。

朱雀は入るなり、神棚に興味を示した。無遠慮に社《やしろ》を開き、中に入っていた一枚の符を取り出す。

黄色い紙に、赤い文字で、目玉らしきものが一つ描かれていて、その下に天日一箇神《あめのまひとつのかみ》と鍛冶翁《かじのおきな》、の二つの名がある。

「鍛冶の神様の典型ですね。しかしこれは何処かの神社で貰《もら》ってきたものではありませんね……」

朱雀がそう言うと、オナミが前に一歩踏み出した。

「それは、わしが描いた符ですじゃ。余り触られると良くないから、早く社にお戻しなされ」

「そうですか、それはいけない」

朱雀は大人しく言うことを聞いて、符を社に戻すと、殊勝に手を合わせてみせた。

オナミは納得した様子で頷《うなず》いた。

――言蔵さんのところから聞こえてた鍛冶の音は、砥笥貢の神様が槌と鑿を振るわれてた音だったそうじゃ。

――あれは砥笥貢様が鍛冶してらっしゃったのか。

——恐ろしや、やっぱり言い伝えは本当だったのだよ。


「言い伝えと言うと？」

朱雀は直ぐ様、その言葉に反応した。

「砥笥貢様が祟る時は、必ず槌と鑿の音を誰かが聞くといいますのじゃ」

オナミが答えた。

ふと桂が人混みの間から顔を覗《のぞ》かせている慎吾達少年を見ると、皆、蠟《ろう》のように白い顔をしている。彼らは互いに目で合図を送り合い、何か訳ありな様子だ。非常な狼狽《ろうばい》が彼らの間には見て取れた。

慎吾が桂の視線に気づいた。慌てて少年達が立ち去っていく。

（なんだ？　何か知っている様子だな……）

「朱雀さん、此処《ここ》はお願い致します」

桂が言うと、朱雀は頷いた。

桂は、少年達が早足で去っていくのを、ひっそりと尾行した。慎吾を含めて四人の少年達は大体、同じ年代だった。

彼らが向かった先は、村はずれの林の中である。どうやら彼らの相談場所であるらしいその場所は、ガンコウラン等の矮性低木《わいせいていぼく》に囲まれて、自然と其処《そこ》だけ柔らかい芝生となっている半径一メートルほどの円形の場所だった。芝生の端に萎《しお》れた花束があった。その脇に松の大樹が葉を茂らせている。

少年達はその根元に寄り添うようにして座ると、こそこそ話を始めた。

「もしかすると、砥笥貢様が僕らを追いかけて来たんじゃないだろうか？」

一人の少年が蒼白《そうはく》な顔で言う。

「だって、まさか慎吾さんが、本当に神器を持ち出すなんて思わなかったから」

一人、柄の大きな少年が、慎吾を責めるような口振りで言う。

「なに言ってるんだ。もともと言い出したのは健三郎だろう！」

慎吾が、きっとした顔で言い返す。

「それにしても、慎吾さんが持ち出したのは、本当にお面だけだったのだよね」

少年の一人が念を押すように慎吾に言った。慎吾が黙って頷く。

「あの時は、砥笥貢様を見て、余りに恐ろしかったものだから、お面を手にしたままで逃げ出してしまったんだ。それに神社の井戸の中から、まるで鑿で何かを打つような音と、不気味な声が聞こえていて、我を忘れてしまったんだ」

少年達は暫《しばら》く、じっと黙り込んだ。

「じゃあ、誰が砥笥貢様の槌と鑿を持っていったんだろう？」

柄の大きな少年が言った。

「そんなの決まっている。砥笥貢様が自分で持ってやって来たんだ」

「……だから………言蔵さんの家で、砥笥貢様が槌を打っていたのかな？　だとしたら、祟《たた》りは僕らにも掛かるんじゃないの？」

気弱そうな少年が、泣き声になりながら言った。

「じゃあ、どうする？　このことを大人達に相談するかい？」

もう一人の少年が言うと、慎吾と柄の大きな少年は首を激しく振った。

「今更、相談して、どうするって言うんだ。現に藁屋《わらや》は火事になって、言蔵さんが死んでしまったんだぞ。こんな事を言ったら僕らが大人達にどんな目に遭わされるか分かったもんじゃない」

「そうだ。それに僕らの家族も村の中で居場所が無くなってしまう。とにかくこのことは絶対秘密だ。たとえ、神様の祟りで僕らが死んだとしても、家族の皆にまで恥をかかせて巻き添えにするのは良くないことだ」

慎吾が、はっきりとそう言うと、少年達は互いに確認し合うように見合って頷いた。

「それで、慎吾さん、例の物は持って来たのかい？」

慎吾は頷き、手にしていた鞄《かばん》のチャックを開いた。そしてゆっくりと手を差し入れて何かを取りだした。

桂は眼鏡を摘《つま》んで視力を調整しながら、その物に目を凝らした。それは間違いなく、砥笥貢の面だった。

少年達はその面をそっと、大樹に立てかけると、四人して体を震わせながら拝んだ。そして再び面を鞄に入れると、四人で地面に穴を掘り始めた。

桂の脳裏に死体を埋める為の穴を掘った時の身震いするような感触が蘇《よみがえ》る。

恐らく、この少年達もそうした気持ちで今、穴を掘っているのだろう。そしてそれは永遠に彼らの中の秘密となり、時々、幽霊のように記憶の中に彷徨《さまよ》い出てきては彼らを悩ますに違いない。桂は少年達を気の毒に思いながらも、彼らの話に益々不気味さを感じていた。

神器を盗んだのは彼らだということが判明した。だが、彼らは面しか取っていない。槌と鑿は彼らの知らぬ所で勝手に動き出したのだ。しかも彼らが全員《みんな》して、砥笥貢神を見ている様子だ。そしてアハ石積みの青銅蓋《ふた》で密閉された井戸の中から槌の音と、不気味な声が聞こえてきたということは、どういうことなのだろう？　何が井戸の中に潜んでいたのか？　桂はそのことを想像すると、ぞくりと身震いを憶えた。

少年達は、掘った穴に鞄ごと砥笥貢の面を入れ、土を被《かぶ》せながら語らい始めた。

「僕は、あの人が悪い事を運んできたような気がする」

突然、慎吾が言った。

「あの人って？」

柄の大きな少年が訊《たず》ねた。

「東京から来た朱雀先生という人……」

慎吾が答えた。

「だって、あの人は偉い検事さんなんだろう？　どうして慎吾さんはそんな風に思うんだい？」

「よく分からない。だけど、そんな気がするんだ……。だってあの人が来るという連絡を受けてから、急に村の人が砥笥貢様を見たと言い出したし、窃盗団が現れたり、藁屋が燃えたり、言蔵さんが死んだりしたのだもの」

「だけど、それは砥笥貢様の祟りだろう？　それがどうしてあの検事さんと関係があるんだい？」

「よく分からない。けど、あの人は砥笥貢様の釜《かま》の中から現れて、僕に言ったんだ『用心しないと焼け死ぬよ』って……」

少年達の唾《つば》を呑《の》む音が、ごくり、と聞こえた。

確かに、朱雀は自分のことを『砥笥貢神の巫《かんなぎ》』だと明言している。

桂も唾を呑んでいた。


桂はふらりと砥笥貢神社へと向かっていた。大通りまで出て、人力車を拾い、松尾寺まで行ってもらってから、徒歩で砥笥貢神社へと向かう。

注連縄《しめなわ》だけが真新しい朽ち果てた鳥居を潜って中に入った。石積みの井戸の側に直ぐさま、駆け寄った。

青緑色の銅蓋の両脇を摑《つか》んで抱え、持ち上げようとするが、中々、持ち上げられる物ではない。井戸に張り付いたように、きっちりと嵌《は》まっている。しかも風化して生じた銅屑《くず》が井戸との隙間を埋めて、接着剤のような役目を果たしていた。何処から、どう見ても、最近開けられたという気配も無い。

何が、一体、こんな中に潜んでいたというのだろう？　やはり砥笥貢神というものの存在を信じない訳にはいかない。桂は、思わず蓋に、ぴったりと耳を押しつけた。

耳が悴《かじか》んで落ちるかと思うまでそうしていた、その時だった。何かの、不思議な声が聞こえたような気がした。微《かす》かではあるが、年配の男の声が、もそもそと呪文《じゅもん》のような調子で響いてくる。だが、それは単なる幻聴かもしれないくらい微かな音であり、下手をすれば近くの木立の枝が擦れ合う音の方がハッキリと聞こえる程度であった。だが、その幻聴かもしれない声は、耳に冷たい針でも入れられ、脳がその先端に当たっているような恐怖を感じさせた。

待てよ……此処でまた、あの砥笥貢神に遭遇したらどうしよう……。

ふと、その思いが桂の心胆を寒からしめた。一人でこんな所に、ふらふらやって来てしまうなど、どうかしている。自分も何かに取り憑《つ》かれて、此処に誘われたのではないのか？　と、急に感じてくる。

暗くならない内に帰らなければ……。

――やっぱり此処だったんですか、桂さん。

いきなりの声に、桂の心臓は止まりそうになった。朱雀が立っていた。桂は井戸の側から身を離し、朱雀を見て目を瞬いた。

「朱雀さん、どうして此処に？　聞き取りをしてらしたんでは……」

自分の声が、少し上擦っているのが分かる。

「いえね、聞き取りが大体のところ終わったので、桂さんを探していたんですが、姿を見かけなくて、心配していたんです。それで、もしやと思ったんでね、車を出して貰《もら》ったんですよ。それにしても、何をしていたんです？　余程、砥笥貢神のことが気になり始めたのですか？」

朱雀の問いかけに、桂は口籠《くちご》もった。慎吾達、少年の事情をばらすのも憚《はばか》られたからだ。

朱雀は、微笑しながら桂に近づいてきた。

「砥笥貢神の正体、分かりましたか？」

雪のように微かな声で朱雀が囁《ささや》いた。

「いや、わっ……、私には何が何だか良く分かりません」

桂の答えに、朱雀は白鳥のように優雅に首を傾げた。

「それはおかしいな……。桂さんのように聡明《そうめい》な人が、砥笥貢神の正体にまだ気づかないなんて……、本当はもう気づかれているんでしょう？　ねえ、そうでしょう？　何処まで気づかれているんですかね？」

鎌を掛けてくるように朱雀が桂を覗《のぞ》き込んだ。ここで、何かを知っている等と答えたら、良くない事が起こる気がした。

「いや、私には全く分かりません。只《ただ》、理解出来るのは、馬耳村には砥笥貢神という得体の知れない祟り神がいるということだけです」

朱雀が、ふうん、と頷《うなず》いた。そして井戸を指さした。

「中から声が聞こえましたか？　貴方《あなた》、聞いたでしょう？」

首の動脈に、刃物を突きつけられている感じがする。

「いえ、何も聞こえませんでした」

桂は、きっぱりとそう言って首を振った。すると、朱雀は花のように鮮やかに笑った。

「ええ、そうですとも、人の声がすると思うのは、只の錯覚です。この井戸はオナミさんの話によれば、火炎地獄に通じる井戸だということですが、中々に深い井戸なのです。徐々に井戸の壁の内面が風化していく時に、細かな砂塵《さじん》となってそれが崩れる音や、気温や湿度の変化で、井戸の中の空気が対流する微かな音が生じるのです」

朱雀はそう言うと、桂の肩に腕を回した。

「さあ、帰りましょう、桂さん。貴方もなるべく砥笥貢神には近づかない方が良い。まして貴方からこんな場所になど来てはいけません。ここと、砥笥貢の釜には、近寄らないで下さい。お願いしますよ」

桂は頷いた。

「お分かりになったなら結構です。さあ、僕と一緒に車で帰りましょう」

朱雀が桂の背を、そっと押した。

第四章　物申す神

1

村に戻ると、言蔵の死体はオナミの家に運ばれていた。

囲炉裏が赤く燃える部屋に、小さな庵《いおり》には不釣り合いなほど、大仰な神棚がある。

その神棚の前に布団が敷かれ、そこに言蔵が寝かされている。布団の周りは塩がびっしりと撒《ま》かれている。その周囲に、村の主だった顔ぶれが揃っていた。林田美鈴、高田村長、畑巡査、そして言蔵の一族、村役達である。

オナミは頭に白い鉢巻きを締めて、死体の顔の近くに座り、田舎祈禱師《きとうし》らしい仕草で、怪しげな印《いん》を切りつつ、呪文を唱えている。


地獄の釜に燃え上がる。

炎の番する。

赤鬼、青鬼、黒鬼、白鬼。

松明《たいまつ》、手にして上がりませ。

上々、下々、青人草《あおひとくさ》の呪いをば、
紅蓮《ぐれん》の炎で燃やし尽くせ、
灰にせよ、
塵《ちり》にせよ、
塵となりし汚《けが》れをば、
流離《さすらい》姫が持ち流離《さすら》い、
失《う》せ消ゆることをば、
心神渾々《こんこん》、
お願いし申す。

桂と朱雀は、死体を取り巻く人々の後ろに立って、様子を眺めていた。

「林田長官の姿がありませんね」

桂は朱雀に囁いた。

「ああ、先程、軍港に行かれましたよ。その代わりに美鈴さんが立ち会っているのです」

朱雀が小声で答えた。

「あくまで、『祗笥貢神の祟《たた》り』ですませるわけですね」

桂は確認した。

「そうです、第一、それ以外の説明のしようがないじゃありませんか、それにですね、下手にこの村が注目されるのは不味《まず》いのです」

「不味い？　どうしてですか？」

朱雀は桂をちらりと見て、その腕を摑み、オナミの家の外へと導いた。

「よくよく考えて下さい、桂さん。僕が総長の許《もと》に送られてきた手紙の内容を探ろうと秘密裏に雇った探偵が殺された。そして、彼の死を受けて調査に来た僕らも特高の三人組に襲撃された。つまりそれは、どういうことだと思いますか？」

朱雀の瞳《ひとみ》が桂を覗き込む。桂は暫《しば》し考えて答えた。

「私達の動きが、特高の一味に筒抜けだということですよね……」

桂の答えに、朱雀は深く頷いた。

「少なくとも総長のごく身近に、気の置けぬ話をしている人間の中に、関東軍を庇《かば》い立てしようとする一部の特高の組織と通じている者がいると想定されます。そして三人組を送り込んだにもかかわらず、僕らが生きて活動しているということも分かっているはずです。もし、僕らが手を下した三人組以外にも、彼らの仲間がいるとしたらどうです？」

「当然、私達を狙ってやって来るでしょう」

「左様、僕はそれを待っているのです。何としてでも、関東軍の不正を暴く、確実な証言と、証拠を手にしたいのです。そんな時に、この小さな村で警察や新聞社が動き回ってご覧なさい、相手も僕らに手だしするにも出来ない。折角の機会を逃してしまうかもしれない。時間は余りないのです。早く刺客《しかく》が動き出すことを僕は待っているのですよ」

朱雀は凜然《りんぜん》とした語気で言った。

確かに、朱雀の言うことも尤《もっと》ものような気がする。だが、どこかで誑《たぶら》かされているような気もする。現実の深い霧の中で、元も先も探れなかった。桂はたった一つだけ、頭に浮かんだ質問を朱雀に投げかけた。

「しかし、私達が追っている関東軍の不正というのは、一体、どういった類《たぐい》のものなのですか？　朱雀さんには見当が付いているんですか？　確か貴方……そう言いましたよね」

そうだ、なんだか記憶が曖昧《あいまい》だが、確かに朱雀はそう言っていたはずだ。

「今の質問の全てに答える訳にはまだいかないのですが、関東軍の不正と林田長官との間には関わりがあるのです」

林田長官が、関東軍の不正に関わっている？

桂は戸惑った。林田長官と言えば、いわば朱雀の恋敵ではないか。それがもし立証されれば、林田を失脚させ、牢獄《ろうごく》に放り込むことも出来るだろう。そうすると朱雀は、容易に美鈴を手に入れることが出来る事になる。

なんだか余りに、話が都合良すぎる。

「何故、朱雀さんはそんな風に思うのです？」

桂は訊《たず》ねた。朱雀は暫《しばら》く顰《しか》めっ面をしていたが、重々しく口を開いた。

「林田長官の邸宅に、年越しの窃盗団事件がありましたよね」

そう言われて、桂の脳裏には空になった茶室の床飾《とこかざ》りの様子がセピア色に浮かんだ。たった三日前のことだというのに、まるで遥《はる》か彼方《かなた》の記憶だったような感じである。

　無理も無い、この三日間で、みっちりと色んな事が起こりすぎた。そしてその全てに砥笥貢神の不気味な影が寄り添っていた。

「ええ、随分と林田長官の家を荒らして行ったようですね。茶室の高価な茶器なども根こそぎ取られていた。しかも初めから窃盗団は、林田家の金目の物がある場所を分かっていて、動いたようでした。だから私は、窃盗団の一味の誰かが砥笥貢神に変装して、村に探りを入れていたのかと思っていたのですが……」

　話の後半から、呂律《ろれつ》が怪しくなっていた。気持ちの乱れが言葉に出ている。

「そう、貴方は村人が目撃している砥笥貢神を、窃盗団の一味だと疑っていた。確かに僕にもそう言われた。だけど、それはそうではないことが今や明白です。砥笥貢神と窃盗団は無関係だ。窃盗団は前もって林田邸を探っていた訳でもない。林田長官から聞いて邸の中のことを良く知っていたのだとしたら？　あるいは以前、林田邸に招かれたことも何度かある人間なのだとしたら？　そして、大晦日《おおみそか》には村がもぬけの殻になることを知らされていたとしたら？」

　桂は頭が、ぐらぐらした。

「しかし、でも何故、林田長官が、わざわざ窃盗団を装うような真似をする必要が？」

「そこです。そこが関東軍の不正と関係しているのかもしれない」

「しかし、自宅から金目の物を持ちだすことが、どう関東軍の不正と関係していると言うのですか？」

桂が掠《かす》れた声で訊ねると、朱雀は両肩を竦《すく》めて、腕組みをした。

「金目の物を持ち出す……ですか……。それは全く逆なのかもしれませんよ」

「え？」

桂には朱雀の言っている言葉の意味がまるっきり分からなかった。朱雀は、鳩が豆鉄砲を食ったような顔をしている桂を見て、ふっと笑った。

「とにかく今日は寒い。林田長官宅に戻って、僕らは暖を取りましょう」

朱雀が歩き出す。桂は首輪でも掛けられた心地になって、朱雀に従った。

長官邸に着くと、米が玄関に出迎えた。朱雀はマントを取りながら、「ストーブのある部屋で休みたいのですが」と所望した。

桂と朱雀は、一階の一番奥まった貴賓室に招き入れられた。瓦斯《ガス》ストーブに火が入る。其処《そこ》は畳の上に薄い絨毯《じゅうたん》を敷き、小さなテーブルと椅子を置いた、エセっぽい洋室造りの部屋であった。

桂と朱雀は椅子にくつろぎ、段々と暖かくまろやかになっていく空気の中で、運ばれてきた熱い茶を啜《すす》った。朱雀が人払いをする。

「長官が居れば、珈琲《コーヒー》を所望出来たんですがね……」

朱雀が少し残念そうに言った。

「ところで、永井健三のことなんですが、なかなかに面白い事をしている男でした」

「永井健三？」

桂はその名にすぐにはピンと来ず、朱雀に訊ね返した。

「なんだ、忘れたんですか？　例の美鈴さんが、ちょくちょく金を貢いでいる様子だった男ですよ」

朱雀が怒ったように言った。

桂の頭に、長官の書斎から電話をかけて、癇癪《かんしゃく》を起こしていた朱雀の様子が蘇《よみがえ》った。

——ああ、また美鈴の男のことか……。

桂は少しウンザリしながら「思い出しました」と、答えた。

朱雀は満足そうに頷《うなず》き、テーブルの上に肘《ひじ》をついて指を組むと、少し前屈《まえかが》みになって桂の方へ身を乗り出した。

「永井健三が何故、美鈴さんに金を無心していたか知っていますか？」

朱雀の問いに、桂は苦笑いをした。

「さぁ、それは私には知るよしも無い事です」

「それはそうですよね。さすがに美鈴さんは見る目があるというのか、実は永井健三という男は、東北大学では天才の誉《ほまれ》が高く、研究に没頭している情熱家でしてね、その研究というのが、実に興味深いものなのです」

朱雀の瞳が、煌々《きらきら》と輝きだした。

「桂さん、ワイヤーレコーダーなるものをご存じですか？」

まるで夢を語る芸術家のような無垢《むく》な朱雀の瞳の輝きに、桂は不可解な気分になりながら、首を横に振った。

「ワイヤーレコーダーというのは、鋼鉄製のワイヤーに磁気記録の形で音響を記録する装置のことで、記録した音を、再生することも出来るという代物です。永井健三が研究しているのは、主に音声信号を連続波形のまま記録する方式のものなのです」

桂には良く意味が分からなかった。根っからの文系であるから、理系のことは良く分からない。

「音を録音して再生するというのは、つまり蓄音機のような物ですか？」

桂が訊ねると、朱雀はやや首を捻《ひね》った。

「少し違いますね。蓄音機というのは、勿論《もちろん》、エジソン博士によって考案されたものですが、もともとは、炭素粒による可変抵抗型送話器を考案し今日の送話器、つまり電話の原型を造ったわけですが、この電話の音声を再生する方法をさらに研究して、最初の蓄音機を組み立てたのです。録音には初め錫箔《すずはく》が使われ、針によって錫箔に垂直方向の変化を付けることで音溝を作り、その音溝を針でトレースしてその動きを振動版に伝えて音を再生していたのですが、それが様々に改造された後、現在のように硬質ゴムを使用した円盤をターンテーブルで回転させ、音を再生する作りになりました。これは分かりますよね？」

朱雀が分からないという答えを拒絶するかのように、強い早口で言ったので、桂は分からぬままに頷いた。

「そう、よかったです。一方、ワイヤーレコーダーとは、鋼線式磁気録音機。すなわち、音を電気信号に変換し、その信号をコイル状の磁気ヘッドによってワイヤーの磁化パターンを変化させて録音したり、再生したりするものなのです。

現在、ドイツなどではバイアス法というレコーダーが発表されていますが、永井健三が開発しかけているのは、バイアス法よりはるかに雑音、ひずみが少なく、大出力の得られる交流バイアス法です。

つまりレコーダーというのはですね、蓄音機のように蠟管に蓄えられた情報を引き出すだけではなくて、その場で必要とする音声を取ることが出来て、しかも必要とする時にそれを再生することが出来る機械なのですよ。しかも永井が造っているのは、長時間の録音と再生に耐えられる物なのです。どうです、素晴らしいでしょう？　美鈴さんはその開発の応援をしていたらしいです」

「そうですか……」

そうですか、としか言いようがなかった。特に、質問も、疑問も、結論もない。

朱雀は一気に喋《しゃべ》って疲れたのか、体を後ろに反らせて、椅子の背に凭《もた》れた。そして足を組むと瞳《ひとみ》を閉じてしまった。

寝ているのだか、なんなのだか、動く気配が無い。まるでその姿は人形館に飾られている蠟人形のように血の気や息づかいを感じさせないものであった。

桂は、蟬の脱け殻のような皮だけを残し、朱雀の本体が何処かに出て行ったように感じた。

　こんな時は仕方が無い。煙草を取りだして一服吹かす。紫煙が自分の思考のように空気の中に霧散していく。

　桂はそろりと部屋を抜けて、縁側に立った。煙草を夜空に向けて吹かす。そして地面を見た時、何かの動物の影が見えた。

（なんだろう……）

　身を屈めて燐寸《マッチ》を擦ってみる。灯《あか》りの中に、溝鼠《どぶねずみ》の死体が転がっていた。側に、齧りかけの蜜柑《みかん》が転がっている。

（この蜜柑……。朱雀がポケットに入れたあの蜜柑か？）

　鼠の死体と、言蔵の死体がダブって見えた。何故だかは分からない。

　朱雀と、蜜柑とそして言蔵の死体、溝鼠の死体。

　頭が、もやもやとする。

　確かに、ぞっとする感覚を残して……。

2

――へそを、弄《いじ》ると小金が、ぽろり
――へそを、弄ると小金が、ぽろり

耳の奥底で、壊れた蠟管《レコード》のように何度もその声が繰り返し聞こえてくるのだった。

ざんばらのおかっぱ頭。赤ら顔の醜く歪《ゆが》んだ顔が見えた。顔全体の軸が歪んでいる上に、ぎょろりと飛び出た右の目玉。逆に潰《つぶ》れたように眇《すが》められた左の目。曲がった鼻、口は窄《すぼ》められ、唇が突き出している。そんな男が白い狩衣《かりぎぬ》を着て、小槌《こづち》と鑿《のみ》を振り上げながら、一本足で乱れ踊っていた。その背後で、突然、炎がめらめらと赤く燃え上がる。


——天罰じゃ、天罰じゃ。村を燃やしてしまおうぞ！

山を燃やしてしまおうぞ！


地獄から響いてくるような叫びを聞いて、後木は目覚めた。

夢だったのか……。

暗闇の中で、目を瞬く、だが其処にはまだ、歪んだ顔の男が立っている。

後木はそれを、じっと見詰めた。男の姿の輪郭は、はっきりしたり、ぼやけたりしながらも、現実に目の前に存在している。

砥笥貢様……。

後木は恐怖を感じなかった。只《ただ》、じっとその恐ろしい姿が、変化するのを願って、砥笥貢を見詰めた。

願いが通じたのか、砥笥貢の顔が徐々に変化を始めた。ぱさぱさしたざんばら髪は流れるような黒髪に変わり、潰れた左目は長い睫《まつげ》に縁取られた、深い湖のような瞳へと変化する。赤黒い肌は、白い雪のような色彩へと変化し、そこには朱雀が立っていた。

美神《ミューズ》……。

朱雀は微笑むと、桜のような唇を開いた。

「村を燃やす」

後木は頷《うなず》き、手を伸ばして、その体に触れようとした。だが、それはふいっと後退して、後木の手は空を切った。後木は立ち上がり、朱雀の姿に近づこうと歩み寄った。だが、追いかける度に、朱雀は少し遠くへと逃げてしまう。

後木は、朱雀の姿を追って、ふらふらと家の中から彷徨《さまよ》い出た。電灯も消え、真っ暗になった家々の間を縫って、朱雀は歩いていく。

後木は、その白い影を追って、人家の立ち並ぶ中心の方へと向かっていった。

——砥笥貢の神様が……。村を燃やす……。

呟《つぶや》いたその時、立ち止まった朱雀の背後で、めらめらと赤い炎が立ち上った。一瞬、辺りが神の栄光に満たされたかのように明るく輝き、後木はなんだか、ほっと気持ちが落ち着くのを憶えた。

暫くそれを呆然《ぼうぜん》と見ていると、朱雀の姿が目の前から消えてしまった。

何処に行かれたのだろうか？

後木が、きょろきょろとしていると、朱雀の姿が今度はあらぬ方から現れ、後木に近づいてきた。同時に後ろから後木を呼ぶ声が聞こえた。

「後木君、青年団の人達を起こして、消火するように伝えて！」

美鈴の声だった。朱雀と美鈴が同時に息を弾ませながら後木の両脇に立つ。

後木は美鈴に言われたことが良く理解できず、首を傾げ、朱雀を振り返った。

「火を消してもいいのですか？」

朱雀は瞳をゆっくりと瞬き、頷いた。

※

高田村長は異臭と息苦しさに気づいて目を覚ました。布団から起き上がり、辺りを見回すと、襖《ふすま》の隙間から黒い煙が侵入してきている。

——火事だ!!

誰かの声が聞こえた。慌てて飛び上がり、襖を開くと、一気に煙が視界を悪くし、肺の中に流れ込んできて、高田は咳《せ》き込んだ。

ちらちらと遠近《おちこち》に、小悪魔が踊っているような様子で、赤い炎が揺らめいている。

高田は手で口と鼻を覆い、一番近い逃げ道である裏口の方へと走っていった。

途中、炎に何度か巻かれ、ちりちりと頭髪が焦げていくのを感じる。

這々《ほうほう》の体《てい》で高田が裏口に辿《たど》り着くと、その戸の向こうに、立っている三人の人影が見えた。後木と、美鈴と、東京から来た検事である。少し、ほっとした高田だったが、裏口の木戸が紅蓮《ぐれん》の炎で包まれていて、近づくことが出来ない。

「助けてくれ！　助けてくれ！」

高田は大声で叫んだ。

「大丈夫！　少し戸口から離れていて下さい！」

朱雀の高い声が聞こえる。高田は言われた通り、近くの一番火の手の無い場所へと移動した。そうしながら様子を窺《うかが》っていると、何人かの村人がバケツを手にして朱雀達三人に手渡し始めた。ざばり、ざばりと燃え上がっている戸口に水が掛けられていく。

戸口の周辺の火はそれでおさまったが、家に回った火の手はさらに勢いを増している様子だ。

「高田村長、今なら出られます。走って出てきて下さい！」

また朱雀の声が聞こえた。高田は急いで裏口から外へと走り出た。

「今、消火栓からホースを引いてきている所です」

朱雀が言った。

「はっ、早くせんと、わしの家が……」

高田村長は、炎で包まれた自分の家を振り返って、狼狽《うろた》えた。

「お前さん、無事だったんですね」

妻の声が聞こえた。その声の方を振り返ると、顔を煤《すす》だらけにした妻が、孫を抱いて立っている。数人の使用人の姿もそこにはあった。

「抄造《しょうぞう》らは？」

高田村長は、思わず自分の息子達の行方を訊《たず》ねた。

「それが、分かりません。私は表から逃げられたけど、抄造達の姿は見んでした」

高田村長の顔から血の気が引いた。確かに、息子達の部屋は、邸《やしき》の一番中央にあって、裏口からも表玄関からも遠い。今頃、煙に巻かれているのではないだろうか？

高田は再び、家を振り返った。わらわらと村人達が起き出して、家の周辺に集まってくる。

「ホースが着いたぞ！」

大声がして、村の青年団の一行が、消火ホースを担いできた。

「早くしてくれ、まだ中に息子夫婦がいるんじゃ！」

高田は先頭でホースを持つ青年団の団長に言って、家を指さした。

「任してくれ、すぐ水が来るから」

そう言ってから三十秒ほどが経過して、ホースの口から水が噴き出した。

高田の家から吹き上がる炎で、周辺の人家にまで火の粉が飛び始めていた。村人達は各々の家の屋根に上り、家族でバケツリレーをして屋根に水を打っている。しかし、無念なことに火の手が上がる家も出始めた。

放水とバケツリレーが続いた。そして四時間ほどかかってようやく火の手は落ち着いたが、高田の家は殆《ほとん》ど、全焼に近い状態であった。周りの家も屋根が焦げた所、半焼した所などがある。

高田は、がっくりと膝《ひざ》を地面についた。黒く焼け焦げた木材の残骸《ざんがい》の中に、きっと息子達夫婦の死体が埋もれているに違いない。

その無惨な様子を見て、体中の力が抜けていくようであった。

(抄造……どうしてや……? どうして死んでしもうた? 砥笥貢様、何でや? わしは何も悪い事をしておらんのに、なんでこんな天罰を下される……)

心の中で呟いた時、まるでそれに答えるかのような声が聞こえた。

「砥笥貢様のお怒りは、まず村長に向けられることが多いからのう……」

振り向くと、オナミが立っている。オナミは気の毒そうに高田を見て、その肩に手を置いた。

「オナミ婆さん……。けど、なんで抄造らが……。どうせ罰を当てるなら、わしだけにしてくれれば良かったものを……」

高田は嗚咽《おえつ》し、終《しま》いには大声で泣き出した。

※

桂は再び起こった惨事の現場に立ちつくした。自棄《やけ》になって夕食で飲んだ酒がまだ頭の中に残っている。周囲の情景が、映画の銀幕が波打つ時のように見えている。焦げた木の匂いが立ち上り、人が忙しげに往来していた。また、所々、火花が飛んでいるようにも見受けられた。人混みの中に、朱雀の姿が見えた。そう、さっき桂が寝ていてこの惨事を知らされた時には、すでに朱雀の姿は無かった。

いち早く現場に駆けつけたのか？

それとも……。

桂は朱雀の許《もと》へと駆け寄った。何故だか、朱雀の側に、ぴったりと後木要が寄り添っている。何か二人でひそひそ話をしている様子だ。その近くで人々に囲まれて、わぁわぁと泣き崩れているのは村長の高田であった。

——……私は、朱雀先生の後を追って、村の中を歩きました。そうすると、朱雀先生が高田村長の家の前で立ち止まられたのです。背後に、炎が見えました。『村を燃やす』と仰《おっしゃ》ったから、そうされたのだと思いました。私は炎が燃え上がるのに任せてそれを見ていたのです……。なのに今度は朱雀先生の姿が消えてしまい、背後から長官の奥様の声が聞こえました……

二人に近づいた時、微《かす》かに、後木の言葉が聞こえた。

やはり、火を付けたのは朱雀なのか！　桂の足は一瞬たじろいだ。

その様子を朱雀に気取《けど》られたようだ。朱雀が、ゆっくりと桂を振り返った。目と目が合った。緊張が走った。しかし、朱雀は直ぐにその緊張を逸《そ》らしてしまって、再び後木の方を向いた。

「後木君、今、僕に言ったことを誰にも喋《しゃべ》ってはいけないよ。誤解されては困るからね。いいかい？」

すると後木は、まるで下僕のように、畏《かしこ》まって頷《うなず》いた。朱雀はそれを確認すると、立ち止まっている桂のもとに歩いてきた。

「桂さん、遅かったですね。今、何か僕と後木君が喋っているのを聞きましたか？」

桂は首を横に振った。その方が賢明だ。

「そう。それでいいのですよ」

朱雀が、にやりと笑った。悪魔の長であるルシファーというのは、もともと美天使と称《たた》えられた美しい天使だったという。そのルシファーの笑いだ。

「焼けたのは高田村長の家ですか？」

桂は訊ねた。

「ええそうです。お気の毒に、高田さん自身は助かったものの、息子さん御夫婦が、どうやら火事の犠牲になられたようです」

朱雀は涼しい顔で言った。


――この男、間違いなく悪だ……。


桂は、心の中で呟《つぶや》いた。砥笥貢神が祟《たた》っているにしろ、関東軍が不正をしようとしているにしろ、美鈴と朱雀が愛し合っているにしろ、それで朱雀が何を画策しているにしろ、そんなことはもはやどうでもいい。

とにかく朱雀に、これ以上の悪を犯させないようにしなければ、検事としての本分が立たない。桂は心中、これ以降、決して朱雀から目を離すまいと誓った。

それが祟り神を怒らせ、自分の死を結果として招くとしても……。

「桂さん、一寸《ちょっと》、現場検証をしましょう」

突然、朱雀が言った。

自分で火付けをしておいて、何が現場検証だ。桂は思ったが、黙って従うことにした。

焼けた木材が重なり合い、瓦《かわら》がばらばらと散乱している。桂と朱雀はその間を縫うようにして歩いた。畑巡査がその後を追ってくる。生木の肌が残っている状態のところから、段々と炭のようになっていく所まで、朱雀はいつになく鋭い視線で周囲を見回し、確実な足取りで歩を踏んでいた。そして、焼け残ったものの無い、真っ黒な灰だけで埋もれている場所に辿り着いた。

「ここが一番良く焼けている。つまりは火元は此処《ここ》ですね」

朱雀が断言した。畑巡査が周囲を見て位置確認をする。

「ここは、ええと村長さんの所の囲炉裏部屋があった縁側の方ですね。囲炉裏部屋は、ほぼ家の中央にありまして、その東隣に、抄造さん達の御夫婦が寝起きしていました」

畑巡査が答える。

「なるほど、ではあちら側に、抄造さん達の死体が埋もれているはずです。すぐに見つけるように」

朱雀は東の方向を指さして、畑巡査に命じた。

畑巡査は敬礼して、朱雀の指さした方向に歩き出した。木材の間をかき分け、通るのが困難と見ると、畑巡査は大声で数人の名を呼んだ。

若い男達が畑巡査の許に集まっていく。

一方、朱雀はそれには関知せぬ様子で、出火元の現場に立ち、辺りの様子を緊張感を漲《みなぎ》らせて窺《うかが》っている。一体、演技なのか、それとも自分に証拠物を残すような落ち度が無かったかを探っているのか？

朱雀の姿だけを凝視していた桂を、朱雀が不思議そうに振り向いた。

「なにをしているんです、桂さん。現場を検証しないんですか？」

「あっ……あぁ。すいません。少し、ぼうっとしていました」

桂の答えに、朱雀は眉《まゆ》を顰《ひそ》めた。

「しっかりして下さいよ、桂さん。一寸、飲めないのに飲み過ぎたのではありませんか？　まぁいい、囲炉裏の状態を見て下さい」

朱雀に言われ、桂はいろいろな物がゴミのように散乱した足下を見回した。微かに、囲炉裏の骨組みらしき物が見て取れた。

「囲炉裏がありましたよ、朱雀さん」

「その辺りの焼け具合はどうです？　こちらと同じような具合ですか？」

朱雀が訊《たず》ねる。

「いえ、そちらほど酷《ひど》くはないように思えます」

桂は答えた。

「そうですか、それでは囲炉裏からの出火ではありませんね……」

朱雀が言った。わざとらしかった。それから暫《しばら》くすると、朱雀が桂の名を呼んだ。

「こっちに来て下さい、桂さん。一寸、気になることがあるんです」

桂は同じ所に立っている朱雀の許へと歩いていった。

「なんですか？」

「特別な匂いがしませんか？」

朱雀が鼻をひくひくとさせている。桂も嗅覚《きゅうかく》に神経を集中した。確かに、微かに油っぽい匂いがする。

「菜種油の匂いだ……。どうやら犯人は縁側から菜種油を撒《ま》いて、火を付けたようですね」

朱雀が言った。なるほど、つまりは朱雀がそうしたということか……。

「『砥笥貢神の祟り』ではないのですか？」

桂は嫌みっぽく答えた。

「ええそうですよ。確かに『砥笥貢神の祟り』ではあるんです」

朱雀が平然と言う。

「神様が菜種油を用いたなんて、少し俗悪ではありませんか？」

「俗悪な神様だって存在します。それより、問題は『言蔵の死』ですよね」

朱雀が突然、話を切り替えた。核心をつこうとすると、話を切り替える。いつもの朱雀の手だ。

「砥笥貢神は火を以《もっ》て裁くのがお決まりだ。現に、藁屋《わらや》で火が出て、村長の家も出火した。なのに何故、言蔵の家は火事を起こしたのではなく、言蔵自身があああいう殺され方になったかということです。つまり天罰の当て方が違っている」

朱雀は疑問を投げかけたが、それも本気で投げかけたのかどうかは定かではない。何かの計算でもってそう言っているのかもしれない。だが、いずれにしろ、朱雀の心情は計り知れない。桂は、それを勘ぐるのは諦《あきら》めて、投げかけられた質問に直球で答えた。

「一応、死体が火棚の上に置かれていたということは、火刑にされたということではないんですか？」

「火刑ねえ……。けど、どうも砥笥貢様らしくない……」

朱雀が額に指を当てて考えているような素振りをしたその時、畑巡査の声が響いた。

——先生方、死体が出てきました！

3

見つかった二つの死体は、すっかり炭化していて、面相どころか男女の区別も付かないほど激しく損傷していた。二人の死体は互いに庇《かば》い合うように縺《もつ》れ合い、村人達が工夫してみても、引き離す事が不可能であった。無理に引きはがせば、死体の腕の一本、足の一本も、もげてしまうだろう。

「仕方ない、このまま運びましょうか？」

畑巡査が悲愴《ひそう》な顔をして立っている高田村長と、桂や朱雀達に訊ねた。

「そうですね」

朱雀が答えた。

村の若い衆が板を運んできて、その上にゆっくりと二つの絡まった死体を乗せる。行く先は、やはりオナミの家であった。

まだ其処《そこ》には言蔵の無惨な死体が寝かされたままであったので、抄造夫婦の死体は、言蔵のそれとは囲炉裏を挟んで敷かれている白い綿布団の上に置かれた。

オナミは白い着物に白い鉢巻き姿である。オナミは深々と、神棚に頭《こうべ》を垂れると、神棚に置かれていた盛り塩の椀《わん》を手にして、抄造夫婦の死体の側に歩いていった。

ぱらりぱらりと、指で摘《つま》んだ塩を死体が置かれた布団の周囲に、静粛な様子で撒いていく。塩がすっかり死体の周囲に撒き終えられると、オナミは手招きをして抄造夫婦の家族らを塩の外側に、死体を取り囲むように座らせた。

そして自らは死体の頭の近くに座って、例の印切りを始めた。

地獄の釜《かま》に燃え上がる。
炎の番する。
赤鬼、青鬼、黒鬼、白鬼。
松明《たいまつ》、手にして上がりませ。
上々、下々、青人草の呪いをば、
紅蓮《ぐれん》の炎で燃やし尽くせ、
灰にせよ、
塵《ちり》にせよ、

塵となりし汚れをば、
流離《さすらい》姫が持ち流離い、
失《う》せ消ゆることをば、
心神渾々《こんこん》、
お願いし申す。

オナミが延々と同じ呪文《じゅもん》を唱える姿を、桂は朱雀と共に部屋の入り口付近で見張っていた。時々、抄造の家族達が啜《すす》り泣く声が聞こえてくる。

桂には放火が朱雀の手によるものだという確信的な思いが強まっていた。そして、言蔵の死に思いを巡らせた。

あの蜜柑《みかん》を食べて死んでいた鼠の死体と、言蔵の死体が重なったわけ。そして、朱雀が何故か言蔵の食べかけていた蜜柑を、そっとポケットにしまった理由。

頭の中で、モヤモヤとしていた物が、やっと明白になってきていた。

そう、言蔵は毒殺なのだ。片目と鼻は何か鈍器のような物で殴った為に、潰《つぶ》れ、ねじ曲がったのだろうが、あの飛び出した目玉と突き出た口は、毒薬を飲んで苦しみ藻掻《もが》き、胃の内容物を嘔吐《おうと》しようとした為に出来た面相に違いない。朱雀は、決して屈強な男ではない、だから毒殺を選んだのだ。では、どうやって言蔵の死体を……？

桂は言蔵の家に行った時のことを懸命に思い出した。聞き取りもせずに庭をぶらついていた朱雀が、石臼《いしうす》に繋《つな》がれている牛の頭を撫《な》でていたが……。

待てよ……。

そうだ、朱雀はあの石臼を使って死体を引っ張り上げたのだ。死体をまず縄で縛って、その縄を火棚の上に通し、それから……と、桂は火棚の近くの天井の具合がどうだったのかを起想した。

たしか、石臼の置かれている前庭に向かうほうの天井の梁《はり》が、龍《りゅう》の透かし彫りの入った『飾り梁』になっている。桂は周囲を見回し、小さな脚台を見つけて、それを『飾り梁』の下に置いた。脚台に上ったんだ。桂は頷《うなず》いた。

言蔵の死体を縛った縄を火棚の上に通して、飾り梁の穴を通し、それから臼に縄を結びつけたなら、後は、牛の引く臼の回転によって、死体が火棚の上に引き上げられるというわけだ。

そして村人達が聞いた鍛冶《かじ》の音とは恐らく、火棚が不安定に揺らいでいる時に、火棚とその下に吊《つる》された鉤《かぎ》がぶつかり合った音だったに違いない。

やはり、犯人は朱雀だ。だから凶器となった蜜柑を隠したに違いない。それに他の人間が犯人であるなら、自分でも考えられる推理に、朱雀が気づかぬはずがないのだ。

それを黙っているということは……。

いや、だが、自分を含め、村人達の多くが砥笥貢神という得体の知れない祟《たた》り神に遭遇しているのも真実である。

この二つのことには関わりがあるのだろうか？

朱雀は砥笥貢神の巫《かんなぎ》として、砥笥貢神に守られて天罰を下しているのか？

桂は無表情な顔で、囲炉裏端の死体を眺めている朱雀を窺《うかが》い見た。

抄造夫婦の家族と、桂や朱雀の間には、美鈴と畑巡査と目を真っ赤に腫《は》らした高田村長がいて、葬式の段取りを話し合っている。

「明日は言蔵さんの葬式でしょう。その時に、一緒に葬式を出された方がいいんじゃないですの？　あんな惨い姿を、ご家族もずっと見ているのは辛《つら》いでしょうから……」

美鈴が言うと、高田村長は首を振った。

「それは気が進みません。林田の家と、高田の家が一緒に葬式をするなんておかしいですよ」

「そうですね、参列に来る人も、どっちにどんな顔をしていいか分からないでしょうから」

畑巡査が同意する。村出身の人間には特有の『家』意識がある様子だ。

「そうですか？　でも別々にということになると、葬式をする寄り合い所を別々に使うことになるし、言蔵さんのお通夜とお葬式で、二日はかかるでしょう？　そうすると抄造さんたちの死体をそこまで此処《ここ》においておかなければなりませんわ。それはどうなんでしょう？」

美鈴が困惑した様子で言った。

「それは、林田の家が少しばかり融通を利かせて、通夜と葬式を同時に済ませてくれさえすればええでしょう?」

高田が答えると、オナミの家の戸口で様子を窺い見ていた村人の中から、八十歳ばかりの老人が入ってきた。

「あれは、林田本家の古老の茂蔵です。林田長官の大叔父《おおおじ》に当たる人ですよ」

朱雀が桂に囁《ささや》く。

茂蔵は、桂の前を通り過ぎ、美鈴達の輪の中に入り込んだ。

「通夜と葬式を一緒にするなぞ、言語道断じゃ! 林田の家の葬式は、ちゃんとさせて貰《もら》う。早く葬式をしたいんなら、勝手に何処ぞでするがいい」

「何を阿呆《あほう》をこきよるか、葬式は寄り合い所と決まっている。そっちが融通するのが道理というもんだ」

高田が声を荒らげる。

「寄り合い所は、邦夫が建てたようなもんだ。それを何で、林田の家が遠慮して使わねばならんのじゃ」

「それとこれとは話が別だろうが」

美鈴が、まあまあと間に割って入った。

「そんなにお互い意固地にならなくても、寄り合い所をつい立てで、二つに綺麗《きれい》に区切ってしまって、それぞれに葬儀場を設ければいいんじゃありませんか?」

美鈴は東京人らしく合理的な意見を述べているが、茂蔵と村長はなかなか了承しようとはしない。畑巡査が困り果てた顔をして、桂と朱雀の側に寄ってきた。

「困ったことです。私にはどうしようもありません……。発言権がありませんからなぁ。先生方はどう思われます？」

疲れた声で畑巡査が訊《たず》ねた。

「私は、美鈴さんの言うとおり、葬儀場を二つに分けるのが一番だと思いますが……」

桂の意見に、畑巡査はふんと頷き、今度は朱雀の方を見た。

「先生は、どう思われます？」

朱雀は指で顎《あご》を摘《つま》むような仕草をして、ふと遠い目になった。

「さて、村の力関係が色々あるでしょうから、簡単に決めてしまっても、後の凝《しこ》りになるんじゃありませんか？　そこの所は、各家の代表が寄り集まって、多数決でもとればいいかもしれませんね」

「なるほど、多数決ですか！」

畑が驚いたように言った。

「左様、多数決は民主憲法の原則ですから」

朱雀がそう言うと、新しい言葉を覚えた時の幼児のような嬉《うれ》しそうな顔をして、畑巡査が再び、言い争っている者たちの許《もと》へと戻っていく。

畑巡査が何か言ったのを聞き、美鈴は納得したように頷いた。そして、ついっとその場を離れた。茂蔵と高田村長は、難しい顔をして畑巡査と語り始めた。

地獄の釜に燃え上がる。
炎の番する。
赤鬼、青鬼、黒鬼、白鬼。
松明、手にして上がりませ。
上々、下々、青人草の呪いをば、
紅蓮《ぐれん》の炎で燃やし尽くせ、
灰にせよ、
塵《ちり》にせよ、
塵となりし汚れをば、
流離《さすらい》姫が持ち流離い、
失せ消ゆることをば、
心神渾々《こんこん》、
お願いし申す。

相変わらずオナミの呪文は続いている。
朱雀は美鈴の行く先が気になった様子で、美鈴の後を追っていった。桂は知らぬ素振りをしておいて、こっそりと時間差で朱雀の後を追った。

美鈴が向かったのは土間であった。桂が見た時には、美鈴は土間の水屋の蛇口を捻《ひね》って湯飲みに水を注いでいた。朱雀がその脇に立ち、何かを美鈴の耳元で私語《ささや》いている。美鈴は、それには特に反応していなかった。冷たい顔で、朱雀を見ているだけだ。朱雀が、二人の逃避行の話でも持ちかけているのであろうか？　だが、美鈴は余り気のりはしていない様子だ。桂はわざと大きく咳《せ》き込んだ。

ごほん。

朱雀と美鈴は振り返り、互いに少し間を取った。

「お話し中、お邪魔でしたか？」

桂は二人に訊ねた。

「いいえ、私は水が飲みたくなってこちらに来ただけですわ」

美鈴は答えて、それを証明するかのように、こくりと茶碗《ちゃわん》から水を飲んだ。

「僕も喉《のど》が渇きましてね。大した話をしていた訳ではありませんから、気にしなくて結構ですよ、桂さん」

朱雀はそう言うと、水屋に干されていた湯飲みを自らも手に取った。美鈴は桂に小さく頭を下げ、去っていく。それを未練ありげに目で追いながら、朱雀は蛇口を捻った。

水が流れ、冷たいコンクリートの流しに叩《たた》き付けられる音がする。

「桂さん、貴方《あなた》が探らなければならないのは、僕と美鈴さんのことではありませんよ。僕と美鈴さんの会話にまで口を挟もうとするのはやめて下さい。今、重要なのは、関東軍の不正を暴き、それを証明して立件にまで持ち込むことなのです」

朱雀は確認するようにゆっくりとそう言うと、また蛇口を捻って閉めた。

「分かっていますよ」

桂は、むっとしながら土間に下り、朱雀に歩み寄った。

「それにしても特高の刺客とやらは、何時来るのでしょうね？　どうせなら早く来て貰って、私は事を終わらせたいですよ」

顔を顰《しか》めてそう言った桂に、朱雀が、はっ、と胸で笑った。

そして次に、言ったことはまるで今の二人の話とは関係の無いことであった。

「ところで桂さん聞いていますか？　五日と六日の夜は、本来は村の寄り合い所に、村人全員が集まって、村長選の演習を行う予定だったとか」

「村長選の演習？　そんなことをなんでまた正月に？」

「訳が分かりませんよね。大体、この村で村長選と言ったって、高田村長以外の人間が選ばれるはずもない。演習という真意は分かりかねますが、もう半年前辺りから、林田長官がそんな風に決めたらしいんです。長官は是非とも僕達にも付き合うようにと言っていましたが、基本的に村長選の演習など村人ではない僕らには関係のないことです。だが、林田長官は、執拗《しつよう》に是非にと言っていた。この騒ぎの最中なのにですよ……。まあ、その代わりに今度は葬式が行われるわけですが、僕は長官の計画に、どうも裏があるような気がする。さてどうしたものか……」

朱雀は腕組みをした。

「裏というのは、どういう意味です？　関東軍の不正と林田長官が関係していると貴方が言ったことと関連があるのですか？」

桂の問いかけに、朱雀は暫《しばら》くゆっくりと目を瞬いていた。

「そうですね……。僕らはきっと村長選の演習には参加しない、それに、それが葬式に変わったとしても参加しない、周辺の見回りをすると林田長官に断言した方がいいですね。そうだ……、その方がいい。桂さんも事を早く終わらせたいと言うし、僕も急いでいますからね、僕は今から軍港の方に行って、林田長官にそう伝えて来ます」

なんだか分からないが、突然、朱雀が結論を出した。桂の疑問や質問は、いつもなおざりにされて、新しい疑問や、突然の決断が下される。

――また、これだ……。

桂は舌打ちをした。

「じゃあ、行って来ます」

立ち去ろうとする朱雀の腕を、桂は摑《つか》まえた。

「待って下さい。私も一緒に行きます」

朱雀はそれを聞くと、にっこりと笑って桂を見た。

「それは心強い。そうしましょう」

4

大路に出て二人乗りの人力車を拾う。

「小声で話をしましょう。誰が何を聞いているか分かったものじゃありません」

朱雀が手を添えて桂の耳元で囁《ささや》く。

「ええ、分かりました」

「まず、後木要君のことなのですが、彼は所謂《いわゆる》、馬鹿ではありません」

どんな重要な話かと思うと朱雀は、そんな事を言った。

「そうですか……。私にはよく分かりません。彼の言っていることは、いつも要領を得ないので、少し精神がおかしいところがあるのかと……」

桂が正直に答えると、朱雀は真剣な顔で首を振った。

「とんでもない。桂さんも見たでしょう？　僕が『赤脇春木』の名を言った時に、後木君が描いた似顔絵が、全くの極秘で出回っている要注意人物一覧の写真と、寸分も違《たが》わず一致するのを」

「確かに記憶力だけは優れている青年だと認めますが……」

「あれは記憶力等という生やさしい物じゃありません。そうですね、言うなれば、『複写力』とでも言うべき能力なんです」

『複写力』ですか？」

「ええ、つまり一度でも見たものは、その子細に至るまで写真のように脳に焼き付けてしまう能力です。彼のあの独特の喋《しゃべ》り方は、そうした能力による弊害なんです。つまり、見たものは全て写真的に脳裏に刻みつけられているが故に、細部のところから話を始めなければならなくなるのです。全体に総括してどうだという結論に至る情報の淘汰《とうた》が、後木君には出来ないんです。

　彼の頭の中は百科事典のようになっていて、一つ一つの物事については詳しく書かれているが、全体的なストーリー性という物が欠落しているという事なんですよ。そういう思考型を桂さんは想像出来ますか？」

　朱雀に訊《たず》ねられ、桂は唸《うな》った。後木の喋り方を思い出すと、少し理解出来るような気もする。

「分かりますよね？」

　朱雀が念を押すように訊ねた。

「なんとなくですが、薄ぼんやりとは分かるような気がします」

「頑張って、理解して下さい。大事なことです。つまり今まで起こったことに関して、彼に詳しく話を聞くことは、写真を見ることや、録音機を聞くのと同じぐらい正確な現実を知ることが出来るということなのです。但し、その為には、桂さんが後木君の話を理解出来ることが重要です。僕は、桂さんなら出来ると信じていますが、これらの一件が終わって、もしその時、僕が居なければ、後木君に話を聞いて欲しいのです。そうすれば、桂さんの能力ならば後木君の話を情報淘汰して、事態を把握出来ます。そして貴方が事態を把握できたなら、総長にそれを伝えて欲しいのです」

朱雀は妙なことを言っていた。

もし一件が終わって、もし朱雀がその時、いなければ？

つまり一件が終われば、朱雀は美鈴と逃避行しているだろうということだろうか？

第一、今まで起こったことの事態とは、一体、何なのだ？

砥笥貢の神が現れて、村人を惨殺し、村に火を放った。

その犯人は、もしかすると、いや、かなりの確率で、目の前にいる朱雀なのだ。

知っているのはそれだけだ。それがどんな事態なのかが、後木という青年に聞けば分かるというのだろうか？

「やってみます……」

桂は短く答えた。

「それから僕らが林田長官に、きっぱりと明日、明後日《あさって》は村の見回りをすると言い切れば、そして狙い通り、林田長官が、関東軍の不正に関係しているとすれば、刺客は今日、あるいは明日にでも僕らの前に現れるはずです。何故なら、村中の人間が一ケ所に集まり、村が空っぽになった時にこそ、新たに大きな動きがあるでしょうから、その前に僕らが邪魔になるというわけです。

しかし、今度は彼らは不用意に僕らに襲いかかって来たりはしないでしょう。前の一件で、桂万治という合気道の国内有数の遣い手がいることを知ったに違いありません。とすると、彼らは僕らを付け狙い、即死させる方法を考えているに違いない。恐らくは、遠距離からの射殺か……。毒殺か……。いずれかでしょう。

僕らは明日、明後日は、迂闊《うかつ》に飲み食いは出来ない状態になる。まずは毒殺を避ける為に、乾パンなどを余部で仕入れて持っておきましょう。射殺には、一応手の打ちようがありません。で、間のいいことに僕はこういう事態を予想してある物を用意してきています。だから大丈夫です。但し、頭などを撃ち抜かれたらおしまいですがね」

そう言うと、朱雀は手で銃の形を作り、桂の頭目がけて、何度も撃つという笑えない冗談をした。

ただ、それが本人には面白いと感じられるのか、けらけらと笑っている。なんとも性悪な男である。桂は不快であった。

「さて、で……一人が囮《おとり》になり、もう一人が暗殺者を追いかけるように動いた方がよろしいでしょう。多分、射殺する気なら、寝込みを襲われるか、村から出て人目の無い場所にいるところを狙って襲われるかのどちらかです。それで、囮になる役目ですが、桂さん、貴方《あなた》がやって下さい」

朱雀は、けろりと言った。話の途中から、そう言われることは分かっていた桂であったが、流石に、それを笑いながら言った朱雀の面の皮の厚さには恐れ入った。

「上手《うま》く囮になるには、どうすればいいですか？」

桂は訊ねた。

「そうですね、とにかくちょろちょろと外を彷徨《うろつ》き回っていて下さい。特に人目の無い場所が望ましい。あの廃道近くの林なども行ってみるといいかもしれません。そして貴方を追跡する犯人を僕が追跡します。桂さんが殺されてしまわないように細心の注意を払いますから、どうか気丈夫で居て下さい」

朱雀の約束など分かったものではないが、桂は仕方なく頷《うなず》いた。

二人はそれから暫《しばら》く無言で居た。そして余部の軍港付近まで来た時だ。目の前を何かが掠《かす》め、朱雀の手の上に留まった。五平だった。五平が、朱雀の手を嘴《くちばし》で突《つつ》き出す。

「餌が欲しいようだね。よしよし、待っておいで、まだ残っているはずだ。今、上げるから」

朱雀はそう言うと、少し腰を浮かせ、ズボンのポケットをごそごそとまさぐった。袋を取り出し、玉蜀黍《とうもろこし》の粉を掌《てのひら》に落とす。五平は、それを啄《ついば》み始めた。

人力の車引きが梶棒《かじぼう》を下ろし、二人が車を降りても、五平はまだ朱雀の掌にいる。不思議な感じである。動物の本能が、朱雀を、自分が慣れている美鈴の愛人であることを見抜くのだろうか？

朱雀は掌の中でじっと身を固めて、大人しくしている五平を、そっと地面に下ろした。霧笛の音が響き渡ってきて、それがみるみる大音響へと膨れあがっていくにつれ、海の向こうに見えていた小さな影は、濃紺色の巨大な軍艦へと変じ、軍港の囲いの中に姿を消した。軍港はかくも巨大で、強靭《きょうじん》で、岩で出来た巨人のような勇ましさを持って、桂と朱雀を出迎えた。軍港への入り口には、数名の監察官が鋭い目を光らせている。その中に、後木要の姿もあった。

向かいの赤煉瓦《あかれんが》の倉庫群の前には、荷物の山が峰のように続いている。その峰から荷台に載せ、あるいは両肩に担いだりして荷を運んでくる男達がいたかと思うと、分厚いコートを着て外遊に出ようという風情の優雅な人々もいる。或《ある》いは厳《いかめ》しい顔で肩で風を切って歩く軍人等が往来している。

港にいる人々の層は全く一様ではなく、軍港という物の存在は、まさに二重三重のものであり、二重底、三重底になっているかの如く、複雑な代物なのだという印象を桂は持った。

朱雀と桂が軍港の門へと歩いていくと、いち早くそれに気づいて後木が飛んできた。

「先生方、何か御用ですか？」

後木は視線を朱雀に向けて訊ねた。

「そうなのだよ。林田長官に用があって来たんだ。それに後木君、君にも用があるので、一緒に来て、長官室まで案内してくれないかい？」

朱雀がそう言うと、無表情な彼には珍しく不器用な笑顔を作り、後木は頷いた。

軍港の中は広かった。いずれは軍以外の交通が遮断されるだろうと言われている舞鶴港であるが、乗船場は様々な人々の怒濤《どとう》で揺れている様な感じがするほど混乱の巷《ちまた》であった。時々は歩いていると、人々の群れに周囲を固められ、びっちりと煙管《キセル》の煙脂《やに》のように通路につっかえて動けなくなる。

そうやって、もどかしく通路と通路の行き来をしている間に見えるのは、港に並んでいる船の姿であった。赤い甲虫のような戦艦が、二筋の白い波の線を引きながら、近づいて来ていた。只《ただ》、それは桂の前を通り過ぎ、軍艦の群れの中に交ざっていく。汽船も幾艘《そう》も並んでいた。只、軍艦に比べて、汽船はゼンマイ仕掛けの玩具《おもちゃ》のようにちゃちなものに見えた。

監察長官の部屋は、窓から戦艦の並ぶ勇壮な光景が目の前に見える場所にあった。

「突然、御用というのは何でしょうか？」

林田長官は二人の姿に瞠目《どうもく》しながら、聞いてきた。

「いえね、村長選の演習とやらのことですが、どうも寄り合い所は、言蔵さんと抄造さん夫妻の葬儀で暫くの間使えないでしょうし、別の場所でやるにしても、何にしても、僕と桂さんは参加しないことにしたとご報告しに来たのです」

「参加、されないのですか……？」

「ええ、こんな一大事が村で起こっている最中《さなか》です。僕達は逆に調査を強化しようと思いましてね、ここ数日は寝る間も惜しんで村やその一帯を偵察しようと思っているのです。ですから食事などの心配もいりません。勝手に自分達で済ませておきますから」

朱雀がそう言うと、林田長官は気まずい顔をした。確かに朱雀の言うとおり、長官の反応は少し怪しい。

「それでですね、後木君を暫く貸して欲しいのです」

「後木を……ですか？」

「ええ、是非お願いしたいんです。駄目でしょうか？」

「いや、……駄目ということはありませんが……」

林田長官は朱雀の横に立っている後木の顔をちらりと見た。

「私はやります」

後木が、やけにハッキリと主張した。林田長官は、少し口籠《くちご》もった。

「そうですか、では先生方のお好きなようになさって下さい。後木は暫くお貸しします」

林田長官が心底ではこの要望を好ましく思っていないことは手に取るように、桂には分かった。しかし、朱雀は全くそれを意に介さず、くるりと踵《きびす》を返した。

「では、用件はそれだけです。後木君、今から君は僕と行動を共にする。付いて来たまえ！」

呆気《あっけ》に取られている林田長官を尻目《しりめ》に、朱雀の靴音が、かつかつと長官室の扉に向かっていくと、後木は忠犬のようにその後に続いていった。

桂はその朱雀に早足で追いつき、横に並んだ。

「いいんですか、あんな乱暴な一言で終わらせてしまって？」

「いいんです。あれこれとやりとりをしている時間が勿体《もったい》ない。僕は敵が素早く目の前に現れることを望んでいるんです。だから林田長官に十分な時間を与えたのです」

朱雀は、きっぱりと言った。

その時、後ろにいた後木が、呟《つぶや》くように朱雀に訊《き》いた。


——今日も、村を焼くのですか？

——それは分からない。砥笥貢様がそうするなら、そうだろうし、そうしないなら、そうではないだろう。


朱雀の答えに、桂はどきりとした。

（どういうことだ？　また放火をするのか？　しないのか？）

後木を見ると、不思議そうな顔をしながらも納得した様子で頷いている。

（私に囮になって、うろうろしろ等と言っているが、自分が放火し易いように、私を遠ざける気なのかもしれない……。どうしたらいいんだ？　朱雀を見張ればいいのか、言われるがままに囮になればいいのか？）

桂の思考は、まるでアンモナイトの殻のようにぐるぐると渦を巻いた。そして歴史上、アンモナイトが渦を巻きすぎて奇形化し、その為に滅びていったように、思考達が渦巻きの中で滅亡していくようであった。

　それから後のことは何だかよく分からない。桂は思考が渦を巻き続ける間に、とにかく朱雀に連れ回されるままに、余部の遠近《おちこち》を歩き回った。そして、乾パンやら、色砂やら、虫眼鏡やら、銀の簪《かんざし》やら、雑品を買い回ったことだけを憶えている。

※

　林田は焦っていた。此処《ここ》まで来て、余りにも自分の計画を実行するのに支障が出てきたからだ。

『砥笥貢様がお怒りになるようなことをしている人間はいませんか？』

　朱雀の言った言葉が、林田の耳の内に何度も響いた。

　砥笥貢神が祟《たた》っているのは自分に対してなのか？

　いや、まだ砥笥貢神の姿は自分は見ていない。だから、この事と祟りとは関係が無いはずだ。

　林田はそう自分に言い聞かせ、受話器を手に取った。

　ジーコジーコとダイヤルを回す。呼び出し音が鳴ってから、暫くしてガチャリと受話器を取る音がした。

「はい。東泰治《あずまたいじ》です」

「東先生、私です、林田です」

「林田長官ですか、どうしました？」

「実は例の検事達が、例の日にち辺りに村の付近を見回ると言っているのです」

「ふん、朱雀十五と桂万治ですね。仕方がない。早急にこちらで手を打ちましょう。折角の計画をなるべくなら台無しにはしたくない。いざとなったら、そちらからも手を下して貰《もら》わねばなりませんね」

「こちらから手を下す……、とはどういう意味です？」

「言葉通りの意味ですよ。我々の計画に対して彼らは非常に有害な存在だ。こちらで上手《うま》くいかなければ、そちらが彼らをどうにかするんです」

「わっ、わかりました」

林田は見えない相手に対して、深々と頭を下げ、震える手で受話器を置いた。

5

夕食を余部の食堂で取った朱雀達は、馬耳村の林田長官の邸《やしき》に戻った。

「お帰りなさいませ。何処に行ってらしたんです？　あら、それに後木君まで」

鈴の鳴るような声で言って、出迎えたのは美鈴であった。

「僕達は、これから村周辺の見回りを強化するので、食事等は時間の空いた時に自分達で取りますから、気にしないで下さいね」

朱雀の言葉に、美鈴は少し硬い表情になった。

感情を封じ込めた美しい画のような顔で朱雀と桂達を見つめている。

「それで……後木君もですか？」

美鈴が訊《たず》ねた。

「ええ、後木君もです。すいませんが、彼もこれから僕らと共に寝起きするということでお願いします」

美鈴は、何の反論もせずに頷《うなず》いた。

「あれ以上、広い客間は無いので、少し手狭になるのはご勘弁下さい」

「ええ、それは結構ですよ。それにこう寒いと、人気《ひとけ》がある方が、暖かく感じますしね」

朱雀は靴を脱ぎながら答えた。

美鈴は少し心配気な顔をして、桂と後木を見た。こんな時の美鈴は、本当に悪気の無い、女神のような表情をする。それに、ふらりと騙《だま》されそうになる。危ないことだ……と、桂は思った。

美鈴が三人の上着を預かり、客室へと付き添ってくる。

「出来れば、風呂《ふろ》など焚《た》いてくれると有り難いのですが……」

朱雀が言った。確かに、桂も凍えていた。美鈴が、米の名を呼び、「お風呂の支度をして頂戴《ちょうだい》」と命じる。

それから男三人がぞろぞろと美鈴と一緒に客間に入った。美鈴は三人の上着を衣服掛けに掛けた。布団が上げられて部屋の中央に置かれてある座卓に、丁度、入ってきた米が、急須《きゅうす》と茶碗《ちゃわん》をのせた盆を置く。

「米さん、いいわ。後は私がしておくから」

美鈴はそう言って、座卓の前に座り、急須から三人分のお茶を注いで、桂と後木と朱雀の順に手渡した。

「言蔵さんや、抄造さんのお葬式にも出ないのですか？」

美鈴が尋ねる。

「ええ、僕らはよそ者ですからね、もともと関係はありません」

朱雀が冷たく答える。

「でも後木君はそういう訳にはいきませんでしょう……」

美鈴が、ちらりと後木を見る。後木は困惑したように、美鈴と朱雀の顔を左見右見《とみこうみ》した。

「いえ、大事な時ですから、後木君には僕達と一緒にいてもらいます」

朱雀は、きっぱりとそう言い切った。すると後木が、ゆっくりと頷いた。

「分かりましたわ。ではごゆっくり。お風呂が沸いたら、お呼びしますから」

美鈴はそう言うと、立ち上がって部屋を出て行った。

桂は熱い湯気に噎《む》せそうになりながら、茶を啜《すす》った。朱雀は暫《しば》く美鈴が出て行った後をじっと見ていた。美鈴のことを想っているのだろう。

暫くしてから、朱雀がいきなり口を開いた。

「ところでね、カサツヒコとカサツヒメのことなんですが……」

桂には、何のことか分からなかった。

「カサツヒコとカサツヒメ？」

桂が訊ね返す。

「ほら、松尾寺の六所神社に祀《まつ》られていた神様ですよ。僕が思うにこの二柱は名前からして鉄の神じゃないかと」

「鉄ですか？　何故、そう思うんです？」

桂は尋ねた。後木は黙っている。

「何故かと言うと、古語で『カ』というのは、『鉄』の意味でしてね、『サ』は、砂。すなわち『カサ』とは『砂鉄』のことであって、『ツ』は、いわゆる『～の』という所有格であって、カサツヒコとカサツヒメとは、所謂《いわゆる》『砂鉄の王子』と『砂鉄の姫』という意味なのです。ですからね、袛笥貢様も存在するわけです」

朱雀が妖《あや》しさを漂わせて、言葉尻《ことばじり》を低くした。

「『袛笥貢神』と、カサツヒコとカサツヒメには何か関わりがあるということですか……」

桂と後木は、茶を啜るのをやめた。

「ええ、『袛笥貢様』というのは、所謂、『ひょっとこ』のことなのですよ」

「『ひょっとこ』ですって？　まさかあの『おかめ』『ひょっとこ』の『ひょっとこ』のことですか？」

桂が驚いた声を上げると、後木も目をぱちくりとさせた。

「『ひょっとこ』というのは、後世に非常に滑稽《こっけい》化された姿ではありますがね、もともと、その滑稽な顔は、口を窄《すぼ》めて鞴《ふいご》を吹く時の顔つきを表したもので、踏鞴《とうび》や鍛冶《かじ》の神を原型にしているのです。今では、口を極端に尖《とが》らせ、やや斜め上に突き出たつくりのものが一般的ですが、昔の田楽《でんがく》や猿楽の古面や、狂言面の嘯吹《うそふき》と里神楽《さとかぐら》のモドキ面などを見ると、『ひょっとこ』の面は、口ばかりでなくて、目を左右に甚だしく離していて、片方の眼球は飛び出さんばかりで左右のバランスも崩した道化面なのです。これが、おかめ、だるまなどと間《あい》の狂言役を演じるわけですが、この面を馬鹿面《ばかめん》ともいい、その踊りを馬鹿踊りともよびます。だが、この馬鹿というのは、単なる阿呆《あほう》のことを言っているのではなくて、権力者に物を申すことの出来る道化師という意味合いでそう呼ぶのです。尖った口つきは権力や体制に反抗する饒舌《じょうぜつ》な精霊の姿を根底に宿している表現なのです。ひょっとこは、ヒョウトクとも言い、この関西圏ではトクスと言うこともあるのです。とくに馬耳村の砥筒貢神は、権力や体制に反抗する『祟り神』としての性質が強いのは、青葉山を案内してくれた運転手の話からも窺《うかが》い知れます」

「と、言うと……？」

「運転手の話では、青葉山は、かつて活火山として煙をはいていたそうです。昔、若狭の島々は陸つづきであったと言っていましたよね。そして人も住んでいた、と。彼はそれらは皆、蛮族だと言っていましたが、単に大和朝廷とは違った国があったのだと思います。

それらを四世紀頃に大和朝廷が打ち破った。その目的は恐らく『鉄』を略奪したかったのだと思うのです。

つまり、この辺り一帯は鉄の豊富な産地であり、鉄鋼民族の文化が栄えていた。その彼らが崇《あが》めていた神が『砥笥貢神』なのです。手に槌《つち》と鑿《のみ》を持っているのは、鉄を掘る為の道具としてであり、口を尖らせているのはタタラなどの鞴を吹く為、そして目が潰《つぶ》れているのは鍛冶屋がそうであるように、燃える火をずっと眺めているせいで片目が悪くなる為です。鉄神としての天目一箇神の姿と同一です。

馬耳村の先祖達は、かつては製鉄や鍛冶などで栄えた人々だったのでしょう。それが滅ぼされ、小さなこの馬耳山という一帯に追い込まれ、稲作に限った仕事に従事させられた。彼らを農民として教育する為に、砥笥貢神を恐れるような話が伝えられ、火を使うことまでも制限されるようになった……。それでは古い神が、怒るのも当然だ。今その怒りは爆発して、体制に向かって物を申しているのですよ。もっとも、花火などを使うのを漁民だった人々が嫌ったのには、もう少し科学的な根拠がありそうですが……」

「科学的な根拠……ですか？」

「ええ、昨日、医者に行ったでしょう？　その時に、少し気になっていたことがあったので調べたのですよ。そうすると、ここの村の中で六名の人が、定期的に余部総合病院に通っていました。病名は皆、網膜過敏症なのですよ」

「網膜過敏症……」

桂は、何も知らない自分のことを馬鹿のように感じた。

「網膜過敏症は、網膜や脈絡膜の炎症などからも発病しますが、摂取する栄養素の偏りや遺伝的な因子、高度近視に伴って起こるという三通りのケースもあるのです。

僕が見たところ、この村では摂取する栄養素の偏りの問題か、遺伝的な因子が原因して、網膜過敏症になる人間が多かったと思えますね。網膜過敏症になれば、網膜そのものが衰弱し、物の明るさや近さ遠さなどに関する認知が弱まってしまうのです。特に、花火のような強い光の刺激を受けると、一定期間、視力が弱まり、漁猟にも影響が出たと思えます。だから花火を上げると、漁獲高が落ちるなどという迷信が伝えられた……。漁師はその波の色などを見ただけで、魚の群れの位置を知るといいますからね。目が命です。それがやられるとなると問題でしょう……」

朱雀が話し終わったと同時に、米の声が襖《ふすま》の向こうから聞こえた。

――お風呂の準備が出来ました。先生方、お入りになりますか？

朱雀が、桂を振り向いた。

「桂先輩、どうぞ。僕は一番後から入りますので……」

眼鏡を外すと、湯煙で殆《ほとん》ど視界は利かなかった。桂は朧《おぼろ》に見える物の大きな形状を手で探りながら、湯船に辿《たど》り着き、その中に入った。

じわっと、熱が体に浸《し》みてくる。そう言えば、こちらに来てから、ずっと先湯に入っていた。朱雀が自分を先輩として扱って遠慮しているのかと思っていたが、肌を見られるのを嫌っていたからかもしれない。

それにしても、古い神が、体制に対して物申しているとは……。

どういうことか？

大和朝廷の、つまりは現日本の体制に、反抗しているということか？

関東軍の不正を正すというのならば、それも納得出来るが……。

しかし、何故、村人を殺したり、放火したりしなければならない？

何か深い秘密の策略でもあるのか？

それとも、単に、砥笥貢神がそれを望むからか？

湯煙のような不安が、またこみ上げてきた。

馬鹿な……！

桂は両掌で湯を掬《すく》い、自分の顔に、ばしゃりとかけた。そして、湯殿の窓に目をやった時だ。

窓の外から桂を覗《のぞ》いている顔があった。

ざんばらのおかっぱ頭に赤い肌。右の目は異様に大きく、左目は潰れている。そして鼻はぐにゃりと歪《ゆが》み、口を尖らせて唇を大きく突き出している。

ろくに視界も利かぬというのに、その顔だけがやけに明確に見えた。暗闇に飛び込んできた光のようであった。不吉な光ではあるが……。

(砥笥貢神だ！)

桂は泡を食って、両手で湯を掬い、窓の向こうにむかって、数度、ぶっかけた。

――ひゃあ。

と、妙な叫び声が聞こえた。

一滴の冷水を背中に流されたように感じ、桂は湯船から飛び出し、慌てて湯殿から走り出た。そして一気に客室に駆け込む。

後木は居なかった。朱雀だけが、卓袱台《ちゃぶだい》の前に座っていた。ふいっと顔を上げ、素っ裸で息を切らして立っている桂を不思議そうに朱雀が見る。

「どうしました？」

「砥笥貢神が、湯殿を覗いていたんだ……」

「また、見たんですか……」

「見た……」

朱雀は溜息《ためいき》を吐いた。

「祟《たた》られないように注意しなければなりませんね」

湧き上がってくる黒い泡のような朱雀の声。桂は正直、胆《きも》を冷やした。

「どうしたらいいんです？　朱雀さん、貴方《あなた》、自分のことを砥笥貢神の巫《かんなぎ》だと言いましたよね。ならば方法を知っているでしょう」

朱雀は、桂の顔を窺うように見た。

「無論、知っていますよ。祟られないように符を持っていればいいんです。僕が作って上げますから安心して。それより桂さん、風邪《ひど》が酷くなりますよ。服を着られた方がいいんじゃありませんか？」

桂は、少しほっとするのと同時に、裸体の自分に気付いて狼狽《うろた》えた。

襖の向こうから米の声がした。

――先生、お服をお忘れになっておりましたよ。それと手拭《てぬぐ》いを持って参りましたが……。

「ああ、有り難う。服と手拭いは襖の前に置いていって下さい」

桂に代わって朱雀が答えた。

襖の側から足音が去って行ってしまうと、桂は急いで襖を開け、服と手拭いを盗むかのように、さっと部屋に取り入れた。そして、すっかり悴《かじか》んだ体を火鉢の近くで温めながら、手拭いで拭《ふ》き、服を着た。

その間中、朱雀は便箋《びんせん》に、何かさらさらと記号のような物を描いて、封筒に入れ、封をした。それを、やっと落ち着いたところの桂に手渡す。

「これは？」

と、桂が訊《たず》ねると、「砥笥貢神の祟り避《よ》けです」と、朱雀が答えた。

桂は、恐れの為なのか、寒さの為なのか、小刻みに体が震えるのを感じながら、封筒を受け取った。

「これで、砥笥貢様の姿を見ることはありませんから、安心して下さい」

朱雀が言う。桂は無闇に頷《うなず》いた。

「そうだ、ところで後木君は？」

「一寸《ちょっと》、見回りに出て行って貰《もら》っているのです。もう少し、時間がかかるでしょうから、僕も湯に入らせて貰います」

朱雀はそう言って立ち上がると、部屋を出て行った。

火鉢の横で凍えた体を温める。朱雀に渡された封筒を、握りしめている自分がいる。そのことが無性に悔しいような、歯痒《はがゆ》いような感じである。

ふと、湯殿に眼鏡を忘れてきたことに気づいた。

取りに行かなければ、という必然性が浮かび上がってくると、それに搦《から》め捕られるようにして、慎吾の言った話を、朱雀の肌を確認したいという思いが浮かび上がって来た。

桂は、折を見て立ち上がった。そろそろと足下に気をつけながら湯殿に向かう。

最初の脱衣場に向かう木戸を気をつけながら開けると、脱衣棚の上に置き去りにされた眼鏡を手に取った。眼鏡を付ける。ようやく視界がハッキリとする。そこで桂の視界が向かったのは、当然のことながら磨硝子《すりガラス》一枚、隔てた浴場であった。見たいと思う。しかし、今、覗くと、余りにあからさまだ。

外に回って、窓から覗こうか……。

桂が動きかけた時、浴場の中から、朱雀の声が響いた。

「桂さん、見せて上げますよ」

面食らって、動きをぴたりと止めた桂の前で、磨硝子が幕を引くように開いた。

桃色の肌をした朱雀が立っていた。桂を見据えるようにすると、くるりと背を向ける。

痛々しい焼き印の痕《あと》を嘴《くちばし》に挟み、朱鳥が羽ばたいていた。

禍々《まがまが》しくもあり、美しくもあり、まるで朱雀という男の存在そのものが、一つの絵画として刻まれているようだ。

「分かっていますよ。恐らく慎吾君がこれを見て、貴方に教えたのでしょう？　これについては余り多くのことを語りたくはありません。どういう理由で僕が、こういう物を背負うことになったのかは、語り出すと長くなるのでね。ただ一つ、言えるのは、この焼き印は僕に刻まれた魔であり、それを呑《の》み込む聖なる証《あかし》なんです」

朱雀はそう言うと、再び振り向いて、磨硝子を閉めた。

鮮やかな原色の背中がフッと消えた。まるで、今見たことが夢だったかのように……。

6

さっき、体が急激に冷えた為か、咳《せき》が酷《ひど》くなった。

桂は鎮咳《ちんがい》薬を少し多めに、一袋と半分飲んだ。

心太《ところてん》のように現実がゆらゆらとする。半透明に濁って遠のいていく。頭の中には整理したいことが一杯なのに、何もかもが処理できず、辺り一面に大鋸屑《おがくず》が積もっているようだ。

砥笥貢神と朱雀が演じる能の幽玄のような事の展開、そこには明らかに悲惨な破局《カタストロフ》の顚《てん》末《まつ》が来る事ばかりが案じられた。

だが、そんなことは露知らぬ顔で、朱雀は鼻歌交じりに写真を見ている。それは、美鈴が撮った言蔵殺害の現場写真であった。何時の間に美鈴が撮って、何時の間に朱雀がそれを手にしたのかは分からない。

それすらも手品で誑《たぶら》かされているようである。

ごとごと、と音がして、後木が入ってきた。

「やあ、後木君、ご苦労だったね、話をするかい？　先に風呂《ふろ》に入るかい？」

朱雀が明るく言う。

「話をします」

後木が答えた。後木は大きな体を小さくして、朱雀と桂の間に正座した。そして、例によってまた長い後木の話が始まった。

後木は自分の歩き回った順序と、そこで見た出来事をつぶさに語り始めた。それは草の葉がどちらに折れ曲がっていただとか、雲の流れから何時何分に風の向きが変わった、ということまでも含まれていた。

桂は朱雀が言っていた、「頑張って、理解して下さい。大事なことです。つまり今まで起こったことに関して、彼に詳しく話を聞くことは、写真を見ることや、録音機を聞くのと同じぐらい正確な現実を知ることが出来るということなのです」と、いう言葉を思い出しながら、後木の話を聞き取る努力をしていた。目を閉じ、耳を欹《そばだ》て、頭の中に後木が言ったことの全てを映像と音として再生する。

これは並大抵の努力ではなかった。時々、頭が容量不足になりそうになる。だが、桂は学生時代、法律書を丸暗記した時ぐらいの渾身《こんしん》の思いで頭脳を回転させ、なんとか最後まで後木の話を聞き終えた。

「なるほど……。分かりましたか？　桂さん」

朱雀が試すように言った。桂は暫《しばら》く、自分の中に得た情報を巻き戻したり、再生したりして考慮した。十分ほどかかって、ようやく答えが出る。

「つまり、後木君が見た事もない靴痕《くつあと》がある。そして、泥が残ったり、枝が折れていたりした経路から言うと、もうすでに誰か、この辺りの住人ではない者が一人、余部から大波を通って、あの山小屋に一度入り、それから出て行って、この付近に潜んでいるかもしれないということですね……」

朱雀は、嬉《うれ》しそうに笑った。後木は、大きく首を縦に何度も振った。

「そうです。さすが桂さんだ。つまりはそういうことですよ。だが、早く動き出してくれたものだ。僕らが林田長官に村の見回りを告げたあと時差なく敵は動いたのでしょう。こちらの思う壺《つぼ》です。少ししたら、僕らは夜回りに出ると告げて、外に出ましょう。まずは桂さんからです。それで、用心の為に、これを……」

朱雀は立ち上がると押し入れを開けた。

ずっと人に運ばせていた大きい方の荷物の中から、黄土色の分厚いチョッキを取りだした。

「これは名付けて『防弾チョッキ』という物です。僕の祖父である変人発明家が考案したものなのですがね、主として拳銃弾《けんじゅう》に対して、心臓等の胸部を守るためのものなんですよ。この中には、縦四十センチ、横七十センチ、重量五・三キロの薄い鋼板が入っていて、それを布で覆っているのです。桂さん、これを着て下さい。それと懐中電灯を、どうぞ。符も忘れずにね」

朱雀に手渡されたそれは、ずしりと丁度、人間の赤ん坊ぐらいに重かった。桂はそれを着て、上からコートを羽織った。懐中電灯を手に持つ。符はコートの内ポケットに入れた。そして林田邸を出た。

敵が自分を狙ってくるとしたら、人家の周辺ではあるまい。そう思った桂は、まずは水田の方へと向かった。細い畦道《あぜみち》を、懐中電灯で照らしながら用心深く歩いていく。水田には雪が積もり、それが懐中電灯の灯《あか》りを反射してキラキラと眩《まぶ》しく光った。

時々、遠くの方へ光を向けては、怪しい人影が無いかを確認する。水田地帯を抜けて、次に家畜小屋の方へ行ってみる。

灯りの中に、灰色の家畜小屋と新しく建てかえられた藁屋《わらや》が見えた。真新しい藁の束が藁屋の前に積まれている。その脇には大型の農機具が雑然と置かれていた。

次に桂は家畜小屋の戸を開けた。独特の獣臭が漂う小屋の中を歩いていく。侵入者に気づいて動き出した牛の横顔や背や尻《しり》が次々と現れた。

家畜小屋でも何も起こらなかった。

桂は家畜小屋を出て、再び水田地帯を通り、貯水池の方へと向かった。北風が激しくなり、桂はコートの襟を立てた。林と墓場に囲まれて、貯水池がぴちゃぴちゃと音を立てていた。懐中電灯に照らされた貯水池の水面は、風の為に激しく波打っていて、それはせっせと天上へと向かおうとする羅刹《らせつ》達の群れであるかのように見えた。

桂は貯水池の周囲を歩いた後、墓場の方へ足を踏み入れた。枯れた苔《こけ》が生《む》して赤茶けた墓、まだ新しい墓。宝塔、宝篋印塔《ほうきょういんとう》、五輪塔、梵字《ぼんじ》の書かれた卒塔婆《そとば》等を見て歩く。それらを見ていると、自分も死の世界に誘われてでもいるようだ。その時だった。

バンと周囲の空気が破裂するかのような音がして、懐中電灯の灯りの中にあった卒塔婆が、ボキリと折れた。

刺客だ。桂は慌てて墓石の側に身を潜めた。

バン。

再び周囲の空気が破裂する。弾丸が近くの墓石に当たる尖《とが》った音が聞こえた。この暗闇の中だ。敵は懐中電灯の灯《あか》りを頼りに撃って来ているに違いない。桂はそう判断して、懐中電灯を墓石の上に置き、自分はそっと移動した。

何度か、銃声が響いている。桂は刺客の姿を探して、墓石の間を縫って歩いた。だが、何分、暗闇の中なので、相手の位置がよく分からない。

とにかく、銃声の音が大きくなっていく方へと向かう。

バン。

もう直ぐだ……。そう思った時、銃弾が懐中電灯に命中したのだろう。ふっと灯りが消えた。近くで人影が動いた。桂の死を確認する為に、刺客が動いたのだ。

その人影が鮮やかな光で照らし出された。黒装束の男が一人、眩しそうに顔を顰《しか》めて、ライトの照っている方向を眺める姿が目に映った。

「今ですよ、桂さん！」

朱雀の声が響いた。桂は、その声に弾《はじ》かれたように男に飛びかかった。続けて後木が現れ、桂と共に男を地面に押さえつけた。

懐中電灯を手にした朱雀が近づいてきて、その手にハンカチを握った。それをぎりりと捻《ねじ》り、男に猿轡《さるぐつわ》を嚙ます。

「この間のように自殺されては堪《たま》りませんからね。この男には、是が非でも生きた証人になって貰《もら》わなければ……」

朱雀が呟《つぶや》いた。後木が地面に押さえつけた男の手足を荒縄で縛り上げていく。

「私の後を追っていたのですか？」

桂は朱雀に訊《たず》ねた。

「ええ、桂さんが林田邸を出て、少ししてから後木君とともに出たのです。そうすると、桂さんが歩いた後を追っている靴痕があったので、こちらはその靴痕の方を追っていたのですよ」

朱雀が喋《しゃべ》り終える前に、後木は男の手足を背中側に海老反《えびぞ》りにするようにして、すっかり縛り終えていた。

朱雀が男の髪を摑《つか》み、ぐいっと頭を捻《ひね》って、顔を後木に向けさせる。

「後木君、憶えて下さい。この顔です」

朱雀の言葉に、後木が深く頷《うなず》いた。

桂は朱雀に訊ねた。

「これからどうするのです？」

「尋問と、聴取書の作成、そして、それにはこの男の捺印《なついん》が必要だ。一気にやってしまわなければ、時間が無い。まずは、この男を例の山小屋に運んでいきましょう」

朱雀が答える。

「例の山小屋とは、あの廃道近くの山小屋ですか？」

「ええ、そうです」

朱雀がそう言うと、後木が男の体を軽々と肩に担ぎ上げた。その屈強さに桂は面食らった。朱雀は嬉しそうに微笑んでいる。

「さあ、僕について来て下さい」

朱雀はそう言うと、先頭に立って暗闇の向こうを照らし、歩き出した。

夜の道を二キロ程歩き、廃道の手前まで行く。それから林の方へと向かい、うねうねとした斜面を歩いて山小屋にたどり着いた。

朱雀が懐中電灯の灯りで山小屋の天井の方を照らし出す。金属の鉤《かぎ》にぶら下がっているカンテラが二つ見えた。朱雀がそれらに手を伸ばし、鉤から取り外す。それらは四方硝子《ガラス》張りの角型のブリキ枠がある型の物であった。朱雀はそこに灯油が残っていることを確認すると、マントの下から手品師のようにライターを取り出し、芯《しん》に火を付けた。

二つのカンテラが灯《とも》り、小屋の中は十分に明るくなった。朱雀は、カンテラを鉤に吊《つる》し直すと、小屋の床に男を下ろすよう、後木に命じた。

ごろり、

と、男が玩具《おもちゃ》か何かのように放り投げられる。その体が不自由な姿勢のまま、カラクリ人形みたいにかくかくと足掻《あが》いた。

朱雀が男の脇にしゃがみ込む。

「貴方《あなた》、特高の人ですよね。人に拷問をした事はあっても、された事はないでしょう？　人生一度はそういう事も経験した方が良いですよ。ねえ、桂さん」

　朱雀が桂を振り向いた。

「拷問するのですか？」

　桂は少し怖《お》じ気《け》づいて訊ね返した。

「ええ、何しろ時間が無いのでね。出来れば体に残らない拷問がいいのですが、桂さんなら一番、自分がされて嫌な拷問は何だと思いますか？」

　桂は、一瞬、考えついたのは、咳《せき》が酷《ひど》くなって息苦しくなった時の、あの死に向かっていくような焦燥感であった。

「……私が、一番、嫌なのは、息が吸えないことです」

　桂は、ぽつりと答えた。

「それはいい。余り体に傷も残りませんしね」

　朱雀は、納得した顔で言って、辺りを見回した。そうして立っていくと、四十センチ四方ほどのブリキの四角い缶を手にして戻ってきた。それを後木に手渡す。

「後木君、この山小屋の裏側に井戸があります。そこで、この缶一杯に水を張ってきてくれませんか？」

　後木は缶を受け取ると、頷いて小屋を出て行った。外から水の音が聞こえてくる。

　男は、じっと忍耐するかのように、目を閉じて動かなくなった。これから受けるであろう拷問に備えて覚悟をしているのであろう。

「貴方の仲間は、僕が派遣した探偵を溺死《できし》させた。その敵《かたき》を取らせてもらいますからね」

朱雀が男の覚悟を、掻《か》き乱すように喋る。

ドアが開いた。後木がブリキ缶を運んできて、朱雀の前に置いた。一杯に入っていた水が少し波打って、滴が床に零《こぼ》れた。

「桂さんは余りこういう事は、お好きではないでしょうから、見ていてくれるだけでいいですよ。後木君、君にお願いします。その男の顔をブリキ缶の水の中に浸《つ》けて下さい。僕が一、と言えば浸けて、二、と言えば顔を水から出して、男に息を吸わせてやって下さい。では一」

後木は頷くと、男の頭を摑んで、ブリキ缶の中に浸けた。男は暫《しばら》くしんとしていたが、やがて、ごぼごぼと水の中に泡が立ってきて、藻掻き始めた。

朱雀は涼しい顔でその様子を観察しながら、一枚の紙と、朱肉と、万年筆を、マントの下から取りだして、木のテーブルの上に置いた。

その間に、男の体が、びくびくと痙攣《けいれん》して来る。桂は男がこのまま死ぬのではないかと心配であった。

「まだまだ死にはしませんよ。彼は、ある程度、演技で早く呼吸しようとしているだけです」

桂の心中を見抜くように朱雀が言う。暫くして、朱雀が、「二」と、言った。

男の顔が、水から持ち上げられる。その途端、男は引きつるような息をした。口笛のように息が鳴る。

朱雀は、机の上に置いていた紙を手に取って、男の前に突きだした。

「さて、これを読んで下さい」

男の目が、きっと動き、紙面に釘付《くぎづ》けになる。

「はい、内容は分かりましたね。では、これに署名と捺印をする気になったら、人指し指と親指で円を作って下さいね」

朱雀はそう言うと、にこりと微笑み、「一」と言った。

まだ、息苦しげにしている男の顔が再び水に浸けられる。朱雀の拷問に容赦は無かった。男は何度も水に浸けられ、しかも呼吸出来る時間は次第に短くされていった。見ている桂の方が息苦しさを憶えて、自分のシャツの襟を緩めた。

そんなことが、三時間余りにも渡って繰り返された。

「二」

と、朱雀が言う。男の顔が水から上がると、男はかなりの水を飲んでしまったらしく、大きく噎《む》せ返り、咳を何度も立て続けにした。その様子は実に苦しそうで、同情を憶えるものであった。だが、朱雀はあの時、あの廃道で三人の特高達を殺した時のような不思議に澄んだ天使のような顔をして、「一」と言った。

後木が男の頭を摑んで再び水に浸けようとすると、男は噎せながらも酷く体を硬くして、何とか浸けられまいと抵抗していた。だが、後木の腕力によって、再び男の顔が水に浸けられた。

その時、男の指が、微《かす》かに円を作った。

朱雀は朱肉と紙を手に持って、男の横にそれを置くと、「二」と、後木に向かって言った。後木が男の顔を水から離す。男は噎せ返りながら、切れ切れの細い息をした。

「片手だけ、自由にしてやって下さい、桂さん」

急に朱雀が、桂に向かって言った。悪夢から覚めたような思いで、桂は男の右手を自由にするように縛りなおした。

「さて、まず拇印《ぼいん》を貰《もら》います。これに拇印を押して下さい。早くしないと、また、水に浸けますよ」

息絶え絶えの男の目に恐怖の色が走った。男が震える腕を伸ばして、親指を朱肉に押しつける。

「一」

いきなり朱雀が言った。男の顔が、ざばりと水に浸けられた。

「どうしてですか？　今、捺印しようとしていたのに……」

桂は朱雀の顔を見た。

「少しの間でも時間稼ぎをすれば息が出来ると思わせない為ですよ。念の為に、恐怖は継続しなくては……」

（この男……悪魔か！）

桂は、まじまじと朱雀の顔を見た。

「二」

朱雀が言った。男の顔が水から上げられる。男は藻掻きまくって、胸に入っていた水を吐き出した。そして、噎せ返った。

「はい、拇印を押して」

朱雀の声と共に、男は反射的に拇印を押した。恐怖の継続の威力は凄《すご》かった。

「さて、では貴方の名前を、ここに書いて下さいね」

朱雀が男に言う。男は電気ショックを受けて痺《しび》れた様に震える手で、名前を書いた。酷く下手くそで、読みづらい字で、『的場《まとば》陽一《よういち》』と書かれていた。

朱雀は紙を取り上げ、顰《しか》めっ面をして捺印《なついん》と、字を確認した。

「署名が乱れているのは仕方がないか……。まあ、拇印が押してあることだし、なんとか証拠にはなるだろう」

呟《つぶや》いて、紙を几帳面《きちようめん》に折りたたむ。そして、それをマントの下に持っていって、ポケットに入れた様子であった。

「ところで聞きますが、貴方の仲間は他にはいないんですか？　いないなら、いないで首を横に振って下さい。いるならいるで、首を縦に振って下さい。正直に言わないと、また水責めですよ。言っておきますが、貴方が死ぬまでこれを続けますから……」

男は首を横に振った。

「嘘だ。仲間がいるはずだ。後木君、『二』です」

後木は朱雀に命じられると、容赦なく男の頭を摑《つか》み、水に浸け込んだ。男が芋虫みたいに身をくねらせる。

「二」

朱雀が言うと、男は水から解放されたが、もう真っ青で、噎せる様子も力弱い。

「もう一度、聞きますよ。仲間がいますか？」

男は、ぐったりとしながら、緩く首を横に振った。

ふうん、と朱雀は、まだ疑っている顔をした。そして、今度は、カンテラの一つを下ろして、その火で万年筆の尻尾《しっぽ》の部分を炙《あぶ》り始めた。

「水責めでも吐かないなら、火責めにしようかな……」

恐ろしげにそんなことを呟いている。やがて万年筆の尻尾が真っ赤に焼けてくると、朱雀はそれを手に、ぐったりしている男に近づいた。

「仲間、本当はいるんでしょう？」

男が首を横に振る。

「そうですか、では僕がされて一番、嫌な拷問をして上げましょう」

そう言うと、朱雀は突然、赤く焼けた万年筆の尻尾を、男の腕の静脈が浮いている辺り、一番敏感そうな場所に押し当てた。

じゅっ、と音がして、皮膚が焦げる臭いがした。

男は情けない悲愴《ひそう》な顔になり、首を激しく横に振っている。朱雀は、それでも押し当てた万年筆を男の皮膚から離そうとしない。

桂は、思わずその手を摑んだ。もう、そうせずには居られなかった。

「もういいじゃありませんか。仲間はいないと、これほど言っているんですから」

朱雀は、きっとした瞳《ひとみ》で桂を見た。

「仲間がいないはずはないんです。只《ただ》の、京都府警の特高だけが絡んでいる事ではないのですよ、桂さん。事は、もっと大事《おおごと》なのです」

桂は朱雀に手を振り解かれた。桂は心の芯《しん》に、燃えるような怒りを感じた。

「後木君、少し出ていて貰えないか？　私は朱雀さんと少し話をしたいんだ」

桂が言うと、後木が朱雀を振り返った。朱雀が、頷《うなず》いてみせる。後木はのっそりと立ち上がると、桂の脇を通って小屋を出て行った。

「話とはなんですか？　僕には話をしている暇は無いのですが……」

朱雀が言う。

「無理矢理、仲間がいると聞き出して、そしてどうするつもりですか？」

桂は訊《たず》ねた。

「仲間の名前を書かせます」

「それから？　それからどうするのです？　彼を引っ張っていっても、拷問によって無理矢理、告白させられたと主張するでしょうし、まして彼が警察なら、警察側もそれを支持するでしょう」

朱雀が、そっと桂の近くに寄ってきた。そして耳元で囁《ささや》いた。

「拷問によって告白させられたとは言わせません。彼には……最後、自殺して貰いますから……。さっき、僕が彼に署名、捺印させたものは、遺書として取り扱う予定なのです」

（また、殺す気なのか！）

思った途端、桂は上着に手を突っ込み、拳銃《けんじゅう》を持っていた。そして、朱雀に向けて発射した。

パン。

小屋に、亀裂《きれつ》が入りそうなほど、その音は大きく響いた。

桂は、自分でも音に驚き、朱雀の体が崩れ落ちるのを見ながら、後ずさっていた。

「先生！」

後ろで、ドアの開く音がして、後木が飛び込んでくるのが見える。桂は、後木とすれ違いざまに小屋の外に飛び出した。

林の木々が責めるかのように桂の行く先を遮った。道を踏み外し、木の枝に、ぶつかっては後ずさり、桂は傷だらけになった。

それでも、なんとか大通りまで這《は》い出たのである。

――とうとう、この手で人を殺《あや》めてしまった。だが、仕方が無かったのだ。

あの男を、朱雀の暴挙を、これ以上、許す訳にはいかないのだから……。

桂は、闇の中を彷徨《さまよ》った。何処へ行く？　何処へも何もない。馬耳村しか、足が憶えている場所が無いのだから……。

第五章　林田錯乱

1

――村を燃やせ

砥笥貢の神がそう告げた。

恐る恐る火を垣根に近づけていく。

垣根が、めらめらと燃え上がった。夜の灯《あか》りすらないウンザリするほど貧しい村を、愚《ぐ》弄《ろう》するかのように炎が辺りを照らし出す。

何やら、自分まで胸がすっきりとする。そうだ、こんな村が燃えたからといって、何ということがあるだろう。神様の要望なのだから、仕方がないではないか。そう思って辺りを見回すと、砥笥貢神の姿は消えていた。

満足されたみたいだ。

ほっとした時に、人の声が聞こえた。

――なんだか、外が明るいぞ、またもしかして火事じゃないのか？

――おかしいな、窓を開けてみろ。

※

野良犬のようにささくれ立った気分で、桂が馬耳村に辿《たど》り着いた時だ。

村の中央に、炎が吹き上がっているのが、遠くからでも明らかに見えた。

（まさか……。まさか、また放火だなんて事が……）

桂は縺《もつ》れる足で、炎の方へと向かった。人のざわめきや、ぱちぱちと火の粉が上がる音。そして炎の、なんともいえぬ、あの轟《ごう》という音。それらが耳に聞こえはじめ、やがて人垣が見えた。桂はその中に飛び込み、人々を掻《か》き分けて、炎に近づいた。

燃え上がっているのは、寄り合い所であった。燃え上がる炎で、空は真っ赤に染まり、炎から吐き出される煤煙《ばいえん》は、黒い天の川のように夜空に流れて、天空で輝く満月を断ち割っている。

時々、思い出されたように、バケツで運ばれてきた水が炎に打ちかけられるが、炎は平然と勢いを増すばかりだ。寄り合い所の周辺の草木や建物にまで広がっていこうとしていた。人々は、おろおろとするばかりだ。

（放火は、朱雀の仕業じゃなかったのか？　だとしたら……！）

床に崩れ落ちていく朱雀の姿を思い出し、桂の心臓は早鐘のように鳴った。辺りを見回し、何かに縋《すが》るように誰かの姿を探す。

炎の赤い輝きの中に美鈴がいた。その脇に林田長官と高田村長が立っていた。桂は、そちらに向かって駆けた。

「この炎は何時から？」

桂の問いかけに、三人は同時に振り返った。

「一時間ほど前に火の手が上がっているのを美鈴が見つけたのです」

林田長官が答えた。

一時間ほど前にであれば朱雀の仕業であるはずがない。

どうした事なんだ！

桂は頭を掻きむしった。

「朱雀先生と後木君は？」

美鈴が訊ねた。桂は、どきりとして美鈴を見た。

「彼らは、私とは別行動を取っているので知りません」

桂は咄嗟《とっさ》に嘘を答えた。

「消火隊はまだ来ていないのですか？」

桂の問いに、林田が目を剝《む》き、口から泡を飛ばして答えた。

「それが消火ホースが、ずたずたに切り裂かれていたのです。それで消火活動が出来ない始末です。砥笥貢様は何処まで祟《たた》られる気なのか……」

　砥笥貢神の祟り……。

　この有様は、朱雀を殺したから、怒りを激しくしたとでも言うのだろうか？

　桂は狼狽《ろうばい》した。

「これ以上、周囲に燃え移らないように、周りの物を壊してしまいましょう。それと水だけでは間に合わないから砂もかけるようにしましょう」

　美鈴が凛《りん》とした声で提案した。

「そうだな。もうこれは、それしかないだろう。村長、青年団にそう命じろ！」

　林田長官に命じられて、高田村長が、群衆の中に控えていた青年団の方へと走っていく。

その後を美鈴も追っていった。

　原始的で大掛かりな鎮火活動が始まった。指揮を取っているのは、林田長官と、高田村長と美鈴である。中でも美鈴は、あちらこちらと動き回り、目覚ましく活躍していた。

　桂は人々からは少し距離を置いて、地面に蹲《うずくま》った。

（朱雀ではないのだとしたら、一体、誰が放火を？）

　その視界に、蜂鳥が飛び回るように鮮やかに美鈴の姿が入ってくる。

　待てよ……。最初に藁屋《わらや》の出火に気づいたのも、美鈴だった。もしかすると、犯人は美鈴なのではないか？　だとすれば朱雀が、庇《かば》うのも頷ける。

そう思い出すと、炎の中で美鈴の姿が、いつにも増して生き生きとしているのが不自然な気がしてきた。

この魔性の婦人は、何時の日も、こんな風に人の心を掻き乱して操ることが趣味なのかもしれない。なんという大胆で、恐ろしいことなのだろう。朱雀も林田長官も、この魔性に気づきながらも引きずられているのだろうか？　林田長官が、朱雀の言うように何か悪事に手を染めているのだとしたら、それも美鈴のせいではなかろうか？

桂がそんな想いに取り憑《つ》かれ出したとき、美鈴が桂の方を振り返った。そして周囲に何かの指示を飛ばすと、桂の方へと近づいてきた。

「どうなされたんです？　お加減でもよろしくないんじゃありません？」

艶《つや》めいた唇から、嘘の真珠玉がこぼれ落ちるようにして、言葉が発せられた。桂は無言で首を振った。

「嘘を吐いてはいけませんわ。何か悩み事があるような顔をしていらっしゃる。私になら、何を言っても大丈夫ですよ。決して、他の者には漏らしませんから。……勿論《もちろん》、夫の林田にも……」

また、美鈴の誘惑が始まった。どうせなら自分にではなく、あれほど今でも美鈴を恋い慕っている朱雀にそうすればいいのに……。桂は首を横に振って立ち上がった。

「別に何でもありません。一寸《ちょっと》、感冒の具合が良くないだけです」

何があったかは、後木が村に帰ってきたときに直ぐに分かることだが、それまでの間に、しておかなければならない事がある。それは、この婦人の罪を告発することだ。

「こんな時になんですが、私の部屋に戻ってもいいですか？」

美鈴は、ちょっと瞳《ひとみ》を瞬かせ数秒考えた様子であったが、あっさりと答えた。

「ええ、それは構いませんわ。先生のお好きなように……」

桂は頭を下げて礼をすると、一人、林田邸に向かった。

林田邸に戻ると、案の定、火事の騒ぎで邸宅は無人であった。

桂は美鈴の部屋へと向かった。朱雀が血相を変えて調べていた部屋だ。そこは何気ない和室の小部屋で、小さな書机があるだけだ。

桂はまずは書机の引き出しを開いていった。便箋《びんせん》、硯《すずり》、雑誌、筆、色インクの類《たぐい》、あるのは普通の品物ばかりだ。だが、桂は三段目の引き出しを開けた時、引き出しと引き出しの隙間に、何かが挟まっているのを見つけた。

なんだろう？

そっと、その挟まっている物を取ってみる。それは小さなセロファンの切れ端だった。何かが描かれている。小さすぎて、それが何なのかよく分からない。桂は丁度、虫眼鏡があるのを見て、手にとった。虫眼鏡で焦点を合わせ、桂は絵をじっと見て、ぞっとした。

砥笥貢神の顔の一部だ……。

こんな物が何故、存在しているのか？　美鈴は一人で砥笥貢神の顔を描いていたということか？　それにしても、何故、セロファンにこんなに小さく……。

そうした作業を、こっそりと自室で行っている美鈴の姿を想像すると、うそ寒い気がした。美鈴はこの村に来て、砥笥貢神に取り憑かれたのではないのか？　その祟りと美鈴が本来持っている魔性が結合して、不可解な事件を引き起こしているのではないか？

そして朱雀はその事を知っていて、美鈴を庇うなり、何かの手伝いなりをしていたのかもしれない……。

桂は、もう一つ不思議な物を発見した、縦四センチ、横三十センチほどに切られた紙が数枚、丸められて、紐《ひも》でとめられている。

桂は顔を顰《しか》めた。これらの物が何の為に存在しているのかは分からないが、とにかくそれぞれ奇妙な品物であることは確かだ。

桂は、セロファンの切れ端と、丸められた紙切れを一枚、破損しないように自分のハンカチでくるんで背広のポケットに入れた。

そして、机の引き出しを元の通りに戻すと、次に朱雀が漁《あさ》っていた押し入れの中を見てみる事にした。

押し入れには、まず大きな麻袋があった。『玉蜀黍粉《とうもろこし》』と印刷されており、切り口の所が折られている。それを開いてみると、中身は確かに玉蜀黍の粉のようであった。粉をこぼさぬようにして麻袋を押し入れから出す。次に、アルバムを取りだし、その奥に並べられている数台のカメラを取りだしていく。すると、一つのカメラを取り出そうとした時に、何かに引っ張られるような抵抗を示した。よくよく見てみると、カメラから線が出ていて、それが押し入れの壁の中に繋《つな》がっている。

盗難避《よ》けだろうか？　そう言えば、林田邸に窃盗団が入ったときに、高価なカメラを全て手つかずに置いていったのは、今考えると奇妙なことである。

それにしても、壁に線で繋がっている機械など見た事がない。

いや、ある。

電話機なら壁に線で繋がっている。

しかし、これはカメラだ。それが何でまた？

考えていると、玄関がガラガラと開く音が聞こえてきた。桂は慌てて、カメラやアルバムを押し入れの中に戻した。そして客室に戻り、平静を装って座っていた。


――先生、そちらにおられるのでしょうか？

米の声がした。桂は、こほりと咳《せき》を一つして、声を作った。

「はい、いますが何か？」

――先程、お声をおかけしたんですが、おられなかったので……。

「ああ、手水《ちょうず》に行っていたのですよ。それで何か御用ですか？」

——ああ、左様ですか。いえ、用ということではありませんで、奥様から先生のお世話をする為に此方《こちら》に帰っておくようにと言いつかったので……。それにお渡ししなければならない物があるものですから。

「私に渡さなければならない物？」

——はい、先生あてに年賀状が届いているのです。何分、こんな田舎ですので、遅くなって届いた物かと思います。

「年賀状？　分かりました。受け取っておきます」

からり、と襖《ふすま》が開き、米が入ってきた。桂の前に正座すると、二枚の年賀状を差し出す。桂がそれを受け取ると、米は深々と頭を下げて立ち去った。

こんな所に、年賀状とは誰からだろう？　見てみると、差出人は桂の妻と息子であった。

『新年、明けましておめでとうございます。お正月からお仕事で大変でしょうね。貴方《あなた》が正月休みを取れないということなので、私も太一郎《たいちろう》も怠けぬよう、普段の生活を変わりなく送っております。おせち料理とお餅《もち》は、貴方がお帰りになってから食べようと、二人で話をしております。感冒の方はいかがですか？　咳は酷《ひど》くはありませんか？　くれぐれもご自愛され、無事お仕事がお済みになることを祈っております。今年もまた、よろしくお願いいたします。こうして毎年、毎年、貴方と年月を共に出来ることを、私は幸せに思っております』

『お父様、明けましておめでとうございます。今年はお父様が帰る日まで、苦手な算数を毎日五時間、勉強するつもりです。お父様、早く、早く、帰ってきて下さいね』

桂はそれを見ていると、しみじみと泣けてきた。何時か、自分はこの妻子の許《もと》に帰れぬ事があるのではないかと覚悟していたが、まさかこんな年明けから、人を殺した罪人となって、帰ってやれぬ事になるとは、余りに家族が可哀想すぎる。

桂は頭を抱えた。あの時、思わず朱雀を撃ってしまったが、この一連の放火が朱雀の仕業ではないと分かっていたなら、其処《そこ》までする必要には駆られなかったやもしれぬ。

撃たれて崩れ落ちていく朱雀の姿が、何度も頭を過《よぎ》った。

なんとか、事を隠蔽《いんぺい》は出来ないか？

いや、無理だ。人知れず殺したのならまだしも、後木という証人がいるのだ。

では、逃げるのか？

そんな事には何の意味も無い。元より自分の身がどうなろうと構わぬ決意はしている。心配なのは家族のことだけである。夫が、父親が、殺人犯になったとしたら家族の平穏な暮らしは消え失《う》せるだろう。

なんで、自分は、あの状況で、朱雀を殺してしまったのか？

幾ら後悔しても、悔やみきれないほど、馬鹿な事をしてしまったと桂は思った。

どうすればいいのか、道が見えない。自分の足下から延びていく道が、途中で、ぷっつりと途絶えてしまったように感じられた。

自殺、という言葉が桂の頭に浮かんだ。

それしかないような気がした。ともかく、自分が朱雀の殺害に至った経緯と誤解を、遺書として書きつづり、凶悪な放火犯である美鈴を告発して死ぬしかない。

もう、それしか道は無いのだ。

桂は手帳を取りだして、遺書を書き始めた。赤脇達との関係は書かぬように注意しつつ、馬耳村での事の経緯を書き綴《つづ》った。そして手帳に、何かの手がかりになるかもしれぬ、セロファンの切れ端と、細長い紙をたたみ込んだ。それを卓袱台《ちゃぶだい》の上に置き、この世の名残に、ゆっくりと辺りを見回す。さて、どうやって死ねばいいのか……。

部屋の鴨居が目に留まった。首吊《くび》りか？　いや、窒息して死ぬのだけは御免である。桂は自分の銃を取りだした。朱雀を殺した銃で、自らにも制裁を加えよう。それが妥当であろう。

桂は覚悟を決め、銃口を自分のこめかみに当てて、静かに目を閉じた。

そして引き金を引こうとした瞬間である。けたたましい物音がして、誰かが飛び込んできた。

誰かと思って、驚いて振り向くと、後木であった。後木は猛獣のような速さで、桂の腕を摑《つか》み、銃を奪い取った。

「朱雀先生の言葉を伝えます。このように言えと、先生に言われたので、今からそれを述べます。『桂さん、朱雀です。僕は生きていますから安心して下さい。貴方が僕を撃った時、僕も防弾チョッキを着ていたのですよ。至近距離からだったので、少しばかり胸部を損傷していて、今、余部の総合病院で一時安静にしています。貴方は多分、僕を殺したと思い込み、そうして貴方の性格なら自殺もしかねないと思って、急いで後木君をそちらに向かわせたのです。貴方が死んでいたら、これは話さずに、生きていたら話すようにと後木君には言ってあるので、僕の話を聞いているとしたら、貴方は生きているのでしょう。それならば、本当に幸いです。貴方をここまで追い詰めてしまったのは僕の責任です。申し訳ありません。貴方には、折を見て事の真相を話さなければならないとは思っていたのですが、その時機を僕が間違えたようです。僕の行動が何故、こうなったのか、全てを話せば、桂さん。貴方は理解してくれるでしょう。ともかく、僕の胸部にしたギプスが乾くまでに丸一日はかかるようです。そうすれば、馬耳村に戻れますので、それまで待っていて下さい。それから僕の渡した符はくれぐれも身から離さないように。そして砥笥貢神の祟《たた》りには気をつけて下さい。次の祟りを食い止める為には、何故、林田言蔵への天罰が、あのような形で下されたのかを考えれば自《おの》ずと答えが出るでしょう。桂さんならそれが出来ると思います。分からないことがあれば、後木君によく話を聞いて下さい。僕が帰るまでよろしくお願いします』」

桂は一瞬、ぽかんとした。体から力が抜け落ちる。

「本当に朱雀さんは生きているのか？」

桂の問いに、後木は頷《うなず》いた。

2

その時、彼女は不思議な体験をした。

寄り合い所の火の手は収まっていた。ふらりと外へ様子を見に出てみると、夜道に見たこともない野犬が一匹、彼女を待ちかまえるようにして立っている。

汚らしい犬ではなかった。真っ白い毛艶《けづや》の体軀《たいく》も立派な犬である。何かの使いのような気がして、彼女は思わず足を止めた。

犬と目と目があった。感じる物があった。犬が、くるりと彼女に背を向けると、まるで付いてこいとでも言うような素振りで歩き出す。

彼女はその後を追う。そうして、行き着いた先は、彼女にとって思い出深い場所であった。林の中に少し開けたその場所で、犬はしきりに地面を嗅《か》ぎ、穴を掘り始めた。すると、犬が穴を掘っている松の木の下に、砥笥貢神が姿を現したのである。

砥笥貢様のお使いだったのか……。

彼女は得心し、砥笥貢神に祈った。

そうすると、林の奥の方に、人魂《ひとだま》か数多《あまた》揺れ動き、動き回り始めた。彼女は、その不思議な現象を凝視した。人魂は最初、ちりぢりになっていたものが、やがて一つ所に集まり、赤々と輝き始める。

彼女は、背筋がひやりとするのを憶えた。この土地で息絶えた多くの霊が、砥笥貢神の出現とともに蠢《うごめ》き始めたのか？

そんな風に考えていると、

——でぃんいっしゃあ

と、何か人の声で無いような声が、呪文《じゅもん》のように響き、暫《しばら》くして、人魂がいきなり、ふいっと消えた。だが、暗闇の中、霊達の息づく音が聞こえるような気がして、彼女は気持ちが高揚してくるのを憶えた。そして犬の方へと目をやると、犬は穴を掘るのをやめ、土の中から何かを咥《くわ》え出した。彼女は、はっとして犬に駆け寄り、その咥えている物を取り上げた。

革の黒い鞄《かばん》である。

おん！

犬が一声上げ、彼女の二の腕に噛《か》み付く。ざっくりと深い痛みが襲う。だが、犬は一噛みしただけで、すぐに身を翻し、闇の中へと消えて行った。

彼女は痛みに震える腕で、手にした鞄のチャックを開けた。中に何か入っている。取りだした物に目を近づけ、じっと見詰めた。それは面であった。

暗丹色をした面。ざんばらのおかっぱ頭。醜く歪《ゆが》んだ輪郭。ぎょろりと飛び出た右の目玉。逆に潰《つぶ》れたように眇《すが》められた左の目。曲がった鼻、口は窄《すぼ》められ、唇が突き出している。

彼女はその面と、側に立って自分を見守っている砥笥貢神の顔とを見比べた。

この面は、間違いなく、砥笥貢神の社《やしろ》から持ち出された神器だ……。

彼女はその面をぎゅっと抱き、砥笥貢神に頭を下げた。

自分は、神から役目を負ったのだ。そうして、自分が今までして来た事に間違いはなかったのだ。だが、こうして神器が、改めて自分の手元に来たということは、砥笥貢神は更なる何かを求めているに違いない。その為に、自分は何をすればいいのだろうか？

彼女は砥笥貢神に問いかけたが、何も答えは無かった。仕方が無い。自分で考えるしかない。

彼女が跪《ひざまず》いた地面の底から、助けを求める声と、啜《すす》り泣く声が聞こえてきた。

やはり、死者達の霊が、動き始めたのだ。

そう……。穢《けが》れた物は浄化の火で焼き尽くさなければならないのだ。

彼女は、きゅっと唇を嚙んで、覚悟を新たにした。

※

ひゃあ、と言う奇妙な声が内耳の奥に染みついている。砥笥貢神の姿が、近づいては消え、また現れては遠ざかり、やはり人間離れした動きで視界の中で慌ただしく点滅した。

　桂は大汗をかいて飛び起きた。すると部屋の薄暗闇の中に、白い人影が立っているようだ。桂は枕の下に敷いていた朱雀の符に手を伸ばし、そっと握った。人影が薄れて消えていく。

　心から、ほっとした。枕元に置いてあった眼鏡を手探りで取って、掛ける。それから行燈《あんどん》に火を灯《とも》した。

　横では、後木が息の根も無いほど、静かな様子で眠っている。

　言蔵への天罰が、何故、特殊な形で下されたのか……。桂は朱雀の言葉を思い起こしながら、腕組みをした。その時である。小さな声が聞こえた。


　――ここよ、此方《こちら》にいらっしゃい……。

　美鈴の声だ。庭先から聞こえている。桂は怪しく思い、静かに襖《ふすま》を少しだけ開けて、庭の方を見た。提灯《ちょうちん》を持った人影が立っている。恐らく美鈴である。美鈴の部屋の灯《あか》りがついている。
　美鈴は、提灯で庭の木立の茂みを照らしていた。
　くえっ
　と、何かの動物が鳴く声が聞こえた。続いて羽音がする。一羽の鳥が美鈴の肩に留まった。

恐らく五平だろう。美鈴は肩に留まった五平を両手の中に入れて抱くと、それをそのまま自分の部屋へと持って入って行った。夜明け前だというのに、不可解な行動である。

かなり長い間、美鈴の部屋には灯りがついていた。

夜が薄く明けてきた頃に、美鈴が五平を抱いて再び現れた。そして今度は庭に降りていこうとはせず、縁側から五平を空へと飛び立たせた。飛び立っていく五平の姿を見送っている美鈴は、何かに憑《つ》かれたような悲壮な表情である。

全く不可解な女だ……。もしかすると、あの五平とか言う鳥も、もともとは呪術で鳥にされた美鈴の恋人だったのではあるまいか？　桂が漠然と、お伽噺《とぎばなし》のような想像をした時、背後で物音が聞こえた。後木が起き上がっている。桂は襖をそっと閉めた。

「これは後木君、済まないですね。灯りをつけたので、起こしてしまったようだ」

桂は床に戻りながら、後木に詫《わ》びた。

「桂先生は何をしてらっしゃったのですか？」

後木が桂に訊《たず》ねた。桂は少し驚いた。後木が自ら口を利くことなど、ここ数日、会っていて一度も無かったからだ。後木は険しい顔をしていた。朱雀を撃った自分のことを、恐らくは疑惑の念で見ているのだろう。

「いや、今、たまたま人の声がしたので庭を見ていたら美鈴さんが立っておられてね、五平という鳥を部屋に持って入ったんだよ。餌でもやっているのかなと思ったのだけれども、かなり長い間、部屋の中にいて、それから外に出てきて、五平を空に放されていた。こんな夜明け前に、不思議な光景だなと思っていたところなんだ」

今更、後木に対して何も隠す必要は無いだろうと思った桂は答えた。後木は、じっと何かを考えているような顔をして目を瞬かせていた。

「………五日、……七日……、四日、……五日……、六日……」

突然、日にちを繰り返し始める。

「一寸《ちょっと》、待ってくれ後木君、それは一体、何の日にちなんだい？」

桂は、ひたすら日にちを並べ立てている後木に訊ねた。後木は桂の質問に少し難しげな顔になって、首を捻《ひね》った。

やはり、この男の話を理解することは私には無理なのか？　いや、何とか聞き出さなくては。

「待って下さいよ。今、私は美鈴さんと五平の話をしていた。その日にちは、美鈴さんと五平の事に何か関係があるのかな？」

後木は頷《うなず》いた。

「最初の、五日からいこう。最初の五日とは何があった日なのだい？」

「五平は、いつも港で見かけます。奥様は殆《ほとん》ど、毎日のように昼の弁当を林田長官に持ってこられます。奥様と林田長官が結婚なされたのは大正十五年の三月一日なのですが、その日から奥様がカメラを片手に長官に弁当を届け、それから港の写真を撮ったり、その合間に五平に餌をやっていたりするのです。結婚された翌日は、奥様は昼の十二時二分丁度に、港に来られました。その時には、袖口《そでぐち》の辺りに黄色い粉が付着していました。奥様がその時、持っておられたカメラは今の物とは違う旧式のカメラで、連動距離計カメラ・3Aオートグラフィック・コダックスペシャルでした……」

後木の長々しい話が続いた。桂は諦《あきら》めず、必死にそれを聞き取った。一時間近くして後木の話が一旦《いったん》終わる。

桂はその話の中で、五日間という鍵《かぎ》言葉を探し続けた。

「……結局、五日というのは、日付のことではないのだね。日付でないのだとしたら、何かがあった期間のことだね？」

後木が、こくこくと頷く。

五日間、何があったのか？　桂は再び後木の話を頭の中で反芻《はんすう》しながら、模索した。話は美鈴と五平のことであるはずだ。確か後木の話は、五平の姿を見なくなったというところで終わったのだ。それまでの五日間と言えば……。桂は、はたと思いついて手を打った。

「つまり、こうではないのかな、美鈴さんが五平に餌をやった様子が五日間無かった。すると五平は港から暫く姿を消した」

後木は大きく頷いた。

「すると、次の七日、というのも七日間、五平に美鈴さんが餌をやっていなかったということだね？」

再び、後木は頷いた。桂は唸《うな》った。美鈴が五平に餌を与えなければ、五平は暫く姿を消すという事は理解出来た。まあ、おそらく他の土地にいって餌を探したりしているのだろう。だからといって、それが何だというのか。後木の示唆する所が分からなかった。

——先生、起きておられるのですか？

米の声が襖の向こうから聞こえた。いつも気配りの行き届いたお手伝いである。

「すいません。五月蠅《うるさ》かったですか？」

——いえ、早く起きられているのなら、お腹が空《す》かれてはいないかと思いまして。

「いや、その心配は不要ですから」

全く、よく気の利く手伝いだ。なんだか見張られてでもいるような気分にさせられる。

——はい……。

しとしとと、微《かす》かな足音が去っていった。その時、桂の脳裏に一滴の疑問が、空からの雨の始めのように垂れてきた。

「ところで、朱雀さんが無事だったのは分かったが、あの男の方はどうなったんだい？」

「朱雀先生は、『彼が生きているのは不味《まず》い事だ。やはり自殺しなければならない』と言われました。ですから私達はそうしました。的場陽一は、山小屋で後悔の遺書を残して首《くび》吊《つ》り自殺をしています。この件は桂先生が受け持つ事件となります。明日、的場陽一は山小屋で後木要が発見します」

後木は、まるでカタカナで物を言うようにたどたどしく言った。

桂は厭《いや》な気分だった。本当に、朱雀は帰ってきたら、このような件に関して、自分が納得のいく説明をするのだろうか？　疑わしかったが、待つしかなかった。

桂は思わず後木に、この無垢《むく》に朱雀の事を信じている青年に対して問いかけた。

「後木君は、君は、どうして朱雀さんの事をそんな風に信じられるんだね？」

後木は、少し困った顔をした。こうした抽象的な問いかけは後木には無理かもしれない。

「朱雀先生は、神様ですから……。高田村長さんの家が焼けた夜。私は見たのです。

——へそを、弄《いじ》ると小金が、ぽろり

——へそを、弄ると小金が、ぽろり

耳の奥底で何度もその声が繰り返し聞こえてきました。

砥笥貢様が白い狩衣《かりぎぬ》を着て、小槌《こづち》と鑿《のみ》を振り上げながら乱れ踊っていました。暫《しばら》く見ていると、その背後で、突然、炎がめらめらと赤く燃え上がったのです。その時、私は声を聞きました。

——天罰じゃ、天罰じゃ。村を燃やしてしまおうぞ！　山を燃やしてしまおうぞ！

そして私は目を覚ましたのです。ですが、目が覚めても暗闇の中に、砥笥貢様が立っていました。私は怖いとは思いませんでした。只《ただ》、じっとその恐ろしい姿が、変化するのを願って、砥笥貢様を見詰めていました。すると、砥笥貢様の顔が徐々に変わり始めたのです。ぱさぱさしたざんばら髪は流れるような黒髪に変わり、潰《つぶ》れた左目は長い睫《まつげ》に縁取られた、深い湖のような瞳《ひとみ》へと変わり、赤黒い肌は、白い雪のような肌になって、朱雀先生が立っていらっしゃいました。

朱雀先生は微笑むと、『村を燃やす』と言われました。私は頷き、手を伸ばして、その体に触れようとしました。しかし、先生は後退して私の手は空を切ったのです。

それで私は立ち上がり、朱雀先生に近づこうとしました。けれども、追いかける度に、朱雀先生は少し遠くへと逃げてしまうのでした。私は、先生の姿を追って、家の中から出ました。電灯も消え、真っ暗になった家々の間を縫って、朱雀先生は歩いていかれました。私は、その白い影を追って、人家の立ち並ぶ中心の方へと向かっていったのです。ようやく先生が立ち止まられると、めらめらと赤い炎が燃え上がりました。一瞬、辺りが神の栄光に満たされたかのように明るく輝き、私はほっと気持ちが落ち着いたものです。暫くそれを見ていると、先生の姿が目の前から消えてしまっていました。

何処に行かれたのだろうか？　と、私が、きょろきょろとしていると、先生の姿が今度は私の左後方から現れました。そういう事が出来るのも神様だからです。それに、先生の言われることは分かります。他の人の言うことはよく分かりません。私の言うことも先生は分かってくれます。他の人には私の言うことが分かりません。長官の奥様も人より良く分かってくれますが、先生は私のことを完全に理解してくれます。ですから、私は先生の言うことを聞かなければなりません」

桂は、後木の発言に、びっくりした。何よりも、砥笥貢神が後木の目の前で朱雀に変化したという証言には理解出来ぬ物があった。朱雀十五という男の存在が、実際、この世の物では無いように感じられた。

そう、アレはこの世の物ではないのだ……。

3

一月五日。寄り合い所の焼け跡は、酷《ひど》く無惨なものであった。村の中央が闇によって黒く染まったかのようである。寄り合い所の近くにあった家も、火の手を被った所が何軒かあり、焼け出された人達は、親戚《しんせき》の家に泊まって正月を過ごすことになった。

なかなかに、言蔵や抄造の葬式どころではない。林田長官も流石《さすが》に職場を休むことになった。

だが、日常は変わらずやってくる。相談事をしている村の顔役達は除いて、人々の暮らしは蟻のように正確に進められていくのだった。

当番の者は、何事も無かったかのように家畜達の世話に出かけた。

その面子《メンツ》は、言蔵の牛が居なくなった時と同様である。

そうして、家畜達に餌を与えていると、当番の男の一人が、大声で叫んだ。

「おい、大変だ！　松蔵《まつぞう》さんの牛が一頭、いないぞ」

皆は、それを聞いて、わらわらと男の許《もと》に寄ってきた。

「本当だ。まさか……、松蔵さんも？」

「だとすると大変だ。様子を見に行ってみよう」

男達は早速、松蔵の家へと向かった。松蔵の家と言蔵の家は、そう遠くないところにある。それだけでも不吉な予感がして、男達は息を呑《の》みながら、松蔵の家の玄関戸を叩《たた》き、大声で呼びかけた。

「松蔵さん！　松蔵さん！　いるのか？」

暫くすると、玄関の向こうから足音が近づいてきた。

がらりと戸が開く。

「なんじゃ？　わしならおるが、皆の衆、血相を変えてどうした？」

松蔵が、すっとぼけた顔を玄関から覗《のぞ》かせた。皆は、それで恐ろしい物を見ずにすむと、ほっとしたが、とにかく松蔵の牛がいなくなった事は事実である。

「いやな、松蔵さんの牛が家畜小屋にいないんだ。松蔵さん、何処かに連れていったのか？」

「わしの牛がおらんだと！　そりゃあおかしい。わしは牛を何処にも連れてなど行ってはおらんよ。一体、何処へいったんじゃ……」

「だとしたら大変だ。牛を捜さねば」

「ああ、そうじゃのう」

「そうしてくれ。わしも一緒に捜す」

松蔵は、女房を呼んで分厚い綿入りの上着を持ってこさせると、それを着て、皆とともに家を出た。

「サクラ！　サクラ！　何処におるんじゃ！」

松蔵は先頭を切って牛の名を呼びながら、歩いていく。皆で、村中を捜し回ったが、牛の姿は無かった。

「こりゃあ、村の外に出たのかもしれん。外を捜してみよう」

誰かがそう言い出したので、皆はぞろぞろと、村と大通りを繋《つな》ぐ一本道へと向かった。

林の中の細い道を歩いていく。すると、その目の前に、奇怪な光景が広がっていたのである。

道ばた一面に、焼けこげた小枝が散らばっていた。そして頭の部分と、内臓の所だけを残して、骨ばかりになった牛が横たわっている。よくよく見ると、その首の動脈辺りが鋭い爪にでも引っかかれたかのように切り裂かれ、体の肉は無造作に食い散らかされたかのようにボロボロの雑巾《ぞうきん》みたいになっていた。

「サッ、サクラ！」

松蔵が、だっと牛の死骸《しがい》に駆け寄った。

皆は遠巻きにそれを眺めながら、鳥肌が立つのを憶えた。

「牛が……食われとる……」

「一体、誰が、牛一頭丸ごと食うなど……」

その時、皆の頭に過《よぎ》ったのは、幼いときから憶え聞いた砥笥貢神の物語であった。

――赤ん坊はよく泣く子で、泣けばその声は二里に渡って響き、みるみるうちに大人のように大きくなったという。だが、長じても物言わず、時には近くの村の家畜を襲って、牛一頭を生きたまま丸ごと食べるという異業をする上に……。

「大変だ！　長官様にこの事を知らせなければ！」

一人の男が、大声で叫ぶと、だっと村の方へ向かって走り出した。

※

朝から林田邸の大広間には村の顔役が集まり、これからどうしたものかと話し合っている。

桂は隣の部屋で、茶を飲みながらその様子を窺《うかが》った。

「まずは砥笥貢様の怒りを鎮める事が肝心じゃ」

オナミが言った。そうだ、そうだ、と村の年寄り達が同意する。

「だが、言蔵さんや、抄造達の葬式もせぬわけにはいかん」

高田村長が強く主張した。

「それはそうじゃ」

茂蔵が深く頷《うなず》く。

「だが、何処で葬式をやるんだ？　寄り合い所は焼けてしまったぞ！」

村人の一人が言うと、集団の意見は様々に割れて蜂の巣をつついたような状態になって、収拾がつかなくなった。林田長官はこの様子を険しい顔をして見ていたが、いきなり机を叩いて身を乗り出した。

「まずは、葬式の件は私が松尾寺の住職と掛け合って、そっちでやってもらうことにする。明日の夜に葬式は決行だ。葬式には全員参加を義務づける。それから砥笥貢様の一件は、鍛冶屋《かじや》に新しい槌《つち》と鑿《のみ》を頼むにしろ、新しい面を打ってもらうにしろ、村の外に頼むしかない。十日過ぎになっても仕方がないだろう」

林田長官の鶴の一声に、顔役達は黙って頷いた。

確かに、桂が林田の言動を見ていると、一日、二日、村に隙を作りたげな様子である。

美鈴は特に何も意見を言う風でもなかった。しかし、表情が険しい。何か秘密の決意をしているような硬い顔だ。今宵にも、また、何かが起こる。そんな予感がした。

慎吾は心許《こころもと》ない様子で、林田長官と美鈴の顔を見比べている。

何かを言い出したくても、言い出せない様子だ。

村人達が、ぽろり、ぽろりと帰って行き始めた。林田長官は立ち上がり、自分の書斎の方へと戻っていく。美鈴は台所の方へと立って行き、米達と話をする声が聞こえてくる。

慎吾は、立ち上がって桂の許に寄ってきた。

「桂先生、話をしたいのですけど、いいですか？」

おどおどした様子で慎吾が言う。

「話？　いいよ」

桂が快く返事をすると、慎吾は桂の腕を摑《つか》んだ。

「此処《ここ》ではない所で話をしたいのです」

分かった、と桂は立ち上がった。慎吾に言われるままに林田邸を出る。やって来たのは、林の中の少し開けた一角であった。

「朱雀先生は、昨日からどうしていないんですか？　もうこの村にはこないんですか？」

慎吾は悲愴《ひそう》な様子である。

「いや、今は少し他を回って調査をしているだけで、一両日中に戻ってくる予定だよ」

桂がそう答えると、慎吾は地面に視線を落とした。そこの地面のところだけ、土が掘られた跡がある。確か慎吾達が、砥笥貢面を隠した場所だ。

「桂先生にだけお話ししたいことがあるんです。今から僕が言うことは秘密にしてもらえませんか？」

「秘密？」

「はい、他の誰にも言わないでいて欲しいのです」

「分かった。約束しよう」

「じゃあ、言います。実は……砥笥貢様の神器を持ち出したのは僕なのです。でも、僕が持ち出したのは面だけです。槌と鑿のことは知りません。それに持ち出した面を、ここに穴を掘って埋めたのですが、今朝、見に来たら穴が掘り起こされていて、無くなっていたんです……。もしかして、あの朱雀先生が掘り起こしたんじゃないでしょうか？」

訊《たず》ねる慎吾は真剣な顔である。

「どうして朱雀さんが持ち出したと思うんだい？」

「だって、朱雀先生の姿が消えた途端、お面も消えてしまうなんて、偶然のような気がしないんです。それとも……お面が、勝手に動いたのでしょうか……」

慎吾が、ぷるりと肩を震わせた。桂も、思わず想像して、背筋が寒くなった。

「まさか、お面が勝手に動き出すなんて……」

「でも、桂先生も砥笥貢様を見たんでしょう？」

慎吾が真剣な眼差《まなざ》しで桂を覗き込んだ。桂の脳裏に、あの砥笥貢神の姿が過った。森の中で戦った砥笥貢神。風呂《ふろ》を覗き込んでいた砥笥貢神。あの醜悪な面相。

「確かに……見た……」

「もし、そうだとしたら、次に天罰を受けるのは僕なんでしょうか？」

慎吾が心細げな面持ちで桂の腕を、ぎゅっと摑んだ。

大丈夫だと、言ってやることは出来なかった。砥笥貢神という、とにかく得体の知れない存在に、自分では手も足も出ないことは分かっている。桂は黙って、慎吾の頭を撫《な》でた。

「僕は砥笥貢様に殺されてしまうんでしょうか？　それとも、お母さんを連れて行かれてしまうのでしょうか？」

「お母さんを？」

「はい。僕は朱雀先生は、砥笥貢様のお使いではないのだろうかと思うのです。だって、あの人が来るという連絡が入った途端に、砥笥貢様が姿を現したのです。僕にはそう思われて仕方がありません。そしてお母さんを連れて行ってしまうのではないかと思うんです。だって、真夜中にあの人が庭に立って、お母さんの部屋を、じっと見張っているのを見たんです」

少年の勘が鋭い事に桂は驚かされた。慎吾は、思春期特有の鋭い感受性で、朱雀と美鈴の関係を疑い、そして朱雀の目的に気づいているのだ。それにしても、後木の話からも慎吾の話からも、そして朱雀自身の発言からも、砥笥貢神と朱雀は一体ではないのかという強い思いに駆られた。

この科学の時代に、非合理的な話だ。しかし、これらは現実なのだ。桂にはこれらの思考をどう処理していいのか分からなかった。とにかく朱雀が帰ってきて、自分のこのこんがらがった頭の中を整理してくれるのを待つしかない。

その時、ふと、面を持って行ったのは美鈴ではないかという思いが湧き上がってきた。

砥笥貢神と、朱雀と美鈴と放火と殺人と……。

これらの物は、確かに何かの糸で結ばれているのだ。そして朱雀が居ない今、放火があり、砥笥貢の面が持ち去られたのだとしたら、犯人は美鈴であるとしか思えない。

しかし、慎吾はそのようなことは努々《ゆめゆめ》思ってはいないようだ。この少年は、ひたすらに義母を慕っている。全てが明るみに出れば、慎吾が酷《ひど》く落胆するだろうことを思うと、桂は気の毒に感じた。

「慎吾君は、お母さんが好きかい？」

「勿論《もちろん》です。僕だけじゃあ、ありません。村の人達はみんな、お母さんの事が大好きです。お父さんがどう思っているのかは良くわかりませんが……」

慎吾は口籠《くちご》もった。

「それはどういう意味だい？　林田長官とお母さんは仲が悪いのかい？」

「仲が悪いということはありませんけど……」

「ありませんけど、何が問題なんだい？」

桂の問いに、慎吾は少し考えていた。

「僕は不思議なんです。何故、お母さんのような人が馬耳村なんかにいてくれるのか……。お父さんは、お母さんと喧嘩《けんか》をしたりはしませんが、特別に優しくしている様子もありません。というか、お父さんはお母さんのことを余り構いたがりません。僕から見て、どこか余所余所《よそよそ》しいのです」

「余所余所しい……。それは奇妙な事だね」

「僕がお父さんなら、お母さんのことを、もっと大事にするのに。そうしてお母さんを何処へもいかせはしないのに……」

　慎吾は思い詰めたように言った。

「ひとまず家へ戻ろう」

　桂が慎吾の肩を抱き、邸《やしき》に戻った時である。

どたどたと慌ただしい足音が林田邸に響いた。

「長官様！　村長さん！　大変です」

　声がしている。桂が急いで林田達が話をしている所へと戻ると、村の若い男が一人、真っ青な顔をして林田達に報告をしていた。

「家畜達の世話をしていたんですが、今日も一頭、松蔵さんの所の牛がいなくなっていたんです」

「なに！　まさか松蔵も？」

　林田が言うと、辺りがざわめいた。

「いえ、松蔵さんの様子を見に行ったら、松蔵さんは無事でした。けど、牛が……」

「牛がどうしたんだ？」

高田村長が苛立《いらだ》った声で怒鳴った。

「牛が、村の外れの道ばたで、骨になって死んでいるんです」

「なんだとう？　よし、其処《そこ》まで案内しろ」

林田長官の命令で、男が、「こっちです」と、案内を始めた。村の顔役達と共に、桂も牛が死んでいるという現場に向かった。

それは村と大通りを繋《つな》ぐ道の途中であった。

頭の部分と内臓の所だけを残して、体を無惨に引き裂かれ、肉をそぎ取られて骨ばかりになった牛の死体が転がっていた。その周りには焼けこげた小枝が無数に散らばっている。

桂は、それを見て、恐ろしさと気分の悪さから嘔吐《おうと》感を覚えた。なんだか事態は、どんどん奇っ怪な方向へと進んでいる。

「砥笥貢様じゃ……。砥笥貢様が腹を減らして食らわれたのじゃ」

オナミが呟《つぶや》いた。

確かに、そんな気がした。牛一頭を相手に、このような状態にするなど、通常の人間に出来る事ではない。

それにどうだ。まるで砥笥貢神の出現を物語るかのような焼けこげた小枝が一面に散らばっているではないか。

桂は、あの不気味な祟《たた》り神が、炎を背負って牛を食らっている様をまざまざと想像した。瀕死《ひんし》で藻掻《もが》いている牛にかぶりついているアノ面相……。

「村長さん、長官様、このままだと、牛たちが皆、砥笥貢様に食われてしまいますよ。どうにかして下さい」

村人の一人が頭を下げた。すると皆が、次々と頭を下げ始める。

高田村長は困り果てた顔をし、林田長官は、何処か狼狽《うろた》えたような様子である。

「村長、この事は皆と相談して、よく考えておくんだ。私は、とりあえず葬儀の事をどうにかしてくる」

林田長官は不自然にそう言うと、その場から立ち去っていった。

皆が不安そうにざわざわとする。

桂も不安であった。

こんな所行をする得体の知れないモノに、どう立ち向かえばいいのか……。

早く朱雀が、帰ってきてくれればいいのに……。

4

松尾寺に出向いた林田長官は松尾寺の住職と押し問答をしたあげく、言蔵と抄造夫婦の葬儀を明日執り行うように無理矢理持っていき、やっとのことで決着を付けた。

人力車で人気《ひとけ》の無い帰り道を急ぐ。

その間、林田長官の脳裏を駆けめぐっていたのは、骨ばかりになった牛の死骸《しがい》と、燃え上がる炎の光景であった。

（まさか、砥笥貢様が怒っているのは、私のせいなのか……？）

——誰か、砥笥貢様がお怒りになるようなことをしている人間はいませんか？　よくよく自分の行動に注意された方が良い。


朱雀検事の言葉が耳に蘇《よみがえ》った。

その時、がたり、と人力車が揺れて、林田の思考を中断させた。

「なんだ？」

林田が訊《たず》ねると、人力車引きの八吉《やきち》が、息を荒らげながら、「すいません。大きな石があったようです」と、答えた。

「注意しろ！」

林田長官は八吉を叱咤《しった》して、崩れた体勢をたてなおし、背もたれに体を沈めた。だが、松林の中を行く勾配《こうばい》の激しい山道のことである。所々で思いも寄らぬ曲がり角に突き当たり、遠心力が体にかかる。

何度か、そういう事があった後、ざらざらっと車の屋根が、木の枝に擦れた感触がした。

不快そうに林田が眉間《みけん》に皺《しわ》を寄せた時である。

ぎゃっ！

突然、悲鳴が聞こえ、目の前にいた八吉が立ち止まった。かと、思うと、梶棒《かじぼう》を落とし、あたふたと逃げていく。

突然、座席が傾いた林田長官は、ふらりと席から蹌踉《よろ》めいて、慌てて手摺《てす》りを固く握った。

「おい！　どうしたのだ！　戻って来い！」

走り去っていく八吉に向かって叫ぶが、八吉の姿は木陰の中へと消えてしまった。

「どうしたと言うんだ、全く……」

林田長官は呟きながら、車を降りた。こうなれば、歩いて山を下るしか仕方がない。そうして一歩、二歩と歩き始めたとき、木陰から何者かの影が林田長官の前に躍り出た。

途端に、林田は頭に強い衝撃を感じた、ぐらりと目が眩《くら》み、一瞬、体中の全ての機能が停止したかのようであった。

ふと気づくと、赤茶けた落ち葉が目の前に見えた。どうやら自分は倒れているらしい。激しい耳鳴りがしていた。林田の揺れ動いて定まらない視線の先に、ぬっと顔が現れた。ざんばらのおかっぱ頭。赤ら顔の醜く歪《ゆが》んだ顔。ぎょろりと飛び出た右の目玉。逆に潰《つぶ》れたように眇《すが》められた左の目。曲がった鼻、窄《すぼ》められ突き出た口。

——砥笥貢様！

林田長官は恐怖に打たれて心の中で叫んだ。

「天罰じゃ。お前達の行いの報いじゃ……」

耳鳴りの中で、嗄《しわが》れた声が微《かす》かに聞こえた。そして再び槌《つち》が振り上げられた時、道の向こうから数人の人影が現れた。

——おい！　何をしている！

男の声が叫んでいる。砥笥貢は、そちらに顔を向け、再び林田長官を睨《にら》んだ。

「今日はこれで勘弁しておいてやるわい」

砥笥貢神の影が、視界の中からふわりと去った。代わりに、男達の影が近づいてきた。

「大丈夫か？」

「今のは一体、なんじゃ！」

男達は、口々に言って、林田の体に手を伸ばしてきた。林田長官の意識は、其処《そこ》で、ぷつりと途絶えた。

次に目を覚ましたのは、真っ白な部屋の硬いベッドの上であった。ぼうっ、とした頭で辺りを見回すと、逃げたはずの八吉と医師と看護婦の顔がある。

「ここは……？」

林田長官の問いかけに、医師が答えた。

「余部総合病院の個室です」

「私は……一体、どうしたのだ？」

額を手で押さえながら呻《うめ》いた林田に、青ざめた顔の八吉が答えた。

「砥笥貢様ですよ。俺が車を引いていた時に、目の前に砥笥貢様が現れたのです。それで俺はもう怖くなって、車を捨てて逃げたのです。途中で、人が何人か連れ立って来るのを見て、咄嗟《とっさ》に声を掛けました。林田長官殿のことが心配でしたので……。その人達と一緒に来た道を戻りましたらば、長官殿が倒れてらして、側に砥笥貢様が立って居られたのです。俺達が近づいていくと、砥笥貢様は林の中へと姿を消してしまわれました……。そして見たらば、長官殿が血だらけになって倒れてらしたので、病院まで運んだのです」

八吉の震え声を聞きながら、林田長官の脳裏には自分を襲った、あの醜悪な祟り神の姿が蘇り、ぞうっ、と怖気《おぞけ》が走った。

「奥様をお呼びになりますか？　どういたしますか？」

八吉が林田の隣から覗《のぞ》き込んできた。

「いや、呼ばなくてもいい。それより今は何時だ？」

林田長官が訊ねると、医師が腕時計を見た。

「午後六時半ですね」

「六時半、帰らなければ……」

林田はベッドから起き上がろうと、上体を起こしかけた。それを医師が制した。

「駄目です。貴方《あなた》は重傷なのですよ。下手をすれば片目は失明しているかもしれない」

それを聞いて、林田長官は、やけに視界が悪いのに気づいた。そっと手を頭部にやると、包帯がぐるぐると巻かれているようだ。それは自分の左顔面にまで及んでいた。

て立ち上がった。

無性に厭《いや》な感じがした。矢も盾も堪《たま》らず、林田は自分を制している医師の手を振り切っ

「鏡は？　鏡は何処だ？」

林田長官は叫んだ。

「気を落ち着けて下さい」

医師はそう言ったが、林田長官は聞かなかった。

「いいから、鏡を、鏡を持って来い！」

看護婦が慌てて部屋を出て行った。

「今、鏡を持ってきますから、ベッドに横になっていて下さい」

医師にそう言われ、林田長官は再びベッドに戻った。それから暫《しばら》くひび割れたように痛む頭で考えた。そして八吉を振り返った。

「美鈴に、松尾寺での葬儀が出来るようになったから、村人に伝えて、用意をしておくように連絡しておいてくれ」

「分かりました」

八吉はそう言って、ぺこりと頭を下げると、こそこそと逃げるように病室から出て行く。それと入れ違いに、手鏡を持った看護婦が入ってきた。

「早く、早く鏡を貸してくれ」

林田長官の訴えに、看護婦が医師を見た。医師が目配《めくば》せをする。看護婦はそっと林田長

官に手鏡を持たせた。

林田長官が手鏡を覗き込むと、頭と左顔面に包帯をきつく巻かれた自分の顔が見えた。それが少し変である。鼻先の角度と唇との位置が、どうにもしっくり来ないのだ。

林田長官は手鏡を放して、自分の頭に巻かれた包帯の留め金をまさぐった。

「林田長官、いけませんよ。包帯を取るのは傷が完治してからでないと」

医師が優しく言いながら、林田長官の手を止めようとしたが、林田長官は、それを強固に拒んで、留め金を探し当てた。そして、それを外し、包帯をたぐり取っていった。

医師と看護婦は困り顔で、見つめ合っている。

すっかり包帯を外し終わったが、まだ何かが左目を覆っていた。ガーゼと眼帯であった。

林田長官はそれも外し、そろそろと鏡を手に取った。

鏡に映った顔は、左半分が内出血の為に青紫色に変色し、左目が陥没して潰れていた。

そして鼻の軸がぐにゃりと傾き、まるで鼻先が輪郭から飛び出そうに見えた。

うわあぁ。

林田長官は、自分の面相に怯《おび》えて、恐ろしい悲鳴を上げ、鏡を放り投げた。

パリン、と音がして壁に当たった鏡が割れた。その音とともに林田長官の心も割れてしまっていた。林田長官は、恐ろしい野獣のような声を上げ、枕や布団を投げた。それを必死で、医師と看護婦が押さえつける。

医師は大声で助けを呼び、人が集まってきた。そして、床に取り押さえられた林田長官の静脈に、麻酔注射が打たれたのだった。

※

八吉が馬耳村に帰る前に、林田長官を助けた親切な遍路の一人が村に立ち寄り、事の次第を村人達に話していた。

「そりゃあもう、恐ろしいお姿やったで、あれはもう化け物ですな。わてらが駆けつけて振り向いた時のその顔ときたら、ここの村の入り口にある道祖神の顔とまるっきり一緒でしたわ。それが素早く森の中へ消えていく姿ときたらもう怖い、怖い。林田という軍港の長官さんは、血だらけになって倒れておられたし、これは一大事やなと思うて、お伝えしておかなとここへ寄った次第です」

林田邸の大広間で、遍路の話を聞いた村の顔役達は、真っ青になって震え上がった。

「ついに長官殿まで天罰を受けただなんて、どうしたらいいもんか！」

高田村長が掠《かす》れた声で言う。

「早く砥笥貢様の怒りをとくしかないじゃろう」

オナミが低く呟《つぶや》いた。

「じゃが、実際に、神器も十日すぎにしか作れぬのだろう？」

「他に何か砥笥貢様の怒りを解く方法は無いのか？　オナミ婆」

村人達が、身を乗り出す。オナミは暫く目を閉じていたが、やがて、重い口を開いた。

「わしの家の『仕来り本』に、砥笥貢様の怒りをお宥《なだ》めする特別な方法が書いてあるにはあるが……」

「おお、それを教えてくれ！」

高田村長が身を乗り出す。

「是非に話して下さいな」

米が言った。

オナミは遍路を始め、村人全員をぐるりと見回した。

「秘密の神祀《まつ》りの方法じゃ。他所《よそ》の人がいる場所では口外できん」

オナミがそう言うと、遍路が立ち上がった。

「それならば、わてはこれで行かせてもらいます。後のことは、皆さんでよろしゅうに相談してくれなはれ」

遍路は、ぺこりと頭を下げると席を立っていった。皆が暫くその姿を見送っている。

「これで他所の者もいなくなったことだ。オナミさん話をしてくれんか」

高田村長が言った。

「これは秘術中の秘術なので、誰にでも話すわけにはいかん。わしが名を呼ぶ者だけが、わしの家に来てもらえんかのう？」

「おう、分かった。じゃあ、オナミさん。わしらの中から選んでくれ」

のである。

高田村長がそう言うと、オナミは数名の者を名指しした。そして林田邸から出て行った

——丁度、良かったのか……。悪かったのか……。


彼らを見送った美鈴が、小さく呟くのを慎吾は聞いたような気がした。

「えっ？　なんですってお母さん」

慎吾が驚いて訊《たず》ね返すと、美鈴は慎吾を振り返って微笑んだ。

「どうしたの慎吾さん。何も言ってはいなくてよ」

「本当に？」

「ええ、慎吾さんの空耳じゃないのかしら？」

慎吾は余りに美鈴が平然と言ったので、では、自分の空耳であったのかと考える。

なぜ、そんな空耳が聞こえたのかしら？　と思う。恐らく自分は、父が砥笥貢神に襲われたと聞き、酷《ひど》く不安であった。その割に母が動揺していないことに違和感を覚えていた。顔役達が帰った後、考え顔でいる母のことをじっと見詰めていた時だったから、妄想が膨らんで、そんな空耳が聞こえたのであろう……。慎吾は納得した。

「奥様、八吉が戻ってきました」

手伝いの姉やがやって来て告げた。

「そう、ここへ通して頂戴《ちょうだい》」

美鈴が言った。

暫くして部屋に入ってきた八吉は、冬だというのに、大汗をかいていた。

「林田は、どんな具合です？」

美鈴が訊ねると、八吉は首から下げた手拭《てぬぐ》いで顔を拭《ふ》きながら、座敷に正座した。

「長官殿は重傷です。命に別状はないようですが、頭の打撲が酷くて、八針も傷口を縫いました。それから左目はほぼ失明だそうです」

「そう……」

美鈴は眉《まゆ》を顰《ひそ》めた。

「長官殿から奥様に伝言を預かっております。言蔵さんと抄造さん夫婦の葬式の件ですが、明日、松尾寺で行うことになったので、その手配を奥様がなさるようにということです」

「分かりましたわ」

美鈴は至極冷静に答えた。

「お父さんを襲ったのは、本当に砥笥貢様だったんですか？」

慎吾は堪《たま》らなくなって八吉に訊ねた。

「そっ、そうですとも、ぼっ、坊ちゃん。俺が長官殿の車を引いて、山道を下っていた所に、と、と、と、砥笥貢様が林の中から突然、現れたんですよ。例のお姿で、槌《つち》と鑿《のみ》を手に持って……。も、もう、俺は小便をちびりそうになって、思わず逃げ出したんですが、長官殿のことが気になって、通りすがりの人に頼んで、いっ、いっ、いっ、一緒に引っ返したんです」

八吉は、少し上擦ってつっかかりながら言った。慎吾は自分のしでかした事で、ついに父にまで災いが及んだのかと、蒼白《そうはく》になった。

「それでまた、砥笥貢様は林の中に逃げたんですよね。どちらの方向に逃げたのか、分かりますか？」

美鈴が訊ねる。

「まっ、まさか、だっ、誰も砥笥貢様の行方まで追いかけようなんてものはいませんよ」

八吉が答えた。美鈴が溜息《ためいき》を吐く。

「そう、そうだわよね。それで、今、林田には面会出来るの？」

「そ……それは……」

八吉は口籠《くちご》もって、慎吾をちらりと見た。そして、美鈴ににじり寄ると、その耳元で何かごそごそと囁《ささや》いている。慎吾はその間中、何が話されているのかと、どきどきした。

八吉が話し終わると、美鈴が深く頷《うなず》いた。そして一寸《ちょっと》、考え顔になる。

「お母さん、どうしたのですか？」

慎吾が訊ねると、美鈴は、じっと慎吾を窺《うかが》うように見た。そしておもむろに口を開いた。

「……慎吾さん、ようく聞いて頂戴な。お父様は、襲われた時の恐怖や、怪我の酷さのせいで、精神状態が良くなくて、取り乱しておられるようなの。本当ならば私が行ってお宥めしなければならないのだけれど、葬式のことをお父様に命じられているから、私は動けないわ。だから是非、慎吾さんに余部に行ってお父様を看病してきて欲しいの。葬式が終われば、私は自由に動けるから、三日もたてば行けるでしょう。その間、慎吾さんに病院にいて欲しいのよ」

それを聞くと、八吉は、驚いた声を上げた。

「いっ、いいんですか？　奥様。あんな惨い状態の長官殿と坊ちゃんを会わせて……」

慎吾は、その言葉を聞いただけで、父がどんな状態になっているのかと卒倒しそうになった。

「仕方がありませんでしょう？　このことは慎吾もずっと知らずにいることは出来ないのですから、始めの覚悟が肝心ですわ。慎吾さん、貴方《あなた》は男の子なのですから、何があっても、驚いてはいけませんよ。ちゃんとお父様の側にいて、お慰めしてあげて下さいね」

美鈴に、見詰められて、慎吾は力無く頷いた。

「じゃあ、お疲れでしょうけれど、八吉さん。慎吾を林田のところに送り届けて下さいな」

「分かりました。じゃあ、坊ちゃん」

八吉が慎吾の腕を取り、立つように誘《いざな》った。慎吾は渋々と立ち上がり、八吉に導かれて玄関に停まっている人力車に乗り込んだ。

車が、ゆっくりと動き出す。慎吾は走る車の中で、家を何度も振り返った。家が小さくなっていくにつれ、不安が大きくなっていく。

美鈴と離れる不安。これから自分を待ちかまえている惨い現実への不安。慎吾の小さな心の中で、それらがひしめき合っていた。

5

——可哀想に……。

慎吾を乗せて去っていく人力車を見ながら、玄関口に立っていた桂は呟いた。

それにしても、牛が食われた挙げ句、林田長官までもが砥笥貢神に襲われるとは……。

桂は考え込んだ。朱雀の言葉を借りて言うならば、今回の一件も、言蔵の時と同じく特殊な天罰のあり方だ。林田邸が燃えたのではなく、林田長官一人が、砥笥貢神に直接、襲われた。

目撃者の言うことを信じるならば、槌と鑿を手にした砥笥貢神に林田は襲われ、頭部と左顔面を負傷したということになる。となると、言蔵の面相を砕いたのも、やはり砥笥貢の槌であろうか？

その時、ふと桂は玄関口に脱がれている美鈴の靴を見た。白い靴がかなり汚れている。遠出をしていたのであろうか？　桂は、美鈴の靴に手を伸ばし、その裏を見てみた。泥が激しく付着している。その付着した泥の中に緑色の物が見えた。それを摘《つま》み上げてみる。

松の葉であった。そう言えば、朝方から昼までの間、ずっと美鈴の姿を見ていなかった。また写真でも撮りに出ているのだと思ったが、もしや山に行っていたのではないだろうか？　桂がそう考えた時だ。

「何をしているのですか？」

後ろから声が掛かった。どきりとして振り向くと、後木が立っていた。

「後木君か、驚いたよ。丁度いい、ちょっと見てくれないか」

桂はそう言って、美鈴の靴を後木に差し出した。

「後木君なら分かるんじゃないだろうかな？　この靴の底に付着している泥が、何処の泥なのか……。遠くの場所のことはいい。この付近の土と比べてみてくれないか？」

桂は、噛《か》み砕くように言った。

後木は無言で、美鈴の靴を眺めて、暫《しばら》く目を瞬いていた。

「靴に付着している粘土質の赤土は、馬耳村周辺によくある培養土です。赤土や田土を主に、腐葉土や堆肥《たいひ》を混合したもので、独特の匂いがしますからすぐに分かります。その中に、紫蘇輝石《しそきせき》、翡翠輝石《ひすいきせき》、花崗岩《かこうがん》ペグマタイトがあります。これは松尾の付近に多い石粒です。また、さらに斜長石《しゃちょうせき》、斜方輝石《しゃほうきせき》、磁鉄鉱などが見受けられます。これらは砥笥貢様の釜《かま》の辺りによくある物です」

「ということは、つまり美鈴さんは今日、此処《ここ》から青葉山の砥笥貢様の釜まで、移動したということになるわけだ……」

桂は、美鈴の靴を再び玄関に置き、客室へと戻った。後木は黙ってついてきた。後木のことだ、朱雀に何を命じられ、自分を監視しているか分かった物ではない。

火鉢の側に腰を下ろすと、後木もその向かいに腰を下ろす。後木の鋭い目線に、少し息苦しさを感じながら、桂はここ数日の事の顚末《てんまつ》に対して思いを馳《は》せた。

こんな辺鄙《へんぴ》な村で、放火だの殺人だのを起こして、朱雀や美鈴は一体、何をしようというのか？　それに林田長官が襲われた一件にしても、美鈴が某《なにがし》か噛んでいるに違いない。そうでなければ、今日、美鈴が砥笥貢の釜まで行く理由がない。だが、放火や殺人までもならば人がなせる仕業であるかもしれぬが、今朝のあの牛の死骸《しがい》はどうしたということだ。美鈴が、あるいは朱雀だったとしても、華奢《きゃしゃ》な彼らが、牛を一頭、あのような状態にすることなど不可能であろう。

砥笥貢神……。

アレが牛を食らったのだ。

そして、朱雀と美鈴と、アノ不気味な砥笥貢神の発現とが何か関係していることは確かだが……。

桂は頭を掻《か》きむしった。現実と、非現実がない交ぜになり、どうにも事の整理がつかない。

朱雀や美鈴が、砥笥貢神の行動をどうしてだか左右出来るというのであれば、それは犯罪になりうるのか？

例えば、『呪い』を掛けた相手が実際に死んだとして、現法律では、呪った者を殺人罪には問えない……。全ての仕業が、アレのせいなのであれば、犯罪は成立しないのだ。そしてアレの仕業であれば、自分の力ではどうにも出来ない事を桂はすでに経験している。どこまで自分だけで処理出来るものなのか、自信がなかった。だが、今宵は何かが起こる予感がある。無力であるにしても、何にしても自分は検事として出来るだけ事の確認をしなければ……。

桂は、ふうっ、と溜息を吐き、ポケットの煙草を取りだした。

その頃、村の古老達はオナミの家に集まっていた。

狭い家である。十数人の古老達が、ひしめき合って、囲炉裏部屋にいた。

「貴人《とうとびと》か、美しい生娘《きむすめ》を砥笥貢様に生け贄《にえ》に捧《ささ》げる？」

高田村長が、声帯の強張《こわば》った声でオナミに訊《たず》ねた。

オナミが頷く。

「そうじゃ、村の言い伝えによると、砥笥貢様が怒りを見せられた時は、貴人《とうとびと》か美しい生娘を神棚の前の御柱に縛って、三日三晩、その神前に晒《さら》し、それから鑿と槌で頭を砕いて殺し、それを一昼夜放っておいて、砥笥貢様の捧げ物にしたという……」

「それで本当に、砥笥貢様の怒りが解けるのか？　オナミ婆！」

村人達が口々に訊ねた。オナミは神妙に、皆の顔を見回した。

「秘伝によればそういう事じゃ。それしか何も出来ぬ……」

高田村長を始め、村人達は顔を見合わせた。

「美しい生娘というと、定義《さだよし》さんのところの初音《はつね》あたりか？」

誰かが言い出した。

「じゃが、あの子は村でも少ない若い女だぞ、それを殺してしまうのか？」

疑問を投げかける者がいる。

「あの子は、いい子じゃ、わしは殺しとうはない」

「そうじゃ、村の男の結婚相手が居なくなるのは良くないことじゃ」

「それに、検事さんがいるというのに、そんな事をしては、ばれて大事《おおごと》になるのじゃないか？」

反対意見が上がった。暫く、皆が険しい顔をしていた。

「……ならば、いっそあの検事さんを砥笥貢様に捧げてはどうか？」

誰かがぽつりと言った。誰が言ったのかは分からなかったが、皆はその言葉に固唾《かたず》を飲んだ。

「それはいい考えかもしれん。検事さんと言えば、貴人《とうとびと》だろうし、皆で口裏を合わせて協力すれば、行方知れずになったという事に出来るだろう」

賛成する者がいた。皆が頷《うなず》き合う。

——確かに……。


「それに片方の検事さんは今いないし、一人であれば拐《かどわ》かしやすい」

皆の傾いた気持ちを、固めさせる意見が出た。

高田村長は、ぼうっとした顔で、顔の片側をごしごしと擦った。

「検事さんを生け贄にするとは……。本当にそれでいいのか？　オナミ婆」

訊ねられたオナミは、神棚に向かい、神妙に手を合わせて目を閉じた。そして、まるで何かの声が聞こえるかのように、時折、頷いた。暫くして、オナミが顔を上げた。

「検事さんなら、生け贄に値すると、祇笥貢様は仰《おつしや》っている。ここは、わしら年寄りが、罪を背負うて責任を取る覚悟でやらねばなるまい」

その一言で、皆は頷きあい、覚悟を決めた。

「よし、ならばどうやって、あの検事さんを拐かすか、相談しよう」

高田村長が低い声で言った。たたでさえひしめき合っている村人達が、なおさらオナミと高田村長を中心に身を寄せ合っていく。

「暴力でねじ伏せるのは難しかろう。検事さんであれば、やはり強かろうし、騒ぎになれば人目につくし、万一、逃げられでもしたら、大変な事になる」

「そうじゃのう、ではどうする？」

皆が低い声で、ああでもない、こうでもない、と言っている間中、オナミけ目を閉じて、じっとしていた。そして皆の話が行きつ戻りつして、滞ってしまった間合いを見計らうようにして、オナミは動き出した。

神棚の下に置かれていた飾り金具のついた古い木箱を取りだし、そっとその鍵《かぎ》を開ける。箱の中身は、様々な色の紙で包まれた漢方薬のようであった。漢方薬特有の匂いが辺りに漂う。オナミはその中から赤い紙包みを取り出し、皆に示した。

「ダチュラじゃ」

オナミのその一言に村人がしんとする。誰も、そんなようなものは知らなかった。

「ダチュラとは何なんじゃ、オナミ婆」

高田村長が訊ねる。

「少量飲めば、痛み止めに効く。喘息《ぜんそく》などにも効く、だが、程よい分量を飲めば滅多なことで目覚めない深い眠りにつく、量を誤って飲めば錯乱する」

オナミの説明に、皆の目は、オナミの手にする赤い包みに釘付《くぎづ》けになった。

「そっ……それでどうする？」

高田村長が訊ねた。オナミは鋭い目を高田に向けた。

「幸い明日は葬式じゃ、村の者は皆、松尾寺に行って村は空になる。騒ぎを立てずに、わしらも動きやすい。ダチュラをあの検事さんの口に含ませるのじゃ、そうすれば明日の朝方、あの検事さんは暫くは身動きが出来なくなる。その時に、此処《ここ》にいる者が、そっと抜け出して、砥笥貢様の神社まで運ぶのじゃ」

「なるほど、それでわしらは松尾寺の何処か近くに一緒にいて、検事さんのことは知らないと言い通せばいいんだな」

高田村長が言った。オナミは深く頷き、皆にも目配せをした。

6

「祟《たた》りだ！　美鈴を何とかしてくれ！　計画を止めるんだ！」

林田長官は両手両足をベッドに縛り付けられながらも、口から泡を飛ばして叫んでいた。

慎吾は恐ろしかった。父の変わり果てた面相も、ぎらぎらと狂気に満ちた目も、時折、ぎしぎしと軋《きし》むベッドの音も。

「落ち着いて下さい、お父さん。何が言いたいんですか？　お母さんをどうすればいいんですか？　計画ってなんですか？　分かるように言って下さい！」

必死になって訴える慎吾に、林田長官が、ぐるぐると犬のように唸《うな》った。

「美鈴！　お前は私をそんなに怨《うら》んでいたのか！」

慎吾は、びくりとした。

「お父さん、お母さんはいません。僕、一人です。どうしてお母さんが、お父さんを怨んでいるなんて言うのですか？」

林田長官が、ぶるぶると頭《かぶり》を振った。

「このままでは砥筒貢様が村を焼く！　あれを止めなければ！」

「止めるって！　何を止めたらいいんですか？」

慎吾の問いかけに林田長官は、いきなり耳を劈《つんざ》くような悲鳴を上げた。何度も、何度も上げた。耐えかねた慎吾が、両手で耳を塞《ふさ》ぐ。その背中を医師が押して、慎吾を病室の外へと向かわせた。

まだ背中の方で聞こえている林田の悲鳴に、慎吾は震えながら、「お父さんは一体、どうしてしまったんですか？」と、医師に尋ねた。

「全く、君としては辛《つら》いところだろうね、ずっとさっきからあのような具合なのだよ。精神的に異常をきたしたのか、頭部への打撲が原因で、脳が損傷したのか、原因はまだハッキリとはしていない。鎮静剤も打ってはみたが、あの調子だ。暫《しばら》くは様子を見てみるが、状態が変わらなければ、閉鎖精神病棟に送らなければならない……」

閉鎖精神病棟と聞いて、慎吾は酷《ひど》く衝撃を受けた。あの立派だった父が、そのような病人になってしまうなんて、彼には受け入れがたい現実であった。

「閉鎖精神病棟に入れるだなんて、待って下さい」

慎吾は縋《すが》り付く思いで、医師を見た。

「勿論《もちろん》、無断で送院したりはしないよ。ちゃんと、お父さんのお身内で成人の方に相談してからの事だ。それに、もしご家族がそういったことを希望しないのであれば、家に連れ帰って面倒を見てもらってもいいのだよ。しかし、あの状態で、家で面倒を見るとなると、本当に大変な事であろうと思うよ。それは覚悟しなければいけないだろうね」

医師の言葉に慎吾は頷いた。あのような父であったとしても、自分は覚悟して面倒を見ることが出来るだろう。しかし、母はどうだろう？　無論、母は優しい人だから、あのような父でも受け入れられると信じたい。でも、さっきの父の言い草によれば、父は何か母に悪戯をしたようである。そして母を妻にした。それは慎吾が漠然と感じていた父と母の間に流れる不自然な空気を裏打ちする言葉であった。ならば、母は去って行くかもしれない。

慎吾は、チリチリとした焦燥感を覚えた。そして、母が去って行かないように、父が程なく正気に戻る事を祈る思いで願った。

それにしても、父の言う計画とは何なのだろう？　砥笥貢様を怒らせるような事を父が計画していた……。

慎吾は廊下に置かれている長椅子に座り、深刻に考え込んだ。

父の身に災いが降りかかったのは、自分が砥笥貢様の神器を盗むという大罪を犯してしまったからではないかという思いに、病院に来る道々、苛《さいな》まれてはいたが、父まで何か大罪を犯していたというのだろうか？

だとしたら、父が言うように、自分が父に代わって何とかしなければならない。だけど、何をしたらいいのだろう？　今の父の状態では、詳しい事を知る由もない。

慎吾は頭を抱え込んだ。

医師が、同情するようにその肩に手を掛けた。

「悩む気持ちは察するよ。さぞかし傷心なことだと思う。しかし、君のような子供が悩んでも仕方がないことだ。とにかくご家族と相談したいのだが、お母さんは、二日後にしか来られないのだよね？」

「ええ……」

「他のご親族はいないのかね？　例えばお祖父《じい》さんだとか、お祖母《ばあ》さんだとか？」

「大人の人達は、ここ二日、葬儀が重なって動けないのです。大丈夫です、先生。僕が暫く父に付き添いますから。お母さんにも、そう言われていますから」

慎吾は、覚悟を決めて言った。こうなれば、父から、どうにかして話を聞き出さねばならない。砥笥貢様の祟りであったとしたら、その祟りを鎮めさえしたならば、父も正気に戻るかもしれないのだ。それまで、父のこんな姿は、母に見せたくはない。もし、それで母が去ってしまったら大変だ。

「君一人で、大丈夫かね？」

医師は心配そうに訊《たず》ねた。

「はい、もう中学の四年です。大人と同じですから」

慎吾は、口を一文字に結んだ。

※

彼女は、ぼんやりと林の中の空き地に佇《たたず》んでいた。

地面の底から、めらめらと赤い炎が燃え上がってくる。

死者の苦悶《くもん》と怨念《おんねん》の声が聞こえてきた。

彼女は、その声に対してしっかりと頷《うなず》いた。

砥笥貢様が祟っているのは当たり前の事だ。

こんな罰当たりな村は、滅びて当然なのだ。

しかし、あと数日……。

あと数日で、砥笥貢様の怒りは鎮まり、天罰は下らなくなる。

それまでに、罪深き者達に裁きの判断を下されればいいのだが……。

彼女がその事を危ぶんで砥笥貢神に念じていると、松の木《こ》の下闇《したやみ》に、朦朧《もうろう》と影が現れ出た。

それは、赤黒い狭霧のような人影であったが、みるみるしっかりとした輪郭を取っていった。

ざんばらのおかっぱ頭。赤ら顔の醜く歪《ゆが》んだ顔。白い狩衣《かりぎぬ》の下からは足が一本だけぬっと出ていて、手には、小槌《こづち》と鑿《のみ》を持っている。

砥笥貢様……。

彼女は、その姿を見て拝んだ。

――罪人には、罰を下す。

砥笥貢神が言った。

「そうですとも砥笥貢様、罪人達は罰してしまって下さい」

――罪人には、今日、罰を下す。

「今日？　今日でございますね」

彼女は、喜びの声で答えて、地面に平伏《ひれふ》した。砥笥貢神の姿が、みるみる消えていく。

だが、彼女は満足だった。

罰は、下されるのだ……。

7

桂は再び気を取り直して事の真相を探ろうと思った。それで目の前で四角くなって座っている後木に語りかけた。

「後木君、済まないが長谷川隆太郎が海に浮かんだ時から現在までの君の知っている事を教えてくれないか？」

　後木は頷いた。そして例の調子で滔々と語り始めた。

「私は、長官の命令で、長谷川隆太郎の様子を窺《うかが》っていました。長谷川隆太郎が海に浮かぶ前日のことでした。私は洗面所のところに隠れて長谷川の部屋を見張っていました。洗面所は三センチ角のタイルが張られています。タイルの色は淡い水色と桃色です。蛇口は三つあります。二つ目の蛇口は最近取り替えた物で、新しくぴかぴかひかっています。その下には洗面器が置いてありました。ブリキの洗面器です。この洗面器は旅館の備え付けので長谷川の物ではありません。その五分の一ほどまで水が入っていました。一時半まで待ちましたが、長谷川は部屋から出てきませんでした。私は普段、十二時半きっかりに食事をすることにしています。それでお腹が空《す》いたので、食事をしに家に帰ろうと思いました。旅館の入り口を出る時、三人の見慣れぬ男が、長谷川の泊まっている旅館に入っていく所でした。一人は白っぽい灰色のコートを着ていて、黒いズボンを穿《は》いていました。もう一人は群青《ぐんじょう》色のコートを着ていて、暗灰色のズボンを穿いていました。そしてもう一人は鼈甲《べっこう》の眼鏡を掛けていて、茶色のコートを着ていました。そして紺色のズボンを穿いていました。私は自宅に戻って、母が用意してくれていた昼食を食べました。その内容はおかずは塩鮭の焼いたものと、山菜の炊き合わせ、そして若布《わかめ》のお味噌汁《みそしる》です。塩鮭は少し焼きすぎていて、尻尾《しっぽ》の方がやや焦げていました。私が昼食に要した時間は、十八分三秒ほどです。それから私は再び長谷川の泊まっている旅館に行きました。その道の藁屋《わらや》のところで、砥笥貢の神様の姿を見ました。私は非常に恐ろしく、厭《いや》な感じを覚えました。それで急いで走りながら、長谷川の泊まっている旅館に向かったのです。砥笥貢の神様は旅館の明るい光を見る頃になると、やっとその姿を消して下さいました。私は旅館に上がり、洗面所に入っていきました。ブリキの洗面器の位置が少し変わっていました。水も殆《ほとん》ど入っていませんでした。歯を磨いた様子ではありませんでした。何処にも歯磨きの粉は散っていませんでしたし、排水口のところに白い泡が溜《た》まっているということもありませんでした。長谷川の部屋の方を見ると、扉の近くに少量の水が零《こぼ》れていました。長谷川の部屋にはそれからずっと動きはありませんでした。八時近くになったので、私は旅館の宿帳を確認しました。宿帳にはそれまで泊まっていた客以外の名前は記されていませんでした。それで私は家に帰って夕食を摂《と》りました。その内容は若布の味噌汁。秋刀魚《さんま》の焼いた物。これはいつもより少し焦げた感じでした。そして、大根と白菜の古漬け、白米です。私はおよそ十二分ほどでこれらを食べ終わりました。その間中、家族とは一切、口を利いていません。私は、新聞を読むことにしました。まずは検事局の新陣容という記事がありました。『右翼思想部』と書かれていて、その部長には木内《きうち》検事がなったということです。記事は、東京地方検事局では二十六日から、検事正室に部長会議を開き、昭和九年の新春に備える検事局の陣容について話し合われた。各部の構成について討議の結果、従来の思想部を第一思想部として、左翼事件を担当せしめ、新たに右翼思想部を設け、その部長を木内検事と決定しようというものである……」

後木は新聞の内容を棒読みし始めた。

「後木君、新聞の事はいいから、新聞を読み終わった後の話をしてくれたまえ」

桂が言うと、後木は頷いた。

「新聞を読んだ後は、林田長官の奥様がやって来て、私の家の家族写真を撮って下さいました。全部で、三枚ほども撮って下さいました。その後、私はすぐに自分の寝室に行き、二日ほど洗っていない寝間着に着替えました。そして就眠したのは九時辺りであったと思われます。これは時計を見ていたわけではないので、不確かな事です。それから私は、声を聞きました。その声は、こんな風です。

――へそを、弄《いじ》ると小金が、ぽろり
――へそを、弄ると小金が、ぽろり
声の調子は、まるで美々津オナミさんのように感じられました。そして私は見ました。ざんばらのおかっぱ頭。赤ら顔の醜く歪んだ顔。その顔全体の軸が歪んでいる上に、右の目玉が飛び出ていて、逆に左目は潰《つぶ》れたように眇《すが》められています。曲がった鼻、口は窄《すぼ》められ、唇が突き出していました。祇笥貢様だと直ぐに分かりました。祇笥貢様は、白い狩衣を着て、小槌と鑿を振り上げながら、一本足で乱れ踊っておられました。その背後で、突然、炎がめらめらと赤く燃え上がります。

――天罰じゃ、天罰じゃ。村を燃やしてしまおうぞ！

山を燃やしてしまおうぞ！

砥笥貢様はそう仰《おつしや》いました。その時に、私は目覚めました。最初、全ては夢だったのかと思いましたが、砥笥貢様は、目を開けた後でも、暗闇の中で、立っていらっしゃいました。私は両目を擦《こす》って、再び、砥笥貢様の姿を確認しました。砥笥貢様は、最初の時より、ずっと私の近くにいたのです。私は恐ろしくなって、砥笥貢様から逃げようと、寝室から飛び出しました。

しかし、砥笥貢様は私を追ってきたのです。私は非常に焦りました。廊下を走り、玄関に出て、後を振り返りました。でも、やはり砥笥貢様がいるのです。堪えられず、私は外に飛び出しました。村は静まりかえって、電灯のついている家もなく真っ暗でした。私は追ってくる砥笥貢様から逃げる為に、細い道を逃げまどいました。ですが、砥笥貢様の姿は、小さくなったり、大きくなったりしながら私の側から離れませんでした。私はいつの間にか、家畜にやる藁《わら》の山に突っ込んでいました。ぶるぶると震えながら、藁の中から周囲を見ると、やはり、砥笥貢様の姿がありました。しかも一人だけではなく、遠くに近くに、三人も立っていました。その時、私は自分の掌《てのひら》に硬く冷たい物が当たっているのに気づきました。それを握りしめて、自分の目の前で拳《こぶし》を開いてみると、オイルライターだったのです。そのような洒落《しやれ》た物を持っているのは林田長官だけです。何故こんな所にあるのだろう？　と思いました。オイルライターを見つめると、その鈍い光沢のあるライターの面にも、砥笥貢様の顔が、はっきりと映っていました」

「藁屋に林田長官のライターが落ちていた？　その長官のライターを奥さんである美鈴さ

んが持ち出す事は可能かね？」

後木は暫《しばら》く考え、「可能だと思います」と、答えた。

桂は、考え込んだ。美鈴が現れ、そして後木の前に砥笥貢神が現れ、それから稾屋でライターが見つかった。やはり美鈴が放火と絡んでいるに違いない。

「それから、次に君が砥笥貢神を見たのは何時の事かね？」

桂の問いに後木は目線を泳がせた。それまでの経緯を彼なりに消去しているのだろう。

「正月元日のことです。村の皆で写真撮影をするからということで私は林田長官の家に来るように言われていました。その道の途中で、私は動けずにいました。何故かというと、道の曲がり角にある木の下に、砥笥貢様が立っていたからです。どうやら、立って私を待ちかまえているようでした。このまま行けば砥笥貢様に捕まってしまうに違いない。しかし、これから林田長官の邸《やしき》に行かなくてはならない。それには、どうしても、その道を通らなければならない。どうしたものかと、私は悩んでいたのです。そう思って砥笥貢様を見ていると、そのお姿が、微妙に変化していきました。私が驚きながら、それを見ていると、歪《ゆが》んだ顔は徐々に朱雀先生のお顔になり、同時に狩衣は白いマントに変わったのです。それで私には、朱雀先生が神様なのだということが分かったのです」

桂は後木の発言に、驚いて咥《くわ》えていた煙草を落としそうになった。一体、朱雀とは何者なのだ？

「それで、それから朱雀さんはどうしたんだね？」

「朱雀先生は、私に長官の奥さんのことをお尋ねになりました。最初は、こう言われました。『やあ、後木さん。というか、後木君と呼ばせてもらってもいいかな?』そう言って、朱雀先生は私の方に歩いてきました。『はい、朱雀先生、構いません。長官のように、後木と呼び捨てで結構です』と、私は答えました。『君は僕の部下ではないから、呼び捨ては余りに失礼だ。まずは後木君といこう』そう言いながら、朱雀先生は私の目の前に立ったのです。私は先生の美しい顔に見惚《みと》れました。そして、砥笥貢様に対する不安感や恐怖感が失《う》せていったのです。『君は、林田長官の細君と、なかなかに仲が宜《よろ》しいのだってね』朱雀先生はそう言われましたが、私にはどういう意味なのかよく分かりませんでした。すると、朱雀先生は言い直されたのです。『これは失礼。違う言い方をするよ。君は誰とよりも林田長官の細君と、よく話をしているのだろう?』と、これは良く分かりましたので、私もすぐに、『はい、私は他の人と話す回数よりも、林田長官の奥様と話すことが多いです』と答えました。すると、朱雀先生はこう言われました。『僕に林田長官の細君のことを教えて欲しいんだ。まず、あの人と出会った時のこと、そしてあの人が幸福にしているかどうかということ……』私にはまた良く意味が分かりませんでした。すると先生がこう言われました。『嗚呼《ああ》、こんな言い方じゃ君には伝わらないね。では後木君、林田長官の細君、つまり美鈴さんを最初に見た時のことを話してくれたまえ』それで、私は答えたのです。『私が奥様を最初に見たのは、大正十四年の四月二十二日、午前十時十二分のことでした。場所は港と倉庫の丁度中間くらいです。その時の奥様は浅黄色のワンピースを着てらっしゃいました。髪の毛は長くて腰までありました。頭には白い鍔広《つばひろ》帽子を被《かぶ》っていらして、靴も白い靴を履いてらっしゃいました。肩には鳥が一羽留まっていました。左腕にカメラを持ち、右手を肩のところにやってらっしゃいました。港で見たことがあるのは雀や鳩、オオミズナギドリ、海燕《うみつばめ》、千鳥などです。ですがその鳥はそのどれとも違っていて、体長は三十二センチ余り、ウズラのような模様をしていて、下嘴《したくちばし》も目も赤でした。尾は極めて短かったです。私は図書館の鳥類図鑑を見ていますが、このような鳥は記憶になかったので驚きました。奥様はその鳥に餌をやってらっしゃったのです。餌は黄みを帯びた粉末でした……』」

　ああ、『五平』……、あの鳥……。桂は朱雀の手の中で、餌をつついていた五平の姿を思い出した。

　それにしても、後木からまで、美鈴と林田長官の間柄がどのような関係か聞いていたとは、朱雀の美鈴に対する執着は並ならぬものだ。

　もしや……？　と、桂は思った。朱雀は病院にいると後木を通じて伝えてきたが、本当は寝込んでいるなどというのは嘘で、林田長官を襲った砥笥貢神は朱雀だったのではないか？　朱雀が砥笥貢神なら、そういうことになるだろう。動機は嫉妬《しっと》だ。林田を亡き者にすれば、美鈴が自《おの》ずと自分の物になる。

　では、美鈴が青葉山にあの日、行っていた訳は？　朱雀と会う為だったのだろうか？　そして二人は相談をして、邪魔な林田を殺そうとした……。否、なんだか変だ。朱雀が砥笥貢神だって？　なんでそんな物が検事局にいて、人妻と恋をし、警官を殺したりするんだ？

骨ばかりになった牛の死骸《しがい》の様子が蘇《よみがえ》った。

桂の頭は混乱した。その間も、後木は朱雀に語った美鈴の話をずっと続けていた。

なんだか、頭がふらふらとする。

――お邪魔いたします。お茶をお持ちいたしました。

米の声が聞こえ、襖《ふすま》が開いた。卓袱台《ちゃぶだい》の上に、湯気の立った湯飲みが、一つ置かれた。

喉《のど》が渇いている。丁度いいタイミングであった。桂は湯飲みに手を伸ばし、それを呑《の》みながら、止めどもない後木の話を聞いていた。

「それから、藁屋《わらや》で火の手が上がりました。私は鎮火活動に参加していました。火の燃える状態から見ていると、風は珍しくその日、西南西の風でありました。その後、長官の奥様が匂いで気づいたと聞きました……」

桂の脳裏に、何かピンと来るものがあった。

「後木君、一寸《ちょっと》、待ってくれたまえよ。本当に、西南西の風であったのかい？」

後木の目が、一瞬、空中を凝視した。まるで其処《そこ》に何かの光景を見ているような様子である。そして後木は頷《うなず》いた。

「間違いありません」

桂は首を捻《ひね》った。林田の家から南にある藁屋で火があがり、その時、風が西南西に吹いていたとしたら、火の手の匂いが林田の家に漂ってくるというような事はありえない。すると、美鈴が匂いで気づいたという話は信じられなくなる。

やはり美鈴が放火の犯人で、藁屋で火が出ていることを知っていて、自分があたかも匂いで気づいたという風に振る舞ったとしか考えられない。

頭が、もやもやとしてきた。桂は目を閉じ、親指と人指し指で、目頭を押さえた。

瞼《まぶた》の裏に、赤い炎が燃え上がる。その炎の向こうから、一本足の砥笥貢神が、跳ねるようにしてやって来た。


――天罰じゃ！　天罰じゃ！

不気味な声が響き、砥笥貢神の姿が、ぐねぐねと変形する。そして、それはいつしか朱雀の姿になっていた。

第六章　青葉山が燃え上がる時

1

桂は行燈《あんどん》の灯《あか》りだけの部屋で、ぼうっと片膝《かたひざ》を立てて座っていた。

気づけば、いつの間にか布団の中にいて、眠ってしまっていたのだ。後木の話を聞いていて、うたた寝してしまった自分を、誰かが気遣って布団に寝かせてくれたようだ。

そして、今さっき目が覚めた。

なんということだろう。こんな非常時に、どうかしている。桂は酷《ひど》く不安に駆られて、そっと立ち上がり、襖を開いた。廊下も暗い。硝子《ガラス》越しに見える村の様子もすっかり深夜と見えて、家々の灯りという灯りは消えている。

(今は何時なんだ?)

桂は慌てて部屋に舞い戻り、枕元にきちっと畳まれている自分の服に置かれた腕時計を手に取った。時計の針は十一時過ぎを示している。

(これはいけない……。もう既に何かが起こってしまっているかも……)

桂は服を着替え、まずはそっと足音を忍ばせて美鈴の部屋の方へと向かった。

同じ襖戸が続く暗い廊下をぐるりと歩いていると、何か一歩も自分が前へと進んでいないような、或《あ》るいは迷路を彷徨《さまよ》っているような錯覚に襲われる。

こんなに遠かったか？

桂は不審に思いながらも、美鈴の部屋とおぼしき所の前に立った。そして襖に耳を押し当てた。何の物音もしない。こんなに暗いから寝てしまっているのかもしれない。

そっと、心持ち襖を開いてみる。中を覗《のぞ》いてみるが、暗くて何も見えなかった。

どうしても確かめずにはいられない気分になり、桂は大胆な行動に出た。襖を開き、部屋の中へと侵入したのだ。静かに静かに、手探りしながら歩を進め、布団とおぼしき物に突き当たった。そっと探ってみる。人が寝ているような気配がない。桂はそれを確かめると、今度は行燈を探り当て、灯りをつけた。

分厚い布団が敷かれていた。しかし掛け布団は半分めくれ上がり、其処《そこ》には誰も眠っていなかった。その状態から見て、美鈴が寝たふりをして、人々が寝静まった後、抜け出したに違いなかった。

桂は急いで外へと飛び出した。何かおかしな事はないか、周辺をぐるり見回してみる。

長時間の降雪があった様子で、辺りは雪が深く降り積もっていた。その白い雪の表面を、まるで走馬灯の影のようにして、今までの事情が、光景が色々に回り展開する。

村の雰囲気が、どこか何時もとまるで違っていた。ただならぬ何かの気配が、目に映るでも、耳に聞こえるでもなく、風のように肌に感じられた。

桂は不思議な引力を電気のように感じて、雪に足を取られながらも歩き始めた。

自分が今にも粉々に壊れてしまいそうな緊張を憶えながら、桂は人家の間を彷徨う。

何か特別な兆しがあるようで、だが何も見付からぬまま、知らず知らずのうちに貯水池の近くへと出た。殺された林田言蔵の家があった。

がらがらがら。

静まりかえった闇の中で、響いてきた音がある。

見ると、言蔵の家の玄関戸が開いている。

こんな夜半に人が出入りするとは不審な事だ。桂が周囲を見回すと、やはりいた……。

蜜柑《みかん》の木の下に突っ立っている。

ざんばらのおかっぱ頭。赤ら顔の醜く歪《ゆが》んだ顔が見えた。顔全体の軸が歪んでいる上に、ぎょろりと飛び出た右の目玉。逆に潰《つぶ》れたように眇《すが》められた左の目。曲がった鼻、口は窄《すぼ》められ、唇が突き出している。そんなモノが白い狩衣《かりぎぬ》を着て、小槌《こづち》と鑿《のみ》を握りしめて立っていた。

桂は、ぞうっと身を震わせた。金縛りにあったように体は動かない。頭も真っ白だ。

砥笥貢神が迫ってくる。その背後で、突然、炎がめらめらと燃え上がった。その炎は、それだけにとどまらなかった。砥笥貢神の背後から、周囲の木々に飛び火して、何もかもが青白いアルコールランプの炎のような光を放ち始めたのだ。

砥笥貢神が槌を振り上げる。桂は、小さな悲鳴を上げて逃げた。しかも、何処へ逃げたらいいのか分からず、砥笥貢神の出てきた林田言蔵の家へと飛び込んだのである。そして、思いっきりの勢いで、玄関の戸を閉め、土足のままとば口から中へと走っていった。

桂は獣のような勢いで、襖を次々と開けていって、奥へ奥へと突き進んだ。そして何かに足を取られて転倒した。

倒れ込んだ先は柔らかかった。どうやら布団の中に倒れ込んだらしい。しかも自分の下に人が寝ている気配がある。

「誰かいるんですか！」

桂は悲愴《ひそう》な声で訊《たず》ねた。自分の下で寝ているモノが、その声に応《こた》える気配はない。寝ているところを、大の大人に倒れ込まれてピクリとも動かないのは変である。しかも、声をかけているのに答えないとは、ますます妙だ。

桂は、ふらつく足取りで立ち上がり、暗闇の空間を手でまさぐった。その指先に、細い紐《ひも》の感触が微《かす》かに絡んだ。逃げないように紐を鷲《わし》づかみ、ぐっとひっぱる。

かちっ、と軽い音がして、辺りが明るくなった。

桂は静かに自分の足下を見た。布団が二組敷いてあった。その中に一人ずつ人間が横たわっていた。寝間着や体形から見て、一人は男で、一人は女だ。すぐにそう判断出来なかったのは、桂が二人の頭部に目を奪われていたからである。

横たわっている二人の頭部は、無惨なほどに打ち砕かれ、血塗《ちまみ》れになっていた。相当の打撲があったらしく、頭部は通常の形をとどめては居ず、まるででこぼこの腐った蜜柑《みかん》のような有様で、鼻も目も、何処にあるのだか分からない。

桂はもう、何が何だか分からずに、暫《しばら》くの間、ただもうぴりぴりぴりぴりぴりと、海月《くらげ》のように震えていた。

見れば見るほど悲惨な現場だ。布団はおろか、辺りの畳にまで血が飛び散り、中には脳味噌《みそ》の一部と思える灰乳色のぶよぶよとした物体もある。

――殺人だ。

桂は何とかそれだけを認知した。

だ・れ・が・ふ・た・り・を・こ・ろ・し・た・の・か？

思考が、壊れた機械みたいに、きしきしと動いた。

と・す・く・が・み？

み・す・ず・は・ど・こ・に・い・っ・た・の・か？

桂は何の目的もなく、只《ただ》、幽霊のようにふらふらと歩いて言蔵の家から出た。

その時だった。

地響きのような音がした。錯覚ではない、確かにしたと思ったら、空の一角が赤く輝いた。

桂は目を見張った。それは青葉山のほうであった。青葉山の山頂付近から、真っ赤な火柱が立ち上っている。

青葉山が噴火？　砥笥貢神の怒りがついに頂点に達したのか？

桂は、くらくらと目眩《めまい》を覚え、尻餅《しりもち》をついた。

そうしていると、半鐘の音が鳴り響いた。針のように尖《とが》ったその音が鼓膜に突き刺さってくる。

辺りが、薄明るくなり始めた。驚いて周囲を見回すと、家々の電灯が、点々と灯《とも》っていて、誰かが外に出て騒ぐ声が聞こえている。


――お山が火を噴いたぞ！

――砥笥貢様がお怒りじゃ！


そうだ、砥笥貢神だ。アレが全ての犯人だ。人間の仕業なんかじゃない。人ならばどうして山を噴火させることなどできようか！

「そんなところで、何をしていなさる？」

背後から急にかかった声に、桂は、ぎょっとして振り向いた。

オナミが立っていた。

「砥笥貢神を見た！」

桂の口から精一杯の思いで出てきたのは、自分でも呆《あき》れるくらい単純な一言だった。

オナミは、それを聞いても動揺することなく、覚悟していたかのように頷《うなず》いた。

桂は何を言ったらいいものか、慌てて頭の中を整理した。

「夜回りをしていたら、砥笥貢神があの家から出てきたのです」

桂が家を指さした。

「言蔵の家じゃな……」

「そう、言蔵さんの家です。そしてその中で誰か二人死んでいた。あれは誰だったのか……？　誰もいないはずなのに……」

オナミの眉《まゆ》が、ぴくりと動いた。

「誰かが死んでいた……。なるほど、砥笥貢様の祟《たた》りですな……。ああして、御山からも火が上がった。早くどうにかしませんと……」

「林田長官の奥さんが、何か砥笥貢神と関係しているんです」

桂が口走った言葉に、オナミが苦笑いをした。

「おかしな事を言いなさる。あの人は他所《よそ》から来た人じゃや。砥笥貢様と関係などあるはずがない」

「し、しかし……」

「落ち着きなされ検事先生。まずは砥笥貢様を見たというならば、その身を清めねばならん。わしの家へいらっしゃれ」

オナミは意外な力強さで、へたりこんでいる桂の手を引っ張って立ち上がらせた。桂は、オナミに手を引かれるままに、子供のようについていった。

オナミの小さな家へと上がる。桂は神棚と囲炉裏と、死体のある部屋で待つようにと命じられた。死臭が漂っていた。

息苦しい。まるで生きながら棺桶《かんおけ》に入れられ、土中に埋められたような心地だ。桂は思わずシャツの襟を緩めた。

何故、自分がこんなところにいるのか？　分からなくなってきた。只、何処へ行って何をするというのも分からないから座っていた。

暫くすると、オナミが茶を持ってきた。それを、桂の前に、とんと置く。

「梅汁じゃ。祟りには良いから飲みなされ」

桂は言われるがままに梅汁を飲んだ。熱い茶が喉元《のどもと》を通っていくと、ラムネの栓でも抜いたように気道が通り、息が楽になった気がした。それで桂は、続けてぐいぐいと梅汁を飲みきった。オナミがその様子を、じっと見る。

「砥笥貢様の祟り……。それも遅かれ早かれ村を襲って来たことじゃ。御神器に手を出した不埒《ふらち》者がいなかったとしても、砥笥貢様の御霊《みたま》をお祀《まつ》りするこの美々津の家が、わしが死んで途絶えれば、いずれお怒りをかったじゃろう」

オナミの声が、まるで谺《こだま》のように耳に響いて聞こえた。桂は、何やら急に気分が落ち着いてくるのを感じた。

「そう言えば、貴方《あなた》の息子さんの御家族は、確か天然痘にかかって亡くなられたのだとか？」

オナミが、こくりと頷く。

「どういう訳だか、皮肉にも、わしは無事じゃったが、息子と孫達は、皆、天然痘になってしまった。あの時は、酷《ひど》かった……。村に天然痘が流行したら大変だと、病に倒れた息子達は、村はずれの仮小屋に移された。同じように無事だった嫁が、入ることを禁じられた仮小屋の前に、食事だけは運んでいっていたが、それを食べた様子もなくなって、村ではもう死んだのだろうという事になったのじゃ。死体に手を触れるのも危険なので、小屋に油をかけて火を放った。よく燃えたものじゃ。痕《あと》に残ったのは煤《すす》だけで、それも害があってはいけないというので、クレゾールを大量に撒《ま》いた。そのせいか、その辺りには今でも草木が余り育たんでのう……」

「そうですか、それはお気の毒に」

「まあ、そんな事があったせいで、それから村の者は皆、種痘を受けるようになって、それはそれで良かった事かもしれん」

オナミの枯れた口振りに、桂は、嗚呼《ああ》……と、溜息《ためいき》を吐いた。

「だが、それで美々津の家はわしで絶えてしまう。村が新しくなっていけば、古い神はいらぬという訳にはいかぬじゃろう。だが、村の衆はそれを忘れてしまっていたのじゃ。だから、砥笥貢様が今頃になって姿を御現しになったのじゃと思う……」

赤々と燃え上がっている青葉山の光景が、鮮やかに見えた。確かに火柱が立っていたのは、砥笥貢神社があった辺りだ。

嗚呼……。神様が怒っているのなら仕方が無い……。

急に頭の上から何かがバサリと落ちてきたようだった。目の前が真っ暗になる。

「桂さん、無駄ですよ。相手は神なのですから」

朱雀の落ち着き払った声が聞こえた。

また、朱雀がマントを自分に被《かぶ》せたのだろうか？　それとも今度こそ、天が落ちてきたのだろうか？

桂は、妙に抵抗もなくその事を受け入れていた。

「桂さん、大丈夫。『触らぬ神に祟りなし』ですから、砥笥貢神は僕らに危害を加えませんよ。それにもう行ってしまいました。もういないから安心して下さい。桂さん、動かずに……。深呼吸して……」

朱雀の声がする。

泥川のように淀《よど》んだ脳神経の脈に、朱雀の声が清涼水のように染み込んできた。桂は深く、深く呼吸した。安心して体が弛緩《しかん》し、手足が痺《しび》れてくる。朦朧《もうろう》とした意識の中で、自分の体が床に沈み込んでいくのが微かに分かった。

※

村人という村人が集まり、集落地の出口の付近で、青葉山の方を見守っていた。細く長い火が山の一角から立ち上っているのが、はっきりと分かる。

「なんていうことだ。ついに青葉山が火を噴いた……」

畑巡査は、呆然《ぼうぜん》と呟《つぶや》き、周囲を見回した。村の皆の顔は恐怖に引きつっている。その中に、いつも指示を仰いでいる林田長官や高田村長の姿はない。

畑巡査が途方に暮れたその時だった。

「見に行ってみるしかないか……」

村の古老の一人が言った。

「見に行くと言ったって、もし御山が噴火したんなら、危険ですよ」

畑巡査が反論すると、人波を分けてオナミが歩いてきた。

「否、見に行かねばならぬじゃろう。これが砥笥貢様のお怒りながら、恐れをなして何もせねば、事態は悪くなる一方じゃ」

「オナミ婆……。たっ、確かにそうだが、じゃあ誰が行くんだ?」

「若い者らを危険な目に遭わせる訳にはいかんでのう。ここは何時死んでもいい年寄りが行かねばなるまい。とにかく、わしは行こう」

「私も行きますわ」

そう同意したのは米だった。

「わしも行こう」

さっき言った古老も名乗り出た。年寄りばかりが、数人、手を挙げる。

畑巡査は頷いた。

「ならば、オナミ婆、行ってみてくれるか？」

「今から行こう。それと信二さん、高田村長さんが、砥笥貢様から天罰を下されたようじゃ。さっきわしらで見てきたのじゃが信二さん、言蔵の家に様子を見に行った方がいいじゃろう」

「村長さんが？　真《まこと》か？　こりゃあ大変だ」

畑巡査は泡を食った様子で、走っていく。

それを見届けたオナミは、自分の周りに集まった古老達に目で合図をして、青葉山の方へと歩き出した。

道々、この異変を感じた周辺の村人達が騒いでいる姿がある。

オナミ達は小さく固まって歩きながら、囁《ささや》き合った。

「オナミ婆、村長さんまで天罰があたったというのは真か？」

「うむ、あの検事先生が、言蔵の家から出てくる砥笥貢様を見たらしい。そしたら死体があったのなんのと言っておった」

「検事先生が？　起きておったのか？　お米さん、検事先生にちゃんと薬は飲ましたのか？」

「ええ、間違いなく飲まれましたよ」

「分量は間違っていないはずなのに、おかしなことじゃ。やはり検事さんという人は、普通の人間とは違うのかもしれぬ」

オナミが呟いた。

「それで検事先生はどうしたんじゃ？」

「わしがもう一度、ダチュラを飲ませた。今度は多めに飲ませたから大丈夫じゃろう。眠って居る。それを押し入れに隠すのが大変じゃった……」

「そうか、是が非でもあの先生には、生け贄《にえ》になってもらわねばな……」

「それにしても、御山がどうなっているかですね」

古老達は目の前に迫ってきた青葉山を仰いだ。勢いよく噴き上がる炎が、大気を真っ二つに引き裂く様が、明確に見えた。火の粉が、きらきらと空中に舞って、何処か幻想的にすら感じられる。そこに火山弾らしき石の破片が一緒に交じっているのが分かった。足の下では、不気味な震動が続けざまに起こっている。

老人達は死を覚悟して、登山口に入った。

登山口から避難の為に降りてくる者達とすれ違う。登っていくのはオナミ達だけである。松尾寺を過ぎる頃になると、火影はますます巨大になっていった。辺りには焦げ臭い匂いが立ちこめている。

老人達は砥笥貢神社の方へと向かっていく。途中、小規模な火山弾が降ってきて、数人が怪我をした。そこを過ぎると、火山弾の影は無くなった。老人らが、ほっとして歩いていくと、誰かが大声で叫んだ。

「大変じゃ！　砥笥貢様の釜《かま》の蓋《ふた》が開いて居るぞ！」

その声にオナミが振り返った。

険しい岩の斜面にある砥笥貢の釜が確かに開いている。そして釜の中は、もうもうと白い煙で包まれている。

「これは、何とした事！　誰かが神器を盗み、今度は御釜まで開けたんじゃ……」

オナミは怒りに声を震わせた。

「それでは、砥笥貢様がお怒りになるのも無理はありませんわね」

米がひっそりと頷《うなず》く。

「そうじゃのう。皆の衆、先を急ごう。神社がどうなっているのか心配じゃ」

オナミの声に老人達は、足を速めた。


——何じゃ、これは……。


老人の一人が思わず叫んだ。出来る限り砥笥貢神社に彼らが近づいた時だった。

地面に、しゅうしゅうと煙を上げている円形の銅板が落ちている。それは確かに砥笥貢神社の井戸の蓋であった。神社は、めらめらとした赤い光に包まれて輝いている。そしてその光の元は、御井戸から激しい勢いで噴き上がっている炎であった。

炎自体は、予想していたよりも細いモノであったが、長く長く天上まで伸びている。それで、村からも良く見えたのだ。

見たところ、まだ神社自体には損傷は無い。

オナミが鳥居のところまで走っていって、平伏《ひれふ》し、祝詞《のりと》を上げ始めた。老人達もそれにならって、オナミの後ろに平伏した。

雪と火の粉が混在して舞い躍る中、二時間近くも祝詞は上げられ続けたであろう。時間を追うに連れ、井戸から立ち上っていた炎の勢いが衰えてきた、そしてやがて月が雲の中に身を隠すように、ふいっと消えたのである。

「どうやら、砥笥貢様のお怒りが、緩んだようじゃ」

オナミは祝詞をやめて、そう呟くと立ち上がった。老人達も立ち上がる。

オナミが鳥居を潜った。皆もそれに倣った。

井戸は、まだ白い煙を立ち上らせている。老人達は、恐る恐る井戸の周辺に近寄って、中をのぞき見たが、久遠《くおん》に続くように思われる深い穴があるだけであった。

「この穴が、火炎地獄に続いているのか……」

「そうじゃ、火炎地獄の炎が噴き上がったのじゃ」

オナミはそう答え、社《やしろ》を見た。

「早《はよ》う、検事先生を連れてきて、砥笥貢様の怒りを鎮めねば……。今度こそ、もっと大きな災いが来るじゃろう……」

2

——今日は、御山が昨日のことが嘘のように静かじゃな。

——ああ、しかし、恐ろしいことじゃ、高田村長さんにまで天罰が下るとは……。

——早う砥筒貢様の御霊鎮めをせんと、本当に村が滅びるぞ。

——見たか、御井戸のあの重たい蓋が、焼けこげて吹き飛んで、神社の外まで飛ばされておったのを……。

——見たとも、真、勢いよく井戸から火が噴いたのじゃろう。

桂は、人々がぼそぼそと囁き合っている声に気づいて、目を覚ました。うっすらと、神殿が見えた。その周りで人が、供物らしきモノを運びながら動き回っている。体が石になったように硬かった。

霧のかかったような頭で、事態を把握しようと周囲や自分の体の様子を眺めると、どうやら此処《ここ》は神社の社の中で、自分はその社の正面にある柱に、注連縄《しめなわ》で肩辺りから踝《くるぶし》まで、何重にも縛り付けられている。しかも猿轡《さるぐつわ》を嚙《か》まされていた。

桂は思わず、うーん、と呻《うめ》いた。

周囲の人々の動きがぴくりと止まる。すたすたと自分の側に誰かが近寄ってきた、視界に飛び込んできたのは、オナミの顔だ。

「もう気がついたのか？　あれだけダチュラを飲ませたのに」

オナミは訝《いぶか》しげな声で言った。


——何の真似だ？


声にならない言葉で、桂は叫んだ。

「静かにしなされ、騒いでも此処には誰も近寄らぬ。助けを求めても無駄じゃ。先生には気の毒な事じゃが、砥笥貢様の怒りを鎮める為に、生け贄になってもらわねばならん。先生も見られたじゃろう、昨夜、御山が火を噴いたのを……、砥笥貢様の怒りが頂点に達している証拠じゃ。このままでは村が滅びてしまう。その為に、犠牲になって下され」

砥笥貢神の怒り……。

山が火を噴いた……。

桂の脳裏に、昨夜見た炎を背負う砥笥貢神の姿と、火柱を立てる青葉山の様子が蘇《よみがえ》った。

自分がアレの生け贄になる？

オナミや村人達の顔を見回す。皆、真剣な顔をしている。どうやら本気のようだ。

桂の心に闇雲な恐怖が押し寄せた。体が瘧《おこり》の発作のように震えてくる。

うおー、と叫ぶと、村人の一人が桂の猿轡《さるぐつわ》を更にきつく結わえなおした。

「これでもうそう声は出ぬじゃろう」

「ふむ。少しばかり叫んだとしても、此処には、わしら以外に近づく人間はおらぬからなあ」

村人達は、そんな事を言っている。藻掻《もが》いてみたが、体はぴくりとも動かない。

そうしている内に村人達は、神殿に供え物を置き終えた様子であった。皆で神殿に頭を下げ、次々と社を出て行った。

背後で声が聞こえてくる。

「今日の見張り番は、さご蔵《ぞう》さん、アンタに頼んだぞ。人を寄せ付けぬようにな」

「ああ、分かった。まかしておけ。門の前で見張っておく」

どうやら、見張り番が一人だけ残されるようだ。体さえ動けば、一人ならどうにでも出来る。しかしながら、その体が大層厳重に縛られているので、指先すら動かせない状況だ。

桂は暫《しばら》く足掻《あが》いてみたが、無駄だと分かって諦《あきら》めた。のぼせているのに、額が厭《いや》に冷たい。

もしかすると、私はこういう運命だったのかも知れぬ……と、桂はボンヤリ考えた。

人生を振り返れば、自分という人間は、いつも孤立無援であった。

大体は、生まれからしてそうである。桂は両親が早くに他界して、子が生まれぬという遠縁の筋に貰《もら》われた。しかし、彼が十三歳になった時に、ひょんな事に、義理の両親に子供が出来たのである。遅く出来た本当の我が子を、義理の両親は溺愛《できあい》した。そして、当然のごとく桂に冷たくなっていった。自分は、この世にいらない人間なのだという思いが、その時から芽生えた。

幸い、両親の間に生まれたのが女の子であったから、桂は一応、跡継ぎとして家においてもらったが、あれが男の子であれば、追い出された可能性が高い。

一人、孤独に悩み、何処か遠くへ行きたいと、線路を伝って三日三晩歩き続けた事がある。その無理が祟《たた》って、病に倒れた。そして、やっかいな持病を抱えてしまったのだ。その後、合気道で体を鍛え始めたのも持病を克服しようとしてのことだ。

発作を起こし、病院に担ぎ込まれて半年後、両親が迎えに来たが、帰った時には、自分の部屋が離れに移されていた。病が実子に移っては大変だといった所であったのだろう。肩身が狭かった。それから一年間、闘病して復帰し、人よりも年をくって大学に入学した。

大学に入ってからも、桂は異端児だった。日本憲法の元となった独逸《ドイツ》憲法を研究する学生が多い中、何故かその内容に不満を感じ、仏蘭西《フランス》の民法に興味を覚えた。討論する相手もいない修学生活に虚無感を覚え、ふらふらと仏蘭西に留学した。それなりの勉強にはなったが、ここでも有色人種に対する冷たい眼差《まなざ》しに晒《さら》された。

孤独から、誰が読んでくれるかも分からない『仏蘭西民法の精神』という論文を書きふけり、数人の心当たりのある学者や出版社に提出したが、反応は芳しいものではなかった。失意の内に日本に帰り、両親の願いもあって、検事になった。

そして両親の決めた女を娶《めと》った。

罪人を問い詰める検事という職は自分に合っていると思えなかった。それに今の細君も互いに燃えるような恋心を抱いたという訳ではない。加えて自分の持病のことは女房には内緒であった。まあまあ、如才の無い女房である。不服があるわけではないが、果たして自分が死んだとき、女房が我も死のうかと想うほど、自分を必要としてくれているという実感はない。自分が女房に対して壁を作っているのだからそれも仕方がない。結局、検事になったのも、女房を貰ったのも、そうしなければ自分が必要とされないだろうと思ったからだ。

そんな自分の境遇からか、いつしか世から酷《ひど》く迫害されているプロレタリアートに共感を覚えるようになった。そして左翼を強く取り締まるべき立場に身を置きながら、陰でプロレタリアートの活動を支援するという事になったのだ。そしてまた更に桂は異端児となった。

いつも秘密のコートを羽織り、誰にも本心を伝えず、そして姿を見せず……。

（そして私は、こうして最後は人知れず神の生け贄《にえ》として死んでいくのか……）

桂は思わず苦笑した。その時、朱雀との出会いが蘇った。

阿拉伯絨毯《アラビアじゅうたん》の敷かれた部屋に、美しい青年が座っていた。そして彼は言った。

「貴方《あなた》は帝大法科の僕の先輩です。色んな噂が耳に入ってきます。貴方の『仏蘭西民法の精神』という論文を興味深く読ませて頂きましたよ。貴方には色々と思うところがあるのでしょうね。おっと、これは言っても無駄ですね。貴方は、口の堅い賢明な人だ。そうでしょう？　しかも日本有数の合気道の達人だ。そして今の警察のやり方に疑問を持っているはずです。そういう人がいてくれると心強い。どんなことがあるか分かりませんが、見ての通り、僕は全く武闘派ではありませんからね。それに貴方はなによりも京都地区の検察担当官だ。協力すると言って下さい。そう言わないと貴方も困りますよ」

そしてこうも言った。

「貴方は僕に協力しますよ。貴方が、『僕の思っているような桂万治』であればの話ですよ」

朱雀は、誰にも見せたことのない自分の本当の姿を知っていたのだろうか？

そう、実際、彼は赤脇春木と自分との関係を知っていた。そして多分、日本で数人しか目にしたことのない自分の論文も読んでいた。

もしかすると、朱雀という男だけが、自分の真の理解者であったのかもしれない。

そう、桂の生きている灰色の世界の中で、最初から鮮やかに白く輝き、恐れを感じるほど、ぐいぐいと自分の中に踏み込んできた存在。

そんな存在は、これまでいなかった。

そのような存在に巻き込まれて、こういう道を辿《たど》ったのだとしたら……、やはりこれは運命だったのだろう。

死への恐怖の中に、妙に冷静な芯《しん》が生じ、そうすると体の気怠《けだる》さがやけに深くなった。

桂は、うとうとと眠り始めた。

夢の中で、コートの襟を立てて雪道を歩いていた。

辺りには特に何もなく、ただただ白い道と暗闇が続くだけで、雪が激しく顔を叩《たた》いてくる。

何処へ行くのか、当てもない気分のまま歩いていると、最初、暗闇の中から両親の声のようなものがしてきた。

何処かにいるのかと思うが姿は無い。尚《なお》も歩いていくと、仏蘭西留学時代の恩師が講義をしている声が聞こえてきた。しかしやはり姿は無い。

妻子が笑っている声もした。だが、誰の姿も現れぬままであった。

寒さで体が凍ってきた。ごぼごぼと咳《せき》が出た。そんな時、誰かの暖かい手が、肩をぽんと叩いた。

驚いて振り返ると朱雀が立っていた。ギリシャ彫刻のような美しい顔が、自分の顔の真正面にきた。

「悪い咳ですね。知っていますよ」

そうか、知っているのか……と、桂は思った。

「この道は寒くて体に悪い。違う場所に行きましょう。だから覚《お》きて下さい、桂さん」

桂は何故か泣きそうな気分になって、頷《うなず》いた。

「起きて下さい、桂さん！　起きて下さい！」

体が激しく揺すられている。桂は薄目を開けた。後木の顔が見えた。その向こうに朱雀の顔があった。

「朱雀さん？　後木君、どうして此処《ここ》に？　私は一体どうしたんです？」

桂は床から体を起こし、ふらふらとする頭を振った。

「しっかりして下さい。今日は、後木君が、的場陽一の自殺死体と遺書を発見し、貴方に報告する予定だったでしょう？　なのに貴方の姿がいっこうに村で見付からないと報告を受けたので、二人で一緒に探していたんです」

（そうか……そうだった）

桂はようやく頭がハッキリしてきて、周囲の状況を見回した。自分を縛っていた注連縄《しめなわ》が、切断されて辺りに散らばっていた。神棚の近くに、老人が一人縛られて転がされている。恐らく見張りをしていた老人であろう。

「こっちこそ聞きたい。一体、何があったんです？」

朱雀が鋭い口調で言った。

「ああ……私は昨日、後木君と話をしていて、いつの間にか眠ってしまっていたんです」

「その事は後木君から聞きました。いきなり話の途中で、貴方が鼾《いびき》をかいて寝てしまったとね。それで米さんに命じられて、後木君が貴方を寝室まで運んで、寝間着に着替えさせ、布団に寝かせたのです」

「そうだったんですか……。なんでそんな事に……。それで私は夜中に目覚めて、また事件が起こっていそうな厭な予感を憶えたんです。まずは美鈴さんの部屋の様子を窺《うかが》いに行きました」

桂の答えに朱雀が片眉《かたまゆ》を顰《ひそ》めた。

「なんでまた美鈴さんの様子窺いなど？」

「それは……何というか、朱雀さんが入院されていた間に、林田長官が青葉山で砥笥貢神に襲撃されるという事件があり、その日に限って、美鈴さんも単独で青葉山に行っていた様子が窺えたからです。それに後木君の話をよく聞くと、美鈴さんが最初の藁屋《わらや》での火事に匂いで気づいたというのも何やらおかしいのです。

ですから私は美鈴さんが今までの事件に何らかの関係があり、美鈴さんが動けば、何か事件の兆しがあると思ったからなのです」

「そうですか、そこまで考えていて、うっかり僕の忠告を忘れて出された茶など飲んだのですね」

朱雀が不機嫌そうに言う。あっ、と桂は言った。

「そうか、オナミ達がダチュラを私に飲ませたとか、どうだとかそんな事を言っていた……」

「なるほど、ダチュラを麻酔代わりに使われたわけですね。それで何でこんな所で縛られていたんです？」

「なんでも、彼らは私を砥笥貢神の怒りを解く為の生け贄にしようとしていたようなのです」

「生け贄！　なんとも新年そうそうお目出度い話だ」

朱雀は、はっ、と胸で笑った。

「笑い事じゃありません。朱雀さんがいない間にも、砥笥貢神は暴れ回っていたんです。まずは牛が一頭、食べられて死骸《しがい》になって見付かりました。それから林田長官を襲撃し、その夜には男女二人を殺した。私は見たんです。殺された林田言蔵の家から砥笥貢神が出てきたのを……。あれは、とてもこの世のモノではなかった。背中に炎を背負っていて、私に迫ってくる内に、私の周りも青白い炎に包まれてきて……。それで私はとにかく逃げようと思って言蔵の家の中に飛び込んだんです。そしたら、血塗《ちまみ》れの死体が二つ布団の中にあって……」

昨夜の様を思い出すだけで、呂律《ろれつ》が回らなくなった。

――牛が一頭、丸ごと食われた？

朱雀が不可解そうに、ぼそっと呟《つぶや》き、それから桂をじっと見た。

「なるほど、それで言蔵の家から出てきた砥笥貢神は足が何本ありましたか？」

突然の言葉だった。

「えっ！　足ですか？」

　桂は思い出そうとしたが、砥笥貢神の歪《ゆが》んだ顔と、めらめらと炎が辺りに広がっていく様はハッキリと思い出せても、足のことまでは思い出せなかった。

「憶えていません……。何故、足の事など？」

「本物の砥笥貢神か、偽物の砥笥貢神かを確認する為です。本物なら足は一本のはずだ。しかし人が仮装したものなら二本足であるはずだ」

　桂を睨《にら》んだ朱雀に、桂は思わず首を振った。

「あれが人が仮装したものなんかであるはずがない。現に青葉山が火を噴いたのですよ。人の力で山が火を噴くはずがない……」

「青葉山が火を噴いたのではありません。砥笥貢の井戸が火を噴いたのです。出てみてみれば分かりますよ。だが、砥笥貢神は人を殺したりなどしないはずだ。最初に貴方が見たのは本当の砥笥貢神だが、昨夜貴方が見たのは偽物だ」

「そっ……そんな……。何故、そんなことを言い切れるんです……？」

　桂は呆然《ぼうぜん》とした。

「言い切れるんですよ。何しろ僕は砥笥貢神の巫《かんなぎ》ですからね。しかし、今ここで状況を詳しく説明している場合じゃない。僕達が貴方を救出しに来た事もいつばれるか分からない。貴方《あなた》を探し出すのに随分と手間をくってしまった。とにかく早く、山小屋に行って的場陽一の死体を発見する。これが最優先です。桂さん、急いで下さい」

桂は全く納得出来ぬまま、朱雀に急《せ》かされて社《やしろ》の外に出た。空は深い紺色に沈み、オブラートのように透けてぼやけた三日月の形が見えた。夕暮れになっているようだ。

境内は静かで、周囲を覆う林が、さらさらと滑らかな音を立てていた。桂の真っ正面に砥笥貢の井戸があり、近づいていくと焦げ臭さが漂ってきた。

「此処から火が上がったのですか？」

桂が井戸の脇を通るとき、上擦った声で訊《たず》ねた。

「そうです。地下から噴き上がった炎の勢いによって、重い銅の蓋《ふた》が、ほら、あそこまで飛ばされてしまっている」

朱雀が頷きながら、鳥居の向こうを指さした。確かに大きな銅の蓋が、参道に転がっているのが見えた。

それが、桂には不気味な黒い祟《たた》りの塊のように見えた。

3

松尾寺まで歩いていくと、車が待っていた。後木が助手席に乗り、朱雀が後部座席に乗り込む。桂も続いて乗り込んだ。

「長かったですね検事さん。もう戻ってこないかと思いましたよ」

運転手が言った。聞き覚えのある声だ。どうやらこちらに来る時の運転手と同一人物のようであった。

「すまないね、待たせて。大波廃道の付近まで行ってくれたまえ」

朱雀が答える。

「大波廃道の付近ですか？　なんでまたこんな夜から、あんな中途半端な場所に？」

運転手が不思議そうに言う。

「何、少しばかり事件があって、調査しにいかねばならぬのだよ」

朱雀が、しれっと答えた。

「左様ですか。何か物騒ですね。昨日も、山で火の手が上がったでしょう？　噂では砥笥貢神社が火元だとか、そうだとすれば気味の悪い事です。あそこからあんな天に昇るような火が噴き出すだなんて。

松尾寺ではなんでも馬耳村から五つも死体が運び込まれて葬儀が上げられていると言うし、誰もが不審に思っていますよ。ですから、今は誰もこれより上には近寄りたがりません。検事さんは上まで上がってらしたのでしょう？　砥笥貢神社を見られましたか？」

「いや、そこまでは行かなかったから」

「そうですか、まあその方が賢明です。彼処《あそこ》に行ってもろくな事がない。触らぬ神に祟りなしですよ。特に、彼処の神社はそうだ。では行きますよ」

エンジンの音が鳴り、それが高まってくると車が走り始めた。

あんな大事が起こったのに、誰も砥笥貢神社を確かめに行く者がいないとは……。この辺りの者は不思議な感性を持っているものだと桂は呆《あき》れかえった。これが田舎というものか。田舎特有の価値観、信仰、そして……、誰もが触れたがらない祟り神……。

頭がまだ、ぼうっとしている。

車のライトが闇の一角を切り取って照らし出した。身を捩《ねじ》らせた松の枝の連続から、黒い瓦《かわら》屋根の集落、そして黒いタールのような海面。場面は次々と変わっていく。

桂の頭の中だけは、闇の中で迫ってきた砥笥貢神の姿を映し出すばかりで、何も展開しないのであった。

車がいきなり停まった。

「着きましたよ」と、運転手が振り返る。

車のライトは、大波廃道の文字を照らし出していた。

「やっと着いたか、降りましょう、桂さん」

朱雀がバタンと車のドアを開け、外に躍り出た。後木も助手席を立っていく。桂は朱雀の開けたほうのドアににじり寄って、外に出た。

「お気を付けて」と、運転手が言うのが聞こえた。桂は無理な笑い顔を作りながら、運転手に愛想をして、ドアを閉めた。車はそのまま進行方向の廃道へと入っていく。Uターン出来ぬ道であるから、一旦《いったん》、開けたところまで出て、そこでバックして来るのであろう。

(ここで、私はあの特高の三人を殺したのだ……)

桂は廃道の前に呆然と立ちすくんだ。

「桂さん、何をしているんです。こっちですよ」

朱雀の声がした。桂は振り返り、白い蝙蝠《こうもり》のようにヒラヒラと舞っていく朱雀の後を追った。

山道は、微《かす》かに景色が分かるか分からぬかというほどの暗闇に蓋をされている。

カチッ、と音がして黄色い光が灯《とも》る。朱雀が懐中電灯をつけたのだ。ようやく前方が見通せた。

三人は歩んだ。山の積雪は深く、踝《くるぶし》のところまで足が雪にずっぽりと入る。酷《ひど》く歩きにくい。

だが、なんとか歩いていく内に、あの山小屋が見えてきた。

その時、朱雀が、
いけない……！

と、言った。急に朱雀の足が速くなる。

「どうしたんです、朱雀さん？」

桂が問うと、朱雀は息を弾ませながら答えた。

「人が歩いた痕跡《こんせき》がある。これは危ないかもしれない……」

朱雀の手が、山小屋の扉の取っ手を握った。暗灰色に褪《あ》せた薄い木製のドアが開く。それだけの衝撃で、やはり小屋全体が揺らいだようだった。中が照らしだされる。ごちゃごちゃとした道具類が所狭しと置かれているのが見えた。朱雀が中に入っていく。懐中電灯のライトが暗闇の中で忙《せわ》しなく動き回った。奥の畳の間が照らし出され、何か台のようなものが照らされ、それからライトは小屋の天井の鴨居の辺りを嘗《な》めるように伝った。

「嗚呼《ああ》……糞《くそ》！　死体が無い。敵に発見されてしまったんだ……」

朱雀が酷く悔しそうに呟《つぶや》いた。

後木が腕を伸ばし、天井から吊《つる》されている数個のカンテラを取り外していき、そしてそれに火を灯していく。小屋の中は一気に明るくなった。

「本当は的場陽一が鴨居から首を吊《つ》っていなければならなかった。そして其処《そこ》の畳の間に遺書が置かれていたはずなのです」

朱雀はそう言うと、ちっと舌を鳴らし、苛立《いらだ》った顔つきで辺りを見回した。

そして、大きく溜息《ためいき》を吐いたのだった。

「桂さん、東泰治《あずまたいじ》という男を知っていますか？」

「東泰治……。誰ですか？」

「東泰治、陸軍大尉で、上海《シャンハイ》の諜報《ちょうほう》団にいた男です。今は深く関東軍の高級参謀・河本大《こうもとだい》作《さく》と繋《つな》がりを持ち、彼を通じて陰で関東軍を動かしている様子です。

この男は政治家にも官僚達にも独自の人脈を持ち、関東軍に大きく資金援助していると思われる藤原《ふじわら》鉄鋼の社長、藤原巧《たくみ》とも同窓生という昵懇《じっこん》の仲です。

ようするに戦争をすると儲《もう》かる鉄鋼業者の手先となって、政界を操り、関東軍に近づいて、満州での戦線を拡大するようにたきつけた張本人ですよ」

「東泰治……関東軍の陰の指揮者……。そんな男がいるとは知らなかった。それにしても、的場陽一が残した事にするはずだった遺書の内容とは、どんなものだったんです？」

「まずは張作霖《ちょうさくりん》事件の事に関してですよ」

「張作霖事件……。あの満鉄の爆破事件ですか？」

「そうです。あれは中国軍がしかけた事では無いのですよ。事の真相はこうです。

そもそも昭和三年の六月三日、国民革命軍の北伐が北京に迫ったために、張作霖は京奉線の特別列車で北京を退去し、奉天に向かっていた。その時、関東軍は、この機会に張作霖を下野《げや》させて、満州を中国から独立させようと謀ったのです。それで錦州《きんしゅう》方面に出動する態勢をとっていたのですが、当時の田中義一《たなかぎいち》首相は中国に対する武力行使を承認しなかった。このために東泰治と河本大作は出動の口実を得ようと、計画したのです。そして四日早朝、奉天近郊で張作霖の乗っていた列車を爆破した。張は爆死しましたが、関東軍は事前の打合せが不十分で結局出動出来ませんでした。

この事の真相は日本国民に秘匿されたのですが、満州某重大事件として疑惑をよんで、結局は武力行使を否定した田中内閣は倒壊してしまい、その結果、中国に対する武力行使を含む積極外交を唱える浜口雄幸《はまぐちおさち》内閣が成立してしまった。浜口内閣は、満蒙《まんもう》における特殊権益の保護と治安維持の覚悟を表明するとともに、中国本部における居留民の現地保護方針をうたった。

結局、そのことに関東軍は水を得て世界的に進行する恐慌を背景に、幾つもの強硬策を導いたわけです。そして自衛と特殊権益の保護の名目に今度のような満州国の建国の運びとなったのです。今はこのことで関東軍はますます調子づき、さらなる戦線の拡大と領土の南下を図っているのです。

的場の遺書は、それらの経緯を告発し、事件の計画を立てたのが、東泰治と、河本大作であること、そして彼らの後援者として国内でも一、二を争う鉄鋼会社・藤原鉄鋼が絡んでいることを暴露する内容のものでした。これが世に出れば、戦線拡張の動きを止めることが出来る」

「そっ……そんな重要な物だったなんて……」

桂は絶句した。

「ええ、これでこれから起こるであろうと予想される大惨事を防ぎ、大勢の人間の命が救えるかもしれぬという瀬戸際だったのです。僕も命をかけて調査をし、これさえ暴露出来れば死んでもいいという覚悟の許《もと》で動いた。きっと、中国における戦線の拡大は、多くの国を巻き込んだ大戦争となるでしょう。そうなれば、何十万、何百万という罪の無い民衆の命が奪われます。それを防ぎたいから、僕は数人の人間を殺すこともいとわなかった」

嗚呼、それだから、朱雀はあの時、あの特高達を殺した時、不思議に澄んだ天使のような顔をして、引き金を引いたのか……。

桂は一つ納得した。

「そっ、それで……、まずはと言うことは、まだ何かあるのですか？」

「無論です。そもそもここに来た意味は……」

朱雀は言いかけて、はっとした顔になった。

「いけない。こうしちゃいられない。敵はもう動き出してもおかしくない。直ぐに僕らも動かなくては！」

「こっ、今度は、何処へ行くんです？」

「無論、馬耳村へ戻るんです」

また、あの祟《たた》られた村に……。

しかも自分は、生け贄《にえ》にされようとしているのに……。

桂は一瞬、怯《ひる》んだ。朱雀はそんな桂の気配を読み取ったのか、桂の両肩に手をかけ、熱い口調で言った。

「勇気を出して下さい、桂さん！　いずれにしろ、これからは僕らは何処へ行っても刺客に怯《おび》える人生を送るんです。だが、貴方《あなた》なら耐えられるはずだ。だから僕は貴方を選んだ。貴方が『僕の思っているような桂万治』なら、『僕の尊敬する桂万治』なら、何よりも『弱き民衆を助ける使命に燃える桂万治』ならば！」

朱雀の口から出た信じられない言葉に耳を疑いながら、桂は胸に押し寄せてくる感動に震えた。初めて人から言葉をかけられたような気がした。

桂は深く頷《うなず》いた。

4

「美鈴〜！　美鈴〜！」

父は朝から窓際に立ち、しきりに母の名を呼んでいた。

もうまる二日近くこんな状態だ。

父はこのまま狂気から立ち直れないのだろうか？

慎吾は不安で仕方がなかった。

こめかみに青筋を立てて、母の名を呼んでいる父の側に、恐る恐る立つ。

「お父さん、お母さんは今、お葬式に出ているのですよ。忘れたのですか？　お父さんがそうしなさいと言ったんですよ」

宥《なだ》めるように父に言うと、父は歪《ゆが》んだ恐ろしい面相で慎吾を振り向いた。

「今、何日だ？」

「今？　今ですか？　ええと、一月六日の六時です」

すると、父の目がぎらぎらと光った。やにわに慎吾の腕を捕まえる。

「美鈴が行ってしまう。止めるんだ！　慎吾、止めるんだ！」

「お母さんが行ってしまうって、どうしてなんです？」

「早く止めるんだ！　早く」

父はそれしか言わなかったが、至極、真剣な表情であった。

慎吾は、父が言っていることが、あながち狂人の妄想ではないような気がした。そうすると、母が行ってしまう、というこのところずっと自分の中にも積もっていた不安がみるみると膨れあがってきた。それに青葉山で火柱がたったという事も聞いていたし、すると何もかもに運命の悪意の糸が張り巡らされているような気がして、これから次々と不幸な出来事が起こるに違いないように思われた。

「美鈴を止めろ！　美鈴を止めろ！」

父が暗示のように繰り返す。慎吾はいたたまれなくなって、「お母さんを止めてきます！」と言って、病室から飛び出した。

慎吾は港の近くで人力車を拾い、一路、松尾寺に向かった。

火を噴いていたといわれる青葉山は意外と静かな佇《たたず》まいであったが、行きの道々、慎吾は胸騒ぎを覚えずにはいられなかった。

胸騒ぎ、一体なにに胸騒ぎを覚えているのか、はっきりと言葉や思考にするのは無理である。不安のかけらの断片が、胸の中で、ゆらゆらと動いて時折ぶつかり、硝子《ガラス》が割れるような音を立てる。そんな具合である。

松尾寺につくと、慎吾は人力車から飛び降り、合同葬儀場へと足を向けた。

大きな広間に、見知った村人達が神妙な顔をして座っていた。丁度、僧侶《そうりょ》が読経《どきょう》をしている最中である。

慎吾は周囲に目を配ったが、美鈴の姿は無い。そこで、村人達の列の一番端にいた茂蔵に声をかけた。

「茂蔵おじいさん。お母さんを見かけませんでしたか？」

茂蔵は、しっかりとつぶっていた目を開けた。

「慎吾か……。そう言えば美鈴さんの姿をさっきから見かけんが、どうしたんじゃろうな。で、邦夫の具合はどうなんじゃ？」

「……お父さんのほうは怪我が酷《ひど》いので、当分、入院しなくてはなりません。それより本当にお母さんはいないのですか？」

「ああ、他にも探している者もいたが、どうも途中で葬儀を抜けられた様子じゃ。家の用事でも思い出されたのかもしれんなぁ」

なんだかとても悪い予感がした。慎吾は、走って松尾寺を飛び出した。

夜の山道を一人歩く。闇の中で蠢《うごめ》く木々の腕が、まるで慎吾を捕えに掛かってくるかのようだ。自然と足が速くなってくる。もう少しで山道を抜けるという時であった。一寸《ちょっと》、振り返った時、それが立っていた。

暗闇の中で白っぽい影が揺れている。それは明らかに人影だが、足が一本しかない。

――砥笥貢様だ！

慎吾は全身に水を浴びせられたような悪寒を覚えた。祟り神が背後から迫ってくる。

——誰か！　助けて！　お母さん！

慎吾は必死で駆けた。松尾の街に至る頃には、もう駆けるのも限界であった。祟り神に追いつかれ、自分も父のように天罰を受けるのだろうか？

慎吾が泣きそうになった時、目の前に、大きな赤い獅子《しし》の顔が飛び出した。

獅子は歯をかちかちと鳴らしながら、慎吾に迫ってくる。思わず足が止まった。

「やあ、その子は、うちとは関係ないよ。そら、こっちだ。家の中へ入ってくれ」

声をかけたのは紋付袴《はかま》を着た老人であった。がらりと家の戸が開けられると、明るい家の中で、親族と思われる一団が、にこにこと笑顔で手招きをしている。

獅子舞は、それに誘われるようにして、家の中へと入っていった。

気づくと、賑《にぎ》やかな笑い声が、あちらこちらからしている。

呆気《あっけ》にとられていた慎吾は、再び、後ろを振り返った。砥筈貢神はいない。正月の祝賀の騒ぎの内にかき消されてしまったのかもしれない。

慎吾は、とにかくほっとして、普通に歩き始めた。

松尾の街を抜け、大通りを東に進む。丁度、人家も人気《ひとけ》も無くなったところで、馬耳村の道祖神が立っていた。慎吾は道祖神を見ぬように顔を逸《そ》らしながら村へと続く道に入った。

雪の積もった水田地帯を越え、集落の方へと向かう。そうして自分の家がもうすぐというところで、慎吾は立ち止まり恐怖に凍り付いた。

人が倒れている。と……いうより死んでいる。

見たことのある顔だ。間違いない。米だ。米の喉《のど》には、鑿《のみ》が突き刺さっていて、槌《つち》が近くに転がっていた。鑿が突き刺さっている首からは夥《おびただ》しい流血が認められた。その血は辺りの雪を真っ赤に染めている。そしてその血だまりの中から慎吾を見上げている顔があった。

片目をむいた歪んだ顔……。

砥笥貢神の顔であった。

米が、砥笥貢神に殺された！

慎吾は小さな悲鳴を上げて、米の死体を迂回《うかい》した。そして家の方へと走った。

そして慎吾が見たのは、煙を噴き上げて燃えている我が家であった。

慎吾は、一瞬、呆然《ぼうぜん》とした。さっきの米の死体といい、燃えている家といい、砥笥貢神の天罰がまだまだ村に下されているのだろうか？

そして、母は何処に？

慎吾は、はっとした。もしや、あの家の中にいるのではあるまいか？

母を……。母を……助けなくては！

慎吾はポケットからハンカチを取りだし、それで鼻と口を塞《ふさ》いで、煙を噴き出している玄関へと入っていった。玄関口にまだ火の手はなかった。火は奥の方から出ているようだ。

慎吾は、母の姿を求めて、母の部屋へと向かった。部屋の方へと近づくにつれ、火の影が見えだした。慎吾が見る限り、火の手の元は母の部屋であった。

母がそこで倒れているかもしれない。

慎吾は焦った。だが、火の手が彼の行く手に立ちふさがり、母の部屋まで到底辿《たど》り着けそうにない。

「お母さ～ん！　お母さ～ん！　いるのですか？　返事をして下さい！」

慎吾は声を限りに叫んだ。何度も叫んだが、答えは聞こえない。ぼうぼうという炎の音に、かき消されてしまっているのかもしれない。

その内、慎吾は自分自身の意識も危なくなっている事に気づいた。頭がくらくらとして目が霞《かす》んでくる。

「お母さ～ん！」

慎吾は最後の一声を振り絞ると、がっくりと膝《ひざ》をついた。体が動かない。煙と炎で、辺りの様子さえよく分からなくなっていた。

――やっぱり僕は天罰で死ぬんだ……。

慎吾が混濁していく意識の中で、そう感じた時だった。誰かの声がした。

「なんだって、こんな所にいるんだ。とんだ邪魔をしてくれるものだ」

声のする方を見上げた。炎の中に白い人影が見えた。

砥笥貢様……いや、そうじゃない、これはあの人だ……。

炎の中に立っていたのは朱雀だった。朱雀は怖い顔をして、慎吾を睨《にら》んでいた。

その朱雀の姿が、みるみると砥笥貢神に変わっていく。手に槌と鑿を持ち、慎吾にじわじわと近づいてきた。

「邪魔だてをしたお前も、米のように殺してやろう」

砥笥貢神が鑿を振り上げ、慎吾の首筋に振り下ろした。ずぶりと、首筋に鑿が突き刺さる感触がした。

「わぁ！」

慎吾は体がびくりと痙攣《けいれん》した衝撃で、目を覚ました。

白い壁と、白い天井が視界に飛び込んできた。白衣を着た女の人が上から自分を覗《のぞ》き込んでいる。

「目が覚めましたか？　良かったですね。一時は危なかったのよ」

慎吾は訳が分からず、女の人に尋ねた。

「砥笥貢様は？　砥笥貢様はどうしたのです？　僕は砥笥貢様に殺されたのではなかったのですか？」

すると、女の人は不思議そうな顔をした。

「何を言っているのかしら？　此処《ここ》は病院で、貴方《あなた》は軽度の火傷《やけど》を負っただけで、大丈夫よ」

――病院？

布カーテンに区切られて誰かは分からないが、通路を隔てて向かいにベッドに寝ている人が見える。

「とにかく目が覚めた事を先生に、報告してきますね」

女の人はそう言って去っていった。

火傷っていうことは、火事の事は夢ではなかったんだ。

とすると、米が砥筒貢神に殺された事も夢ではないだろう。

では、朱雀は？　朱雀は本当にあの時、いたのだろうか？

それとも煙で意識がなくなる寸前に幻覚を見たのだろうか？

それに家が燃えていたのは何故なんだろう？

やっぱり砥筒貢様が怒って、火をつけたんだろうか？

そうだ、それにお母さんはどうしたのだろう？

僕が助かったのだから、お母さんも助かったのだろうか？

それとも家の中にお母さんはいなかったのか？

それとも、お母さんは……。

慎吾の頭の中に、いろんな疑問が渦巻いた。

暫《しばら》くすると、医師がやってきた。

慎吾の目や、喉の調子を調べた後、指を二本立てて慎吾の前に差し出す。

「何本かな？」

「二本です」

すると、医者は今度は指を四本突き出した。

「これは何本だね？」

「四本です」

「ふむ。意識ははっきりとしているようだね」

「あの……先生、一体、僕はどうしたんですか？」

慎吾の問いに医者は厳しい顔をした。

「君は家の火事に巻き込まれて死ぬ寸前のところを、助け出されたんだ。意識を失った君を桂検事さんと、後木さんという人が病院に担いできたんだよ」

「桂検事さんと、後木さん？　家の方は、僕の家の方はどうなったんですか？」

「全焼したようだ。君の家どころか、馬耳村は火事で殆《ほとん》どの家が燃えて、壊滅状態らしい。今頃、警察や消防団が、沢山、村の方へ行っていることだろう」

「村が壊滅……」

医者の思いがけぬ言葉に、慎吾は唾《つば》を呑《の》んだ。

「じゃあ、お母さんは？　僕のお母さんのことを先生はご存じありませんか？」

「さて、それが連絡がとれないのだよ。君が担ぎ込まれてすぐに、御家族に連絡をと思って、君のお母さんを探したのだが、君の村の人達も姿を見ないと言っていたし、今もって、こちらに連絡が無いんだ……」

慎吾はそれを聞いて愕然《がくぜん》とした。

母が失踪《しっそう》？

父が言った事は本当だったのだ。

一体、何故？

炎の中で見た朱雀の姿が蘇《よみがえ》った。

あの人だ。あの人に違いない。

あの人が僕の家に火をつけてお母さんを掠《さら》っていってしまったんだ。

医者は慎吾が深刻に考えている様子に気づいたのか、慎吾の頭を撫《な》でて言った。

「お父さんの事もあるし、お母さんも失踪では君も不安だろう。しかし、今は何も考えずに、よく体を休めるんだ」

「分かりました。でも先生、桂先生と後木さんに会えないでしょうか？」

「うん？　二人に会いたいのかね？」

「はい。会って聞きたい事があるんです」

「ふむ。では二人に会ったら、君の意思を伝えておくよ」

「お願いします」

医者は頷《うなず》いて、それから慎吾の腕に注射を一本打った。そして去っていった。

5

「林田慎吾君の方は、軽い一酸化炭素中毒でしたが、もう大丈夫です、しかし、朱雀検事先生の方は随分と衰弱が激しいので、暫く昏睡《こんすい》状態が続くでしょう」

「そんなに衰弱を？」

桂は驚いて訊《たず》ねた。

「ええ、朱雀検事先生は、二日前に肋骨《ろっこつ》に罅《ひび》が入った状態でここに来られましたが、その時点から、健康検査で衰弱が認められました。よくお話をお伺いすると、一週間ばかりろくろく寝ても食べてもいらっしゃらない様子でしたので、点滴をいたしましたが、本当なら二週間は入院して頂かなければならないところを、看護婦が一寸《ちょっと》、目を離したすきに出て行かれてしまったのです」

「そうでしたか……」

そう言えば自分も、朱雀と合流してから馬耳村で過ごしている間に、朱雀が寝ている姿を見たことがなかった。どれほど朱雀が食事に箸《はし》をつけていたかも記憶にない。医者の言うように、きっと殆ど寝ず、食わずだったのだろう。それほど、朱雀は神経を張り詰めて調査していたのだ。

桂は神妙な気分になって、重い溜息《ためいき》を吐いた。

「今回はそういうわけにはいきません。ちゃんと休養をしないと」

医者が咎《とが》めるように言う。

「分かりました。気がついたら本人にそう伝えて、無茶をしないように私が見張っておきます」

「ええ、ではそうして下さい。点滴が無くなったら看護婦を呼んで下さい。私はこれで……」

医者が病室を出て行った後、桂は青白い顔でベッドに横たわっている朱雀の脇に、病室の隅から椅子を運んできて座った。

長い睫《まつげ》が蒼《あお》い影を落とし、肌にはまるで血の気はなかった。呼吸しているような風情すらもない。このまま朱雀が息絶えてしまいそうな気がして、桂は思わず布団から出ている朱雀の手を握りしめた。

後ろで、かちゃっと音がした。見ると、ドアを開けて後木が入ってくる。

後木は桂と朱雀の様子を見ると、自分も部屋の隅にあった椅子を運んできて、桂とは逆の側のベッド脇に座った。

「朱雀さんは大丈夫だろうか？」

「大丈夫です。先生は神様ですから」

後木が確信を持って答えた。桂は少し安心したような気分になった。

「そうだな。そうに違いない。それで、慎吾君の方は？」

「ぼっちゃんは、顔色はよくないながらもお元気そうです」

「そうか……それは、よかった」

「はい。しかし、私に長官と奥様のことばかり尋ねてこられます。それに朱雀先生のことも……、私には何も答えられません」

後木がもどかしそうに言った。

確かに慎吾にしてみれば、理不尽なことばかりであろう。さぞかしその心は不安に満たされているに違いない。

「分かった。私が会って話をして来よう。朱雀さんの事は頼んだよ。慎吾君の病室は何号だい？」

「602号です」

「602号か、分かった」

桂は立ち上がり、病室を出た。灰色のリノリウムの廊下。所々罅の入った真っ白な壁。医者や看護婦が往来しているその消毒液の匂いのする雰囲気は、桂は大の苦手であった。

桂は病室の番号を読みながら、慎吾のいる部屋を探し、辿《たど》り着いた。

一応、ノックする。

「はい……」と、小さな声で返事があった。桂は部屋の扉を開いた。

慎吾が眉《まゆ》を顰《ひそ》め、神経質そうな顔色で、ベッドに座っている。

「目が覚めてよかった。もう気分は悪くないかい？」

桂が近寄りながら慎吾に訊ねると、慎吾は、ぶるっと唇を震わせた。

「何故、あの検事さんは僕の家に火をつけたんですか？　お母さんはどうしているのですか？　あの検事さんが、お母さんを連れて行ってしまったのでしょう？」

慎吾は火事場で朱雀の姿を見て、何か誤解しているらしい。

「慎吾君、朱雀さんは君の家に火をつけたりなんかしていないよ」

「嘘だ！　僕は燃えている家の中で、あの人を見たんです。あの日、村には誰もいなかったんです。だから火をつけたんなら、あの人に違いありません」

「違うよ慎吾君、火をつけたのは朱雀さんではない。それどころか、朱雀さんは火に巻かれた君を助け出したんだ」

慎吾は不可解な顔をして桂を見た。

「じゃあ、じゃあ、何故、僕の家は燃えていたんですか？　やっぱり砥笥貢様の祟《たた》りですか？」

桂は、ぐっと答えに詰まった。

砥笥貢神の祟り……。

そう言われれば、そうでないとは言い切れない。だが、火を現実につけたのは美鈴だ。

「教えて下さい、検事さん。検事さんは知っているのでしょう？　一体、何が起こったんですか？　あの検事さんがお母さんを連れて行ったのでなければ、僕がこんな風なのにお母さんが来ないのは変です。後木さんは何も言ってくれないし、僕はとても不安なんです」

桂は悲愴《ひそう》な叫びを上げている慎吾の肩に手を置いた。

「いいかい、慎吾君。気持ちを落ち着けてようく聞くんだ。君には大層なショックであろうけど、君の家に火をつけたのは、君のお母さん。すなわち美鈴さんなんだ。そして、美鈴さんは、おそらくあの火事で亡くなられた……」

慎吾は、ぽかん、と口を開け、暫《しばら》く人形のように硬くなっていた。

「……そんな……。お母さんが死んだだなんて……。お母さんが火をつけただなんて……。そんなの変です。出鱈目《でたらめ》だ！」

「出鱈目ではないのだよ。現に私は美鈴さんが、家に火を放つのを見たんだ」

そんな……。そんな……。

と、慎吾は頭を抱え込んだ。

「どうしてなんです？　どうしてお母さんが家に火なんかつけたんです？　そんな事をする理由がないじゃありませんか！　理由があるなら教えて下さい。なんでなんです、検事さん！」

美鈴が自分の家に放火する理由。そう言われてみれば桂にもよく分からなかった。林田長官の襲撃事件の時に、一人こっそりと青葉山に行っていた理由。セロファンに、あんな砥笥貢神の姿を描いて持っていた理由。押し入れにあった不可思議なカメラ器具。考えてみれば、それらの全てが謎に満ちている。

何故なんだ？

美鈴もまた、彼女のように砥笥貢神に憑《つ》かれていたのだろうか？

どうしたって、彼女の取った行動だけでは、馬耳村で起こった怪異の数々の全てを説明することは出来ない。

やはり砥笥貢神は存在し、その祟りが全ての災いの元であったのか？

桂の胸にも答えの出ない疑問が渦巻いた。

そして、あの後、馬耳村に向かった時の事を思い出した。

6

大波街道を馬耳村へと向かう途中。

風は鋭利な刃物のように鋭く冷たく、桂の肺に突き刺さった。

黒い魔物のような夜の海から唸《うな》るような海鳴りが響いていた。その音に重なって、朱雀の声が聞こえた。

「不思議なことに、東泰治という男の歩いてきた人生は、桂さんの送ってきた人生と、何処か似ているのです。

東泰治は幼少の頃に両親を事故で失い、後見人となった叔父《おじ》夫婦に育てられました。そしてかなりの虐待を受けて育ったようです。彼は何かそれで思うところがあったのでしょう。通常の中学校に進んでいたのを、途中で止め、士官学校へ入り直します。桂さんも東も愛情に恵まれぬ孤独な幼少期を過ごし、そして異端児であった。東は、優秀な成績で士官学校を出ますが、陸軍に入ってからも主流と迎合せずに独自の道を歩むのです。

口の重い、自分のことを語らぬ男だったようです。そして自ら志願して諜報団《ちょうほうだん》へと身を投じます。

上海で彼は闇社会と通じるようになり、どうやら陸軍がアヘン販売のルートを確立するのに暗躍したらしい。そこで膨大な闇利益を上げた事、中国の青幇《チンパン》に密接な人脈を持ちえた事などが評価されて出世していった。だが、彼の秘密活動はそれでやむ事はなかった。当時まだ有象無象の輩《やから》だった関東軍の首脳陣・石原莞爾《いしはらかんじ》、板垣征四郎《いたがきせいしろう》、河本大作らに近づき、様々な陰謀を画策して、今日の満州国の建国までを手引きしている。

東泰治という男は実に特殊です。その行動を追っていると、国の為を思っている訳でもなく、陸軍の権益を拡張しているという訳でもなく、何か個人的に闇に引かれ、この世を混沌《こんとん》に陥れようとしているように僕には思えるのです。

確かに彼の幼少時代の境遇には同情すべきところがある。だが、同じような孤独感や絶望感を覚えたとしても、その中で闇を求める者と、光を求める者とが別々に存在します。東泰治は闇を求めた。しかし、桂さん、貴方《あなた》は絶望と孤独の中でも光を求めた」

「そんな……。私はそんな大層な者ではありません……」

桂は恐縮して答えた。

「いえ、貴方の心はいつも弱者と民衆と共にあった。僕には分かるんです。貴方はこの戦争には反対で、今の帝国主義国家に対しても否定的です。だからプロレタリアートの支援などをするのです。そんな貴方だから、僕はこの使命を共に遂行してくれる人間として選んだのです」

「私は……。私は朱雀さんのことを誤解していました。てっきり任務にかこつけて、美鈴さんに横恋慕する為に、馬耳村に来たのだと……。あまつさえ、貴方が馬耳村で起こっている忌まわしい事件に関係しているのではないかと……」

朱雀は、きゅっと桜色の唇を噛《か》んだ。

「そう思われても仕方がありません。何も言わずに、貴方があえて僕を誤解するように仕向けたのは他ならぬ僕自身ですから」

「何故、何も言ってくれなかったのです？　最初から真実を教えてくれていたら……」

言いかけた桂の言葉を朱雀が遮った。

「貴方は僕を信じてついてきてくれましたか？」

桂は言葉を失った。確かに、最初に国政に関わる関東軍の陰謀などという話を聞いていたら、俄《にわか》には信じられなかっただろう。また、信じたとしても自分は保身に回っていたかもしれない。

「貴方に僕の言葉を信頼させ、そして、のっぴきならないところまで巻き込んでしまわなければならなかった……。それには時間が必要だったのです」

朱雀が言葉を続けた。桂は黙って頷《うなず》いた。

「それで、これから何が起こるというのです？」

「関東軍による大量の武器の密輸です」

「武器の密輸！」

「ええ。浜口内閣が中国に対する積極的外交を認めたとはいえ、今は、同時に右翼思想も取り締まろうとしている御時世。そして軍拡にも疑問の声が多い。関東軍はさらに南下し、中国全土の略奪までを狙っているが、今のところ正式ルートで大量の武器を仕入れる事が出来る体制ではない。

そこで彼らは、あちこちで怪しまれぬように分割して、武器弾薬を買いあさり、ある程度の量になったのを見計らって、東舞鶴港から中国へと密輸しようとしているのです。そして、その計画に林田長官が荷担している」

「林田長官が？」

「ええ、彼は密入国の検査もしているし、船荷の検査もしている。彼を巻き込まなければ、大量の武器の密輸などは無理なのです。そして、東泰治は彼に近づいて、上手《うま》く丸めこんだに違いありません。あの年越しの朝の事を憶えていますか？」

「年越しの朝……」

「そうです、青葉山から帰ってみたら、長官の邸宅に盗賊団が入っていたでしょう？」

桂は思い出した。

——あの日、寝不足の目に、朝日が錐《きり》のように差し込んできていた。結構な積雪があり、疲れていた桂は、早く眠れることを期待していた。だが、朱雀を乗せた人力車が急停止したのだ。そして朱雀がマントを翻して人力車から飛び出して来た。

「皆さん、一寸《ちょっと》、止まって下さい！」

朱雀の高い声が聞こえた。村人達はぴたりと歩みを止めた。朱雀は前にいた人混みをかき分けて行く。桂もその後に続いた。村人の群れの先頭に立った朱雀は、じっと地面を見ていた。

「見て下さい。沢山の轍《わだち》の跡と、人の足跡です。しかもまだ新しい。中に地面が見えているところを見ると、雪がやむ少し前に付いた物でしょう」

確かに朱雀の言うとおり、雪の上にハッキリと轍と人の足跡があった。

「つまり、村に誰もいなかった時に、何者かが大勢でこの村に侵入して来たということですか？」

桂が訊《たず》ねると、朱雀は心持ち頷いた。

「そうですねえ、そういうことになります」

——それで、朱雀に促され、桂は朱雀と肩を並べて轍と人の足の痕跡《こんせき》を追って歩いたのだ。足跡を追っていった先は、林田長官の邸宅だった。足跡は庭中に散らばり、ところどころ閉められていた雨戸などがこじ開けられていた。

そこで朱雀の提案で、朱雀が一階を見回り、桂が二階を見回ったのだ。階段や廊下に付いた靴痕《くつあと》が生々しかった。それらは迷うことなく二階の三番目の部屋に向かっていて、部屋の襖《ふすま》が開いていた。そこは茶室だったが、足跡は押板や棚へと続き、飾られているはずの茶道具が無くなっていた。

「あれは窃盗団などの仕業ではなかったのです。関東軍の一派が、村人がいなくなるあの時を見計らって、集めた武器弾薬を林田邸の中に持ち込んだ痕だったのです。きっと、僕らが来たのを知っていた東が、雪についた足跡の言い訳をする為に、わざと、窃盗団のように装わせたのでしょう」

なるほど、窃盗団が入ったというのに、妙に林田長官が落ち着いていた理由が分かった。

「しかし、そんな確証があるのですか？　それに持ち込まれたという武器弾薬は一体、何処に？」

「確証とは言えませんが、あの積雪に残っていた足跡の中の一部の靴痕が、陸軍兵のブーツの痕だと後木君が教えてくれたのです。ねえ、後木君」

朱雀の問いかけに後木は静かに頷いた。

「はい、そうです。陸軍兵の靴の裏には、他の市販の靴とは違って、ぎざぎざの溝が、多く入っています。それは二十二本で、十三本目の真ん中には、日本帝国陸軍という文字と製造番号が入っています。その様な靴痕が、およそ五人分ありました。五人分というのは製造番号がはっきりと見えた分です。一つ目は２０３６７、二つ目は４６２９８、三つ目は５５９０１、四つ目は４０４０２、五つ目は７６１３２です」

後木が淀《よど》みなく答えた。朱雀が言葉を続けた。

「武器弾薬が隠されているのは、恐らく林田長官邸の倉の中でしょう。そして手配した密輸船に乗せる事になっていた。だから、再び、敵は林田邸から武器を港へと運び出す為に姿を現すはずです」

「なるほど……。待って下さい……。と言うことは、それは、林田長官が村を無人にさせようとしていた今日か明日である可能性が高いわけですね」

「そういう事です。だから僕達は馬耳村に早急に戻らなければならない。何時、敵と出くわすかは分からない。しかも僕らは三人、敵は多勢です。酷《ひど》く分が悪い。だが、死体と遺書を隠蔽《いんぺい》された以上、密輸しようとしている現場を押さえるしか彼らの悪行を暴く手立てはないのです。覚悟は出来ていますか？」

桂は、ごくりと唾《つば》を呑み、頷いた。

「もしも、どうにも出来そうにない場合は、僕が敵の武器弾薬とともに殉死します。桂さんはその証人となって下さい。後木君も頼みます」

朱雀は、さっぱりとした決意の顔で言った。

海鳴りが遠ざかっていく。道は大波の集落を抜け、馬耳村への狭い道へと続いていった。

――まだ敵は乗り込んできていないようだな……。

雪道を懐中電灯で照らしながら、朱雀が呟《つぶや》いた。

雪道は桂が見たところ平らで白かった。大勢の人間が来たような痕跡は無い。

「先生、あれを」

後木が道の一つ所を指さした。

朱雀の懐中電灯の灯《あか》りが其方《そちら》に動いた。

小さな足跡が、一つ。藁靴《わらぐつ》の痕である。女か子供の足跡のようであった。


——誰か先客がいるようだ。気をつけましょう。


朱雀が言った。それから後木はまた、周囲を窺《うかが》っていた。

「先生、あそこにも違う足跡があります」

懐中電灯の灯りがそこに向かった。それは藁靴の痕とはあきらかに違っている。三角形の窪《くぼ》みと、その後に半楕《だ》円《えん》形の窪みが有った。

「この靴痕は、恐らく美鈴さんのものだ……」

朱雀が囁《ささや》くと、後木が頷いた。

(やはり美鈴さんが……。無人のはずの村で、一体、何をしているのだろう?)

桂は、ぼんやりと思った。

村は静かだった。雪の降り積もった水田地帯を抜け、人家の方へと向かう。目的地は勿論《もちろん》林田邸だ。もうすぐ目的地に着くという時だった。

人家の脇から、ふらりと人影が現れた。桂は、その人影を見て息を呑んだ。

ざんばらのおかっぱ頭。赤ら顔の醜く歪《ゆが》んだ顔。顔全体の軸が歪んでいる上に、ぎょろりと飛び出た右の目玉。逆に潰《つぶ》れたように眇《すが》められた左の目。曲がった鼻、口は窄《すぼ》められ、唇が突き出している。白い狩衣《かりぎぬ》が、青白い炎を発している。

（とっ、砥笥貢神！）

砥笥貢神が槌《つち》を振り上げ、桂達に迫ってきた。横にいる後木も、戸惑っている様子だ。棒立ちになっている二人に朱雀が叫んだ。

「惑わされないで下さい。あの砥笥貢神の足を見て！」

はっ、として桂は砥笥貢神の足を見た。一本ではない。二本ある。

「ちゃんと二本あるでしょう。あれは本物ではない。人の仮装です！」

後木が先に動いた。迫ってくる砥笥貢神に突進し、その槌を持っている手を摑《つか》んで、押しとどめた。砥笥貢神は暴れながら、一方の鑿《のみ》を持った手を振り上げ、鑿を後木の肩に突き刺した。呻《うめ》きながら、後木が怯《ひる》む。

桂は半信半疑で、砥笥貢神の腕に手を伸ばした。また、影のように摑めないのではないか？　そんな不安感に反して、砥笥貢神の腕は、しっかりと摑めた。

（やはり、これは人間なんだ）

　桂は砥筒貢神の槌を持った方の手をねじり上げ、後ろ手に回すと、体を羽交い締めにした。砥筒貢神は意外と力弱かった。安易に動けなくなったようだ。その手から、ぽろりと槌が落ちる。

　朱雀が素早く桂と砥筒貢神に近づいてきた。かと思うと、砥筒貢神の顎《あご》に手をかける。そしてその手を持ち上げると、砥筒貢神の顔が、ばさりと雪の上に落ちたのだった。

　後木が血の噴き出す肩口を押さえながら、驚愕《きょうがく》の表情をしている。桂からは砥筒貢神の顔は見えない。

「見当はつけていましたが、貴方《あなた》でしたか……。米さん」

　朱雀が言った。

（米だって？）

　桂は後ろから砥筒貢神の顔を覗《のぞ》き込んだ。尋常ならぬ引きつり方をした米の顔が其処《そこ》にあった。相手が老女だと知って、桂は少し腕を緩めた。米が、くたくたと雪の上に座り込む。

「どうして、こんな事をしたんです？　ご主人やお子さん達の事への復讐《ふくしゅう》ですか？」

　朱雀が米に訊ねた。米は答えない。

「復讐とはどういう事です？」

　桂は訊ねた。

「オナミさんの息子さんの話はしたでしょう？」

「あっ、ええ、オナミさんから直接聞きました。息子さんとお孫さん達は、皆、天然痘になってしまった。それで村に天然痘が流行したら大変だと、病に倒れた息子さん達は、村はずれの仮小屋に移された。無事だった嫁が、入ることを禁じられた仮小屋の前に、食事だけは運んでいっていたが、それを食べた様子もなくなって、村ではもう死んだのだろうという事になった為、死体に手を触れるのも危険なので、小屋に油をかけて火を放ったという話でしょう。その辺りにはクレゾールを大量に撒《ま》いたせいで、今でも草木が余り育たないという……」

「ええ、その嫁というのが、この米さんですよ。そして米さんにとっては夫と子供であるオナミさんの息子さん達の処分を下したのが、当時、村長をしていた林田言蔵とその補佐をしていた高田村長だった」

　すると米が、きっと顔を上げて桂達を睨《にら》んだ。

「夫と、子供達はまだ生きていましたよ！　なのに高田と林田の家が村のみんなに命じて、小屋に火をつけたんです！　可哀想に、あの人と、あの子達は生きながら焼き殺されたんです！」

　――そんな風に思って、言蔵や村長達を手にかけたのか……。もしやと思っておったが、それで砥笥貢様を装っていたとはなんという罰当たりな事じゃ……。

不意に声がした。その方向を見るとオナミが立っていた。オナミが静かに近づいてくる。

米の体から、くったりと力が抜けた。桂は米を羽交い締めにしていた腕を解いた。

「お義母様《かあ》！　それは違います。私は砥笥貢様に命じられて、あの人達に天罰を下したのです。そう……最初、砥笥貢様が私の枕元に立たれたのです。年越しの夜と元日の夜のことでした。砥笥貢様は『この村には罰当たり者がいるから、天罰を下す』と仰《おつしや》ったのです。その通り、藁屋《わらや》で火がおこりました。それで私は不安に思って、元日の夜に砥笥貢神社に詣《もう》でたのです。そしたらどうでしょう、神箱が開けられて砥笥貢様の面が盗まれていたじゃありませんか。それで私は村に罰当たり者がいるという砥笥貢様の言葉の意味が、ようく分かったのです」

「そっ……その犯人は、慎吾君と数人の少年達ですよ」

桂は、少年達が林の中の空き地に面を埋めていた様子を思い出して言った。

「やはり！　やはりそうでしょう！　村の罰当たり者がいたのです。砥笥貢様は、天罰を下すように私に命じられました。それで私は砥笥貢様の天罰を下すのに一番いい物だと思って、砥笥貢様の槌と鑿を使うことにしたのです……」

「藁屋に火をつけたのは、本当に米さんじゃないんですか？」

桂は米に訊《たず》ねた。

「違います。あれは砥笥貢様の仕業です。そのことがあったから、私は砥笥貢様が確かに怒ってらっしゃるのだと確信したのです」

「それで貴方は、まずは林田言蔵を殺そうと狙った。しかし、義理の母親であるオナミさんの家が隣にあるので、火をつければ、燃え移るかもしれぬと思い、まずは、砒素《ひそ》入りの蜜柑《みかん》を食べさせ、のたうつ言蔵を槌と鑿を使って殺害した。そうですね？」

朱雀が米に訊ねた。

「仕方ありません。砥笥貢様が、まずは言蔵に天罰を下すようにと命じられたのですから。殺し方は砥笥貢様が教えてくれたのです」

「それは真《まこと》か？」

オナミが米に迫った。

「誓って嘘は言いません。でなければ、なんで私が此処《ここ》までするでしょう」

米が胸を張って答えた。その声には嘘の澱《よど》みはない。桂は戸惑った。

(砥笥貢神が命じた……。確かに朱雀も本物の砥笥貢神と偽物の砥笥貢神がいると言っていた。とすると、米に様々な事を命じた本物の砥笥貢神がいるのか……？)

林の中で会った、あの一本足の不気味な祟《たた》り神の姿と、摑もうと思っても手が空を切る不気味な感触が蘇《よみがえ》る。

「では、高田村長の家に火をつけたのも、米さん、貴方ですね」

朱雀が尚《なお》も問う。

「砥笥貢様のご命令でしたから。それに砥笥貢様が明らかに私を、ご自身の代理として選ばれた証《あかし》を私は手に入れたのです」

「証？」

「ええ」と、米は誇らしそうに頷《うなず》き、言葉を続けた。

「村の人間達への戒めの為に、まずは寄り合い所を焼いた後のことです。私は、砥笥貢様の不思議な導きを受けたのです。

寄り合い所の鎮火活動で疲れ切って帰っていた道すがら、真っ白な神々しい犬の姿がありました。村では、見たこともない毛艶《けづや》の輝く、体軀《たいく》も立派な犬が、私を待ちかまえるようにして立っていたのです。犬は私と目が合うと、まるでついてこいとでもいうような素振りで歩き出しました。私がその後を追って、行き着いた先は、あの場所です。忘れもしない夫と子供達が隔離された仮小屋のあとです。そこで、犬はしきりに地面を嗅《か》いで、穴を掘り始めました。すると、犬が穴を掘っている松の木の下に、砥笥貢様が姿を現されたのです。砥笥貢様のお使いだったのか……と、私は得心し、そのお姿に祈りました。やがて犬は穴を掘るのをやめると、土の中から何かを咥《くわ》え出してきたんです。それが何ということか、砥笥貢様の面が入った鞄《かばん》だったのです。

こんな不思議な事が、この世にあるでしょうか！　私は自分は、砥笥貢様から役目を背負ったことを確信いたしました。そうして、砥笥貢様が更なる天罰を求めているに違いないと思ったのです。その時、私は同時に見たのです。林の奥で揺れている数多《あまた》の人魂《ひとだま》を、死んだ人々のざわめきと、無念の叫びを聞いたのです。その思い通りに、毎夜、毎夜、砥笥貢様は私の枕元に立たれて、天罰の内容をお命じになりました。そうして、その通りにしたのです。私の独断でしたことじゃあありません。全ては砥笥貢様のお心です。現に砥笥貢様の井戸も火を噴き上げました。砥笥貢様はこの村を滅ぼすことを望んでおられるのです」

桂は、くらくらとした。

慎吾達が砥笥貢の面を隠したあの場所が、オナミの息子達が隔離された仮小屋の場所で、しかも面の在処《ありか》へと砥笥貢神の使いの犬が米を導いた……。その時、米は林の中で数多の人魂を目撃した。そして確かに砥笥貢神の井戸が火を噴き上げた。ありえないこれらのことを、どう説明すればいいのだろう？　そう、それに確かに昨夜見た、砥笥貢神が米の仮装だったとしても、其処に何かの神仏の力が働いていたに違いない。あの炎を背負った砥笥貢神の姿……。あれは普通ではあり得ないことだ。

「そして砥笥貢神を装って、林田長官を襲撃した」

朱雀が米に訊ねていた。

「ええ、そうです。誰が神仏の命令に逆らう事ができましょう？　たとえそれが人殺しであったとしても……。ねえ、お義母様、そうでございましょう？　お義母様も、そこの検事先生を砥笥貢様の生け贄《にえ》にしなければならないと言っていたじゃありませんか、それで私は逃げたこの人を見つけたら、殺さねばならないと捜し回っていたのですわ」

米の問いかけに、オナミは複雑な顔をして黙っていた。

「なるほどね、全ては砥笥貢様の命令だった訳ですか……。言蔵の家に仮泊まりしていた高田村長夫妻を撲殺したのも……」

朱雀が言った言葉に、米は不可解な微笑を浮かべた。

「でも、砥笥貢様は、まだ怒りを解いておいでではありませんわ。検事先生を生け贄に出来なかったのですから……」

そう言った瞬間、闇の向こうで、赤い光が輝いた。煙の匂いと、ぱちぱちという音が聞こえてくる。

（——火事だ！）

皆が思った時だった。米が、甲高い声で笑った。

「ほら、やはり天罰が下されたって、砥笥貢様を止める事など出来はしないんです」

米が、咄嗟《とっさ》に動物のように素早く動いた。私を捕えた。雪の上に転がっていた鑿《のみ》を手に取り、自分の喉《のど》を突いたのだ。白い雪が、再び赤い液体で染まった。

米の喉が、がらがらとうがいをするような音を立てる。

「米！」

駆け寄ったオナミの袖《そで》を米は震える手で摑《つか》んだが、かっと白目を剝《む》いて息絶えた。

「火の手の方へ行くんです！」

朱雀が叫んだ。

7

赤々と火の手が上がっているのは林田邸の方であった。邸宅の前まで行くと、辺りは煤《ばい》煙《えん》と火の粉で包まれていた。火の元は邸《やしき》の奥の方と見えた。桂達が庭まで入っていくと倉の戸が開け放たれ、その前に立っている人影があった。

美鈴だ。手には松明《たいまつ》が持たれている。

「美鈴さん！　やめて下さい！　そのことは僕がどうにかしますから！」

朱雀が叫んだ。

はっとした顔で振り返った美鈴は、「私の事には構わないで！」と、言うや否や、倉の中へと急ぎ足で入っていった。

朱雀が、弾《はじ》かれたように駆け出した。桂と後木もその後に続いた。

空気は灼熱《しゃくねつ》となり、あちらこちらに炎の影が揺らめいている。朱雀はそんなことはものともせぬ勢いで庭を走り抜け、倉の中へと飛び込んで行く。

その途端、倉の入り口が赤く発光した。

桂と後木は顔を見合わせ、覚悟を決めて倉の中へと足を踏み入れた。

まるで、入ってくるなと言うかのように、入り口の辺りから小さな炎が、柱や壁や積まれている荷物等のところどころを燃やしている。進むにつれ、その勢いは激しい物になり、やがて炎の垣根が前に立ちふさがった。

　そこに朱雀がいた。桂と後木は炎を避けながら朱雀の許《もと》に駆け寄った。

「一緒に逃げて下さい！　その火を放して！　もう放っておいても倉は燃えてしまいます」

　朱雀が必死に炎の垣根の向こうに呼びかけている。

　其処《そこ》には、美鈴が松明を手にして立っていた。彼女が立っているのは、倉の一番奥まった所のように思えた。麻袋に詰められた荷物が山積みになっている。

「私は生きている訳にはいかないのです。此処《ここ》で死ななければならない身なのです。貴方《あなた》こそ逃げて下さい。貴方にはやらねばならない事が沢山おありでしょう？　私がこのダイナマイトに火をつける前に、出来るだけ遠くに、遠くにいくのです」

　美鈴が麻袋の積み荷を指さしながら言った。

「厭《いや》だ！　貴方と一緒でないと僕は此処を動きません！」

　朱雀が乱れた声で答えた。だが、美鈴は意を決した顔をして、動かない。

「朱雀さん、無理だ。このままでは皆、焼け死んでしまう。ここは一旦《いったん》、身を引きましょう」

　桂はそう言って、朱雀の肩を揺すったが、朱雀はその手を振り払った。

「僕のことはいいですから、桂さん、後木君、行って下さい」

「何を言ってるんです。朱雀さん早く、貴方が美鈴さんを想う気持ちは分かるが、これ以上ここにいるのは無茶だ。厭と言うなら力ずくでも貴方を連れ出しますよ」

桂は必死で言った。もう既に、三人の周囲には、じわじわと炎の包囲網が迫ってきている。本当に、今、逃げなければ危ない。

「後木君！　僕の命令です。桂さんを何としても外に連れ出しなさい」

仁王立ちしていた後木は、ぴくりと身動《みじろ》ぎし、頷くや否や、桂の背後に回って羽交い締めした。

「なっ、何をするんだ後木君、放したまえ！」

桂は後木の腕を振りほどこうと試みたが、後木の力は驚くほど強靱《きょうじん》で、桂を抱きかかえたまま、ずるずると引きずり始めた。

引きずられている桂の目の前で、ぼうっと炎が大きく吹き上がる。朱雀の姿が、炎の向こうにと引き裂かれた。桂は諦《あきら》めた。抗《あらが》っているどころではない。そんな事をしていたら、自分を外に連れ出そうとしている後木の身すら危ない。

「分かった後木君、放してもいい。私は外に逃げるから」

桂が叫ぶと、後木は手を放した。二人で、燃え落ちてくる木切れや、壁をかいくぐり、必死で戸口へと向かう。煙も酷《ひど》くて視界もよく利かない。咳《せ》き込みながら、ようやく外に飛び出した二人は、雪道を転げるようにして林田邸から出来るだけ離れた。

人家の辺りを越えて、水田地帯へと達する。

もうこの辺りまでと思って立ち止まった桂は、人家の方で燃え上がっている炎を振り返った。

「朱雀さんは、もう駄目だろう……」

すると、後木が首を振った。

「先生は大丈夫です。先生は神様ですから」

その時、大音響が空気を震わせた。粉塵《ふんじん》が辺りを薄暗くし、炎が一際大きく広がって、周囲に広がっていくのが分かる。ダイナマイトが遂《つい》に爆発したのだ。

集落の辺りが一斉に燃え始めた。

村を燃やし、山を燃やす……。

これが砥笥貢神の祟《たた》りなのか……。

桂は愕然《がくぜん》とした。

めらめらと炎が燃えている様を、桂と後木は、ただただ眺めているしか方法がなかった。

——嗚呼《ああ》……。

私がもっと注意をして、生け贄の儀式などに捕まらずに済んだなら、的場陽一の死体と遺書も世に出て、関東軍の陰謀も暴かれ、こうして朱雀が死ぬこともなかったのに……。

桂は、ぶるぶると震えた。

火は小波《さざなみ》のように、水田地帯まで寄せてき始めた。

悔し涙を落とした桂の耳元で、後木が囁《ささや》いた。

「朱雀先生が、帰って来ました」

驚いて、はっと顔を上げると、後木が指さす道の向こうから、蜃気楼《しんきろう》のような人影が近づいてくる。

(まさか……!)

桂は我が目を疑った。

人影は、道の端で燃え上がる火の手を避けながら、こちらへと向かってくる。そしてそれは確かに朱雀だった。背中に誰かを背負っている。子供のようだ。

近づいてくるに従ってその姿は明らかになった。朱雀は、随分と全身を煤《すす》だらけにしていたが、大きな手傷は負ってはいないようだった。背中に背負われている子供は、慎吾だ。気絶している様子で、ぐったりとしている。

後木が駆けていった。朱雀の背中から慎吾を抱きかかえる。桂も走っていって、思わず朱雀に抱きついていた。

「よかった! よかった! もうすっかり駄目かと思いました」

朱雀は桂の腕の中で、ごほごほと噎《む》せ返った。

「思いも掛けず、慎吾君が邸の中へ入ってきたのです。彼の声が聞こえて、それだから仕方なく僕が保護しました」

「それはどうしてだか、僕にもよく分かりません。折角、心中しようと思っていたのに、とんだ邪魔をされてしまった」

「慎吾君が？　何故また？」

「じゃあ、美鈴さんは……？」

桂の問いに、朱雀は瞳《ひとみ》を曇らせた。

「死にました……。僕が殺したようなものです」

「まさか、何を言ってるんです。さあ、急いで早く逃げましょう。もうすぐ此処も危ない」

朱雀は、桂を振り返り、何ともいえぬ疲れた微笑をした。

「僕はもう疲れました……。限界……です……」

ずるずると朱雀の体が崩れ落ちてくる。桂は懸命にそれを押しとどめながら、背中に担ぎ上げた。

「さあ、後木君、村の外に逃げるんだ！」

後木が頷《うなず》いた。桂と後木は大急ぎで、水田地帯を走り抜け、村を退避したのであった。

第七章　祟り神の秘密

1

桂万治は、どこに提出する当てもないままに、事件の報告書を書いていた。

昭和九年、一月八日。

共に行動していた朱雀検事が目を覚まさぬまま、二日が過ぎた。その間、私、桂万治は、馬耳村で起こった事件の真相を解き明かそうと試みている。

最初、私は余部総合病院に入院中の林田邦夫と面談し、詳しく分かっていない事の幾つかの疑問を解明せんとした。軍港の監察長官をしている林田邦夫が、何処で関東軍と接触を持ったのか、とりわけ、東泰治という男といかなる関係を持ち、どのような計画を二人で企てたのか、その事が分かれば、関東軍における中国戦線拡大の陰謀と、武器密輸の計画を暴き、関東軍を糾弾することが出来る糸口となると思ったからである。

しかしながら、林田邦夫は著しく神経を害している様子であり、私のいかなる質問にもまともに答えることは出来なかった。それどころか、時折、激しいヒステリーの発作を起こし、暴れんとしたり、奇矯なる叫び声を上げたりする始末である。

林田邦夫をして、関東軍陰謀の確たる信用のおける証言を引き出すことは難しく、事の立件は困難であろう。実に残念な事である。

但し、林田邦夫の嫡子である、あの可哀想な慎吾少年の口からは、発狂した邦夫が「関東軍の言うことをきいたから砥笥貢神の天罰が下った。奴らを止めるのだ」と言ったということ、さらには林田美鈴、これは林田邦夫の細君であるが、その美鈴を無理矢理妻にしたから天罰が下った、等という言葉を発した事実を聞くことが出来た。

前の言葉から、林田邦夫が何らかの関係を関東軍と結んでいた事は明らかであるが、それが直接、武器密輸の陰謀と結びつけられるかと言うと、法廷上では困難であろう。加えて、それは狂人の言葉であり、それを聞いたとする慎吾少年が未《いま》だ十五歳で成人に満たぬところから証言台に立たせることは出来ぬと思われる。

後者の言葉の意味は、林田邦夫が狂気をきたし、妻なる美鈴が死亡した今となっては、解明することは出来ぬであろう。

美鈴の行動は全く、謎に満ちている。恐らくは藁屋《わらや》に火を放ったのは美鈴であろう。そしてひっそりと砥笥貢神の絵をセロファンに描き、単独で砥笥貢神社に通ったりした。そして最後には、林田邸に火をつけ、自害した。

何故なのか？

慎吾少年の言葉からも、邦夫と美鈴の両者の仲が、見かけ上は良好なものであったとしても、内面に問題を抱えていた事は事実であろう。

美鈴なる女は、邦夫を愛してはいなかったのか？

無理矢理、妻にしたという邦夫の発言から察するに、美鈴にとって邦夫の妻になったことは不本意であったのかもしれぬ。

美鈴は元来、奔放な性《さが》に生まれつき、男を転々とするような女であったのだろう。

朱雀検事や、東北帝国大学の永井健三などとの関係の持ち方が、それを物語っている。

ならば、美鈴は自分を束縛する邦夫という存在に、恨みを抱き、人生に絶望していたのか？

その思いが、砥笥貢神という祟り神に憑《つ》かれる根源的磁力となり、数々の異様な行動を取ったのかもしれない。

私が、そう考えずにはいられないのは、馬耳村の放火事件、及び凶悪な連続殺人事件を犯した西畑米《にしはた》の事があるからだ。

美々津オナミと西畑米の証言を総合し、私の見解を付与してこの事を記そう。

西畑米と美々津オナミの嫡子・誠一郎《せいいちろう》は、明治十九年に婚姻した。

二人はその後、伸朗《のぶろう》と加奈子《かなこ》という二人の子供を儲《もう》けたが、この誠一郎なる人物は、新進闊達《かったつ》なる気性の持ち主で、大金を稼がんと、明治三十年、伯剌西爾《ブラジル》に単身、出稼ぎへと行った。

それから三年後に誠一郎は帰郷したが、その五日後から天然痘特有の症状が出たという。

すなわち、最初、急な寒気を訴え、高熱を発し、『頭が痛い。腰が痛い』等と漏らしていた。暫《しばら》くして紅色の発疹《はっしん》が全身に現れたという。これは暫くして消えたが、数日後、多数の小さくて赤い丘疹《きゅうしん》が顔面から始まって全身に広がったという。この時点で、二人の子供、伸朗と加奈子も熱を出し始めた。

そこで、最初にこれらが天然痘であると気付いたのはオナミであった。オナミは嫁の米を実家に一時帰らせ、自らが一人で病人達の看病をしていた。だが、病人達の様子がいっこうに良くならず、孫達までもが赤い丘疹を発したので、ここで意を決して、当時、馬耳村の村長であった林田言蔵に、家族の病のことを打ち明けたらしい。この事について村では会議が行われ、村の二大勢力である高田一族と林田一族の強い意見で、誠一郎達の隔離が決定した。これは当時としては、いたしかたなかった事であろう。仮小屋が設けられたのは、集落から水田地帯に行くまでの間にある林の茂みの中である。この場所が選ばれたのは、天然痘ウィルスの家畜への感染や水の汚染をさける為の必然の結論であった。オナミの手によって、誠一郎達は仮小屋に移され、村人は誰もそこに近寄らぬ決まりとなった。ただ、米とオナミだけが誠一郎達に与える食事を仮小屋の前まで置いてくるという役目を担ったのである。だが、病人達との接触は許されなかった。

二人は自分達までもが天然痘にかかり、村に感染者を出してはいけないという考えから、断腸の思いで、このことを行った。最初の四日は小屋の前に置かれていた食事が無くなっていたという。だが、五日目から食事に手をつけられることはなく、オナミや米達が小屋の中に呼びかけると、弱々しい声で、中から某《なにがし》かの反応はあったらしい。小屋の前から食事が取られることが無くなって七日が過ぎ、オナミや米が中に呼びかけても答える声も聞こえなくなった。そこでオナミは誠一郎達が死んだものと判断したというが、その時、米は抵抗を示したという。米にしてみれば、夫や子供達の絶命を納得することが出来なかったのであろう。しかしながら、オナミは冷静にこれを判断して、林田言蔵村長に報告した。

それに応じて、林田言蔵村長、およびその助手をしていた高田三吉、そして林田信繁《のぶしげ》、これは林田邦夫の亡き父にあたる人物だが、その三人が責任者となって、仮小屋に火を放った。こうして誠一郎達の死体は処理されたが、その後、米は一年近くの間、精神の病を患ったということだ。美々津オナミは、まだ米が若かった事から、美々津の姓から彼女を外し、その再婚を願っていた。何故なら、元、夫がいた身であるとしても、馬耳村には女が少なく、嫁を求める男が余っていたからである。

しかしながら精神の病から回復した米は、再婚することを拒んだ。そこで米の身の上を案じた林田信繁が米を手伝いとして家に迎えることを決定した。

その時の米の心情がいかばかりなものであったかは計り知れない。

後に復讐《ふくしゅう》とも取れる連続殺人を犯したのであるから、信繁の申し出を、ただ有り難いと思って受けたわけではないだろう。もしかすると、その時から米の心には、彼らに対する復讐を誓う心根があったのかもしれぬ。

だが、米はその後、復讐を忘れ、ごく平凡に三十三年の年月を林田邸の手伝いとして過ごしている。その間、何かを企《たくら》んでいたという気配は見当たらないのだ。

だから米の怨念《おんねん》と復讐の気持ちは、心の深層の中にあったとしても、死ぬまでそれが発露することは無かったかもしれぬ。

だが、砥笥貢神という村人が恐れる祟《たた》り神が米の目前に出現したことが、米の復讐心の導火線に火をつけたのであろう。

米自身の証言によれば、全ての放火と殺人は砥笥貢神が命じたことだと言う。私自身、実際に砥笥貢神を目撃した本人であるので、砥笥貢神なるものが現実に存在していないとは言いがたい。それに砥笥貢神の目撃者は米や私だけではない。美々津オナミも、後木要も見ているし、畑巡査を始め、合計で三十一名の目撃者がいるのである。それにおよそ米という老女の手で成したとは思われぬ、あの牛の一件もある。何者が、牛を食らってしまったのか？

ここから考えるに、砥笥貢神というものは実際に存在すると考えたほうが妥当であろう。何よりも、そうであるとしか説明しがたいのは、青葉山にある砥笥貢神社の井戸が、今までの忌まわしい事件の結末であるかのように、尋常ならざる火柱を噴き上げたことである。

米が高田三吉村長夫妻を殺害した夜。私が目撃したのは、朱雀検事の言うとおり、米の仮装した砥笥貢神であったかもしれない。しかし、その姿は炎を身に纏《まと》い、あまつさえ、その炎が辺りに飛び火して、周辺が青白く輝くという現象を見せていた。また、林田邦夫邸が炎上した時に見た米の仮装した砥笥貢神も、私の目には火炎を背負っているかのように見えた。

かかる現象が、神仏の力の関与なしに可能とは思えない。

砥笥貢神が存在すると仮定して、それはいかなる性質のものであるかを鑑《かんが》みるに、砥笥貢神とは、その祟り神としての性質上、人の心の闇に取り憑くものではなかろうかと思う。

例えば、事情は知らぬが美鈴の、夫である邦夫に対して持っていた確執、米の心に密《ひそ》かに沈み込んでいた村に対する怨念と復讐心、そうしたものが砥笥貢神と強く感応する力となったのではないかということだ。

私自身の事を考えてみても、私が最初に砥笥貢神を見たのは、例の特高三人を殺害し、その死体を処理した直後のことであった。その時、私の心中は不安と動揺で満たされ、甚だ芳しいものではなかった。言わば、私の心は闇の中にあった。

そのような状態であったから、突然、砥笥貢神が私の前に出現したのではないかと考えるのだ。

その時の砥笥貢神は確かに一本足で、人が仮装出来るような様相ではなかった。そして朱雀検事もまた、私が最初に見たのは本物の砥笥貢神であったと断言している。

他の砥笥貢神を目撃した者達の話を聞いても、砥笥貢神は一本足だったという証言が殆《ほとん》どである。

林田慎吾の証言によると、彼らが砥笥貢神の神器を盗むという大胆な度胸試しを行った時、慎吾の連れの少年達は、次々と砥笥貢神の姿を見て、怖《お》じ気《け》づいて度胸試しを降りていったという。そして最後に残った慎吾も、砥笥貢神の面を手にした時、神棚の下から自分の事を覗《のぞ》き込んでいる砥笥貢神の顔を目撃している。

慎吾の話では、その事で恐れを成して外に飛び出したとき、砥笥貢の井戸から何か呪文《じゅもん》のような奇怪な声が聞こえたらしい。また彼が山を下る途中で、砥笥貢の釜《かま》から朱雀検事が現れたという。そして慎吾少年が持っていた提灯《ちょうちん》の火を吹き消して、『用心しないと焼け死ぬよ』なる台詞《せりふ》を告げたらしい。それに砥笥貢神が朱雀検事に変身したという後木要の証言もあり、この事を私はどう捉《とら》えてよいか分からない。

朱雀検事が、関東軍の陰謀を暴こうとしていた事は確かではあるが、彼がまた砥笥貢神と何か関係しているのも事実である。

祟り神は存在するのか?

そう仮定すれば、全ては納得がいく物語となるのかもしれない。

だがやはり、文明人である私の心は、古代の魔神の存在を受け入れるとなると、千々に乱れるのが真実だ。

「桂さん……、僕はどれぐらい眠っていたのですか?」

突然、朱雀の声が聞こえた。報告書から目を外し、顔を上げると、ベッドの上に座っている朱雀の姿があった。

「朱雀さん、気がついたのですね」

「ええ、頭はハッキリしています。それより、僕はどのくらい眠っていましたか?」

朱雀は繰り返し、訊《たず》ねた。

「貴方《あなた》は、まる二日間、昏睡《こんすい》していたんですよ」

桂が答えると、朱雀はいきなり、自分の腕に刺さっていた点滴の針を引っこ抜いた。

「大変だ。『五平』が行ってしまう。すぐに探しに行かなくては……」

朱雀はベッドから立ち上がった。

「朱雀さん、起きては駄目です。貴方は相当、衰弱しているんです。二週間は入院しろと医者が言っていました」

朱雀を再び座らせようとした桂であったが、朱雀はその手を制した。

「衰弱しているくらいが何ですか、倒れたら、また眠ればいいだけのことだ。それより、『五平』を探し出す事が先決なんです。そうしないと、事の詳《つまび》らかな真実が僕にも見えない」

そう言うと、朱雀は病室のロッカーに歩いていき、中に掛けてあった自分の服に着替え始めた。

「無茶ですよ。それに『五平』が一体、どうしたと言うのです?」

「あれは只《ただ》の鳥ではありません」

朱雀がスーツのボタンを留めながら答えた。

それには秘密があるのです」

「ただの鳥ではないって？　どういう意味です？」

「五平は、ツル目《もく》の渡り鳥で、クイナという鳥です。しかし、季節に関係なく姿を見せる。それには秘密があるのです」

「秘密？」

「『五平』は、チャン××ニャ×なのですよ」

桂には、朱雀の言った言葉が、よく聞き取れなかった。不思議な顔をした桂に、すっかり身支度を調えて、マントを羽織った朱雀が、言った。

「チャンミイニャオの事は、後で教えます。早く行きましょう」

2

桂と朱雀は、いつも五平がいる軍港の周辺を歩き回っていた。しかし、その姿はなかなか見当たらない。それに林田長官が狂乱したというのに、軍港の様子はまるで何時もと同じようであった。赤い煉瓦《れんが》倉庫群と軍港の間を、肩に荷を担いだ人足達が行き交い、それを厳しい目で監視する監督が立っていて、時折、人足達に声を飛ばしている。

その中に、関東軍の密輸弾薬が入っていないだけましであったが、桂は、もう誰をも押しとどめる事が出来ない時代の流れを感じた。

朱雀は、時折、不審な動作をした。やたらと目を擦《こす》るのである。そして目を細めながら辺りを見回している。

「朱雀さん、もしや目が見えにくいのですか？」

「ああ、気にしないで下さい。それより桂さん、結核の方はどうなんですか？　菌はまだ出ていないんですよね」

桂は、はっとした。やはり朱雀は、自分が結核という病を患っていることを知っていたのだ。

「ええ、まだ幸いな事に、菌は出ていません。もし菌が出れば、また入院するつもりです。私が動けるのもわずかな間だと思います。その覚悟はもうとうに出来ていますが、朱雀さん、目が見えにくいというのはおかしい。一旦《いったん》、病院に戻って見てもらったほうがいいんじゃないですか？」

するとと朱雀は桂の話を逸《そ》らすようにして切り出した。

「ところで『五平』の事に関してなんですが、軍用鳩というのがあるでしょう？　鳩を調教し、決まった場所から場所へと手紙を運ばせるアレですよ。しかし、鳩という鳥は調教しやすいが、その飛行能力には限界がある。余り長距離の使用となると耐えられない。だから、中国の様な広大な大陸では、調教のしにくい野生の渡り鳥を、ある方法で調教し、長距離の伝書を可能にする方法が、中国の紅幇《ホンパン》系の組織に秘密裏に伝えられてきたんです」

「ある方法？」

「ええ、美鈴さんが五平を餌付《えづ》けしていた餌があったでしょう。あれには少量の鴉麻草《ヤマオカオ》が混じっているのです」

「鴉麻草？」

「そうです。あの薄黄色は小麦粉に実の粉末を混ぜた色なのです。四川省西部にしか生えない稀少な種で、高揚効果があり、アルカロイド成分を含《ふく》むその実を一度食べた鳥は、他の餌を食べなくなります。

クイナは普通、臆病《おくびよう》で物音一つでも立てたなら逃げていってしまうような鳥だ。その鳥を調教する為に、いつも鳥のいるところに、実を混ぜた餌を撒《ま》いておく。鳥が偶然にそれを食べれば、それに鳥は夢中になり、撒いた餌を食べ続ける。つまりそうして鳥を中毒にするのです。

やがて調教師が登場します。いつも土の上に撒いていた餌を撒かずに、鳥を飢えさせ、調教師の手の中から食べさせるようにもっていきます。調教師の手の中から餌を食べることに慣れた鳥は、やがて自分が通うルートを憶えさせられます。それには二つの場所に、一人ずつの人間が必要です。すなわち中毒になった鳥は、この二人のうちのどちらかのいる場所にいけば、その実が食べられることを憶えさせられるのです。そのやり方というのは、すっかり中毒になった鳥に一人が実の粉末を与えないようにすれば、禁断症状に耐えられなくなった鳥が、もう一人の餌を与えてくれる調教師の許《もと》へと通って行きます。通ってきた鳥には実の粉末を与えて手元に置き、次に使う時には、軍用鳩のように体に伝書を結わえ付け、実の粉末を与えないようにして放っておきます。すると鳥は、そこでは餌が貰《もら》えないことを理解し、再び、もう一人の調教師の許へと伝書を携えて飛んでいくのです。そうなると鳥は本来の渡り鳥の季節感を無視して、二つの場所を行き交うようになります。

　このようにして、長距離の伝書に耐えうる野生の渡り鳥を調教することを鴉麻草調教《ヤマオカオアオジヤオ》と言い、そうして調教された鳥のことを伝密鳥《チヤンミイニヤオ》と呼ぶんです」

　桂の脳裏に、五平に餌をやっていた美鈴の姿や、美鈴の部屋の机の引き出しで見つけた細長く裁断された紙の事が過《よぎ》った。

「『五平』が軍用鳩のような役目を果たす鳥なのだとすれば、それを操っていたのは美鈴さんだということになりますよね。私は美鈴さんの机の引き出しで、細長く裁断された紙を見つけました。何に使うのかと不審に思っていたのですが、鳥につける伝書用の紙だったのですね」

「そういうことです」

「しっ、しかし、美鈴さんが何でそんな事を?」

　桂は問うた。しかし朱雀はまた話を逸らすかのように言った。

「『五平』はどうもこの辺りにはいないようだ。もしかすると餌を求めて馬耳村の方へ行っているのかもしれない」

　その時だった。

「朱雀先生!」

　と呼ぶ声がした。桂と朱雀が振り返ると、後木が息を切らしながら駆け寄ってきた。

「後木君、どうしたんだい？」

「朱雀先生は、寝ていなくてはいけないと医者が言っていました。しかし、慎吾坊ちゃんの病室に寄ってから、先生の病室に入ると、先生の姿が見当たらないので、私は病院の中を見回りました。最初は……」

言いかけた後木の言葉を朱雀が制した。

「分かったよ後木君。僕のことが心配で、捜していてくれたんだね。けど、僕なら大丈夫だよ」

「医者は、『朱雀検事さんは非常に衰弱している。少なくとも二週間はベッドに寝ていなくてはならないのに、困ったことだ』と言っていました」

後木が頑《かたく》なに言った。その様子は、今にも、桂にそうしたように朱雀を羽交い締めにして、病院に引きずっていきそうな具合だ。

「君が心配してくれるのは嬉《うれ》しいが、僕にはまだ少しやる事があるのだ。それをやり終えたら、すぐに病院に戻るから……」

朱雀は言ったが、後木は納得が出来ない様子だ。すると朱雀は溜息《ためいき》を吐いた。

「では後木君、君も一緒に僕について歩いてくれるかな？　そして僕が倒れでもしたら、病院に連れて行ってくれたまえ。それでどうだね？」

そうすると後木は少し考え、頷《うなず》いた。

「では、皆で馬耳村へ向かうとしよう。途中、誰か『五平』の姿を見かけたら、すぐに僕にそう言って下さい」

朱雀はそう言うと、歩み始めた。

五平の姿が見つけられぬまま、馬耳村に到着すると、村はすっかり焼け野原となり、皆、何処に行ったのか人影も無かった。村人達は砥笥貢神の祟《たた》りを恐れて、散り散りに逃げてしまったのかもしれない。

村を燃やし、山を燃やす。

年越しの夜に聞いたオナミ婆の台詞《せりふ》が思い出された。確かに砥笥貢神の予告通り、それは現実の物となったのだ。

まさにそれは祟りとしか言いようが無かった。

後木は、荒廃した村の様子に、呆然《ぼうぜん》としている。

「『五平』がいるとしたら、林田邸の跡である可能性が一番高い。しかしこれでは何処がそこなのか、判断できない。後木君、君なら分かりますよね」

朱雀がそう言うと、後木は、こくりと頷いた。

後木の目には以前の村の様子が見えているのだろう。焼け野原になって、道の痕跡《こんせき》もすっかり無くなった場所を、後木はまるで其処《そこ》に物が立っていて、道が続いているかのように、右折、左折しながら歩いた。桂と朱雀はそれに続いた。

ある一ケ所で後木が立ち止まる。

「林田長官の家です」

後木が言った。

其処は、焼け方が著しく、何一つ元の姿を残している物はなかった。しかも地面は大きくえぐれている。恐らく、ダイナマイトの爆破の威力が、地面にまで及んだのであろう。

朱雀は辺りを見回し、それから上空を見回した。

「『五平』の姿が無い……。もう行ってしまったのか？　否、まだ飛び立つほどには時間が経っていないはずだ。此処《ここ》で暫《しばら》く待つしかない」

朱雀はそう言うと、えぐれた地面の真ん中まで歩いていく。桂と後木もそれに倣った。

三人は暫くの間、無言で立ちつくし、周囲や上空を見張っていた。だが、五平の姿は無い。その内に、空から白い物が、はらはらと落ちてきた。それは絹のように輝く粉雪だった。

「こんな事になったのは、全ては砥笥貢神の祟りなのでしょうか？　朱雀さん、貴方《あなた》はご自分を砥笥貢神の巫《かんなぎ》だと仰《おっしゃ》ったでしょう？　それならば、神意がなんなのか分かるはずだ。説明して下さい」

桂は朱雀に問うた。

朱雀は軽く、こほりと咳《せき》をして空の一点を見詰めた。

「全ては僕が派遣した探偵、長谷川隆太郎の死から始まったんです。僕は、それ以前から軍部や、とりわけ関東軍の動きを探っていた。そして藤原鉄鋼から関東軍へと資金が流れていて、その資金を元に、関東軍が秘密裏に各地で、武器弾薬を買い集めているという事実まで摑《つか》んでいた。だが、それらの武器弾薬の類《たぐい》が、何時、どういった形で大陸に密輸されるのかまでは調査出来なかった。それ以前に、僕は、僕の行っている調査を共に支え、真実を導き出して、軍の陰謀を立件してくれる仲間を探していた。

そんな時、僕は検事名簿の中から桂万治、貴方の名前を見つけたのです。僕は直ぐに貴方の書いた『仏蘭西民法の精神』のことを思い出した。帝大にいた時に、学長が僕にその論文を見せてくれたのですよ。『時流には乗らないだろうが、日本にも面白いことを研究している男がいる』と言ってね。僕はその論文を読み、内容に実に感動し、桂万治の名を尊敬する人物の一人として心に刻んでいたのです。

僕は早速、貴方に目をつけ、貴方がどのような状態にあり、何を考えているかを観察し始めた。殺された長谷川隆太郎を通じてね。長谷川隆太郎は僕が度々、使っていた非常に優秀な探偵です。そして、貴方は、やはり僕が思っていたような人であり、将来、僕一人ではどうにも立ちゆかなくなった時、貴方を相棒にしようと心に決めたのです。

そんな矢先に総長の許に怪文書が送られてきた。例の、『関東軍ガ政府ノ国益ニ反スル不正ヲ進メテイル事ナレバ、舞鶴軍港ヲ調査サレタシ』という文書ですよ。僕はその文章を読み、舞鶴軍港が密輸の舞台になると、直感したのです。それで事態を探らせるべく、長谷川隆太郎を派遣した。ところがその長谷川が殺害されてしまい、現場写真が僕の許へと送られてきた……」

ふと、朱雀が言葉をとぎらせた。桂は朱雀の複雑な表情を、まじまじと観察した。

「……その写真に、美鈴さんが写っていた事に貴方は驚いたんですね？」

桂は、推測で訊《たず》ねた。朱雀は、自嘲《じちょう》するように軽い微笑みを一瞬見せた。

「そうですね。そういう感じです。僕は美鈴さんの姿に驚いた。そしてますます関東軍が武器弾薬の密輸を舞鶴港から近々、決行しようとしていると確信したのです。僕は、さっそく、貴方を総長宅に呼び、それから林田長官に、僕の名で宿泊を申し入れた」

「それはやはり美鈴さんを林田長官から奪い返したかったからなのですか？」

「奪い返したかったから……。まあ、確かにそう言えばそう言えます。何より僕は彼女が危険な立場にあり、僕の名を聞けば、僕の事を思い出して、僕を待っていてくれると思ったのです。だが、それは甘かった。あの人は、そんな甘い人ではなかった。僕の名を聞いて、待つどころか、彼女はむしろ追い詰められ、さらに緻密《ちみつ》な計画を立てたのです」

朱雀の言っている事が良く分からなかった。

「緻密な計画とは何なのです？」

朱雀は、はっと息を吐いた。

「後木君、去年の十二月二十八日以降の美鈴さんの様子を、桂さんに説明してあげてくれないか、僕に言ったようにではなく、君の話を聞いて、僕が簡単にはしょって言ったようにだ」

鋭い目で辺りを見回していた後木は、初めて桂を振り返った。

「二十八日の朝から、奥様は村中を回って、人物写真を熱心に撮られていました。奥様が人物写真を撮られることはとても珍しい事です。普段は、軍港の写真ばかりを撮られています。けど、その日に限っては、一人につき、五枚も六枚も写真を撮られていました。二十九日は、皇太子様の御命名の報告がラジオで流れるというので、村の人間は皆、林田長官の家に集まっておりました。そこで、皇太子様が、継宮明仁《つぐのみやあきひと》様と名付けられた事を聞き及び、高田村長がそのお名前を掛け軸に書いて、床の間に飾ったのです。そうして、林田長官がくす玉を割られ、宴会が始まりました。奥様はその宴会の席でも、沢山の写真を撮られました。そして宴会の最後には、村の皆で集合写真を撮影しました。そして私が、砥笥貢様を見たのはその夜の事でした。同じ日に畑巡査も見ました。次の日には、猟に行っていた茂蔵さんが薄暗い森の中に立っていた砥笥貢様を見たと言います。そして峰さんや、おはんさん、広松爺《じい》さん、林田長官の家に、行儀見習いに来ていた君ちゃんも砥笥貢様を見ました」

美鈴が写真を撮っていた事が、どう今までの経緯と関係しているのか、桂には良く飲み込めず、首を捻《ひね》った。

「美鈴さんがよく写真を撮っていたことは分かりましたが、それがどうしたというのでしょう？」

桂が訊ねると、朱雀が澄んだ声で答えた。

「美鈴さんが人物写真を撮るようになってから、砥笥貢神を見る村人が出始めたということですよ」

「そっ、それはどうして？　やはり美鈴さんと砥笥貢神の間には何か関係が？」

「ええ、そうです。両者の間には深い関係がある。関係というより、砥笥貢神は美鈴さんが生み出したモノなのです」

桂は仰天した。

「砥笥貢神を生み出したのが美鈴さんですって？　どうやって？　オナミさんに言わせれば、美鈴さんは他所者《よそもの》であるから、砥笥貢神と関係などあるはずがないと言っていましたが……」

「それが大ありなのです……」

朱雀が苦々しく言った。

3

「僕がまず気づいたのは、美鈴さんの撮った写真の人々の殆《ほとん》どが、酷《ひど》く眩《まぶ》しそうに目を細めているという事実です。確かに写真のフラッシュバルブの閃光《せんこう》は眩しいには眩しいが、人は皆、写真を撮られるというような時は、緊張して、目を細めないように構えるものです。ですが、馬耳村の人々の写真は、酷く目を細めている者が多かった。何故か？　僕は微《かす》かに疑問を持った。そして写真に撮られた人達の許を一日かけて回ったのです。

そうすると後に不思議な事が判明した。僕達が砥笥貢神を見たと告白し、村人達に目撃の証言を募ってみると、その全ての人々が、写真の中で際だって目を細めている人達だった。そして僕はこの人達が何か一定の眼病でも患っているのではないかと考えた。それで余部総合病院に行き、馬耳村の人々の病歴を探ってみたのです。すると『網膜過敏症』という病名が出てきた。桂さんにも言ったように、これは遺伝的な病気因子です。とすれば縁故関係が強い馬耳村の人々の殆どが患っている病だということが窺《うかが》えます。それを美鈴さんは知っていたようだ。だからセロファンに砥笥貢神の絵を描いていた。この意味が分かりますか？」

朱雀が美しい顔を桂に向けた。

確かに、自分も美鈴の机の引き出しから、小さな砥笥貢神が描かれたセロファンを発見した。その意味はまるで分からなかったが、こうして朱雀に言われても、やはり理解が不可能である。

桂は謎に満ちた朱雀の言葉に首を振った。

「では、さらに詳しく説明しましょう。美鈴さんは皆に、メスメリズムを行ったのです」

――メスメリズム……。日本語に訳すと催眠……。

桂は知識でだけはその言葉を知っているが、具体的なイメージが分からない言葉の羅列に脳神経が目眩《めまい》を覚えそうであった。

不安になり、朱雀をじっと見る。

「メスメリズム、すなわち催眠というものが科学として成立したのは一七七〇年ごろからですが、実際に行われたのはずっと古代。有史以前から、催眠は人類の歴史とともにあり、地球上のあらゆる地方の、どんな民族の間でも存在していたのです。そして、その多くは宗教上の儀礼と医療の場、政治・裁判などにおいて行われていました。宗教儀礼では僧侶《そうりょ》や司祭により一定の手法《メソッド》で誘導されるか、自ら想念を凝らして忘我恍惚《こうこつ》の境に入り、催眠状態となった人間が、神や死霊と交信したりする事がありました。そう、言うなれば馬耳村の人々がそれぞれ砥笥貢神を見て、その言葉を聞いたようにです。

古代にあった催眠の一つの例としては古代エジプトには『眠りの神殿』と呼ばれる場所があり、そこでは催眠誘導で病気の治療効果をあげたと推測されています。大体は、古代のシャーマニズムによる催眠は、シャーマンの予言や医療と結び付いていました。朝鮮の巫覡《ふげき》、わが国の巫女《みこ》、ネイティブ・アメリカン、アフリカ諸地方、インドネシアのバリ島など、世界各地に、それぞれのスタイルのものが存在します。もう一つの特殊な例としては、ケルト族の僧侶があります。彼らは呪文《じゅもん》を反復して占者が恍惚《トランス》状態になったところで、次期に選ばれるべき王を幻視させたり、事件の吉凶を予言させたと言います。

同じように、わが国でも巫女に、次の左大臣を誰にすべきかを占わせた記録が存在します。近年に至っては、欧米の法廷で被告や被害者に真実を語らせるため、彼らに催眠術をかけたとも聞いています。

　まあ昨今のメスメリズムという言葉は、科学的催眠の始まった当初、フランスではオーストリアの医師メスメルが有名であったために生まれ、小説などでは催眠のことをメスメリズムと名称するようになったのです。今日の催眠科学の先端では、催眠状態が誘導されるまでに生起する諸現象、ことに催眠を施された側の内面的・心理的な変化の過程、その状態になったとき、心理的および身体的にそれがいかなる特性をもつか、そして最終的にはトランス中の特性を利用して、どのようにそれを利用できるかという事が研究されています。

　それによると催眠状態時は、普段にはみられない特異な心身の諸現象が生起する事が分かっています。ことに意識や運動、記憶、知覚、思考、イメージなどの心理学的活動、脳波や筋電図、胃腸、循環器系、自律神経系などの生理学的な諸活動に変化がみられるのです。そうした諸現象がおこるのは、催眠をかけられた人間の心身が正常時とは異なる独特の状態にあるためと考えられていて、これを催眠状態とよびます。

　催眠は恍惚状態を呼び起こします。恍惚状態は、昔は精神異常者にみられるものと考えられていたけれど、現在では精神病理的なものではなく、正常者に対してでも人為的に引き起こす事が出来る正常現象だと考えられています。そして、そうした催眠状態に人を導くには、強い暗示が必要なのです」

「暗示……ですか」

「そう、暗示です。そして、ある意味、馬耳村の人々は生まれた時から強い暗示にかかっていて、美鈴さんがさらに暗示を強固にしたのです」

今は建物もなく、だだっ広い醜い焼けこげの地表の上を、すこしずつ雪の真っ白なベールが覆っていく。周囲の景色が冴《さ》え冴《ざ》えとしてくると、その中に立っている朱雀の姿は、なにからなにまで秀麗すぎて、まるで幻か、まやかしめいて見えた。

「暗示とは、それを施す者が、施される者の理性に訴えることなく、繰り返される言語または視覚のような非言語的な情報伝達を通じて行うことが原則とされています。理性がそれらを防御しない事によって、施された者の思想や感情などに直接的に影響を与える事が出来るのです。その結果生じた催眠状態では、人は正常覚醒《かくせい》時とは異なる意識の変性がみられます。外界や現実への理性的な心構えが希薄となり、主観的、内的な世界に心が向けられるのです。その時点で、想像やイメージの活動が盛んとなり、理論的な思考に勝るようになります。

暗示は一旦《いったん》かかると、どんどんとその被暗示性が高まり、かけられた人間は暗示に対する依存症のような状態になります。麻薬と一緒です。催眠は人の心身に大きな影響を与える恐ろしい物です。そうした催眠にいたる暗示には、やり方があります。言葉による暗示は、有り難い念仏などの呪文の繰り返しによって発生します。

そこから考えると、馬耳村の人々の場合、事あるごとに祇笥貢神の昔話を聞かされ、この世に祇笥貢神なる者が存在していて、自分達を祟《たた》っているのだということを、理性が生まれる以前の幼い頃から言い聞かされる環境にありました。そこにもってきて、美鈴さんが、さらに視覚による暗示を行ったのです」

「視覚による暗示ですか？」

「そうです。おそらく彼女はセロファンに砥笥貢神の姿を描いた物を、フラッシュバルブに貼り付け、それでもって村の人達の姿を撮り続けていたと思われるのです。その時は、通常より強い光度のフラッシュバルブを使ったに違いありません。

　人の目の構造は、ある意味、カメラとよく似ています。外界の光を一瞬、網膜に焼き付ける事によって、脳に伝達する。網膜は言わば感光板のようなものです。だが、通常ではその感光は一瞬にして消えてしまう。しかし、非常に眩しい光などを見た時には、目を閉じると瞼《まぶた》の裏などに暫《しばら》くの間、光の残像などが残るでしょう？　ところが馬耳村の人達の多くは網膜過敏症という病を患っている。こういう患者に強い光で何度も映像を見せるとどうなるか、例えば砥笥貢神の映像などをです。フラッシュバルブの光の広がりにより、等身大に引き伸ばされた砥笥貢神の姿が一瞬、炸裂《さくれつ》する。その時、恐らく、彼らの網膜には、うっすらと映像が焼き付けられて固定化してしまうのです。だが、通常、この映像は眩しい昼の光の下では、他のハッキリとした色彩に押されて無効となります。だが、日が落ち、暗闇が増して周囲の色彩が落ちてくるに従って、網膜に焼き付いた砥笥貢神の姿が有効になってくるのです。

　この砥笥貢神の出現は、精神状態にも関わってくるでしょう。不安感や恐れを抱いているとき、心神耗弱状態になっている時、そういう時に自分達の網膜に焼き付いた、彼らの不安の象徴である砥笥貢神の姿に強く感応し、それを見るのです。

その見え方は恐らく、暗闇の中に立っている人影のような物がうっすらと目に映るぐらいでしょう。すると、気持ちが其処《そこ》に集中してくる。よく見ようと目を凝らす。それによって、網膜に焼き付けられた砥笥貢神の姿へと神経が集中する。だんだんと人影の輪郭がハッキリしてくると、砥笥貢神の事を良く知っている村人は、砥笥貢神だと、自分でも暗示をかける。そうすると、網膜に焼き付いている砥笥貢神の姿が、ありありと見えるのです。この砥笥貢神は勿論《もちろん》、殺人や放火など行えるわけがない。また、物を言ったりもしない。しかし、砥笥貢神を見るという一種の催眠状態になっている側の者は、正常覚醒時とは異なる意識を持ちます。さっきも言ったように、外界や現実への理性的な心構えが希薄となり、主観的、内的な世界に心が向けられるのです。その時点で、想像やイメージの活動が盛んとなり、理論的な思考に勝るようになります。

米などがその代表的な行動を取りました。彼女の中にあった夫や子供達を見捨てた村への怨念《おんねん》、とりわけ林田言蔵や高田三吉、そして林田家への恨み。通常それは、外界や現実的、理性的な心構えの許《もと》では、押し込められていた。ところが、催眠状態となって、砥笥貢神を見始めた時から、彼女の目は主観的、内的な世界に焦点を合わせていった。つまり、砥笥貢神という祟り神が現れたことの意味を考える脈絡の中で、段々とそれが自分の内面に潜んでいた村への不満と結びついたのです。その時点で想像力やイメージ活動が活発になり、祇笥貢神が頻繁に現れては、彼女に殺人や放火の命令を下すようになった。だが、それは祇笥貢神が実際に言っているのではなく、彼女の内面の叫びだったのです。思うに、祇笥貢神は祟り神という性質上、見る者の中にある不安や悪意に訴えかけやすいのです。そして彼らに様々な呪いの言葉を告げるのです」

「そんな……わずかそんな仕掛けで、あんなにはっきりと祇笥貢神の姿が見えるなんて」

「桂さん、僕が知っている脳学者が言っていた事なのですが、人間は視覚から得る情報を、実は現実に見えている物の三パーセントしか脳に伝えていないのだということです」

「三パーセント！　そんな馬鹿な！」

「いいえ、実際にそうなのですよ。視覚にしても聴覚にしても、脳が外界をよく知るために表皮にまで突き出して、独自に発達させた器官なのだということを知っていますか？」

「い……いや知りません」

「そうですか、目や耳という器官はね、いわばカタツムリの角のようなものです。しかし、カタツムリの角の実体はカタツムリ本体なのですよ。ようするに、本来、物を見たり聞いたりする能力の源は脳にあるのであって、視覚器官や聴覚器官は、それを少しばかり補う為にあるだけなのです。例えば、人は机を見る。しかし、その机に対する情報は視覚からは三パーセントしか伝わらない。それを脳が『机たるものは、こんなものだ』と推測し、幻視しているのです。後木君のような特殊な人間以外にはね。後木君の場合は視覚から得た情報が百%、脳に伝わってしまう状態だ。つまり、彼だけは現実を生きていて、他の人間は曖昧《あいまい》な脳の生み出した妄想の中で生きている」

「つまり、朱雀さんが言うところによると、私たちが見ている世界というのは、脳が幻視した幻の世界だと言うのでしょうか?」

「ええ、まさにその通りなんですよ。視覚器官や聴覚器官には、それ自体、物を見たり、音を聞いたりする能力はない。それが脳と連結されることによって、物が見えたり、音が聞こえたりするのです。見える、聞こえるは、まさに脳が判断することなのですよ。馬耳村の人々は、ただでさえ網膜の残像で、脳に砥笥貢神の姿を刻ませていたのだから、なおさらです。桂さんは夢を見ますか?」

「ええ、見ますが……」

「その時、貴方《あなた》は目を閉じているのに物を見ているし、耳に聞こえるはずのない夢の登場人物の話を聞いているでしょう?」

「たっ、確かに……」

「つまり、メスメリズムによって、脳が深く思いこめば、脳さえ、それを見よう、聞こうとしたならば、それが現実に見え、聞こえるのですよ。人間の五感の持っている確かさなんて、その程度のものでしかないのです」

朱雀が、じっと深い瞳《ひとみ》で桂を見た。その深い瞳すら、自分自身の幻視の賜《たまもの》なのかと、桂は魔法を掛けられたように、硬直した。脳のもたらす幻想の海の中を漂う自分の存在が、酷《ひど》く危険であるような感覚に襲われたからだ。

「なっ……なるほど。そう考えれば、馬耳村の人々が次々に砥笥貢神を見たカラクリは分かりますが、それなら何故、網膜過敏症でもない私が、砥笥貢神を見たのでしょう？　それに米が仮装していた砥笥貢神にしたって、火炎を背負っていて尋常な姿ではありませんでした。このことの理由はなんなのでしょうか？」

桂は、新たなる疑問を朱雀にぶつけた。

4

「それは貴方の、鎮咳薬《ちんがい》のせいですよ」

「私の鎮咳薬？」

「そうです。あなたの鎮咳薬の成分の殆《ほと》んどはアルカロイドです。これは、阿片《アヘン》から抽出した麻薬の一種で、交感神経を興奮させ、瞳孔《どうこう》を開かせる作用がある。すなわち、貴方は通常より光に敏感になっている状態にあって、村人達と一緒に美鈴さんから写真を何度も撮られていた。だから砥笥貢神の姿が、網膜に一時的に定着してしまったのです。

そして貴方が砥笥貢神を見たのは、あの特高殺しの夜だったでしょう？　正義感の強い貴方には、特高の人間を殺して、遺体を隠すなどということは、大変な出来事であり、気持ちは酷く動揺していたでしょう。そして不安も感じていた。そして、年越しの夜にオナミさんの砥笥貢神の昔語りを聞き、言蔵を始め、多くの村人達が砥笥貢神を見ているといら事を知っていた。これらの事と、網膜に定着していた砥笥貢神とが強い暗示となった。加えて精神的には不安定、そんな状態の中で、暗闇の中、砥笥貢神が見えてしまったのも仕方が無い。

　だから僕は貴方をとにかく砥笥貢神の幻影から逃れさせる為に、貴方に暗示をかけた。僕が砥笥貢神の巫《かんなぎ》であり、僕が渡した符さえ持っていれば、砥笥貢神は現れないのだとね。そうしなければ、どれだけの期間、桂さんの網膜に砥笥貢神の姿が定着していて、その事によって桂さんが惑わされ、事件の真相解明に支障をきたす事になるか分からなかったからです」

「だから、貴方は自分が砥笥貢神の巫だなどと……」

「それは方便でもありましたが、美鈴さんに砥笥貢神の仕掛けをさせた原因は僕なのだから、真実でもあります。

　米が仮装していた砥笥貢神が、炎を背負った尋常ならぬ姿をしていた理由は簡単です。貴方はまず、あの日、オナミ達の計画によって、米にダチュラを盛られた。そして本来なら昏睡《こんすい》して暫《しばら》くは目覚めないはずだった。それぐらいの量を盛られたはずだ。だが、貴方は夜中に目覚めてしまった。何故なら、貴方の体にダチュラへの耐性が出来ていたからです。ダチュラの麻薬成分はアルカロイドです。普段、鎮咳薬としてそれを服用している貴方は、通常人では丸二日やそこら昏睡するだけの量のダチュラを飲まされても、半日で目覚めてしまったのです。だが、それだけの量のダチュラを飲んだ事には変わりがない。ダチュラは多量に摂取すると昏睡状態、酩酊《めいてい》状態となり、次に、そこまで飲まなければ、幻覚や幻聴を生ずるような錯乱状態になります。

貴方は丁度、その状態になっていて、其処で米の仮装した砥笥貢神と言蔵の家の前で出くわした。砥笥貢神に対する恐怖と、このようなものであろうという思い込みから、米の仮装した砥笥貢神が炎を背負っているかのような幻覚を生じ、あまつさえそれが辺りに燃え移って炎に包まれているような錯覚を憶えた。そういうことです。そして再び、オナミにダチュラを盛られて僕らが貴方を救出した時も、貴方はダチュラによる軽い酩酊状態にあり、米の仮装した砥笥貢神を見たとき、やはり同じような幻覚を見たのです。暗示は繰り返し行われるほど、よく効いてくるのですよ」

「では、では私が見たのはダチュラによる幻覚だったというわけですか。しかし、米はどうです？　米が砥笥貢神を見たことは説明できますが、犬によって導かれて砥笥貢神の面を発見し、林で見た数多《あまた》の人魂《ひとだま》までもが、幻覚なんですか？　それに砥笥貢の井戸が火を噴いたのは事実だ」

「それはですね。おそらく犬が米を導いたというのは米の精神状態から生じた妄想です。理性的判断が利かなくなったトランス状態の人間は、どんな些細《ささい》な事でも、自分に関わりのある事として理解してしまう傾向があります。

確かに米は村に迷い込んできた野良犬を見たのでしょう。しかし、その犬と自分とを関係づけて追っていったのは彼女の妄想です。犬は警戒心が強いですから、追ってくる米とある程度の距離を保とうとして、少しずつ遠ざかろうとした。しかし米は追ってくる。結局、犬はアノ場所まで行き着いたわけですが、その時、犬は地面から発せられる革の匂いを嗅《か》いだのです。腹が減っていた犬は、餌があると思い、穴を掘った。犬は本来、穴を掘ってその中に餌を隠す習性がありますからね。ですが、米がその時、人魂を目撃したというのは不可解な事です。米は幻覚剤を使用していたわけじゃない。見るのは砥笥貢神だけのはずだ。そして砥笥貢の井戸が火を噴いたのも事実です」

「そうでしょう。砥笥貢神が本当には存在しない、暗示による創造物なのだとしたら、何故、砥笥貢の井戸がこのような絶妙のタイミングで火を噴いたのか、私には納得出来ません。それに朱雀さん、貴方は私を安心させる為に、自分は砥笥貢神の巫だと言ったのだと仰《おっしゃ》ったが、後木君の言うところに拠《よ》れば、彼は二度、砥笥貢神が貴方に変身しているのを見ている。本当に、貴方は砥笥貢神とは関係が無いのですか？」

「二度？　それは初耳だ。高田村長の家が燃えた時に、後木君が、砥笥貢神が僕に変身したのを見たという話は聞いたが、最初は、何時なんだい？」

　朱雀が後木に訪ねた。

「正月元日のことです。村の皆で写真撮影をするからということで私は林田長官の家に来るように言われていました。その道の途中で、私は動けずにいました。何故かというと、道の曲がり角にある木の下に、砥笥貢様が立っていたからです。どうやら、立って私を待ちかまえているようでした。このまま行けば砥笥貢様に捕まってしまうに違いない。しかし、これから林田長官の邸《やしき》に行かなくてはならない。それには、どうしても、その道を通らなければならない。どうしたものかと、私は悩んでいたのです。そう思って砥笥貢様を見ていると、そのお姿が、微妙に変化していきました。私が驚きながら、それを見ていると、歪《ゆが》んだ顔は徐々に朱雀先生のお顔になり、同時に狩衣《かりぎぬ》は白いマントに変わったのです。それで私には、朱雀先生が神様なのだということが分かったのです」

後木は、桂に語ったときと、一語も違わぬ言葉を語った。朱雀は、暫く考え、「ああ、そうか……」と、呟《つぶや》いた。

「何がそうかなんです？」

桂は訊《たず》ねた。朱雀は長い前髪をかき上げた。

「後木君が砥笥貢神を見る理由は、他の村人達とは違うんです。他の村人達は網膜過敏症の為に網膜に焼き付いた砥笥貢神の姿を見てしまう。だが、彼は、彼の持っている『直感像』とでも名付けるべき能力によって、砥笥貢神を見ているのです。つまり、一瞬でも目にした物は、その形のまま彼の記憶に残り、いつでも思い出したい時に、その姿をありありと見ることが出来るという能力です。

最初に彼が砥笥貢神が僕に変身するのを見た理由は、彼が砥笥貢神が立っていると感じていた場所に、僕が歩いてきて立ったからです。その時、彼の中で情報の錯乱が起こり、残像物である砥笥貢神と僕がとけ込んで見えた。そして当然のことながら、現実の景色である僕の姿の方が彼の視覚の中で勝って、徐々に通常の視覚を取り戻した。その過程が、砥笥貢神を見て、その姿が少しずつ僕の姿へと変わっていった理由なのです。

　そして二度目、高田村長の家が焼けた夜のこと、後木君は砥笥貢神を夢で見て、目を覚ました。目を覚ましても砥笥貢神が其処《そこ》に立っている。その姿に恐れを抱いた彼は、そこで前回と同じように、砥笥貢神が僕に変身することを願った。何度も言うように、彼は見たいときにかつて見た物をまざまざと想起することができる能力を持っています。普段の冷静な彼ならその能力はカメラのように正確な記憶として働きますが、その時の彼はパニック状態でした。それ故に、砥笥貢神は容易に僕の姿へと変身したのです」

　自分の思考では埋められなかった空洞が、朱雀の静かで、まるで時計のように整然とした説明によって、丁度、鏡に生じた無数のひび割れが充たされるように埋まっていく。

　雪のベールもすっかり地面を覆って、辺りは美しい体裁を整え、ひっそりと真空のように静かであった。

　その時、上空で、
　くえっー
　と、言う鳴き声が聞こえた。後木が空の一点を指さす。

「『五平』です」

　むっと、朱雀の体に力が入ったように見えた。

　三人は五平が着地するのを待った。五平は上空を何度も旋回したが、着地はせずに飛び去っていく。

「後を追いましょう！」

朱雀が駆け出した。

5

五平は馬耳村を抜け、どうやら大波の方へと向かっているようであった。五平なりに美鈴の姿を探し求めているのだろう。時々、木の枝に休んでいる五平に追いつくと、五平はまるで三人を弄《もてあそ》んで楽しんでいるかのように、飛び立つ事を繰り返した。やがて、五平の姿が大波廃道の中に吸い込まれていった。

薄暗い廃道の中に入っていくと、桂は再び不安感を憶え、彼の頭の隅に散らばっている、未《いま》だ解けない疑問を朱雀に訊ねた。

「牛の死骸《しがい》や、米の見た人魂、そして砥笥貢の井戸が火を噴いたのは、あれは現実の事でしたよね。あれは、一体、何なのです？」

「ええ、その点については僕にも疑問が残っているのです。何故、牛が食らわれ、何故、美鈴さんが、砥笥貢の井戸から火を噴かせたのかがね」

朱雀の声が、廃道の中で響いた。

「美鈴さんが砥笥貢の井戸から火を噴かせたですって？　一体、そんな事をどうやって？」

「桂さんにはざっとお話ししたことですが、少し詳しく振り返りましょうか。砥笥貢神の正体というのは、『ひょっとこ』です。『ひょっとこ』の面は、口ばかりでなくて、目を左右に甚だしく離していて、片方の眼球が飛び出すばかりで左右のバランスも崩した道化面ですが、その左右の目のバランスが崩れ、口を尖《とが》らせているのは、『ひょっとこ』が、実は鍛冶《かじ》やタタラに関係した神だということの表れなのです。鍛冶の仕事は片目で燃える炎を見続ける為に、その目が悪くなります。『ひょっとこ』の片目が潰《つぶ》れているのはそのせいです。他にも、鍛冶神には、『天目一箇神』等という目が一つしかない神がいたりします。それから口が尖っているのは火を起こすために鞴《ふいご》を吹く為だと言われています。鍛冶神には足が一本しかない者が数多く存在します。それは大きな足踏式の鞴を片足で踏み続ける為に、片足が萎《な》えてしまう事を意味しているのです。馬耳村の砥笥貢神の姿には、こうした鍛冶神の性質が全て顕著に表れています。

　この辺りの歴史を鑑《かんが》みるに、青葉山を中心とする一帯には、かって、大和朝廷とは違った国があった。それらを四世紀頃に大和朝廷が打ち破った。その目的は恐らく『鉄』の略奪であった。青葉山に、馬耳山という名が残っているということは、かつては馬耳村の人々の先祖がこの辺りを中心に支配した一族であったのでしょう。そして彼らは、優秀な鉄鋼文化を持っていた。その彼らが崇《あが》めていた神が『砥笥貢神』ということです。だが彼らは滅ぼされ、小さなこの馬耳山という一帯に追い込まれて、稲作に限った仕事に従事させられた。彼らを農民として教育する為に、砥笥貢神を恐れるような話が伝えられ、火を使うことまでも制限されるようになった……。馬耳村の人々の先祖は恐らく、鉱山を掘り起こしていた裕福な鉱山師なのです。砥笥貢神が手に槌《つち》と鑿《のみ》を持っているのは、鉄を掘る為ですよ。そして何処で鉱物資源を手に入れていたかというと、言うまでもなく青葉山なのです。桂さん、砥笥貢神社の様子を憶えていますか？」

朱雀の言葉に桂は元日に詣《もう》でた砥笥貢神社の様子を思い出した。

砥笥貢神社の中に入り、最初に目に入ったのは、石積みの井戸らしき物。砥笥貢の井戸である。かなり大きな井戸で、水が湧かなくなった為か、井戸の上には青銅の蓋《ふた》がされていた。あれはかなり重い物であった。桂が一度、蓋を外そうと試みたが、びくともしなかった。それが井戸が火を噴いた時に、鳥居の向こうまで吹き飛んでいたのである。それを考えると真《まこと》に不思議だ。そして井戸から暫《しばら》く行くと濁った池があった。水面《みなも》に藻が靄《もや》のように浮かんでいた。水底は不気味に真っ黒で、朱雀が、見ているだけでも冷たそうな水の中に腕を差し入れたのだ。そしてしきりに水底の感触を探っていた。それからそうだ……。

鳥居の方から男達が畳一枚ほどの板を二つ、数人で抱えてやって来た。男達は、二メートル四方の窪《くぼ》みがある地面のところで止まった。窪みは、窪んでいる場所の底の部分は普通の砂であるようだが、壁は池の底と同じく黒色であった。窪みの両端には、古びた一畳ほどの板が地面に埋もれていて、板を運んできた男達が、その板を窪みの両端に下ろし、地面に埋もれている板を大きな釣り針のようなもので引っかけて、持ち上げ始めた。そうすると、古い板が剝《は》がれ、そこには深い穴が見受けられた。男達は、次に新しい板をその穴に塡《は》め込んだ。

あの不気味で奇怪な神社と祭りは、何だったんだろう？

改めて考えた桂に、朱雀が心を読んだかのように言った。

「僕が思うに、あの砥笥貢神社というところは、古代の野タタラ場の跡なのですよ」

「野タタラ場の跡？」

「そうです。歴史によれば、最初にタタラという言葉が使われるのは、わが国では平安時代の事です。この時代の和歌や物語に、鋳物師《いものし》がタタラを踏んで鉄を溶融・鋳造する様子が描かれています。これらに描かれるタタラは、全て木炭を燃料とする鉄の溶解用の炉に送風するための足踏み式鞴《ふいご》によって稼働する物です。ですが、実際のタタラの歴史はもっと古くて、わが国での鉄器の使用は弥生《やよい》時代とともに始まったと思われます。歴史的遺物がそれを物語っています。

古い製鉄遺跡の炉跡を見ますとね、全体的に平面形か長方形ないし長楕円形《ちょうだえん》をしています。炉の両側には、鞴用台座を設置した窪んだ場所が認められ、そしてその近くには、熱した鉄を冷やす為のタタラ池という貯水場があります。あの砥笥貢神社の池はそうしたタタラ池で、水底が真っ黒だったのは、冷却途中の鉄が沈んで堆積《たいせき》していった為なのです。あれは鉄の黒なのです。そして長方形の窪みがあったでしょう、あそこにも鉄の黒色が痕《こん》跡《せき》をとどめていました。おそらくあれが炉となった場所で、両側にある窪みが鞴台です。

馬耳村の人達の記憶からは、かつて自分達が鉱山師の一族として栄えた事は消えてしまっていても、炉を稼働させる為の鞴を新しく取り替えるという習慣だけは残っていた。それがあの祭りの意味なのですよ」

「なるほど、そうなのですか。確かに青葉山が火に纏《まつ》わる歴史を持っているのは分かりましたが、それでどうやって美鈴さんが、井戸からあのような火柱を噴き上げさせたと言うのですか？」

「いいですか、タタラを行う為の原料の砂鉄は、砂鉄を含んだ風化岩盤を掘り崩し、水流に沿って直列に設けた多数の沈殿池中で土砂を洗い流し、砂鉄を池底に残すという一種の比重選鉱法によって採取されていました。そしてその風化岩盤が、青葉山には豊富にあったんです。青葉山は主に安山岩からなる火山です。安山岩というのは、中性の斜長石、単斜輝石、斜方輝石、普通角閃石《かくせんせき》、黒雲母《くろうんも》、磁鉄鉱などからなる火山岩であり、それはタタラに使う砂鉄の源岩なのです。砂鉄は、火成岩が風化を受け分解するときに、副成分鉱物である磁鉄鉱やチタン鉄鉱が、水で幾度も洗われる事によって砂となって残留したものです。こうした物を積極的に採取する為に、馬耳村の人々の祖先は、青葉山にある砂鉄を含んだ風化岩盤を掘り起こしていた。ですからどこかに彼らの掘った坑道の跡があるはずです。そしてそれはタタラ場の近くである可能性が高い」

「もっ、もしかしてその坑道の痕《あと》というのが、砥笥貢の井戸だったのですか？」

「その通りです。そしてあの井戸は……というより坑道は、砥笥貢の釜《かま》と呼ばれる場所にまで続いていた。元日の夜、僕は方位磁石を持って砥笥貢の釜の中へ入ってみたのです。中は実に迷路のような坑道になっていましたよ。周囲の壁を触ると、酸化鉄がぼろぼろと屑《くず》のように落ちてきましたね。その坑道の一本に明らかに上に続いている物があり、その上部には、古代の遺物とも言える銅で出来た巨大な滑車があるのが見てとれました。おそらく、その滑車を使って掘り出した岩石を上へと運んだのでしょう。僕が歩いた歩数からして、方位からして、それが砥笥貢の井戸に続いていることを僕は確信したのです」

「そっ、そう言えば、慎吾君が砥笥貢神社で、砥笥貢神を目撃して、社《やしろ》から飛び出した時に、砥笥貢の井戸の中から妙な呪文《じゅもん》のような歌声が聞こえたと言っていたが……」

朱雀は、それを聞くと、一寸《ちょっと》、厭《いや》そうな顔をした。

「妙な呪文とは心外だな。僕は鼻歌を歌いながら坑道の中を往来していたのですよ。きっとそれが、地下の坑道に谺《こだま》して、砥笥貢の井戸から聞こえたのでしょう」

「そうか、そして慎吾君は山を下る途中で、砥笥貢の釜から出てきた朱雀さんに、ばったりと出くわした。だが、その時、貴方《あなた》が慎吾君の提灯《ちょうちん》の火を消して、『用心しないと焼け死ぬよ』等と言って、脅したのは何故なんです？」

「脅したのではありませんよ。本当に危ないから注意したのです。祭りのときに聞いたでしょう、砥笥貢の釜には宝が眠っていて、それを盗もうと中に入った者が焼け死んだ、と……」

「ええ、確かにそんな事を言っていたのを、憶えています。ただの絵空事の昔話だろうと思っていたのですが、違うのですか？」

「絵空事ではありません。確かに昔、そんな事があったとしてもおかしくはないのです。

砥笥貢の宝というのは、おそらく『鉄』のことでしょう。古代では大変な価値のある代物だ。それが正体の分からぬ宝として伝えられていて、たまたまそれに心を引かれた欲深い人間がいた。そして彼は、粉末状の酸化鉄がびっしりと表面を覆った坑道の中へと入っていった。そこに一陣の風が吹き込み、酸化鉄の粉末が舞い上がる、もしそこで彼が火など持っていたならば、その火はすぐに酸化鉄に燃え移り、軽い爆発を起こすはずです。そんな事故が、起こらなかったとは言い切れない」

「粉末状の酸化鉄による爆発……」

「ええそうです。粉塵《ふんじん》爆発というやつですよ。物というのは、大きな塊よりも、小さくしたほうが、表面積と体積の比が大きくなり、容易に炎や電気のスパークのような物で、発火温度に達するのです。そこに空気が充分にあれば爆発が起こります」

「でっ、ではもしかして、その粉塵爆発という奴で、砥笥貢の井戸が火を噴いたということなのですか……？」

桂が上擦った声で訊《たず》ねると、朱雀は頷《うなず》いた。

「ええ、それも一寸した松明《たいまつ》の火の規模で起こるような粉塵爆発ではありません。僕が坑道を歩き回って分かったのは、長い間に風化して崩れ落ちた酸化鉄の粉塵が、地面にもかなり堆積し、壁にも付着しているということでした。壁などは、恐らく分厚い粉塵の層で成り立っていたと思われます。砥笥貢の井戸が天にも届くような火を噴いたあの夜、おりから風は強い北風でした。砥笥貢の釜は北に向いて開いています。もしその状態で、誰かが釜の蓋を開けたとしたらどうでしょう。坑道の中は酸化鉄の粉塵が充満して舞い躍るような状態になったのではないでしょうか？　そこにダイナマイトが投げ込まれた。大規模な爆発と大量の空気により、坑内の酸化鉄が一気に発火点に達し、炎が坑道中に溢《あふ》れかえる。蓄積されていた酸化鉄の層も、その発火によって、さらなる爆発物となり、青葉山を駆けめぐっていた坑道の全てが、炎を噴き出したのです。炎の熱気によって膨張した空気の圧力によって、砥笥貢の井戸の蓋などは軽々と吹き飛ばされた。そして井戸からは天をも衝《つ》くような火柱が立ち上った。この大規模な爆発は、活火山である青葉山の地下マグマを多少刺激したのでしょう。小規模の地震が観測されている」

滔々《とうとう》と語る朱雀に桂は、目をぱちくりとさせて訊ねた。

「確かに、朱雀さんが仰《おっしゃ》るような理論でいけば、村人達が次々と砥笥貢神を目撃し、青葉山が噴火するというような怪現象が何故起こったのかは説明することが出来ると思います。だがしかし、何故、何故、美鈴さんが、そのような行動を取るのですか？」

桂には、どうにも合点がいかなかった。

「それが問題です。それに牛が一頭、丸ごと食われて死骸《しがい》となって残っていたというのも不可解だ。僕もそのことの疑問に決着を付けたくて、『五平』のことをこうして追っているのです」

朱雀の言葉と同時に、廃道が終わった。急に視界が開けた。右手には浜辺があり、海が荒い波を立てている。だが、三人は五平の姿を見失った。

「何処へ行ったんだ？」
朱雀が舌打ちをして、目を細め、周囲を見回す。後木も緊張した様子で辺りを窺《うかが》ってい
た。桂も前後、左右ぐるりを観察したが、『五平』らしき姿は無い。
「まだいるはずだ。そう願いたい……」
朱雀はそう呟《つぶや》くと、桂を振り返った。
「桂さん、鎮咳薬《ちんがいやく》を持っていますか？」
「鎮咳薬ですか？　ええ、確かあるはずです」
桂は背広の裏ポケットをまさぐった。包みが五つ、まだ残っている。それを朱雀に差し
出す。朱雀がそれを受け取る。
「何故、私の鎮咳薬などが必要なのです？」
「言ったでしょう。『五平』は薬漬けにされた伝密鳥《チャンミイニャオ》だ。禁断症状で、餌を求めて彷徨《さまよ》っ
ている。餌さえあれば、『五平』は、暫《しばら》くいるはずなのです。そして今、『五平』の餌の代
わりとなる物と言えば、鴉麻草と同じアルカロイド性の薬物を含んだ桂さんの鎮咳薬しか
ない……」
「確かに……」
朱雀が黙って立っている後木に言った。
「後木君、君が『五平』を見た内で、『五平』は何処にいた回数が一番多かったか、教え
てくれ給え」

後木は目を瞬かせ、それから、じっと映画の銀幕にでも見入るような顔になった。口の中で、ぶつぶつと数を数えている。

おそらく今、後木の中で五平を見た時の映像が、次々と映し出されているのだろう。

不思議な男だ。やはり、自分は朱雀の様には後木の事が理解できないと、桂は思った。勿論《もちろん》、後木の方からしても、桂の事は理解できぬであろうし、桂と朱雀が何を喋《しゃべ》っているかも分かっていないように感じられた。

だが、ひたすらに朱雀に忠実な後木の気持ちは分かるような気がする。何と言っても、朱雀はこの地上でたった一人の後木の理解者であるだろう。自分の孤独な気持ちを朱雀がくみ取り、理解していてくれるという感激は、希少なものである。ましてや、こうした特殊な男にとっては尚更《なおさら》だろう。桂が、しみじみそのように感じて後木を見ている内に、後木の中で整理がし終わったのだろう。後木の目がしっかりと朱雀を捉《とら》え、口を開いた。

「一番、『五平』をよく見るのは、この浜の葦《あし》の茂みの辺りです。それから次は軍港の西口の付近です。次は廃道の左手にある林の中です。その次は村の林田長官の邸《やしき》の辺りです」

「よし、分かった。まずは『五平』が行き来する中で、一番来る確率の高いこの浜の葦の茂みの中に撒《ま》いておきましょう」

そう言うと、朱雀は浜へ続く道の方へと折れていった。

浜辺一帯の草場を探してみる。だが、やはり五平の姿は無かった。

「後木君、どの辺りで、『五平』をよく見るかね?」

朱雀が後木に訊ねた。後木は、近くの大きなごつごつとした岩の周囲に生えている葦の辺りを指さした。

「『五平』を此処《ここ》で見た回数が一番多いです。通常、奥様は此処で『五平』に餌をやってらっしゃいました」

朱雀は雪のベールで覆われて、ちりちりと震えている葦の群れの近くに歩いていくと、鎮咳薬の包みを開いて、ごく少量をその中に置いたのだった。

6

桂達三人は、一旦《いったん》、余部総合病院の病室に戻る事にした。

三人を出迎えた医者は、ほっとした顔をした。

朱雀の病室で、三人は椅子を寄せ合って座った。

「それにしても美鈴さんという女性は、どういう女性だったのです？　朱雀さん、貴方と美鈴さんの間柄ならば、美鈴さんのことはよく知っているはずだ。教えてくれませんか？」

すると朱雀は頷き、後木に目を向けた。

「後木君、君はすまないが、『五平』のことを探していてくれたまえ」

「はい、先生」

後木は、忠犬のように言って、席を立ち、病室を出て行った。

その姿を確認すると、朱雀は小さく溜息《ためいき》を吐きながら、桂を見た。

「そろそろはっきりと言いましょう。美鈴さんはこの軍港で諜報《ちょうほう》活動をしていたんですよ」

「諜報活動！」

「そうです。彼女は林田長官の前に、女流写真家として現れた。そして軍港の写真を撮らせてくれと申し出た。桂さんも知っていると思いますが、軍港では、軍港要港規則によって、航空、測量、撮影、一般船舶の出入り、停泊などが禁止または制限されるなど厳重な規制が敷かれています。軍港の撮影をすることで、軍艦の種類やその威力、また武器弾薬といった積み荷などの数で戦力が窺い知れますからね。美鈴さんが、自分は女流写真家だと名乗った理由は其処《そこ》にあるのですよ。そして都合のいいことに監察長官をしている林田に気に入られた。そして林田長官のもとに妻として入り込んだ。伝密鳥を引き連れてね……。桂さんも見たでしょう。林田邸に飾られている数々の軍艦の写真を。林田長官は妻ということですっかり安心して美鈴さんに自由に軍港内の写真を撮らせていたようだ。美鈴さんにとっては、これは格好の諜報活動となります」

「つまり、美鈴さんは撮った軍港の写真を使って、日本の軍事事情を推し量り、『五平』を使って、大陸の誰かにその情報を流していたということですか……」

「そうです。恐らく軍艦が入港したり、出港したりした日付、積み荷の中身や数量なども、事細かに報告していたはずです」

桂は、はっとした。

「では、もしかして、関東軍の武器弾薬の密輸計画も知っていたのでは？」

「恐らくそうだと思われます。美鈴さんの部屋に、不思議なカメラがあったでしょう？　僕はあのカメラの中を探ってみたのです。そうすると、そこに録音機らしき構造を発見しました。そしてさらに永井健三から届けられた小包を見つけたのです。あのカメラは、林田邸に通っている電話線と繋《つな》がっているようでした。そこから推測するに、美鈴さんは林田長官にかかってくる電話を、あの機械によって盗聴し、それを録音していたのだと思われます」

桂は思い出した。朱雀が血相を変えて、永井健三の事を勘ぐり、彼に電話をして、美鈴から手を引くようにと言っていた姿を……。

「貴方《あなた》が永井健三の事を頻《しき》りに気にして、電話をしていたのは、そういう訳だったのですか……。私はてっきり、只《ただ》の焼き餅《もち》だと勘違いしていました」

桂の言葉に、朱雀は苦く笑った。

「嗚呼《ああ》、そうですね。あの状況ではそう思われても仕方がない。ともかく僕も、美鈴さんにそのような危険な事を止めて欲しくて、何とか彼女が諜報活動を出来ぬようにしようと咄嗟《とっさ》にああいう行動を取ったのです」

朱雀はそう言うと、少し黙った。

滴……。滴……。

と、何処か情感を揺らされるような、点滴の落ちる音が、聞こえてくる。朱雀は相変わらず青白い顔をしていて、点滴の透明な液体が、朱雀の血管の中に流れ込んで、朱雀の血を透明に変えてしまうような錯覚に襲われるのだった。

しかし、美鈴という女も、どういう気持ちで日々を過ごしていたのだろう？

と、桂は思った。

諜報活動の為とはいえ、意に染まぬ男の妻となり、家族や周囲の人々に隠れた活動で得た情報を、五平に託して大陸へと送る八年もの年月。

恐らくその間、彼女は誰にも心を許した事はなく、また彼女がそのように身を挺《てい》して遂行している任務を受け取る大陸の人間達とも、渡り鳥という一本の細い糸でだけ結ばれていたわけである。

そんな生活の中では、酒に酔って我を忘れることも出来なかったであろうし、本心から人と笑談する事も無かったであろう。

自分と同じだ。

孤独だ……。

と、桂は思った。

「秘密は人を孤独にしますわ。孤独ほど、人の心を苛《さいな》む物はありません……。お苦しいことはありませんの？」

港で自分に囁《ささや》いた美鈴の言葉を桂は思い出した。

あの言葉は、まさに美鈴が吐露した自分の本音であったのだろう。そんな言葉だから、自分の心にも訴えてきて、つい言ってはならぬ事を口走りそうにもなったのであろう。

「美鈴さんは、彼女は、何の為に、誰に頼まれてそのような事をしていたのでしょう……」

「何の為に？　さあ、それは人によって違いますし、何の為なら自己犠牲を払ってもよいと判断するのかは人それぞれですからね。桂さんだって、何の為に、赤脇春木を応援しているのか明確に答える事が出来ますか？」

朱雀が桂に訊《たず》ね返した。桂は考えた。確かに何の為と言われると、明確な答えは出てこない。懸命に考えて桂は答えた。

「上手《うま》くは言えませんが、朱雀さんが指摘された通り、私は今の世の中が間違っていると思っているからです。民衆が不当に扱われていると思うからです。だからと言って、赤脇を応援して、何になるのかは分かりませんが、自分に出来ることはそのくらいだと思ったからです」

「……恐らく美鈴さんも、そのような思いで、舞鶴港での諜報活動に身を捧《ささ》げていたのでしょう。八年もの彼女の思いは僕には計り知れない。しかし、彼女にはそうせねばならない事情もあった」

「事情と言うと？」

「彼女は他でもない、中国の地下組織である紅幇《ホンパン》最大の組織である『龍華会《りゅうかかい》』の老板《ラオパン》の末娘なのです」

「美鈴さんが、中国地下組織の人間ですって！」

「そうです。僕が大陸に探偵を派遣して得た情報によると、現在、『龍華会』と思われる組織が、組織の一部を満州国と中国との国境付近に構え、日本軍と中国軍との抗争の手助けをしたり、諜報活動を行っている様子なのです。美鈴さんは、恐らくその拠点と連絡を取り合っていたに違いありません」

「しかし、どうして美鈴さんが、その『龍華会』とやらの老板の末娘だということまで分かるのです？　探偵がそう知らせたのですか？」

「いいえ、いくら探偵でも、そこまで調べることは不可能ですよ。美鈴さんの事が分かったのは、……彼女が僕の母だからです」

「美鈴さんが、朱雀さんの母親ですって！」

「そうです。僕は大陸で真言宗の僧侶《そうりよ》として活動していた父と、『龍華会』の老板《ラオパン》の末娘であった母との間に生まれた日中の混血児なのです」

　桂は朱雀の驚くべき秘密を知って言葉を失った。

「ところで、慎吾君はどういう様子なんですかね、僕も彼には話をしなくては」

　朱雀はベッドから立ち上がると、手探りしながらドアの方へと歩いていく。桂はその姿に驚いた。どうやら、さっきよりも朱雀の目が見えにくくなっているようだ。

「朱雀さん、そんな事より、私は貴方の事の方が心配です。随分と目が悪いようじゃありませんか、医者に言って、診て貰《もら》って下さい」

　桂は俄然《がぜん》、主張した。

桂の勧めによって、朱雀は目が見えにくくなっている理由を検査する事となった。

長い間、検査が続けられた。二時間近く経過して、医者が検査室から現れた。

桂が問診室へと呼び出される。

問診室に入って、医者が難しそうな顔をしているのを見て、厭《いや》な予感がした。

「朱雀検事の目の具合はどうなんですか？」

医者は、いろいろとカルテに書かれた文字を読みながら、うむ、と唸《うな》った。

「悪いことに網膜剥離《はくり》を起こしている様子です。朱雀検事さんから事情をお聞きした限りでは、恐らくは火事の中、長時間熱風に晒《さら》されたのが原因で、網膜が剥離を起こしたのだと考えられます」

「つまり、どういう事になるのですか？」

桂は身を乗り出した。

「視力の著しい低下が見られます。このままいくと、目が見えなくなる可能性が考えられます」

「それはつまり、盲目になると言うことですか？」

「そういう事です」

残酷な返事が、医者の口から飛び出た。

「なんとかならないのですか？　手術など方法があるでしょう」

「残念ながら今の医学では、網膜の剥離は手の施しようがありません。幾つかの手段を用いて、視力をましにすることは出来ますが、完全に網膜が剥《は》がれてしまっては、手術の方法も無いのです」

「そんな……」

桂は絶句した。朱雀のあの漆黒の湖のような美しい瞳《ひとみ》が、見えなくなる。どうしたら良いのだろう……。

「さて、随分と悲観的な結果が出てしまったので、今すぐに御本人に伝えてよいものかどうか分からず、貴方をお呼びしたわけです」

医者が言った。そんな事を言われても、桂にも判断がつかなかった。

確かに、衝撃的な事実である。もし目が見えなくなりでもしたら、検事でいることも出来なくなる。そうなったら、朱雀は一体、どうするのであろうか。

桂は悩みながら、問診室を出た。看護婦から、朱雀は病室に移ったと聞かされる。

桂は動揺している自分の胸の内を朱雀に見せまいと、ぐっと気を張って、朱雀の病室に向かった。

大きく深呼吸をして病室の戸を開ける。

朱雀がスーツを着たままベッドに腰をかけている。

さて、失明に至るかもしれないなどという話を何時、どうした具合に切り出そうかと悩みあぐねながら、桂も自分用の椅子を朱雀の近くに移動した。

「僕の目はどうでしたか？　桂さん」

朱雀が、どきりとする質問を、いきなり桂に投げかける。

「視力が著しく低下しているらしいです」

「何故です？」

「その……、医者の話では……長時間、熱風に晒されたせいだとか……」

「なるほど、網膜剝離を起こしている。そういう事でしょう？　桂さん」

桂は、どぎまぎしながら、「そうです」と、答えた。

朱雀は、はっと笑うような息をした。

「網膜剝離を起こしているとすれば、悪くすると僕は失明するということだ。そうですよね。別に気を遣わなくとも結構です。早くに聞いていれば、僕にも僕の準備が出来る。桂さん、言ってしまって下さい」

「……分かりました……。医者の話では、網膜剝離が進めば、盲目になる可能性が高いという事です。けど、視力を保つ、幾つかの方法はあるという事でした」

「なるほど……。良く分かりました」

朱雀は短く答えた。すでに覚悟が出来たのか、その顔は凜《りん》として、狼狽《うろた》えている影はない。

この男は、美しい……。そして強い……。桂は感嘆した。

7

雪はもうやんでいた。病室は瓦斯《ガス》ストーブの熱気で、暑いぐらいである。病室の窓からは、軍港の辺りがよく見渡せた。白い地表が広がる中、倉庫群と軍港を往来する人足達の足跡だけが黒い一筋の線を作っていて、桂の胸を不安たらしめた。

この軍港から多くの貨物が出て行くということ、それはつまり戦線への道のりを暗示しているように思えたからだ。

「桂さんに僕の秘密を話しましょう。貴方《あなた》の事を探っておいて、僕が自分の正体を明かさないわけにはいかない。さて、どこから話をしたらいいものか……。そうだな、まず僕の父の事から話をしましょう。桂さんもご存じの通り、僕の家は華族です。しかし、非常な変わり者で、華族の特権である華族債を浪費して、ろくに働かず、発明などにうつつをぬかしている祖父の生き方を父は嫌いました。まあ、僕にすればどちらもどちらなのですが……。そんなこともあって、父は人の役に立ちたいと願ったのです。それで出家して、大陸に行き、阿片《アヘン》患者の更生を手助けする活動に携わりました。そんな時に、僕の母、つまり『龍華会』の老板の末娘である僕の母・李香蓮《リシャンリエン》、つまり美鈴さんと出会ったのです。二人は瞬く間に恋に落ちて、周囲の反対を押し切って結婚しました。それで僕が生まれた訳です。父は僕のことを十五と呼び、母は僕を中国名で、白蓮《バイリエン》と呼んでいました。

時に応じて抗日運動も激しさを増していき、『龍華会』という中国社会を一端で支える組織の本流に、日中の混血児が存在することは、反発を買うことでした。忘れもしない、僕が五つの時です。僕は阿片業者の一味に誘拐されたのです。そして、身代金と引き替えの条件が『龍華会』の本陣に、投げ文されたといいます。しかし、僕の存在を快く思わなかった誰かがその事を隠匿してしまった。父と母はそんな事とは露知らず、僕の帰りを待ち続けた。ところが、条件を受け入れられなかった阿片業者らは、僕を悪名高き宦官《かんがん》に売り飛ばしたのです。その宦官は、西太后《せいたいこう》の寵愛《ちょうあい》を受け、私腹を肥やしている男でしてね、小さな子供を買っては虐待し、殺す事を快感にしていたような奴でした。僕はその男に捕まり、その男の焼き印を入れられたのです。それが、桂さんに見せた僕の背中にある焼き印です。

運の良い事に、その宦官の許《もと》には『龍華会』の一員が働いていました。それで僕は命からがら助けられたのですが、僕の祖父、つまり、『龍華会』の老板は、僕の体についた焼き印の痕《あと》に、驚愕《きょうがく》した。何故なら、それが彼らが敵対している清《しん》王朝の王印にそっくりだったからです。老板は、早速彫り師に命じて、僕の背中にその印を呑《の》み込む朱雀の絵を彫らせました。そして同時に、父に僕を連れて日本に帰るようにと命じたのです。仲間内ですら、僕の存在が疎まれている。老板の直系に、日本人の婿や、混血児の子供がいれば、やがて大きな火種になると考えたのでしょう。

僕は父によって連れ帰られ、日本の祖父母の許で育ちました。だから僕は日本人でもなければ、中国人でもない。どちらから見てもはみ出し者です。僕も桂さんも、時流に逆らうはみ出し者同士なのです。だが、世の中には僕らのようなはみ出し者が必要だ。はみ出し者こそが世の流れを変えることが出来るのですから……」

「はみ出し者が世の中の流れを変える……。出来るのでしょうか？　そんなことが本当に」

「この際、僕たちが出来るか出来ないかは問題ではありません。出来るかもしれないし、出来ないかもしれない。時流に乗っている人々は、言わば一種の催眠状態に陥っている人々です。その催眠から人を目覚めさせるには、催眠にかからない人間が何かを行い、何かを言うしかない。そうでしょう？」

桂は、ぼうっと、朱雀の背中で色鮮やかに羽ばたいていた鳥と、惨いケロイドの痕を思い起こしながら、それらは全て異端者の印であったのだなと思った。

「時流に乗っている人間は催眠状態……。確かにそうかもしれませんね」

桂は頷《うなず》きながら、軽い咳《せき》をした。

「僕は今世のこの体制を見て総長に、検事局には現状の右翼寄りの政治姿勢を抑制するために、右翼の活動を取り締まる『右翼思想部』を設置することを勧めていました。そしてやっとそれが実現した。しかし、それだけで『右翼思想部』が正しく機能するかどうかは疑わしい。それだから、今回の関東軍の陰謀を暴き、『右翼思想部』に起爆力をもたらしたかった。だが、これはどうも上手《うま》くいかなかった……」

「すいません。私が、迂闊《うかつ》であったために……」

「別に、桂さんを責めようとは思いませんよ。これは上手くいくか、いかないか、もともと紙一重の計画だったのですから。ここに直接、乗り込んでくるより、上手い方法があったかもしれない。しかし、僕は偶然にも長谷川の殺人事件を写した写真の中に母の姿を見てしまったのです」

朱雀は、きゅっと眉《まゆ》を顰《ひそ》めた。

「その姿を見た途端、僕の理性に狂いが生じたのです。本来なら警察を待機させ、周辺に身を潜めて林田邸を見張っていた方が良かったかもしれない。だが、僕は、母が危険な事に絡んでいるという予感を持ち、冷静に物事が判断出来なくなった。なんとか母を、危険な現場から引き離したいという気持ちの方が勝ってしまった。だから関東軍の陰謀を暴く事がおざなりになった、僕の計画の揺らぎが、今回の事を上手く運ばせなかった要因です」

桂は思い出した。あの朝方、朱雀が美鈴に対して「僕は今も昔と変わらず、貴方を愛してるんです」と、言っていた時の朱雀の必死の表情を。あれは、息子の母に対する愛情の表れであったのだ。朱雀が何かと美鈴を探り、美鈴と二人に成りたがっていた理由が分かって、桂は納得した。全ての二人の怪しい行動は、そういう理由だったのだと……。

「オナミさんのところの土間で、二人で話をしていたのもそういう事ですか？」

「そうです。僕と母は丁度、同じ行動を取ったのです。何故、言蔵だけが、放火ではなくああいう特殊な殺され方をしたのか、答えは一つ、放火によって、隣家に火が燃え移るのを避けたかったからだろうという事です。そこで言蔵殺しの犯人の筆頭に上がったのがって調べたかった。そうすると、母が同じように調べに行っていたのです」

美々津オナミでした。そして僕は彼女の家の菜種油がどうなっているか、土間の台所に行
「そこに私が……」

「ええ」

と、朱雀が頷いた。

「だが、その時は、母にも僕にも美々津オナミと西畑米の関係は分からなかった。なにしろ米がオナミの息子と結婚していたのは、母がこの村に来るよりもずっと以前の事ですし、美々津家の人々を処理した事は村でも禁忌の話題になっていて、その事を言い出す人間もいなかったからです。母も日常の家事を信頼して任せている米が、まさか犯人だとは思いも寄らなかったのだと思います。現実に、僕が西畑米に突き当たったのも、病院にいる間に検事権限で、美々津家の戸籍を洗っていて分かったのです。西畑米のあの姿は、まさに暗示による催眠が暴走した結果です。

僕が憂うのはそこですよ。この国もあの老女と、同じ運命を辿《たど》りはしまいかとね」

「確かにそうですね……」

桂は頷いた。貧困と外圧に対する不安感、そして神国日本という妄信的なイデオロギーが掲げられる中で、人々は皆、狂っていっている。

「だが、それにしても最初の藁屋《わらや》の放火は、美鈴さんでしょう？」

「そうです。恐らく母は、砥笥貢神の祟《たた》りを演出する為に、放火しても余り村に害の無い

藁屋に火を放ったのです。そしてすぐにその異変を林田邦夫に報告した。その為、藁屋の火は大して燃え広がることも無く、事無きを得た。この事が、砥笥貢神の祟りが確かにあるという確信を村人に植え付けたまでは母の計画通りだったのでしょうが、それによって、西畑米が、まさか連続放火や殺人といった行動にまで至るとは想像だにしていなかったのだと思います。だから母は責任を感じ、毎夜、家を抜け出して、犯人を止めようと村を周回していました。僕も同じで、それでどうしても、僕か母が、火事の第一発見者にならざるを得なかったんです。

それに、僕は深い罪を犯した。馬耳村での事件に、母が絡んでいた為に、刑事事件として立件すれば、母の正体がばれてしまう。そんな想いがあったがために、事件そのものを無きこととして、何とか犯人を止め、砥笥貢神の祟りですまそうとしていた。そして被害者が相次いでしまった」

「そうですか、だからあの言蔵のところにあった蜜柑《みかん》を隠したのですね。それにしても、貴方は不眠で……。なのに私ときたら何も気づかず、貴方と美鈴さんを疑ってばかりいた」

「いいえ、今回の惨い事件の数々は、僕達親子の所行だと言っても過言ではない。そして一番責められるべきは、検事であるにもかかわらず私情に流された僕なのです。

とにかく母が林田邸を燃やしたのは、関東軍の武器弾薬が大陸に密輸される前に阻止したかったからに違いありません。

では、砥笥貢の井戸の炎上は？　どういうカラクリでそれをしたかは分かりますが、何故、其処《そこ》まですする必要があったのかが、まだ僕には釈然としないのです。何かの理由があったから母はそうした。それが何だか気になるのです。彼女の動機が何だったかなど、本当は今さらどうでもいいことなのかもしれませんが、僕はそれに拘《こだわ》らずにはいられない。母は、僕に何一つ話をしてくれなかった。だが、僕は息子として母がどういう人で、何を思ってそうしたのか知りたいのです」

それは朱雀らしくない脆《もろ》い言葉であった。桂は、この圧倒的に人を寄せ付けない超人のような男も、人の子であったのだなと、共感を持った。

その時、ガタリと病室のドアが開いた。後木が立っていた。

「朱雀先生、『五平』が、大波海岸の葦《あし》の茂みに来ています」

後木の言葉に朱雀は、弾《はじ》かれたように立ち上がった。

エピローグ　冬に発つ鳥

1

北風は少し和らいで、海岸は静かであった。

五平は、朱雀が鎮咳薬《ちんがいやく》を撒《ま》いた辺りで丸まり、うとうとと眠っているように見えた。

アルカロイドのせいであろう。朱雀は静かに五平へと歩み寄り、その体を注意深く両腕に抱きかかえた。そして五平の脚を見てみると、そこには軍用鳩につけるような伝書を入れる筒が取り付けてあった。朱雀はその筒を五平の脚から外し、蓋《ふた》を開けて中を取りだした。きっちりと丸められた紙が入っている。朱雀はそれをゆっくりと広げた。

ぱらぱら、と何かが落ちた。桂はそれを拾い上げた。どうやら、それは写真フィルムのようであった。四枚ほどある。日に透かして見ると、そこには様々な姿の朱雀の様子が写されていた。

「何ですか？　桂さん」

「写真フィルムです。貴方《あなた》を写したものばかりですよ。やはり美鈴さんは、貴方を愛していたんですね」

朱雀が、掌《てのひら》を差し出した。

桂はフィルムを、差し出された朱雀の掌に、そっと握らせた。

朱雀は複雑な表情でそれを受け取ると、日に透かして見ていたが、暫《しばら》くして首を振り、そして伝書の方に目を移した。

「どちらも見えない……。すまないが後木君、此処《ここ》に何が書かれてあるか説明してくれたまえ」

朱雀はそう言って、後木に伝書を手渡した。

桂もちらりと伝書の内容をのぞき見たが、中国語で綴《つづ》られてあって、しかとは内容は分からない。

後木は、最初から一つ一つの文字を説明し始めた。それは随分長い時間のかかる作業であった。

後木がすっかり伝書を説明し終わると、朱雀が、ふうっと、溜息《ためいき》を吐いた。

心なしかその瞳《ひとみ》が潤んでいる。

「どんな内容だったのですか?」

桂は訊《たず》ねた。

「嗚呼《ああ》……。これで全てが詳《つまび》らかになった……。この伝書の内容から察するに、母は林田長官が秘密裏に連絡を取っていた東泰治との会話から、関東軍が武器弾薬の密輸計画を立て、それらが一旦《いったん》、林田邸に保管されることを知った。そして大陸にいる仲間にその事を告げた。大陸からは母にそれを阻止するようにとの指令があり、母はまず、あの怪文書を抑止力になるだろうと思えるあらゆる所に送りつけた。そこで、僕の目に留まったのです。母としてみれば、それは全く思いもよらぬ事でした。

僕は自分がその事に気づいた事を母に早々に伝える為に、自分の名前で、林田長官に連絡をした。僕はそれですっかり母が安心してくれるものだと思っていました。しかし、母は違った。この事件に僕が絡み、ましてや僕が検事という立場にある人間だと知って、僕を危険な立場に追い込む事を危ぶんだのです。本来ならば母も怪文書に反応してきた人間と上手《うま》く情報を交換し、彼らに、つまり日本人の手によって、関東軍の陰謀を暴きたかった。だが、怪文書に対する反応は余り思わしくないうえに、僕がそこにのこのこと乗り込んで来ると聞いてしまった。母はなんとか一人で全ての事を秘密裏に処理するように考えを巡らさなければならなかった。そして思い浮かんだのが砥笥貢神の祟りを利用する方法です。それが母の僕を思う故の悲しい過ちだったのです。

母はさっそくそれを実行し始めた。そこに僕らが到着した。そうしている内に『怪文書』の効力がなかなか出ないことに業《ごう》を煮やした、日本に散って密偵をしていた紅幇《ホンパン》の人間達が母の許《もと》にやって来たのです。彼らは『龍華会』の若い過激派で、林田長官邸に保管されている武器弾薬を強奪して、それでもって軍港を爆破するという計画を主張しはじめた。それが、丁度、米が林の中で数多《あまた》の人魂《ひとだま》を見たというその時だったのです」

「つまりそれは……」

「つまり米が見た人魂というのは、林田邸を襲おうと林に集結した紅幇《ホンパン》の者達が手にしていた松明《たいまつ》の火なのですよ」

桂は、暗い林の中で松明の火が揺れている様子を想像した。遠くから見れば、確かに、それは人魂に見えるであろう。

「なるほど……、しかし、では何故、その時に彼らは林田邸を襲わなかったのですか？」

「それは、母が止めたからです。母は彼らの考えには反対でした。何故なら、林田邸から武器弾薬を強奪するとなると、少なからず騒ぎとなって、怪我人が出るであろうし、また、日本国内で中国人が武力抗争を起こしたということになると、日本の中国に対する武力外交を正当化してしまい、それが現在、中国軍を支援している諸外国の動きにも反映されてしまうだろうと考えたからです。

しかし、母がそう説得しても、彼らはなかなか納得しなかった。母は彼らの暴挙を止める為の手立てを考えなければならなかった。だが、母一人では、何十人もの男達を押しとどめる事は不可能です。その時、母の頭の中に閃《ひらめ》いたのが砥笥貢の釜《かま》の存在でした。おそらく母は、この辺りの地理的状況や環境をよく把握していたのです。『龍華会』における兵法の極意では、まず自分が戦うべき場所の情報を網羅していなければならないとされています。母は砥笥貢の釜が危険な場所だと知っていた。さらに、砥笥貢の釜を上手く利用する事によって、全てを砥笥貢神の祟《たた》りと出来る一連の作戦と矛盾しない方法を考えついた。そこで、母は一旦、彼らの主張を受け入れるふりをしたんです。村に誰もいない日の方が作戦は成功すると彼らに告げ、村が無人になる深夜に武器強奪を決行するという名目で、彼らに暫く身を潜めておくようにと言います。それが、牛が食らわれていた前の日の夜でした」

「それと、あの牛の死骸《しがい》には関係が？」

「牛は、おそらく『龍華会』の若い過激派達が、食料にしたのですよ。何しろ急に事の決行日が延びたので、待っている間の食料が必要だったのです。人家に押し入って穀類などを盗むより、人気《ひとけ》の無い家畜小屋で肉を手にする方が容易《たやす》いですからね」

「そうか……とても人の仕業ではないと思っていましたが、大勢の男の手によるものだとしたら納得が出来ます」

「そうでしょう？　ですが、牛の肉を砥笥貢の釜の中で焼かせたら、彼らもすぐに異変に気付くでしょう。それに僅《わず》かな炎では、彼らを一網打尽には出来ない。だから母は、わざと肉を村はずれで焼かせたのです。

　ともかく母はそれから彼らを砥笥貢の釜まで案内して、そこに身を潜めさせます。林田長官が襲撃されるという事件の夜明け方のことでしょう。あの日、母の姿が長らく村になく、その靴に、砥笥貢の釜辺りの泥土が付着していたのは、そういう事だったのですよ。

　そしてあの夜、桂さんが林田言蔵の家から砥笥貢神が出てくるのを見た夜、母は母で、過激派達の許にダイナマイトを手にして向かったのです。過激派達は砥笥貢の釜で身を潜めて、母の合図を待っていた。母はそこにダイナマイトを投げ込んだ。おりから吹く激しい北風が、砥笥貢の釜に吹き込んでいた。ダイナマイトが爆発すると、その火炎で、坑道内に舞った酸化鉄の粉塵《ふんじん》が、次々と連鎖的に爆発を起こし、内部は高熱の炎に包まれる。鉄の転移温度から考えて、その炎はおよそ八百度にも達したでしょう。勿論《もちろん》、過激派達は一網打尽です。そして砥笥貢の井戸から炎の柱が噴き上がったとしても、それは全て砥笥貢神の祟りであり、村の言い伝え通りの事なのです。

母はこれらの事をやり終えて、さらに村が無人の間に、林田邸の倉庫に火をつけた。武器弾薬やダイナマイトが火によって爆発すれば、おびただしい被害が出て、村の人間が巻き込まれる。だが、人がいなければ、少なくとも他に死人を出すこともない。そして母は、林田邸に火をつけ、自らも炎の中に身を投じた。

その理由の一つは、僕のせいです。母は自分がもし生き延び、捕まりでもすれば、ひどい拷問や取り調べを受けて、僕との関係を漏らす事になりはしないかと心配したのです。そうなれば僕までもが中国の密偵を疑われ、投獄《しょくざい》されることにもなりかねない。そして二つ目の理由は、自ら手にかけた仲間達に対する贖罪です。三つ目は、生き延びて行方不明になったとしても、放火の犯人は母だと疑われる。そうすれば、慎吾君がいかに心を痛めるかと考えたからです。母はそうした理由から、潔く死ぬ事を選んだのです……」

桂は、美鈴といい、朱雀といい、この二人の親子の凄《すさ》まじい生き方に、感嘆せずにはいられなかった。

朱雀は後木の手から伝書を受け取ると、それを丸め直し、掌《てのひら》に握っていた写真のフィルムと共に筒の中に入れた。そして再び、五平の足に取り付けたのであった。

※

朱雀の脳裏に、美鈴の書いた伝書の最後の一文が、渦巻いていた。

因此，父亲母亲大人，关于关东军所策划的走私武器弹药一事，我一定会亲手阻止的。所以，请原谅我杀害本族的同胞。

当这封信到达您那儿的时候，我想，我已经不在这个世界上了。请不要悲伤，我是幸福地离开的。因为心里一直祈祷着，却未能与白莲再相会的事，终于实现了。

自从来到日本后却一直未能去找那孩子的日子是多么得痛苦。一定是菩萨让我的愿望变成了现实。

那孩子，正如我所愿地成长为优秀而美丽的年轻人了。现在正担任着东京最高法院检察官这一高职。

我想，如果那孩子真的在中国的话，一定能成为出色领导〃龙华会〃的干部的。但我也清楚地知道，那只是我无法实现的愿望而已。

现在，我所能对那孩子——一位有身份有地位的人——做的，就是将这起事件不牵连到她，不对她造成伤害罢了。

虽然身为母亲，虽然终于和她见面了，但我能做的却只有这些而已。对那孩子只能采取冷淡的态度而不能表达爱，真是感到遗憾呐。

啊……竟都是些伤心话了。我死了以后，请别忘了白莲的事儿，并请从遥远的故乡，为她祈祷幸福。

那，再见了，父亲大人，母亲大人。到时，让我们在菩萨那里再相会。

……と、言うわけで、父上、母上、関東軍の図っている武器弾薬の密輸は、私の手で必ず阻止いたします。

そして、どうか同胞達を殺《あや》める事をお許し下さい。

この手紙がそちらに着く頃には、私はもうこの世にいないものと思いますが、どうか悲しまないで下さい。

私は幸せな思いで死んでいくのです。それというのも、心から願いながらも、叶《かな》える事が出来なかった白蓮との再会が叶ったからです。

日本に来ていながらも、あの子を探すことが出来ない日々は、どんなに辛《つら》いものだったでしょう。きっと、菩薩《ぼさつ》が私の願いを叶えてくれたのです。

あの子は、私が願った通り、立派で優秀な若者に成長していました。

今は、東京で最高裁の検事という、偉い役職についているという事です。

本当にあの子が中国にいることが出来たとしたならば、『龍華会』を立派に指揮できる幹部になっていたと思います。

でも、それが叶わぬ願いだということは充分承知しています。

今、私があの子に対して出来ることは、身分も地位もあるあの子を、この事件に関わらせることなく無傷で帰してやることだけです。

母であるというのに、やっと出会えたというのに、私にはそれだけしか出来ず、あの子に冷淡な態度を取ることでしか、愛情を表せないのが本当に口惜しい気持ちです。

嗚呼《ああ》……つまらない泣き言になってしまいましたが、私が死んだ後も、白蓮の事は忘れずに居て下さい。

そして遠い故郷から、白蓮の幸運を祈ってやって下さい。

それでは、父上、母上、さようなら……。

いつかまた、菩薩のもとで出会いましょう。

※

くえっー
と、五平が鳴き声を上げた。どうやら、アルカロイドがもたらす眠気から覚めたようである。朱雀の手の中で落ち着かぬ様子で動き、羽をぱたぱたとさせた。そして、しきりに朱雀の掌の辺りを、嘴《くちばし》で突《つつ》き回した。

「まだ阿片《アヘン》が足りていないのだね。残念だが、『五平』もう、ここには阿片はないのだよ。さあ、そろそろ此処《ここ》からは飛び立つ時だ。大陸へと、文を届けに行きたまえ！」

朱雀はそう言うと、五平を大空に向かって投げ放った。

五平は羽ばたき、何度か頭上を旋回した後に、遠くの空へと飛行していく。

——お母さん！

五平の姿が、低くたれ込めた雲間に消えていく瞬間、桂には朱雀の叫びが聞こえたような気がした。

2

慎吾少年は、廃墟《はいきょ》と化した馬耳村の辺りを彷徨《さまよ》っているところを見回りの巡査に保護され、近くの親戚《しんせき》の許《もと》に引き取られたということであった。

朱雀が案じるように、少年の心が闇に囚《とら》われはしまいかと桂も心配であったが、これはもう自分の力ではどうにも出来ぬ事である。桂は取りあえず慎吾宛《あて》に、励ましの手紙を書き、それを送り届けた。

朱雀はこれで一週間、病院に入院している。その間中、後木が朱雀の看病をしていた。

「朱雀さんは、これから身の振り方はどうするのですか？」

桂は訊《たず》ねた。朱雀は大人しくベッドに横たわりながら、黒い瞳《ひとみ》を桂に向けた。

「治療を続けながら、この目がなんとか見える限りは、検事を続けます。僕は『右翼思想部』に入ることになっています。そしてそこにいられる限りは、任務に全力を尽くしたいと思っています。幸い、僕には後木君という力強い相棒が出来た。これから彼は僕の秘書となって、僕の目の役割を担ってくれるのです」

朱雀の言葉に、後木は無言で頷《うなず》いた。

「私も『右翼思想部』に志願します。自分が何をすべきなのか、少し見えて来たように思います。検査の結果では、幸い、結核菌もまだ出ていない。ほどなくそういう日も来るでしょうが、それまでは何も諦《あきら》めない。やれるだけの事はします」

桂は、自分の決心を告げた。

窓硝子《ガラス》が、ガタガタと大きな音を立てて揺れていた。

外は強い風が吹いている。暗雲が垂れこめ、激しい雪が風に舞い躍って、外の景色は殆《ほとん》ど見えなかった。

その不穏な様子は、まるで自分達の行く末を暗示するかのようだと桂は思った。

しかし、怯《ひる》むまい。自分には、はみ出し者の仲間が出来たのであるから。

もう、孤独ではなくなったのだから。

「桂さん、こんな時代で、皆が神国日本という催眠にかかっているような状態でも、必ず何処かに僕らのような人間が存在するはずです。そしてこの状況をなんとかしようと考えているはずなのです。だから、抗《あらが》えるだけ、抗いましょう。一人一人がそうしていけば、必ずそれは何らかの力になるはずです。僕はそう信じたい。また、そう信じなければ何をする意味もない。

　僕達が正しいのか、間違っているのか、それはやがて歴史が語ることでしょう。諺《ことわざ》にもあるように、『人間万事塞翁《さいおう》が馬』なのです。悪いと思った事の結果が、あとで思えば良い事の原因になり、良いと思った事の結果が、悪いことの原因になっていたりするものです。だからおよそ真実などというものはこの世には存在しないかもしれない。存在したとしてもそれが分かるのは神仏だけで、人間には到底、知るよしもないでしょう。

　だが、僕は今、あえて行く道を真実だと信じるつもりです。真実を真実にするものは、それを真実だと信じ切る強い信念によってでしかない。貫き通せば、それは真実となり、形となり、人々を動かす原動力にもなる。石原莞爾が、田中智学《たなかちがく》の所説にひかれて日蓮《にちれん》主義に嵌《は》まり、日本をアジア、さらには世界の盟主とするという使命観を得て、人々をこんな馬鹿馬鹿しい戦争へと駆り立てたのも信念の力なのですから、僕らはそれと反対の事をすればいいのです。

　僕は密《ひそ》かに反戦活動への支援をしています。桂さんが、プロレタリアート支援をしているのと同様にね」

「そうだったのですか……」

「ええそうです。僕は主に反戦詩人や反戦作家の活動に協力しているのです。芸術の持つ一般性が、より多くの大衆の心に訴えると思っているからです。しかし、やがてそうした活動にも厳しい制約がなされていくに違いありません。僕達は心して歩まなければ……」

その時、轟《ごう》という音がして、一際、窓硝子が激しく揺れ動いた。朱雀が、ぴくりと耳を欹《そばだ》てる。桂は思わず窓の外を見た。

黒雲が、窓の際まで迫ってきていた。それは古い陰湿な魔物の顔を形取っていた。

「争いは一体、何によって引き起こされるのか……。様々な要素がある。例えば貧困から端を発して富める者から財産を搾取しようとする場合。自分達と違う集団からの精神的圧迫が、闘争心へと変化する場合。文化の違う集団同士が、相手に対する無理解から嫌悪感を抱く場合。他者に対する恨み、妬《ねた》み、嫉《そね》み、誤解、恐怖、原因は様々だ。『争いの樹』という伝説をご存じですか？」

「いいえ、知りません」

「自然説明伝説の一つでしてね、遠くから眺めて、その樹が、松か杉かと論争したという伝説をもつ樹のことを言うのです。そうした樹の多くは神木でしてね、一見すると松なのですが、近くでよく見ると杉といったような判別のつきにくい、枝ぶりなどの状態が通常と異なる樹木が多いのです。例えば、『新編武蔵風土記稿《むさしふどきこう》』には、白鬚《しろひげ》神社というところがあって、そこに遠くから見ると松そっくりの神木があったとあります。しかし、実際は杉で、『争い杉』とか『松杉』の名があると記されています。同じような伝説が、岐阜県稲葉《いなば》郡黒野《くろの》村《むら》の村境にあります。その樹は『喧嘩《けんか》松』と呼ばれていて、その土地で二姓が系図を争った事に由来すると言われています。

　また、『争いの樹』には別系統の伝説が付与されているんです。広島県豊田《とよた》郡末光村《すえみつむら》にある『争いの樹』等は、別名、『世計《よばか》りの榎《えのき》』と呼ばれていましてね、根に槻木《つきぎ》神社を祀《まつ》って、これを槻の木として、その葉の生長の遅速で豊凶を占ったというのです。あるいは、石川県の諸橋《もろはし》の一本木の槻は白比丘尼《しろびくに》が植えたと伝えられるものですが、榎の実がみのったと言います。この二つの伝説に共通する槻も榎も、語源的には『憑《つ》き』『斎《いつき》の木』を意味する言葉なのです。つまり、争いとは、結局のところ、憑かれた人々が引き起こす現象なのですよ」

　朱雀の言葉が終わると同時に、再び、轟、轟と風が唸《うな》り声を上げ、魔物がそれを打ち破ろうとしているかのように、窓が揺れ動いた。

「巨大な憑き物が襲ってきそうですね」

　朱雀はそう言うと、凛《りん》とした表情で窓の外を見詰めた。

　桂もたじろがず身構えた。

※

春になった。桜の花が桃色の花弁を風に弄《もてあそ》ばせている。

親戚の家は、慎吾を高校に通わせるほどの金が無いと告げてきた。

慎吾は川縁《かわべり》に座り込み、ちらちらと日の光を反射する川面《かわも》を、目を細めながら眺めた。

うらうらした日差しも慎吾にとっては、何かうっとうしい。

父は錯乱したままだ。

母は死んでしまった。

それらの全ての出来事が、一体、何故起こったのか？

自分が砥笥貢神の怒りに触れた事が原因なのか？

いや、原因などもうどうでも良かった。

何もかもが、全て終わってしまったのだ。

父も母も、自分を見捨てて遠い世界に行ってしまったのだ。

こうなったら、この世の全てが終わってしまえばいいのに。

慎吾は唇を噛《か》みしめた。そしてやけっぱちになって、小石を川面に投げ入れた時であった。

「坊ちゃん」

と後ろから声がかかった。

驚いて振り向くと、後木が立っていた。黒いスーツに黒いサングラスをかけている。

「後木さん……。どうして此処に？」

後木の後ろから、白い人影が現れた。慎吾は、どきりとした。朱雀だ。

また、あの美しくて、恐ろしい人がやって来たのだ。

「あっ、貴方《あなた》はなんなんですか！　どうしてまた、現れたんですか！」

慎吾の声に、朱雀は微笑んだ。

「僕は、君の義兄だよ。だから君の事が心配だったので来たんだ」

「義兄……？　ですって……？」

慎吾は当惑した。

「そうとも、君の母である美鈴さんは、以前、僕の父と結婚していて、僕はその間に生まれたんだ。だから君は僕にとって義弟というわけだ」

「そんな……。そんな事、お母さんから聞いていません」

「色々と事情があるからね。美鈴さんはその事を言わなかったのさ。君は、家を焼いてしまったお母さんを怨《うら》んでいるかい？」

「……分かりません。何故、お母さんが家を焼いてしまったのかも僕には、分からないから……」

するると、朱雀は歩いてきて、慎吾の肩に手を置いた。

「お母さんが家を焼いたのは、砥笥貢神の祟《たた》りのせいだよ。でも、君のお母さんは間違いなく君の事を愛していた。あの日、炎の中で、火に巻かれながらも、君の声を聞きつけて、僕に君を助けるようにと言ったのは、他でもない、君のお母さんなのだから……」

「お母さんが？」

「うん。そうだよ。だから僕は君を助けることが出来たんだ」

今まで硬く凍っていた心が、解けていく。慎吾は思わず涙ぐんだ。

「誰も君を見捨てた人間なんていやしない。お父さんの事は気の毒だけれど、きっと時が解決してくれる。君のお父さんは、もともと気丈な人だ。精神的ショックによる錯乱は、いつか鎮まるだろう」

「本当に？」

「そうだとも。それまで、僕とともに暮らさないか？　後木も側にいるし」

「貴方と一緒に？」

「そうだよ。義理とはいえ兄弟だ。僕が君を引き取ったって、おかしくはないだろう？　それに、君にはちゃんと学校へ行ってもらいたい」

「何故、そんなに僕に親切にしてくれるんですか？」

「それは僕が美鈴さんの子供だからだよ。そして君もそうだ。僕達は彼女に愛してもらった。彼女が愛していた君のことを、僕が知らんぷりするなんて出来ないだろう？　それに、彼女の事を一緒にいろいろと話も出来る」

「お母さんの話……」

「そうだとも、例えば……、僕は子供の頃、体が弱かった。喘息《ぜんそく》を患っていてね、夜中寝る前になると喘息の発作が出るんだ。そんな時、母はずっと側にいて、僕の背中をさすってくれたものだ。君は？　君は何か深い思い出はあるかい？」

「僕は、中学校に入学する時に、お母さんが学生服を買ってきてくれた事を覚えています。僕の背丈なんか測った事もないのに、買って来てくれた学生服は、袖丈《そでたけ》も身丈も、ぴったりだったものです。その時、僕はなんだかとても嬉《うれ》しかった……」

「ああ、そうか……。美鈴さんは君の事を、本当に良く見ていたんだね」

「貴方は、貴方はお母さんがいなくなった時、寂しくはなかったんですか？」

「それは寂しかったよ。毎日、泣いていたものだ。だから君も泣いていいんだよ」

そう言われた途端、慎吾は今まで我慢していた涙があふれ出て、嗚咽《おえつ》を漏らした。

「きみの親戚《しんせき》には話はつけてある。さあ、僕と一緒に行こう」

「どこに行けばいいんですか？」

朱雀は慎吾の手を柔らかく握った。

「未来に……だよ。そう、写真技術者の学校でもいい」

慎吾は、一寸《ちよつと》、驚いた。

「僕がカメラマンになりたい事を何故知ってるんですか？」

「後木からいろいろと君の様子を聞いていてそう思ったんだ。違うかい？」

慎吾は頷《うなず》き、朱雀の手をそっと握り返した。

本書は、二〇〇八年九月にトクマ・ノベルズとして刊行された作品を加筆修正のうえ、文庫化したものです。

化身《けしん》　探偵《たんてい》・朱雀《すざく》十《じゆう》五《ご》の事件簿《じけんぼ》7

藤木《ふじき》　稟《りん》

角川ホラー文庫　24629

令和7年4月25日　初版発行

発行者——山下直久
発　行——株式会社KADOKAWA
〒102-8177　東京都千代田区富士見2-13-3
電話 0570-002-301（ナビダイヤル）
印刷所——株式会社暁印刷
製本所——本間製本株式会社
装幀者——田島照久

●お問い合わせ
https://www.kadokawa.co.jp/（「お問い合わせ」へお進みください）
※内容によっては、お答えできない場合があります。
※サポートは日本国内のみとさせていただきます。
※Japanese text only

ISBN978-4-04-114873-0　C0193

角川文庫発刊に際して

角川源義

第二次世界大戦の敗北は、軍事力の敗北であった以上に、私たちの若い文化力の敗退であった。私たちの文化が戦争に対して如何に無力であり、単なるあだ花に過ぎなかったかを、私たちは身を以て体験し痛感した。西洋近代文化の摂取にとって、明治以後八十年の歳月は決して短かすぎたとは言えない。にもかかわらず、近代文化の伝統を確立し、自由な批判と柔軟な良識に富む文化層として自らを形成することに私たちは失敗して来た。そしてこれは、各層への文化の普及滲透を任務とする出版人の責任でもあった。

一九四五年以来、私たちは再び振出しに戻り、第一歩から踏み出すことを余儀なくされた。これは大きな不幸ではあるが、反面、これまでの混沌・未熟・歪曲の中にあった我が国の文化に秩序と確たる基礎を齎らすためには絶好の機会でもある。角川書店は、このような祖国の文化的危機にあたり、微力をも顧みず再建の礎石たるべき抱負と決意とをもって出発したが、ここに創立以来の念願を果すべく角川文庫を発刊する。これまで刊行されたあらゆる全集叢書文庫類の長所と短所とを検討し、古今東西の不朽の典籍を、良心的編集のもとに、廉価に、そして書架にふさわしい美本として、多くのひとびとに提供しようとする。しかし私たちは徒らに百科全書的な知識のジレッタントを作ることを目的とせず、あくまで祖国の文化に秩序と再建への道を示し、この文庫を角川書店の栄ある事業として、今後永久に継続発展せしめ、学芸と教養との殿堂として大成せんことを期したい。多くの読書子の愛情ある忠言と支持とによって、この希望と抱負とを完遂せしめられんことを願う。

一九四九年五月三日

バチカン奇跡調査官

ウエイブスタンの怪物

藤木 稟

「死の森」に棲む怪物の正体を暴け!

結婚式に参列するため、イギリスのウエイブスタンを訪れた平賀とロベルト。「死の森」と呼ばれる森林地帯が有名なそこには、真っ黒な毛で覆われた怪物が生息しているらしい。披露宴の翌朝、宿泊中の邸で参列者の惨殺死体が見つかり、神父２人は偶然再会したビル＆エリザベートと捜査を始める。事件は「死の森」に棲む怪物の仕業なのか。表題作ほか書き下ろしを含む２編と、朱雀十五が登場する番外編を収録した短編集第７弾！

角川ホラー文庫

ISBN 978-4-04-113397-2